BIOGRAFÍA

# Nora Roberts

Nora Roberts, autora que ha alcanzado el número
1 en la lista de superventas del *New York Times*, es, en
palabras de *Los Angeles Daily News*, «una artista de la
palabra que colorea con garra y vitalidad sus relatos y
personajes». Creadora de más de un centenar de novelas, algunas de ellas llevadas al cine, su obra ha sido re-
señada en *Good Housekeeping*, traducida a más de veinticinco idiomas y editada en todo el mundo.

Pese a su extraordinario éxito como escritora de
ficción convencional, Roberts continúa comprometida con los lectores de novela romántica de calidad,
cuyo corazón conquistó en 1981 con la publicación
de su primer libro.

Con más de 127 millones de ejemplares de sus libros impresos en todo el mundo y quince títulos en la
lista de los más vendidos del *New York Times* sólo en el
año 2000, Nora Roberts es un auténtico fenómeno
editorial.

Misterios

Editado por HARLEQUIN IBÉRICA, S.A.
Hermosilla, 21
28001 Madrid

ISBN: 0-373-82773-3
www.eHarlequin.com/Spanish
Printed in U.S.A.

# ÍNDICE

# Mágicos momentos

Había elegido la casa por el entorno. Ryan lo supo nada más verla sobre el acantilado. Era una casa de piedra gris, solitaria. Daba la espalda al océano Pacífico. No tenía una estructura simétrica, sino irregular, con diversas alturas que subían aquí y allá confiriéndole cierta elegancia salvaje. Situada en lo alto de una carretera sinuosa, y con un cielo enfurecido de fondo, la casa resultaba majestuosa y tétrica al mismo tiempo.

«Como salida de una película antigua», decidió Ryan mientras ponía primera para iniciar el ascenso. Tenía entendido que Pierce Atkins era excéntrico. Y la casa parecía confirmarlo.

Ryan pensó que sólo le faltaban un trueno, un poco de niebla y el aullido de un lobo: nada más que un par de efectos especiales sencillos. Permaneció entretenida con tal idea hasta que paró el coche y miró la casa de nuevo. No sería sencillo encontrar muchas casas así a tan sólo doscientos kilómetros al norte de Los Ángeles. De hecho, se corrigió en silencio, no sería sencillo encontrar muchas casas así en ningún lado.

Nada más salir del coche, un golpe de viento tiró de su falda y le sacudió el cabello, levantándoselo alrededor de la cara. Tuvo ganas de acercarse al dique y mirar el mar, pero echó a andar hacia las escaleras que subían. No había ido allí a contemplar el paisaje.

El llamador era viejo y pesado. Cuando lo golpeó contra la puerta, hizo un sonido sobrecogedor. Ryan se dijo que no estaba nerviosa en absoluto, pero se cambió el maletín de una mano a otra mientras esperaba. Su padre se pondría furioso si volvía sin que Pierce Atkins le hubiese firmado el contrato que llevaba. Aunque no, no se pondría furioso, matizó. Se quedaría en silencio. Nadie utilizaba el silencio con tanta eficacia como Bennett Swan.

«No pienso marcharme con las manos vacías», se aseguró. Sabía manejarse con artistas temperamentales. Se había pasado años viendo cómo tratarlos y...

El pensamiento quedó interrumpido al abrirse la puerta. Los ojos de Ryan se agrandaron. Ante ella apareció el hombre más grande que jamás había visto. Medía cerca de dos metros y sus hombros cubrían la puerta de un extremo a otro. Y la cara. Ryan decidió que era, sin la menor duda, la persona más fea que había visto en toda su vida. Tenía una cara tan ancha como pálida. Era evidente que se había roto la nariz. Los ojos, pequeños, eran de un color marrón apagado como su densa mata de pelo. «Para dar ambiente», pensó Ryan. Atkins debía de haber elegido a aquel hombre para remarcar el ambiente tétrico que envolvía la casa.

—Buenas tardes —acertó a saludar—. Ryan Swan. Tengo cita con el señor Atkins.

—Señorita Swan —respondió con una voz ronca y

profunda, perfectamente a juego con él. Cuando el hombre se retiró para invitarla a pasar, Ryan descubrió que se sentía algo inquieta. Nubes tormentosas, un mayordomo gigante y una casa oscura en un acantilado. Desde luego, decidió Ryan, Atkins sabía cómo crear un ambiente tenebroso.

Entró. Mientras la puerta se cerraba a sus espaldas, Ryan echó un vistazo fugaz alrededor.

—Espere aquí —le ordenó el lacónico mayordomo justo antes de echar a andar pasillo abajo, a paso ligero para un hombre tan grande.

—Por supuesto, muchas gracias —murmuró ella, hablando ya a la espalda del mayordomo.

Las paredes eran blancas y estaban cubiertas de tapices. El más cercano ilustraba una escena medieval en la que podía verse al joven Arturo sacando la espada de la piedra y al mago Merlín destacado en segundo plano. Ryan asintió con la cabeza. Era una obra de arte exquisita, propia de un hombre como Atkins. Se dio la vuelta y se encontró con su propio reflejo en un espejo ornado.

Le disgustó ver que tenía el pelo enredado. Representaba a Producciones Swan. Ryan se apartó un par de cabellos rubios que le caían sobre la cara. El verde de sus ojos se había oscurecido debido a una mezcla de ansiedad y emoción. Tenía las mejillas encendidas. Respiró profundamente y se obligó a relajarse. Se estiró la chaqueta.

Al oír unas pisadas, se apartó corriendo del espejo. No quería que la sorprendieran mirándose ni con retoques de último momento. Era el mayordomo de nuevo, solo. Ryan contuvo su fastidio.

—La verá abajo.

−Ah −Ryan abrió la boca para añadir algo, pero él ya estaba yéndose. Tuvo que acelerar para darle alcance.

El pasillo doblaba hacia la derecha. Los tacones de Ryan resonaban a toda velocidad mientras trataba de seguir el paso del mayordomo. De pronto, éste se detuvo con tal brusquedad que Ryan estuvo a punto de chocar contra su espalda.

−Ahí −dijo él tras abrir una puerta, para marcharse acto seguido.

−Pero... −Ryan lo miró con el ceño fruncido y luego empezó a bajar una escalera tenuemente iluminada. Era absurdo, pensó. Una reunión de trabajo debía tener lugar en un despacho o, por lo menos, en un restaurante adecuado. Pero el mundo del espectáculo era especial, se dijo con sarcasmo.

El eco de sus pasos sonaba con cada escalón. De la habitación de abajo no se oía el menor ruido. Sí, era obvio que Atkins sabía cómo crear un ambiente tenebroso. Estaba empezando a caerle rematadamente mal. El corazón le martilleaba con nerviosismo mientras cubría la última curva de la escalera de caracol.

La planta de abajo era amplia, una pieza desordenada, llena de cajas, baúles y trastos por todas partes. Las paredes estaban empapeladas; el suelo, embaldosado. Pero nadie se había molestado en decorarla más. Ryan miró a su alrededor con el entrecejo arrugado al tiempo que bajaba el último escalón.

Él la observaba. Tenía la habilidad de permanecer totalmente callado, totalmente concentrado. Era crucial para su arte. También tenía la habilidad de formarse una idea muy aproximada de las personas enseguida. Era una mujer más joven de lo que había esperado, de aspecto frágil, baja de estatura, de constitución fina, cabello rubio y una carita delicada. De barbilla firme.

Estaba irritada, podía notarlo, y no poco inquieta. Esbozó una sonrisa. Ni siquiera cuando la mujer empezó a dar vueltas por la sala, salió a su encuentro. Muy profesional, se dijo, con aquel traje a medida bien planchado, zapatos sobrios, maletín caro y unas manos muy femeninas. Interesante.

—Señorita Swan.

Ryan dio un respingo y maldijo para sus adentros. Al girarse hacia el lugar de donde había procedido la voz, sólo vio sombras.

—Llega pronto —añadió él.

Entonces se movió. Ryan lo localizó. Estaba de pie sobre un pequeño escenario. Iba vestido de negro y su figura se fundía con las sombras.

—Señor Atkins —saludó ella con irritación contenida. Luego dio un paso al frente y esbozó una sonrisa ensayada—. Tiene usted toda una casa.

—Gracias.

En vez de bajar junto a ella, permaneció sobre el escenario. A Ryan no le quedó más remedio que levantar la cara para mirarlo. La sorprendió observar que resultaba más dramático en persona que por televisión. Por lo general, ocurría todo lo contrario. Había visto sus espectáculos. De hecho, tras ponerse enfermo su padre y, de mala gana, cederle a ella la negociación del contrato con Atkins, Ryan se había pasado dos tardes enteras viendo todos los vídeos disponibles de las actuaciones de Pierce Atkins.

Sí, tenía un aire dramático, decidió mientras contemplaba aquel rostro de facciones angulosas con una mata tupida de pelo negro. Una cicatriz pequeña le recorría la mandíbula y tenía una boca larga y fina. Sus cejas estaban arqueadas, formando un ligero ángulo hacia arriba en las puntas. Pero eran los ojos lo que más llamativo le resultaba. Nunca había visto unos ojos tan oscuros, una mirada tan profunda. ¿Eran grises?, ¿o negros? Aunque no era el color lo que la desconcertaba, sino la concentración absoluta con que la miraban. Ryan notó que se le secaba la garganta y trató de tragar saliva en una reacción instintiva de autodefensa. Tenía la sensación de que aquel hombre podía estar leyéndole el pensamiento.

Decían que era el mejor mago de la década; algunos llegaban a afirmar que era el mejor del último medio siglo. Sus espectáculos eran un desafío para el espectador, fascinantes e inexplicables. No era extraño oír referirse a él como si fuera un brujo. Y allí, mirándolo a los ojos, Ryan empezaba a entender por qué.

Se arrancó del trance en que se había sumido y comenzó de nuevo. Ella no creía en la magia.

—Señor Atkins, mi padre le pide disculpas por no haber venido en persona. Espero...

—Ya se encuentra mejor.

—Sí... —dijo Ryan confundida—. Ya está mejor —añadió al tiempo que volvía a fijarse en la mirada de Pierce.

Éste sonrió mientras bajaba del escenario.

—Me ha llamado hace una hora, señorita Swan. Una simple conferencia, nada de telepatía —comentó en tono burlón. Ryan no pudo evitar lanzarle una mirada hostil, pero ésta no hizo sino agrandar la sonrisa de Pierce—. ¿Ha tenido un buen viaje?

—Sí, gracias.

—Pero son muchos kilómetros —dijo Pierce—. Siéntese —la invitó apuntando hacia una mesa. Retiró una silla y Ryan se sentó frente a él.

—Señor Atkins —arrancó, sintiéndose más cómoda toda vez que las negociaciones estaban en marcha—. Sé que mi padre les ha expuesto ampliamente a usted y a su representante la oferta de Producciones Swan; pero quizá quiera repasar los detalles de nuevo. Si tiene alguna duda, estaré encantada de resolvérsela —agregó tras poner el maletín sobre la mesa.

—¿Hace mucho que trabaja para Producciones Swan, señorita Swan?

La pregunta interrumpió su línea de presentación, pero Ryan se adaptó a la situación. Sabía por experiencia que, a menudo, convenía seguirles un poco la corriente a los artistas.

—Cinco años, señor Atkins. Le aseguro que estoy capacitada para contestar sus preguntas y negociar las condiciones del contrato en caso necesario.

Aunque había hablado con suavidad, en el fondo estaba nerviosa. Pierce lo notaba por el cuidado con el que había entrelazado las manos sobre la mesa.

—Estoy seguro de que estará capacitada, señorita Swan —convino él—. Su padre no es un hombre fácil de complacer.

Una mezcla de sorpresa y recelo asomó a los ojos de Ryan.

—No lo es —contestó con calma—. Razón por la que puede estar seguro de que le ofreceremos la mejor promoción, el mejor equipo de producción y el mejor contrato posible. Tres especiales de televisión de una hora de duración tres años consecutivos, en horario de máxima audiencia, con un presupuesto generoso para garantizar la calidad del espectáculo. Un acuerdo beneficioso para usted y para Producciones Swan —finalizó después de hacer una pausa breve.

—Puede.

La estaba observando con demasiada intensidad. Ryan se obligó a mantenerle la mirada. Grises, concluyó. Sus ojos eran grises... lo más oscuros que era posible, sin llegar a ser negros.

—Por supuesto, somos conscientes de que se ha ganado su prestigio en actuaciones en vivo, en teatros y pubs. En Las Vegas, Tahoe o el London Palladium, entre otros.

—Mis espectáculos no tienen el mismo valor por televisión, señorita Swan. Las imágenes se pueden trucar.

—Sin duda. Entiendo que los trucos hay que hacerlos en directo para que tengan fuerza.

—Magia —corrigió Pierce—. Yo no hago trucos.

Ryan abrió la boca, pero no llegó a decir nada. Aquellos ojos tan grises la estaban penetrando.

—Magia —repitió ella asintiendo con la cabeza—. Pero el espectáculo sería en vivo. Aunque se emita por televisión, actuará en un escenario con público. Los...

—No cree en la magia, ¿verdad, señorita Swan? —dijo Pierce. Una leve sonrisa curvó sus labios. Un leve tono divertido tiñó su voz.

—Señor Atkins, tiene usted mucho talento —contestó Ryan con cautela—. Admiro su trabajo.

—Diplomática —comentó él al tiempo que se recostaba sobre el respaldo de la silla—. Y cínica. Me gusta.

Ryan no se sintió halagada. Se estaba riendo de ella sin hacer el menor propósito por ocultarlo. El trabajo, se recordó apretando los dientes. Tenía que centrarse en el trabajo.

—Señor Atkins, si no le importa que repasemos los términos del contrato...

—Yo no hago negocios con nadie hasta saber cómo es.

—Mi padre...

—No estoy hablando con su padre —interrumpió él con suavidad.

—Pues lo siento, pero no he caído en que tenía que escribirle mi biografía —espetó Ryan. Enseguida se mordió la lengua. Maldita fuera. No podía permitirse aquellos arrebatos de genio. Pero Pierce sonrió, complacido.

—No creo que sea necesario —dijo y le agarró una mano antes de que ella pudiera darse cuenta de lo que estaba haciendo.

—Nunca más.

La voz que sonó a sus espaldas sobresaltó a Ryan.

—Es Merlín —explicó Pierce mientras ella giraba la cabeza.

A su derecha había un papagayo enorme dentro de una jaula. Ryan respiró hondo y trató de serenar los nervios. El papagayo estaba mirándola.

—¿Le ha enseñado usted a hablar? —preguntó sin dejar de mirar al pájaro de reojo.

—Digamos...

—¿Quieres una copa, muñeca?

Ryan contuvo una risotada al tiempo que se giraba hacia Pierce. Éste se limitó a lanzar una mirada indiferente hacia el papagayo.

—Lo que no le he enseñado son modales.

Ella se obligó a no dejarse distraer.

—Señor Atkins, si pudiéramos...

—Su padre quería un hijo —atajó Pierce. Ryan se olvidó de lo que había estado a punto de decir y lo miró. Él la observaba con atención al tiempo que le sujetaba la mano con delicadeza—. Y eso le ha hecho las cosas difíciles. No está casada, vive sola. Es una mujer realista que se considera muy práctica. Le cuesta controlar su genio, pero va consiguiéndolo. Es una mujer muy precavida, señorita Swan. No es fácil ganarse su confianza, tiene cuidado con sus relaciones. Está impaciente porque tiene algo que demostrar... a su padre y a usted misma.

La mirada perdió parte de su intensidad cuando le sonrió.

—¿Capacidad adivinatoria?, ¿telepatía? —prosiguió Pierce. Cuando le soltó la mano, Ryan la retiró y la colocó sobre su regazo. Él continuó, satisfecho por la expresión de asombro de Ryan. Luego explicó—: Conozco a su padre, entiendo el lenguaje corporal. Además, no son más que conjeturas. ¿He acertado?

Ryan entrelazó las manos con fuerza sobre el regazo. La palma derecha seguía caliente del contacto con la de Pierce.

—No he venido a jugar a las adivinanzas, señor Atkins.

—No —Pierce esbozó una sonrisa encantadora—. Ha venido a cerrar un trato, pero yo hago las cosas a mi manera, a mi ritmo. Los artistas tenemos fama de excéntricos, señorita Ryan. Complázcame.

—Lo intento —contestó Ryan. Luego tomó aire y se recostó sobre la silla—. Pero creo que no me equivoco si digo que los dos nos tomamos en serio nuestro trabajo.

—Cierto.

—Entonces entenderá que mi trabajo consiste en

conseguir que firme para Swan, señor Atkins —dijo ella. Quizá funcionara un poco de adulación, pensó—. Queremos que firme con nosotros porque sabemos que es el mejor en su campo.

—Lo sé —contestó Pierce sin pestañear.

—¿Sabe que queremos que firme con nosotros o que es el mejor en su campo? —se sorprendió replicando Ryan.

—Las dos cosas —dijo él sonriente.

Ryan respiró hondo y se recordó que los artistas podían ser imposibles.

—Señor Atkins —arrancó.

Tras estirar las alas, Merlín salió volando de la jaula y aterrizó sobre el hombro izquierdo de Ryan. Se quedó helada, sin respiración.

—Dios... —murmuró. Ya era demasiado, pensó nerviosa. Más que demasiado.

Pierce miró al papagayo con el ceño fruncido.

—Curioso: nunca había hecho algo así con nadie.

—Suerte que tengo —murmuró Ryan, sin moverse lo más mínimo de la silla. ¿Los papagayos mordían?, se preguntó. Decidió que no le importaba esperar a descubrirlo—. ¿Cree que podría... sugerirle que se posara en otro lado?

Pierce hizo un ligero movimiento con la mano y Merlin levantó el vuelo.

—Señor Atkins, por favor, entiendo que los magos se sientan cómodos en lugares... con ambiente —Ryan tomó aire para intentar calmarse, en vano—. Pero me resulta muy difícil hablar de negocios en... una mazmorra. Y con un papagayo revoloteando alrededor —añadió al tiempo que sacudía un brazo.

La risotada de Pierce la dejó sin palabras. Apoyado

sobre su hombro izquierdo, el papagayo escudriñaba a Ryan con la mirada.

—Ryan Swan, creo que me va a caer muy bien. Yo trabajo en esta mazmorra —dijo él de buen humor—. Es un lugar retirado y tranquilo. La magia necesita algo más que destreza; requiere mucha preparación y concentración.

—Lo entiendo, señor Atkins, pero...

—Hablaremos de negocios más convencionalmente durante la cena —interrumpió Pierce.

Ryan se levantó con él. No había previsto quedarse allí más de una hora o dos. Había media hora larga de curvas por la carretera de la colina hasta el hotel.

—Pasará aquí la noche —añadió él como si, en efecto, le hubiese leído el pensamiento.

—Aprecio su hospitalidad, señor Atkins —dijo Ryan mientras seguía a Pierce, con el papagayo aún sobre el hombro, de vuelta hacia las escaleras—. Pero tengo una reserva en un hotel. Mañana...

—¿Ha traído equipaje? —Pierce se paró a tomarla del brazo antes de subir las escaleras.

—Está en el coche, pero...

—Link cancelará su reserva, señorita Swan. Se avecina una tormenta —dijo él, girándose para mirarla a los ojos—. No me quedaría tranquilo pensando que puede ocurrirle algo en la carretera.

Como dando énfasis a sus palabras, un trueno estalló cuando llegaban al final de las escaleras. Ryan murmuró algo. No estaba segura de querer pensar en la perspectiva de pasar la noche en aquella casa.

—Nada debajo de la manga —dijo Merlín.

Ryan lo miró con cierta desconfianza.

II

La cena la ayudó a tranquilizarse. El salón era muy grande, con una chimenea enorme en un extremo y una vajilla antigua de peltre en el otro. Porcelana de Sèvres y cubertería de Georgia adornaban la larga mesa.

—Link cocina de maravilla —dijo Pierce mientras el gigantón servía una gallina rellena. Ryan miró con disimulo sus enormes manos antes de que Link abandonara la pieza.

—Es muy callado —comentó después de agarrar el tenedor.

Pierce sonrió y le sirvió un vino blanco exquisito en la copa.

—Link sólo habla cuando tiene algo que decir. Dígame, señorita Swan, ¿le gusta vivir en Los Ángeles?

Ryan lo miró. Los ojos de Pierce resultaban cálidos de pronto, no inquisitivos y penetrantes como antes. Se permitió el lujo de relajarse.

—Sí, supongo. Es adecuado para mi trabajo.

—¿Mucha gente? —Pierce cortó la gallina.

—Sí, claro; pero estoy acostumbrada.

—¿Siempre ha vivido en Los Ángeles?

—Menos durante los estudios.

Pierce advirtió un ligero cambio en el tono de voz, un levísimo deje de resentimiento que nadie más habría captado. Siguió comiendo.

—¿Dónde estudiaba?

—En Suiza.

—Bonito país —dijo él antes de dar un sorbo de vino—. ¿Fue entonces cuando empezó a trabajar para Producciones Swan?

Ryan miró hacia la chimenea con el ceño fruncido.

—Cuando mi padre se dio cuenta de que estaba decidida, accedió.

—Y usted es una mujer muy decidida —comentó Pierce.

—Sí. El primer año no hacía más que fotocopias y preparar café a los empleados. Nada que pudiera considerar un desafío —dijo ella. El ceño había desaparecido de su frente y, de pronto, un destello alegre le iluminaba los ojos—. Un día me encontré con un contrato en mi mesa; los habían puesto ahí por error. Mi padre estaba intentando contratar a Mildred Chase para una miniserie, pero ella no cooperaba. Me documenté un poco y fui a verla... Eso sí que fue una experiencia. Vive en una casa fabulosa, con guardias de seguridad y un montón de perros. Como muy diva de Hollywood. Creo que me dejó entrar por curiosidad.

—¿Qué impresión le causó? —preguntó Pierce, más que nada para que siguiera hablando, para que siguiera sonriendo.

—Me pareció maravillosa. Toda una dama de verdad. Si no me hubieran temblado tanto las rodillas, estoy segura de que le habría hecho una reverencia —bromeó ella—. Y cuando me fui dos horas después, tenía su firma en el contrato —añadió en tono triunfal.

—¿Cómo reaccionó su padre?

—Se puso hecho una furia —Ryan tomó su copa. La llama de la chimenea proyectaba un juego de brillos y sombras sobre su piel. Se dijo que ya tendría tiempo de pensar más adelante en aquella conversación y en lo abierta y espontánea que estaba siendo—. Me echó una bronca de una hora. Y al día siguiente me había ascendido y tenía un despacho nuevo. A Bennett Swan le gusta la gente resolutiva —finalizó dejando la copa sobre la mesa.

—Y a usted no le faltan recursos —murmuró Pierce.

—Se me dan bien los negocios.

—¿Y las personas?

Ryan dudó. Los ojos de Pierce volvían a resultar inquisitivos.

—La mayoría de las personas.

Él sonrió, pero siguió mirándola con intensidad.

—¿Qué tal la cena?

—La... —Ryan giró la cabeza para romper el hechizo de su mirada y bajó la vista hacia el plato. La sorprendió descubrir que ya se había terminado buena parte de la suculenta ración de gallina que le habían servido—. Muy rica. Su... —dejó la frase en el aire y volvió a mirar a Pierce sin saber muy bien cómo llamar a Link. ¿Sería su criado?, ¿su esclavo?

—Mi amigo —dijo Pierce con suavidad para dar un sorbo de vino a continuación.

Ryan trató de olvidarse de la desagradable sensación de que Pierce era capaz de ver el interior de su cerebro.

—Su amigo cocina de maravilla.

—Las apariencias suelen engañar —comentó él con aire divertido—. Ambos trabajamos en profesiones que muestran al público cosas que no son reales. Producciones Swan hace series de ficción, yo hago magia —Pierce se inclinó hacia Ryan, la cual se echó hacia el respaldo de inmediato. En la mano de Pierce apareció una rosa roja de tallo largo.

—¡Oh! —exclamó ella, sorprendida y halagada. La agarró por el tallo y se la llevó a la nariz. La rosa tenía un olor dulce y penetrante—. Supongo que es la clase de cosas que debe esperarse de una cena con un mago —añadió sonriendo por encima de los pétalos.

—Las mujeres bonitas y las flores hacen buena pareja —comentó Pierce y le bastó mirarla a los ojos para ver que Ryan se retraía. Una mujer muy precavida, se dijo de nuevo. Y a él le gustaban las personas precavidas. Las respetaba. También le gustaba observar las reacciones de los demás—. Es una mujer bonita, Ryan Swan.

—Gracias —respondió ella casi con pudor.

—¿Más vino? —la invitó Pierce sonriente.

—No, gracias. Estoy bien —rehusó Ryan. Pero el pulso le latía un poco más rápido. Puso la flor junto al plato y volvió a concentrarse en la comida—. No suelo venir por esta parte de la costa. ¿Vive aquí hace mucho, señor Atkins? —preguntó para entablar una conversación.

—Desde hace unos años —Pierce se llevó la copa a los labios, pero Ryan notó que apenas bebió vino—. No me gustan las multitudes —explicó.

—Salvo en los espectáculos —apuntó ella con una sonrisa.

—Naturalmente.

De pronto, cuando Pierce se levantó y sugirió ir a sentarse a la salita de estar, Ryan cayó en la cuenta de que no habían hablado del contrato. Tendría que reconducir la conversación de vuelta al tema que la había llevado a visitarlo.

—Señor Atkins —arrancó justo mientras entraban en la salita—. ¡Qué habitación más bonita!

Era como retroceder al siglo XVIII. Pero no había telarañas, no había signos del paso del tiempo. Los muebles relucían y las flores estaban recién cortadas. Un pequeño piano con un cuaderno de partituras abierto adornaba una esquina. Sobre la repisa de la chimenea podían verse diversas figuritas de cristal. Todas de animales, advirtió Ryan tras un segundo vistazo con más detenimiento: unicornios, caballos alados, centauros, un perro de tres cabezas. La colección de Pierce Atkins no podía incluir animales convencionales. Y, sin embargo, el fuego de la chimenea crepitaba con sosiego y la lámpara que embellecía una de las mesitas era sin duda una Tiffany. Se trataba de la clase de habitación que Ryan habría esperado encontrar en una acogedora casa de campo inglesa.

—Me alegro de que le guste —dijo Pierce, de pie junto a ella—. Parece sorprendida.

—Sí, por fuera parece una casa de una película de terror de 1945, pero... —Ryan frenó, horrorizada—. Oh, lo siento. No pretendía...

Pero Pierce sonreía, obviamente encantado con el comentario.

—La usaron justo para eso en más de una ocasión. La compré por esa razón.

Ryan volvió a relajarse mientras paseaba por la salita.

—Había pensado que quizá la había elegido por el entorno —dijo ella y Pierce enarcó una ceja.

—Tengo cierta... inclinación por cosas que la mayoría no aprecia —comentó al tiempo que se acercaba a una mesa donde ya había un par de tazas—. Me temo que no puedo ofrecerle café. No tomo cafeína. El té es más sano —añadió llenando la taza de Ryan y mientras ésta se dirigía al piano.

—Un té está bien —dijo en tono distraído. El cuaderno no tenía las partituras impresas, sino que estaban escritas a mano. Automáticamente, empezó a descifrar las notas. Era una melodía muy romántica—. Preciosa. Es preciosa. No sabía que compusiera música —añadió tras girarse hacia Pierce.

—No soy yo. Es Link —contestó después de poner la tetera en la mesa. Miró los ojos asombrados de Ryan—. Ya digo que valoro lo que otros no logran apreciar. Si uno se queda en la apariencia, corre el riesgo de perderse muchos tesoros ocultos.

—Hace que me sienta avergonzada —dijo ella bajando la mirada.

—Nada más lejos de mi intención —Pierce se acercó a Ryan y le agarró una mano de nuevo—. La mayoría de las personas nos sentimos atraídos por la belleza.

—¿Y usted no?

—La belleza externa me atrae, señorita Swan —aseguró él al tiempo que estudiaba el rostro de Ryan con detalle—. Luego sigo buscando.

Algo en el contacto de sus manos la hizo sentirse

rara. La voz no le salió con la fuerza que hubiera debido.

—¿Y si no encuentra nada más?

—Lo descarto —contestó con sencillez—. Vamos, el té se enfría.

—Señor Atkins —Ryan dejó que Pierce la llevara hasta una silla—. No quisiera ofenderlo. No puedo permitirme ofenderlo, pero... creo que es un hombre muy extraño —finalizó tras exhalar un suspiro de frustración.

Sonrió. A Ryan le encantó que los ojos de Pierce sonrieran un instante antes de que lo hiciera su boca.

—Me ofendería si no creyera que soy extraño, señorita Swan. No deseo que me consideren una persona corriente.

Empezaba a fascinarla. Ryan siempre había tenido cuidado de mantener la objetividad en las negociaciones con clientes de talento. Era importante no dejarse impresionar. Si se dejaba impresionar, podía acabar añadiendo cláusulas en los contratos y haciendo promesas precipitadas.

—Señor Atkins, respecto a nuestra oferta...

—Lo he estado pensando mucho —interrumpió él. Un trueno hizo retemblar las ventanas. Ryan levantó la vista mientras Pierce se llevaba la taza de té a los labios—. La carretera estará muy traicionera esta noche... ¿La asustan las tormentas, señorita Swan? —añadió mirándola a los ojos tras observar que Ryan había apretado los puños después del trueno.

—No, la verdad es que no. Aunque le agradezco su hospitalidad. No me gusta conducir con mal tiempo —contestó ella. Muy despacio, relajó los dedos. Agarró su taza y trató de no prestar atención a los relámpagos–. Si tiene alguna pregunta sobre las condiciones, estaré encantada de repasarlas con usted.

–Creo que está todo muy claro –Pierce dio un sorbo de té–. Mi agente está ansioso por que acepte el contrato.

–Ah –Ryan tuvo que contener el impulso de hacer algún gesto triunfal. Sería un error precipitarse.

–Nunca firmo nada hasta estar seguro de que me conviene. Mañana le diré mi decisión.

Ella aceptó asintiendo con la cabeza. Tenía la sensación de que Pierce no estaba jugando. Hablaba totalmente en serio y ningún agente o representante influiría hasta más allá de cierto punto en sus decisiones. Él era su propio dueño y tenía la primera y la última palabra.

–¿Sabe jugar al ajedrez, señorita Swan?

–¿Qué? –preguntó Ryan distraída–. ¿Cómo ha dicho?

–¿Sabe jugar al ajedrez? –repitió.

–Pues sí. Sé jugar, sí.

–Eso pensaba. Sabe cuándo hay que mover y cuándo hay que esperar. ¿Le gustaría echar una partida?

–Sí –contestó Ryan sin dudarlo–. Encantada.

Pierce se puso de pie, le tendió una mano y la condujo hasta una mesa pegada a las ventanas. Afuera, la lluvia golpeteaba contra el cristal. Pero cuando Ryan vio el tablero de ajedrez ya preparado, se olvidó de la tormenta.

–¡Qué maravilla! –exclamó. Levantó el rey blanco. Era una pieza grande, esculpida en mármol, del rey Arturo. A su lado estaba la reina Ginebra, el caballo Lancelot, Merlín de alfil y, cómo no, Camelot. Ryan

acarició la torre en la palma de la mano–. Es el ajedrez más bonito que he visto en mi vida.

–Le dejo las blancas –Pierce la invitó a tomar asiento
al tiempo que se situaba tras las negras–. ¿Juega usted
a ganar, señorita Swan?

–Sí, como todo el mundo, ¿no? –respondió ella
mientras se sentaba.

–No –dijo Pierce después de lanzarle una mirada
prolongada e indescifrable–. Hay quien juega por jugar.

Diez minutos después, Ryan ya no oía la lluvia al
otro lado de las ventanas. Pierce era un jugador sagaz
y silencioso. Se sorprendió mirándole las manos
mientras deslizaban las piezas sobre el tablero. Eran
grandes, anchas y de dedos ágiles. De violinista,
pensó Ryan al tiempo que tomaba nota de un anillo
de oro con un símbolo que no identificaba. Cuando
levantó la vista, lo encontró mirándola con una sonrisa segura y divertida. Centró su atención en su estrategia.

Ryan atacó, Pierce se defendió. Cuando él avanzó,
ella contraatacó. A Pierce le gustó comprobar que se
hallaba ante una rival que estaba a su altura. Ryan era
una jugadora cautelosa, aunque a veces cedía a algún
arrebato impulsivo. Pierce pensó que su forma de jugar reflejaba su carácter. No era una adversaria a la
que pudiera ganar o engañar con facilidad. Admiraba
tanto el ingenio como la fortaleza que intuía en ella.
Hacía que su belleza resultase mucho más atractiva.

Tenía manos suaves. Cuando le comió el alfil, se
preguntó vagamente si también lo sería su boca, y
cuánto tardaría en descubrirlo. Porque ya había decidido que iba a descubrirlo. Sólo era cuestión de tiempo.

Pierce era consciente de la incalculable importancia de saber elegir el momento adecuado.

—Jaque mate —dijo él con suavidad y oyó cómo Ryan contenía el aliento, sorprendida.

Estudió el tablero un momento y luego sonrió a Pierce.

—No había visto ese ataque. ¿Está seguro de que no esconde un par de piezas debajo de la manga?

—Nada debajo de la manga —repitió Merlín desde el otro lado de la salita. Ryan se giró a mirarlo y se preguntó en qué momento se habría unido a ellos.

—No recurro a la magia si puedo arreglármelas pensando —dijo Pierce, sin hacer caso al papagayo—. Ha jugado una buena partida, señorita Swan.

—La suya ha sido mejor, señor Atkins.

—Esta vez —concedió él—. Es una mujer interesante.

—¿En qué sentido? —contestó Ryan manteniéndole la mirada.

—En muchos —Pierce acarició la figura de la reina negra—. Juega para ganar, pero tiene buen perder. ¿Siempre es así?

—No —Ryan rió, pero se levantó de la mesa. La estaba poniendo nerviosa otra vez—. ¿Y usted?, ¿tiene buen perder, señor Atkins?

—No suelo perder.

Cuando volvió a mirarlo, Pierce estaba de pie frente a otra mesa, con una baraja de cartas. Ryan no lo había oído moverse y eso la ponía nerviosa.

—¿Conoce las cartas del Tarot?

—No. O sea —se corrigió Ryan—, sé que son para decir la buenaventura o algo así, ¿no?

—O algo así —Pierce soltó una risilla y barajó el mazo con suavidad.

—Pero usted no cree en eso —dijo ella acercándose a Pierce—. Sabe que no puede adivinar el futuro con unos cartones de colores y unas figuras bonitas.

—Creer, no creer —Pierce se encogió de hombros—. Me distraen. Considérelo un juego, si quiere. Los juegos me relajan —añadió al tiempo que barajaba y extendía las cartas sobre la mesa con un movimiento diestro.

—Lo hace muy bien —murmuró Ryan. Volvía a sentirse nerviosa, aunque no estaba segura de por qué.

—¿Manejar las cartas? No es difícil. Podría enseñarle con facilidad. Tiene usted buenas manos —Pierce le agarró una, pero fue la cara de Ryan lo que examinó, en vez de la palma—. ¿Saco una carta?

Ryan retiró la mano. El pulso empezaba a acelerársele.

—Es su baraja.

Pierce dio la vuelta a una carta con la punta de un dedo y la puso hacia arriba. Era el mago.

—Seguridad en uno mismo y creatividad —murmuró.

—¿Se refiere a usted? —preguntó ella con fingida indiferencia, para ocultar una tensión que iba en aumento por segundos.

—Eso parece —Pierce puso un dedo en otra carta y le dio la vuelta. La Sacerdotisa—. Serenidad, fortaleza. ¿Se refiere a usted? —preguntó él y Ryan se encogió de hombros.

—Tampoco tiene misterio: no es difícil sacar la carta que quiera habiendo barajado usted mismo.

Pierce sonrió sin ofenderse.

—Turno para que la escéptica saque una carta para ver cómo acaban estas dos personas. Elija una carta, señorita Swan —la invitó él—. Cualquiera.

Irritada, Ryan agarró una y la puso boca arriba sobre la mesa. Tras un suspiro estrangulado, la miró en silencio absoluto. Los amantes. El corazón le martilleó contra la garganta.

—Fascinante —murmuró Pierce. Había dejado de sonreír y estudiaba la carta como si no la hubiese visto nunca.

—No me gusta su juego, señor Atkins —dijo ella retrocediendo un paso.

—¿No? —Pierce la miró a los ojos un segundo y luego recogió la baraja con indiferencia—. Bueno, entonces la acompañaré a su habitación.


Pierce se había sorprendido con la carta tanto como Ryan. Pero él sabía que, a menudo, la realidad era más increíble de lo que pudiera predecir cualquier baraja. Tenía mucho trabajo pendiente, un montón de cosas que terminar de planificar para el compromiso que tenía en Las Vegas dos semanas después. Pero cuando se sentó en su habitación, fue en Ryan en quien pensó, no en el espectáculo que debía preparar.

La mujer tenía algo especial cuando reía, algo radiante y vital. Le resultaba tan atractivo como la voz baja y profesional que utilizaba cuando le hablaba de cláusulas y contratos.

En realidad, se sabía el contrato de delante a atrás y viceversa. No era de los que descuidaban el aspecto lucrativo de su profesión. Pierce no firmaba nada a no ser que entendiera al detalle cada matiz. Si el público lo veía como un hombre misterioso, extravagante y raro, perfecto. Era una imagen en parte ficticia y en parte real. Y le gustaba que lo vieran así. Se había pasado la segunda mitad de su vida disponiendo las cosas tal como prefería.

Ryan Swan. Pierce se quitó la camisa y la tiró sobre una silla. Todavía no sabía qué pensar de ella. Su intención no había sido otra que firmar el contrato, hasta que la había visto bajar por las escaleras. El instinto lo había hecho dudar. Y Pierce se fiaba mucho de su instinto. De modo que tenía que pensárselo un poco.

Las cartas no influían en sus decisiones. Sabía cómo hacer que las cartas se levantaran y bailaran para él si así lo quería. Pero las coincidencias sí que influían en él. Le extrañaba que Ryan hubiese dado la vuelta a la carta de los amantes cuando él estaba pensando en lo que sentiría estrechándola entre sus brazos.

Soltó una risilla, se sentó y empezó a hacer garabatos en un cuaderno. Tendría que desechar o cambiar los planes de su nueva fuga, pero siempre lo había relajado dar vueltas a sus proyectos, del mismo modo que no podía evitar que la imagen de Ryan estuviese dando vueltas en su cabeza.

Podía ser que lo más prudente fuese firmar el contrato por la mañana y mandarla de vuelta a casa. Pero a Pierce no le importaba que una mujer rondase sus pensamientos. Además, no siempre hacía lo más prudente. De ser así, todavía seguiría actuando en locales sin capacidad para grandes públicos, sacando conejos de su chistera y pañuelos de colores en competiciones de magia locales. Gracias a que no siempre había hecho lo más prudente, había conseguido presentar espectáculos en los que convertía a una mujer en pantera y en los que atravesaba una pared de ladrillos andando.

¡Puff!, resopló Pierce. Asumir riesgos lo había ayudado a triunfar. Nadie recordaba los años de esfuerzos, fracasos y frustraciones. Lo cual prefería que siguiese así. Eran muy pocos los que sabían de dónde venía o quién había sido antes de los veinticinco años.

Pierce soltó el lápiz y lo dejó rodar por el cuaderno. Estaba inquieto. Ryan Swan lo ponía nervioso. Bajaría a su despacho y trabajaría hasta conseguir despejar la mente un poco, decidió. Y, justo entonces, fue cuando la oyó gritar.

Ryan se desvistió despreocupadamente. Siempre se despreocupaba de todo cuando estaba enfadada. Truquitos a ella, pensó enfurecida mientras se bajaba de un tirón la cremallera de la falda. El mundo del espectáculo. A esas alturas ya debería estar acostumbrada a los artistas.

Recordó una entrevista con un cómico famoso el mes anterior. El hombre había tratado de mostrarse ocurrente, soltando toda clase de chistes y gracias durante veinte minutos enteros, primero que Ryan había conseguido que se centrara en discutir la oferta que le exponía para intervenir en un espectáculo de Producciones Swan. Y el rollo de las cartas de Tarot no había sido más que otro montaje para impresionarla, decidió mientras se quitaba los zapatos. Un recurso para darse un baño de autoestima y reforzar el ego de un artista inseguro.

Ryan frunció el ceño al tiempo que se desabotonaba la blusa. No podía estar de acuerdo con sus propias conclusiones. Pierce Atkins no le daba la impresión de ser un hombre inseguro... ni sobre el escenario ni fuera de él. Y habría jurado que se había sorprendido tanto como ella cuando había dado la vuelta a la carta de los amantes. Ryan se quitó la blusa y la dejó sobre una silla. Claro que, por otra parte, era un actor, se recordó. ¿Qué si no era un mago, sino un actor inteligente con manos diestras?

Recordó entonces la forma de sus manos mientras movía las piezas negras de mármol sobre el tablero de ajedrez, su finura, su delicadeza. Optó por no dedicar un segundo más a recordar nada de aquella extraña visita. Al día siguiente lo obligaría a firmar y se marcharía con el contrato en la mano. Pierce había conseguido ponerla nerviosa. Incluso antes del numerito con las cartas del Tarot la había puesto nerviosa. Esos ojos... pensó, y le entró un escalofrío. Aquellos ojos tenían algo especial.

Aunque, en el fondo, la cuestión era muy sencilla, decidió: lo único que pasaba era que se trataba de un hombre con mucha personalidad. Tenía un gran magnetismo y, sí, no cabía duda de que era muy atractivo. Seguro que había entrenado su atractivo, de la misma forma que, evidentemente, había entrenado aquel aire misterioso y esa sonrisa enigmática.

Un relámpago iluminó el cielo haciendo respingar a Ryan. No había sido cien por cien sincera con Pierce: pues, a decir verdad, las tormentas le destrozaban los nervios. Aunque era capaz de racionalizar sus temores y entender que no tenían el menor fundamento, los truenos y los relámpagos siempre le encogían el estómago. Odiaba esa debilidad, una debilidad propia de las mujeres sobre todo. Pierce había acertado: Bennett Swan había deseado un hijo. Y ella se había ido abriendo hueco en la vida, luchando constantemente para compensar el hecho de haber nacido mujer.

«A la cama», se ordenó. Lo mejor que podía hacer sería acostarse, cubrirse hasta la coronilla con la manta y cerrar fuerte los ojos. Así resuelta, caminó con decisión para correr las cortinas. Miró a la ventana. Algo le devolvió la mirada. Gritó.

Ryan cruzó la habitación como un cohete. Las palmas de las manos se le empaparon tanto que resbalaron al agarrar el manillar. Cuando Pierce abrió la puerta, ella cayó entre sus brazos y no dudó en apretarse contra su pecho.

—Ryan, ¿se puede saber qué te pasa?

La habría apartado, pero ella le había rodeado el cuello con fuerza. Era muy bajita sin tacones. Podía sentir las formas de su cuerpo mientras se aplastaba con desesperación contra él. De pronto, preocupado e intrigado al mismo tiempo, Pierce experimentó un fogonazo de deseo. Molesto por tal reacción, la separó con firmeza y le agarró los brazos.

—¿Qué pasa? —insistió.

—La ventana —acertó a decir ella, que habría vuelto a refugiarse entre los brazos de Pierce encantada si éste no la hubiese mantenido a distancia—. En la ventana junto a la cama.

La echó a un lado, entró en la habitación y se dirigió a la ventana. Ryan se tapó la boca con las dos manos, retrocedió un paso y, al tocarla con la espalda, la puerta se cerró de golpe.

Luego oyó a Pierce soltar una blasfemia en voz baja al tiempo que abría la ventana. Instantes después, rescató de la tormenta a una gata muy grande y muy mojada. Ryan soltó un gemido de vergüenza y dejó caer el peso de la espalda contra la puerta.

—Estupendo. Vaya ridículo —murmuró.

—Es Circe. No sabía que estuviese fuera con este tiempo —Pierce dejó la gata sobre el suelo. Ésta se sacudió una vez y saltó sobre la cama. Después, Pierce se giró hacia Ryan. Si se hubiera reído de ella, no se lo habría perdonado nunca. Pero en sus ojos había una mirada de disculpa, antes que de burla—. Perdona. Debe de haberte dado un buen susto. ¿Te pongo un coñac?

—No —Ryan exhaló un largo suspiro—. El coñac no alivia la sensación de ridículo absoluto.

—No hay por qué avergonzarse de tener miedo.

Las piernas seguían temblándole, de modo que continuó recostada contra la puerta.

—Si tienes alguna mascota más, no dejes de avisarme, por favor —Ryan hizo un esfuerzo y consiguió esbozar una sonrisa—. Así, si me despierto con un lobo en la cama, puedo darme media vuelta y seguir durmiendo.

No contestó. Ryan vio cómo sus ojos se deslizaban de arriba abajo por todo su cuerpo. Sólo entonces reparó en que no llevaba nada más encima que un fino camisón de seda. Se puso firme como un palo, pero cuando la mirada de Pierce se detuvo sobre su cara fue incapaz de moverse, incapaz de articular el más mínimo sonido. Apenas podía respirar y antes de que él diera el primer paso hacia Ryan, ésta ya estaba temblando.

«¡Dile que se vaya!», le ordenó a gritos la cabeza; pero los labios se negaron a dar forma a las palabras. No podía desviar la mirada de sus ojos. Cuando Pierce se paró ante ella, Ryan echó la cabeza hacia atrás lo justo para poder seguir manteniéndole la mirada. Notaba el pulso martilleándole en las muñecas, en la garganta, en el pecho. El cuerpo entero le vibraba de pasión.

«Lo deseo», descubrió atónita. Ella jamás había deseado a un hombre como estaba deseando a Pierce Atkins en aquel momento. Respiraba entrecortadamente, mientras que la respiración de él permanecía serena y regular. Muy despacio, Pierce posó un dedo sobre el hombro izquierdo de Ryan y echó a un lado el tirante. El camisón le resbaló con soltura por el brazo. Ryan no se movió. Él la observó con intensidad al tiempo que deslizaba el otro tirante. La parte superior del camisón descendió hasta las puntas de sus pechos, donde quedó colgando levemente. Bastaría un ligero movimiento de su mano para hacerlo caer del todo a los pies de Ryan. Ella seguía quieta, inmóvil, hipnotizada.

Pierce levantó las dos manos y le retiró su rubio cabello de la cara. Dejó que sus dedos se hundieran en el pelo. Se acercó. Entonces dudó. Los labios de Ryan se separaron temblorosos. Él la vio cerrar los ojos antes de posar la boca sobre la de ella.

Los labios de Pierce eran firmes y delicados. Al principio apenas hicieron presión, sólo la saborearon un segundo. Luego se entretuvo unos segundos con un roce constante pero ligero. Como una promesa o una amenaza de lo que podía llegar, Ryan no estaba segura. Las piernas le temblaban tanto que no lograría mantenerse en pie mucho más tiempo. A fin de sostenerse, se agarró a los brazos de Pierce. Brazos de músculos duros y firmes en los que no pensaría hasta mucho después. En esos momentos estaba demasiado ocupada con su boca. Apenas estaba besándola y, sin embargo, la sensación resultaba abrumadora.

Segundo a segundo, Pierce fue profundizando la intensidad del beso en una progresión lenta y agónica. Ryan le apretó los brazos con desesperación. Él le dio un mordisco suave en los labios, se retiró y volvió a apoderarse de su boca ejerciendo un poco más de presión. Su lengua paseó sobre la de ella como una caricia. Se limitó a tocarle el cabello, aunque su cuerpo lo tentaba casi irresistiblemente. Pierce extrajo el máximo de placer posible utilizando nada más que la boca.

Sabía lo que era sentir necesidad... de alimentos, de amor, de una mujer; pero hacía años que no experimentaba un impulso tan crudo y doloroso. Necesitaba saborearla, sólo saborearla. Su boca era dulce y adictiva. Mientras la besaba, sabía que llegaría un momento en que llegarían más lejos. Pero por el momento le bastaba con sus labios.

Cuando notó que había llegado a la frontera entre retirarse y poseerla del todo, Pierce separó la cabeza. Esperó a que Ryan abriese los ojos.

El verde de sus ojos se había oscurecido. Pierce comprendió que estaba asombrada y excitada a partes iguales. Supo que podría hacerla suya allí mismo, de pie, tal como estaban. Sólo tendría que besarla de nuevo, sólo tendría que despojarla de la delgada tela de seda que los separaba. Pero no hizo ninguna de las dos cosas. Ryan dejó de apretarle los brazos; luego apartó las manos. Sin decir nada, Pierce la sorteó y abrió la puerta. La gata saltó de la cama y se escapó por la rendija antes de que él llegara a cerrarla.

III

A la mañana siguiente, el único rastro de la tormenta era el goteo de agua continuo desde el balcón que había al otro lado de la ventana de la habitación de Ryan. Se vistió con esmero. Era importante estar perfectamente preparada y tranquila cuando saliera abajo. Le habría resultado más sencillo si hubiese podido convencerse de que todo había sido un sueño; de que Pierce no había entrado en ningún momento en su habitación, de que jamás le había dado aquel extraño beso demoledor. Pero no había sido un sueño en absoluto.

Ryan era demasiado realista para fingir lo contrario o inventarse pretexto alguno. Gran parte de lo que había ocurrido había sido por su culpa, admitió mientras doblaba la chaqueta del día anterior. Se había portado como una tonta, poniéndose a gritar porque una gata había querido entrar para guarecerse de la tormenta. Luego, presa de los nervios, se había lanzado en brazos de Pierce sin llevar más que un camisón casi invisible. Y, para rematarlo todo, lo peor había sido que no había protestado. Ryan no tenía más remedio que reconocer que Pierce le había dado tiempo de sobra para mostrar alguna señal de oposición. Pero ella no había hecho nada, no se había resistido ni forcejeado, no había emitido la menor protesta de indignación.

Quizá la había hipnotizado, pensó de mal humor mientras se cepillaba el pelo. Aquella forma de mirarla, la facilidad con que le había dejado la mente totalmente en blanco... Ryan exhaló un suspiro de frustración y tiró el cepillo dentro del neceser. No se podía hipnotizar a nadie con una simple mirada.

Si quería hacerle frente a la situación, lo primero que necesitaba era reconocer la verdad. Y la única verdad era que había sido la primera que había deseado aquel beso. Y cuando por fin la había besado Pierce, el sentido común había pasado a segundo plano y se había dejado arrastrar por las sensaciones. Ryan cerró el maletín y lo colocó junto a la puerta. Se habría ido a la cama con él. Tal era la cruda realidad y no había vuelta de hoja si examinaba los hechos con objetividad. Si Pierce se hubiera quedado en la habitación, ella habría accedido a hacerle el amor. Habría estado dispuesta a acostarse con un hombre al que apenas conocía de unas horas.

Ryan respiró profundamente y se dio un momento para serenarse antes de abrir la puerta. Era una verdad difícil de aceptar para una mujer que se consideraba práctica y se preciaba de actuar con cabeza. Pero el objetivo de aquella visita no había sido otro más que conseguir que Pierce Atkins echase una firma sobre su nombre en el contrato que le había preparado, no acostarse con él.

Para colmo, ni siquiera había conseguido que echase

aquella firma, se recordó con el ceño fruncido. Y ya
había amanecido. Ya era hora de concentrarse en los
negocios y de olvidarse de lo que había podido llegar
a ocurrir la noche anterior. Ryan abrió la puerta y
empezó a bajar las escaleras.

La casa estaba en silencio. Después de asomarse a la
salita de estar y encontrarla vacía, se dirigió hacia el vestíbulo. Aunque estaba resuelta a dar con Pierce y a ulti-
mar los flecos del negocio que la había llevado allí, una
puerta abierta a la derecha la hizo detenerse. No pudo
evitar la tentación de mirar dentro y le bastó un simple
vistazo para soltar una exclamación entusiasmada.

Había paredes, paredes enteras literalmente, llenas
de libros. Ryan jamás había visto tantos libros en una
biblioteca particular, ni siquiera en la de su padre. De
alguna manera, tuvo la certeza de que aquellos libros
eran algo más que una inversión, de que se habían leído. Estaba segura de que Pierce se sabría todos y cada
uno de ellos. Entró en la habitación para inspeccionar
la biblioteca con más detenimiento. Dentro, se percibía un olor a piel y velas.

*Magia y física recreativa*, de Houdini; *Los ilusionistas y
sus secretos*, de Seldow. A Ryan no le extrañó encontrar ésos y decenas de libros más sobre magia y magos. Pero también había obras de T.H. White, Shakes-
peare, Chaucer, los poemas de Byron y Shelley.
Desperdigadas entre ellas, localizó cuentos y novelas
de Bradbury, Mailer y Fitzgerald. No todos los volúmenes estaban forrados en piel ni eran ediciones antiguas y caras. Ryan pensó en su padre, que conocía de
memoria lo que cada uno de sus libros valía, pero que
apenas habría leído unos diez volúmenes de cuantos
integraban la colección de su biblioteca.

«Tiene un gusto muy ecléctico», pensó mientras deambulaba por la habitación. Sobre la repisa de la chimenea había unas figuras talladas con personajes de la Tierra Media de Tolkien. Y encima de una mesa se alzaba una escultura metálica muy moderna.

¿Quién era aquel hombre?, se preguntó Ryan. ¿Cómo era en realidad? Todo apuntaba a que se trataba de un hombre con sensibilidad, romántico, fantasioso y, al mismo tiempo, muy realista. La irritó sobremanera tomar conciencia de las ganas que tenía de descubrir totalmente su personalidad.

—¿Señorita Swan?

Ryan se giró de golpe y se encontró a Link en la puerta de la biblioteca.

—Ho... hola, buenos días —dijo. Tenía la duda de si la expresión del mayordomo era de desaprobación o si no era más que la expresión normal de aquel rostro de facciones desafortunadas—. Perdón, ¿no debería haber entrado? —se disculpó.

Link encogió sus enormes hombros quitándole importancia a la intrusión.

—Pierce habría echado el cerrojo si hubiese querido impedir que entrara.

—Sí, cierto —murmuró Ryan, que no estaba segura de si debía sentirse insultada por la indiferencia con que la trataba Link o divertirse por lo peculiar que éste era.

—Ha dejado recado de que lo espere abajo cuando termine de desayunar.

—¿Ha salido?

—A correr —respondió Link con pocas palabras—. Corre siete kilómetros todos los días.

—¿Siete kilómetros? —repitió ella. Pero el mayordomo ya estaba dándose la vuelta. Ryan cubrió la distancia hasta la salida de la biblioteca a paso ligero para dar alcance a Link.

—Le prepararé el desayuno —dijo éste.

—Sólo café... té —se corrigió al recordar que Pierce prescindía de la cafeína. No sabía cómo llamar al mayordomo, aunque comprendió que no tardaría en quedarse sin aliento por tratar de seguir su ritmo, de modo que no podría llamarlo de forma alguna. Por fin se decidió a darle un toque en el hombro y él se detuvo—. Link... anoche vi sus partituras en el piano. Espero que no le importe... Es una melodía preciosa. De verdad, una preciosidad.

El mayordomo, que al principio se había limitado a observarla con rostro inexpresivo y a encogerse de hombros, se ruborizó al oír el elogio a su melodía. Ryan se quedó de piedra. Jamás habría imaginado que un hombre tan grandullón pudiera ruborizarse.

—No está terminada —balbuceó mientras su feo y ancho rostro se ponía más y más rojo.

—Lo que está terminado es precioso —insistió sonriente Ryan, conmovida—. Tiene un talento maravilloso.

El mayordomo echó a andar de nuevo, murmuró algo sobre prepararle el desayuno y desapareció rumbo a la cocina. Ryan sonrió, observó la espalda de Link alejarse y entró en el salón donde habían cenado la noche anterior.

Link le llevó una tostada, explicando con una especie de gruñido que tenía que comer algo. Ryan se la terminó obedientemente y pensó en lo que Pierce había comentado sobre apreciar tesoros ocultos. Aunque fuera lo único que sacase de aquella extraña vi-

sita, algo sí había aprendido: Ryan estaba convencida
de que nunca más volvería a formarse ideas precipitadas de los demás basándose en su aspecto físico.

A pesar de que desayunó con especial lentitud,
Pierce seguía sin regresar cuando Ryan terminó la
tostada. Como no le apetecía volver al cuarto de
abajo, se resignó a continuar esperando mientras daba
sorbos a un té que ya se había quedado frío. Finalmente, suspiró, se puso de pie, recogió del suelo el
maletín y se encaminó hacia el despacho de la planta
baja.

Ryan se alegró al ver que alguien había encendido
la luz. La pieza no tenía suficiente iluminación; era
demasiado grande para que la luz llegara a todas las
esquinas. Pero al menos no sintió la aprensión que había experimentado el día anterior. Esa vez ya sabía qué
esperar.

Divisó a Merlín en la jaula y caminó hasta el papagayo. La puerta de la jaula estaba abierta, de modo que
Ryan permaneció a un lado, estudiándolo con precaución. No quería darle confianza y que volviese a
posarse sobre su hombro. Y menos cuando no estaba
Pierce delante para ahuyentarlo luego.

—Buenos días —lo saludó. Sentía curiosidad por averiguar si el papagayo le hablaría estando ella sola.

—¿Quieres una copa, muñeca? —respondió Merlín
mirándola a los ojos.

Ryan rió y decidió que el maestro del papagayo tenía un extraño sentido del humor.

—Así no ligarás nunca conmigo —dijo y se agachó
hasta tener a Merlín frente con frente. Ryan se preguntó qué más cosas sabría decir. Estaba convencida
de que le habrían enseñado más frases. Pierce tendría

paciencia suficiente para hacerlo. Ryan sonrió, optó
por hacer partícipe de sus pensamientos al papagayo y
continuó la conversación–. ¿Eres un pájaro listo, Merlín? –le preguntó.

—Ser o no ser –contestó el papagayo.

—¡Anda!, ¡si recita *Hamlet*! –Ryan sacudió la cabeza
en señal de incredulidad.

Luego se dio la vuelta hacia el escenario. Había dos
baúles grandes, una cesta de mimbre y una mesa alargada que le llegaba a la cintura. Intrigada, Ryan dejó
el maletín en el suelo y subió los escalones del escenario. Sobre la mesa había una baraja de cartas, un par
de cilindros vacíos, copas y botellas de vino y un par
de esposas.

Ryan agarró la baraja y se preguntó fugazmente
cómo las marcaría Pierce. No consiguió ver ninguna
señal, ni siquiera tras llevarlas a la luz. Las devolvió a la
mesa y tomó las esposas. Parecían oficiales, como las
que pudiera usar cualquier agente de policía. Eran
frías, de acero, poco amistosas. Buscó alguna llave por
la mesa, pero no la encontró.

Ryan se había documentado sobre Pierce a conciencia. Sabía que, en teoría, no había cerradura que
se le resistiera. Lo habían esposado de pies y manos y
lo habían encerrado en un baúl con tres cerrojos más.
En menos de tres minutos, había conseguido liberarse
sin ayuda de colaborador alguno. Impresionante, reconoció Ryan, sin dejar de examinar las esposas.
¿Dónde estaría el truco?

—Señorita Swan.

Ryan soltó las esposas, las cuales cayeron sobre la
mesa ruidosamente. Al darse la vuelta, vio a Pierce de
pie justo frente a ella. No entendía qué hacía allí. No

podía haber bajado las escaleras. Tendría que haberlo
oído, haberlo visto por lo menos. Era evidente que tenía que haber una segunda entrada a aquel despacho.
De pronto se preguntó cuánto tiempo habría estado
allí de pie observándola. Pierce seguía mirándola
cuando la gata se le acercó y empezó a restregarse alrededor de sus tobillos.

—Señor Atkins —acertó a responder Ryan con suficiente serenidad.

—Espero que haya pasado buena noche —Pierce se
acercó a la mesa hasta hallarse junto a Ryan—. ¿Ha podido dormir a pesar de la tormenta?

—Sí.

Para haber estado corriendo siete kilómetros, parecía de lo más fresco y descansado. Ryan recordó los
músculos de sus brazos. Era obvio que no le faltaban
ni fuerza ni energías. Sus ojos la miraban fijamente a
la cara. No había rastro de la pasión contenida que
Ryan había advertido en él la noche anterior.

De repente, Pierce le sonrió y apuntó hacia la mesa.

—¿Qué es lo que ve?

—Algunas de sus herramientas de trabajo —contestó
ella tras mirar la superficie de la mesa de nuevo.

—Usted siempre con los pies en el suelo, señorita
Swan.

—Entiendo que no tiene nada de malo —replicó ella
irritada—. ¿Qué debería ver?

Pareció complacido con la respuesta y sirvió un
poco de vino en una copa.

—La imaginación, señorita Swan, es un regalo increíble, ¿no cree?

—Sí, por supuesto —Ryan observó las manos de
Pierce atentamente—. Hasta cierto punto.

—Hasta cierto punto —repitió él justo antes de soltar una pequeña risotada. Luego le enseñó los cilindros vacíos y metió uno dentro del otro—. ¿Acaso se puede poner límites a la imaginación?, ¿no le parece interesante que el poder de la mente supere a las leyes de la naturaleza? —añadió al tiempo que colocaba los cilindros sobre la botella de vino. Después se giró hacia Ryan.

Ésta seguía mirándole las manos, con el ceño fruncido en ese momento.

—Pero sólo en teoría —dijo ella mientras Pierce sacaba un cilindro y lo ponía sobre la copa de vino. Levantó después el otro cilindro y le enseñó que la botella de vino seguía debajo—. En la práctica no.

—No —Ryan continuó con los ojos clavados en sus manos. Pierce no podría engañarla observándolo tan de cerca.

—¿Dónde está la copa, señorita Swan?

—Ahí —Ryan apuntó hacia el segundo cilindro.

—¿Seguro? —Pierce levantó el tubo. Y apareció la botella. Ryan emitió un sonido de frustración mientras dirigía la mirada al otro tubo. Pierce lo levantó, dejando al descubierto la copa de vino—. Parece que a los cilindros les resulta más viable la teoría —comentó antes de colocarlos de nuevo en su sitio.

—Muy astuto —murmuró ella, enojada por haber estado pegada a Pierce y no haber sido capaz de ver el truco.

—¿Quiere un poco de vino, señorita Swan?

—No...

Y, al tiempo que hablaba, Pierce volvió a levantar uno de los cilindros. Allí, donde un instante antes había estado la botella, apareció la copa. Muy a su pesar, Ryan no pudo evitar reír entusiasmada.

—Es usted buenísimo, señor Atkins.

—Gracias —respondió él con sobriedad.

Ryan lo miró a la cara. Los ojos de Pierce parecían relajados y pensativos al mismo tiempo. Intrigada, se animó a probar suerte:

—Supongo que no me explicará cómo lo ha hecho.

—No.

—Lo imaginaba —Ryan agarró las esposas. El maletín, apoyado sobre el escenario contra una de las patas del escenario, había quedado relegado al olvido por el momento—. ¿Forman parte de su espectáculo también? Parecen de verdad.

—Son de verdad —contestó Pierce. La sonrisa había vuelto a sus labios, satisfecho por haberla oído reír. Sabía que siempre que pensara en ella podría recordar el sonido de su risa.

—No tiene llave —señaló Ryan.

—No la necesito.

Ella se pasó las esposas de una mano a otra mientras estudiaba a Pierce.

—Está muy seguro de sí mismo.

—Sí —dijo él. El tono divertido con que pronunció la palabra le hizo preguntarse qué giro habrían tomado los pensamientos de Pierce. Éste estiró los brazos y le ofreció las muñecas—. Adelante, póngamelas —la invitó.

Ryan vaciló sólo un segundo. Quería ver cómo lo hacía... ahí, delante de sus propias narices.

—Si no consigue quitárselas, nos sentaremos a hablar sobre el contrato —dijo mientras le colocaba las muñecas. Levantó la cabeza para mirarlo con los ojos chispeantes—. No llamaremos al cerrajero hasta que haya firmado.

—No creo que vayamos a necesitarlo —Pierce levantó las esposas, abiertas ya, colgando de sus muñecas.

—¡Pero...!, ¿cómo...? —Ryan no daba crédito a lo que acababa de presenciar. Sacudió la cabeza, incapaz de articular palabra. Había sido demasiado fácil. Se había liberado de las esposas demasiado rápido. Las agarró de nuevo. Pierce advirtió cómo cambiaba su expresión, pasando del asombro a la duda. Era justo lo que esperaba de ella—. Están trucadas. Se las han hecho especialmente para usted. Tienen que tener un botón o algo —murmuró Ryan mientras les daba vueltas inspeccionándolas a fondo.

—¿Por qué no prueba a quitárselas usted? —sugirió y le cerró las esposas alrededor de las muñecas antes de que pudiera negarse. Pierce esperó a ver si se enfadaba, pero Ryan se echó a reír.

—La verdad es que me lo he ganado —dijo mirándolo sonriente. Luego se concentró en las esposas. Forcejeó con ellas, empujó con las muñecas hacia afuera desde distintos ángulos, pero las esposas siguieron firmes—. No le veo el truco... Si hay algún botón, tendría que dislocarse la muñeca para pulsarlo... Está bien, usted gana. Son de verdad. ¿Puede quitármelas? —se rindió después de varios intentos más.

—Puede —murmuró Pierce mientras tomaba las muñecas de Ryan en sus manos.

—Una respuesta tranquilizadora —replicó ella con ironía. Pero ambos sintieron que el pulso se les aceleraba cuando Pierce le pasó el pulgar sobre una de las muñecas. Siguió mirándola con la misma intensidad de la noche anterior. Ryan se aclaró la voz, pero no pudo evitar que le saliera ronca—. Creo... creo que es

mejor que... No –dijo cuando los dedos de él se deslizaron por la vena de la muñeca, aunque no estaba segura de qué estaba intentando rechazar.

En silencio, Pierce le levantó las manos y le hizo
pasar los brazos por encima de la cabeza de él, de
modo que Ryan quedase pegada a su cuerpo.

No permitiría que volviese a suceder. Esa vez pro-
testaría.

–No –Ryan trató de liberarse, en vano, pues la boca
de Pierce ya estaba sobre la de ella.

En esa ocasión su boca no fue tan paciente ni sus
manos tan lentas. Pierce le sujetó las caderas mientras
la instaba con la lengua a separar los labios. Ryan trató
de vencer aquella sensación de impotencia; impotencia que tenía más que ver con sus propias necesidades
que con las esposas que la tenían maniatada. Su
cuerpo respondía plenamente a las atenciones de
Pierce. Presionados por los de él, sus labios se abrieron
hambrientos. Los de él eran firmes y fríos, mientras
que los de ella eran suaves y se estaban calentando por
segundos. Lo oyó murmurar algo mientras se la acercaba más todavía. Un conjuro, pensó mareada. La estaba hechizando, no quedaba otra explicación.

Pero fue un gemido de placer, no una protesta, lo
que escapó de su boca cuando las manos de Pierce
resbalaron por los lados de sus pechos. Lenta y agóni-
camente, fue trazando círculos concéntricos cada vez
más pequeños, hasta que introdujo las manos entre los
cuerpos de ambos para pellizcarle los pezones con los
pulgares. Ryan se apretó contra él y le mordió el labio
inferior pidiéndole más. Pierce hundió las manos en
su cabello y le echó la cabeza hacia atrás para poder
apoderarse por completo de los labios de Ryan.

Quizá él mismo era mágico. Su boca, desde luego, lo era. Nadie le había hecho sentir ese anhelo y ardor tan intensos con tan sólo un beso.

Ryan quería tocarlo, tentarlo, provocarlo hasta lograr que se sintiera tan desesperado como lo estaba ella. Una vez más, trató de zafarse de las esposas y, de repente, descubrió que sus muñecas estaban libres. Sus dedos podían acariciarle el cuello, recorrer el pelo de Pierce.

Entonces, tan deprisa como la había capturado, la soltó. Pierce le puso las manos en los hombros y la sujetó manteniéndola a distancia.

—¿Por qué? —preguntó Ryan confundida, mirándolo a los ojos, totalmente insatisfecha por la interrupción.

Pierce no respondió de inmediato. En un gesto distraído, le acarició los hombros.

—Quería besar a la señorita Swan. Anoche besé a Ryan.

—¿Qué tontería es ésa? —Ryan hizo ademán de retirarse, pero él la retuvo con firmeza.

—Ninguna. La señorita Swan lleva trajes conservadores y se preocupa por firmar contratos. Ryan lleva camisones de seda y lencería debajo y tiene miedo de las tormentas. Una combinación fascinante.

El comentario la irritó lo suficiente para sofocar el ardor de instantes antes y poder responder con frialdad:

—No he venido aquí para fascinarlo, señor Atkins.

—Un punto imprevisto a su favor, señorita Swan —Pierce sonrió, luego le besó los dedos. Ella apartó la mano de un tirón.

—Ya va siendo hora de que cerremos este acuerdo, para bien o para mal.

—Tiene razón, señorita Swan —dijo él, aunque a Ryan no le gustó el tono divertido con el que había enfatizado su nombre. De pronto, tenía claro que le daba igual si Pierce firmaba el contrato que le había llevado. Lo único que quería era alejarse de él.

—Muy bien —arrancó al tiempo que se agachaba para recoger el maletín—. Entonces...

Pierce puso una mano sobre la de ella, sin darle ocasión a que llegara a abrir el maletín. Le acarició los dedos con suavidad.

—Estoy dispuesto a firmar el contrato con un par de retoques.

Ryan se obligó a recuperar la serenidad. Los retoques solían estar relacionados con el dinero. Negociaría sus honorarios y se libraría de él de una vez por todas.

—Estoy dispuesta a considerar los retoques que quiera exponerme.

—Perfecto. Quiero trabajar con usted directamente. Quiero que usted sea mi contacto con Producciones Swan.

—¿Yo? —Ryan apretó el asa del maletín—. Yo sólo me ocupo de conseguir clientes. Es mi padre quien se encarga de producir y promocionar los espectáculos.

—No voy a trabajar con su padre, señorita Swan, ni con ningún otro productor —sentenció Pierce. Su mano seguía reposando sobre la de ella, con el contrato entre medias—. Sólo trabajaré con usted.

—Señor Atkins, le agradezco...

—La necesito en Las Vegas dentro de dos semanas.

—¿En Las Vegas?, ¿por qué?

—Quiero que vea mis actuaciones... de cerca. Nada mejor para incentivar a un mago que contar con la ayuda de una persona escéptica. Me obligará a perfeccionar mi espectáculo —Pierce sonrió—. Tiene un sentido crítico muy agudo. Eso está bien.

Ryan exhaló un suspiro. Siempre había creído que las críticas resultaban irritantes antes que atractivas.

—Señor Atkins, mi trabajo consiste en cerrar contratos, no me dedico a la producción de los espectáculos.

—Anoche dijo que se le daban bien los detalles —le recordó él con tono amable—. Si yo voy a hacer una excepción actuando para la televisión, quiero que alguien como usted supervise los detalles. De hecho, quiero que *usted misma* supervise los detalles —se corrigió.

—No es una decisión aconsejable, señor Atkins. Estoy segura de que su agente me daría la razón. Hay unas cuantas personas en Producciones Swan que están mejor capacitadas que yo para desarrollar el trabajo que me pide. Yo no tengo experiencia en ese sector del negocio.

—Señorita Swan, ¿usted quiere que firme el contrato?

—Sí, por supuesto, pero...

—Entonces encárguese de incluir los cambios que le digo —atajó Pierce. Se agachó, agarró a la gata y la colocó sobre su regazo—. La espero en el Palace dentro de dos semanas. Estoy deseando trabajar con usted.

**IV**

Cuando entró en su despacho en las dependencias de Producciones Swan cuatro horas más tarde, Ryan seguía echando humo. Era un descarado, decidió. Era el hombre más descarado de cuantos conocía. Se creía que la tenía acorralada en una esquina. ¿De veras pensaba que era él único artista con talento que podía fichar para Producciones Swan? ¡Menudo presumido! Ryan golpeó la mesa de su despacho con el maletín y se desplomó sobre la silla que había detrás. Pierce Atkins iba listo: ya podía ir preparándose para una sorpresa.

Tras recostarse sobre el respaldo, entrelazó las manos y esperó a calmarse lo suficiente para pensar con un mínimo de claridad. Pierce no conocía a Bennett Swan. A su padre le gustaba hacer las cosas a su manera. Podía atender consejos, dialogar, pero jamás se dejaba forzar cuando había que tomar decisiones de importancia. De hecho, pensó Ryan, solía hacer todo lo contrario de lo que le decían si notaba que intentaban presionarlo. No le haría gracia enterarse de que estaban intentando imponerle a quién poner al mando de la producción de un espectáculo. Sobre todo, se dijo con cierta melancolía, si esa persona en concreto era justamente su hija.

Seguro que asistiría a uno de sus estallidos coléricos cuando le explicara a su padre las condiciones que Pierce exigía. Lo único que lamentaba era que el mago no estuviese presente para recibir el impacto de su furia. Swan encontraría a algún otro talento con el que firmar y dejaría que Pierce siguiese haciendo desaparecer las botellas de vino que le diera la gana.

Ryan dejó la mirada perdida en el espacio. Lo último que quería era tener que preocuparse de las llamadas, la organización del horario y los mil y un detalles más que formaban parte de la producción de cualquier espectáculo; por no hablar de la locura de tener que cubrir una actuación en vivo y retransmitida al mismo tiempo por televisión. ¿Qué sabía ella de solucionar errores técnicos, decorar escenarios o seleccionar cámaras para alternar planos? El trabajo de producción tenía sus secretos y era complejo. No podía aprenderlo todo de la noche a la mañana y, sobre todo, ella nunca había querido meterse en ese terreno. Estaba más que contenta con su parcela, captando clientes y ocupándose de las gestiones de preproducción.

Ryan se echó hacia adelante, apoyó los codos sobre la mesa y dejó caer la barbilla sobre el cuenco que formaban las palmas de sus manos. Tratar de engañarse era una tontería, se dijo. Por otra parte, debía de ser muy satisfactorio dirigir un proyecto de principio a fin. Ideas no le faltaban...

Pero siempre que había intentado convencer a su

padre para que le diese una oportunidad en el departamento creativo, se había dado de bruces contra el mismo muro inexpugnable. No tenía experiencia, era demasiado joven. Su padre se las arreglaba para olvidarse de lo que le convenía; en concreto, de que llevaba toda la vida en aquel negocio, había crecido en aquel entorno y el mes siguiente cumpliría veintisiete años.

Uno de los directores más talentosos del negocio había hecho una película para Swan y se había llevado cinco Oscars. Y ese director tenía veintiséis años, recordó indignada Ryan. ¿Cómo iba a saber Producciones Swan si sus ideas eran una mina de oro o simple basura si se negaban a escucharla? Lo único que necesitaba era una oportunidad.

Sí, a decir verdad, debía sentirse agradecida. Lo mejor que podía ocurrirle era poder seguir un proyecto desde la firma del contrato hasta la fiesta de celebración. Pero no ese proyecto. En esa ocasión reconocería alegremente que no estaba capacitada para tanta responsabilidad, rechazaría la condición que había añadido Pierce Atkins y se lo mandaría directo a su padre. Al parecer, tampoco a ella le agradaba que le pusieran ultimátums.

Que cambiara las condiciones. Ryan resopló por la nariz y abrió el maletín. Pierce se había excedido en sus peticiones. Era un prepotente. Primero pedía eso y luego acabaría... Dejó el pensamiento a medias y se quedó mirando los papeles, pulcramente apilados en el maletín. Encima de ellos había otra rosa roja de tallo largo.

—Pero... ¿cómo ha podido...? —Ryan no pudo evitar soltar una risotada. Se relajó contra el respaldo de la silla, se acercó la flor a la nariz y aspiró. Era un hombre con recursos, se dijo mientras disfrutaba de la fragancia de la rosa. Con muchos recursos. ¿Pero quién demonios era?, ¿qué cosas lo apasionaban?, ¿qué le tocaba la fibra? De pronto, sentada en su impecable despacho, Ryan decidió que tenía algo más que simple curiosidad por descubrirlo. Quizá mereciese la pena aguantar su arrogancia con tal de averiguarlo; con tal de conocerlo mejor.

Pierce Atkins tenía que ser un hombre muy interesante cuando era capaz de hablar sin abrir la boca y dar órdenes con una simple mirada. Seguro que era un hombre profundo, complejo, con muchas máscaras. La cuestión era: ¿cuántas capas tendría que pelar hasta llegar a su corazón y conocerlo sin disfraces? Sería arriesgado, decidió, pero... Ryan negó con la cabeza. Al fin y al cabo, se recordó, no le daría la oportunidad de descubrirlo. Swan lo convencería de que firmase el contrato de acuerdo con las condiciones previstas desde el principio por la productora o se olvidaría de él. Ryan sacó el contrato y cerró el maletín. Pierce Atkins había pasado a ser problema de su padre. Ya no era asunto de ella. Y, sin embargo, no quería soltar la rosa que le había introducido en el maletín.

El sonido del teléfono le recordó que no tenía tiempo para andar distraída con ensoñaciones.

—Dígame, Bárbara.

—El jefe quiere verla.

Ryan miró el interfono con aprensión. Swan debía de haberse enterado de que estaba de vuelta desde nada más pasar al guardia que custodiaba la entrada al edificio.

—Enseguida —respondió al cabo de unos segundos. Tras dejar la rosa sobre la mesa, Ryan salió del despacho con el contrato debajo del brazo.

Bennett Swan estaba fumando un puro cubano de lujo. Le gustaban las cosas caras. Pero lo que más le gustaba de todo era saber que el dinero que poseía podía permitirle comprar todos sus caprichos. Si en una tienda veía dos trajes con el mismo corte y de igual calidad, Swan elegía siempre el que tuviera el precio más elevado en la etiqueta. Era una cuestión de orgullo.

Los galardones que exhibía en su despacho también eran cuestión de orgullo. Hablar de Producciones Swan era tanto como hablar de Bennett Swan. Por tanto, los Oscars y los Emmy que la productora conseguía no hacían sino demostrar que él era un hombre de éxito. De la misma manera, los cuadros y las esculturas que su diseñador le había recomendado adquirir estaban ahí para enseñarle al mundo entero que, como buen triunfador, distinguía el valor de las cosas bien hechas.

Quería a su hija. Se habría quedado desconcertado si alguien dijera lo contrario. Para él, no cabía la menor duda de que era un padre excelente. Siempre le había proporcionado a su hija todo cuanto podía comprarse con dinero: las mejores ropas, una niñera irlandesa cuando su madre había muerto, una educación en centros carísimos y un hueco en la empresa cuando se había empeñado en trabajar.

No le había quedado más remedio que reconocer que la chica tenía más cabeza de lo que había esperado de ella. Ryan tenía una mente despierta y sabía cómo dejar a un lado las tonterías sin importancia para ir directa al fondo de las cuestiones. Lo cual no hacía sino

demostrar que el dinero que había invertido en edu-
carla en Suiza estaba bien empleado. No, no lamentaba
haberle ofrecido a su hija la formación más exquisita.
Lo único que le había exigido era que Ryan estuviese
a la altura y obtuviese buenos resultados.

Miró el círculo de humo que se elevó desde la
punta del puro. Su hija había cumplido con creces y
por ello le tenía un gran aprecio.

Ryan llamó a la puerta. Después de esperar a que
le dieran permiso para pasar, entró. Bennett la observó
mientras cruzaba la tupida moqueta que cubría la distancia hasta la mesa de su despacho. Era una chica
bien guapa, pensó. Se parecía a su madre.

—¿Querías verme? —Ryan esperó a que la invitara a
sentarse.

Swan no era un hombre muy grande, pero siempre
había compensando esa falta de estatura con su facilidad para comunicarse. Le bastó un gesto para pedirle
que tomara asiento. Seguía conservando ese rostro de
rasgos duros que las mujeres solían encontrar tan
atractivo. Y aunque en los últimos cinco años había
ganado algunos kilos y se le había caído algo de pelo,
en esencia seguía exactamente igual que en el primer
recuerdo que Ryan pudiera tener de él. Al mirarlo,
sintió una mezcla familiar de amor y frustración.
Ryan sabía demasiado bien los límites del afecto que
su padre podía llegar a profesarle.

—¿Te encuentras mejor? —le preguntó. No daba la
impresión de que el ataque de gripe que había sufrido
le hubiese dejado secuela alguna. El color de su cara
era lozano y saludable, sus ojos brillaban con lucidez.
Swan dio por zanjada la conversación sobre su salud
con otro simple gesto de la mano. No tenía paciencia

con las enfermedades; menos todavía cuando el enfermo era él. No podía perder el tiempo con ellas.

—¿Qué te ha parecido Atkins? —quiso saber en cuanto Ryan se hubo sentado. Era una de las pocas cosas para las que le pedía opinión: valoraba la intuición que su hija tenía para formarse una idea de los demás. Como siempre, Ryan se lo pensó con detenimiento antes de responder.

—Es especial. No hay dos hombres como él en el mundo —arrancó con un tono que habría hecho sonreír a Pierce—. Tiene un talento extraordinario y mucha personalidad. No estoy segura de si lo uno es debido a lo otro.

—¿Es muy excéntrico?

—No, al menos no en el sentido de que se dedique a hacer cosas para fomentar una imagen excéntrica —Ryan frunció el ceño al recordar su casa, su estilo de vida. Como el propio Pierce había dicho, las apariencias podían engañar—. Creo que es un hombre muy profundo y que vive la vida de acuerdo con sus propias reglas. La magia es algo más que un trabajo para él. Está entregado a ella como los pintores lo están a sus cuadros.

Swan asintió con la cabeza y exhaló una nube densa de humo caro.

—Y es una garantía de éxito. Siempre revienta las taquillas con sus espectáculos.

—Sí —dijo Ryan sonriente mientras apretaba el contrato—. Lo que es normal, porque no creo que haya nadie mejor que él en lo suyo; además, es muy dinámico sobre el escenario y lo envuelve cierto misterio fuera de él. Es como si hubiese encerrado en un armario los primeros años de su vida y hubiese escondido la llave. A los espectadores les encantan los misterios y él es un misterio en persona.

—¿Y el contrato?

Había llegado el momento de la verdad, se dijo Ryan armándose de valor.

—Está dispuesto a firmar, pero con ciertas condiciones. Es decir, quiere...

—Ya me ha contado sus condiciones —interrumpió Swan.

La disertación que con tanto cuidado había preparado Ryan se fue al traste de golpe.

—¿Te lo ha contado?

—Me llamó hace un par de horas —Swan se sacó el puro de la boca. El diamante que llevaba en el dedo destelleó mientras miraba a su hija—. Dice que eres escéptica y que eres meticulosa con los detalles. Parece ser que es justo lo que él quiere.

—Simplemente, lo que pasa es que creo que sus trucos no son más que el resultado de una buena puesta en escena —replicó Ryan, enfadada porque Pierce hubiese hablado con Swan antes que ella. Era una sensación incómoda, como si estuviese echándole otra partida de ajedrez. Y Pierce ya le había ganado la primera—. Tiene tendencia a incorporar su magia en el día a día. Tiene su encanto, pero distrae mucho para celebrar una entrevista de trabajo.

—Parece ser que insultarlo te ha funcionado —comentó Swan.

—¡No lo he insultado! —exclamó Ryan—. Me he pasado veinticuatro horas metido en una casa con papagayos parlantes y gatas negras, y no lo he insultado. He hecho todo lo que he podido por conseguir que firme, salvo dejar que me corte en dos con la sierra. Estoy dis-

puesta a llegar muy lejos para conseguir un cliente, pero
hay ciertos límites a los que no llego, por mucha taqui-
lla que dejen sus espectáculos —añadió al tiempo que
ponía el contrato sobre la mesa de su padre.

Swan tamborileó con los dedos y la miró a la cara:

—También me ha comentado que no lo molestan
tus arranques de genio. Dice que no le gusta aburrirse.

Ryan se tragó las siguientes palabras que acudieron
a su cabeza. Con calma, volvió a recostarse sobre el
respaldo de la silla.

—Vale, ya me has dicho lo que él te ha contado. ¿Y
tú qué le has dicho a él?

Swan se tomó un tiempo en responder. Era la primera vez que alguien relacionado con el trabajo había
hecho referencia al temperamento de Ryan. Swan sabía que su hija tenía carácter, y un carácter fuerte,
como también sabía que siempre lo había mantenido
bajo control en sus relaciones con los clientes. Decidió dejarlo pasar.

—Le he dicho que estaré encantado de complacerlo.

—Que le has dicho... —Ryan se atragantó, carraspeó
y probó de nuevo—. ¿Has accedido?, ¿por qué?

—Queremos que trabaje para nosotros. Y él te
quiere a ti.

Daba la impresión de que su padre no se había enfurecido con el ultimátum de Pierce, pensó Ryan, no
poco confundida. ¿Con qué conjuro habría hechizado
a su padre? Fuera el que fuera, se dijo irritada, ella no
estaba bajo su influencia.

—¿Tengo voz en esto?

—No mientras trabajes para mí. Llevas un par de
años pidiendo una oportunidad como ésta —le recordó Swan después de echar un vistazo fugaz al con-

trato—. Pues bien, voy a darte esa oportunidad. Y te
voy a estar vigilando de cerca. Espero que no la fasti-
dies —añadió mirándola a los ojos.

—No voy a fastidiarla —repuso ella, apenas contro-
lando un nuevo arrebato de furia—. Será el mejor espectáculo que la empresa produzca en toda su maldita
historia.

—Ocúpate de que así sea —advirtió Swan—. Y no te
excedas con el presupuesto. Encárgate de los cambios
y mándale el contrato nuevo a su agente. Quiero su
firma antes de que termine la semana.

—La tendrás —Ryan recogió los papeles del contrato
antes de dirigirse a la salida del despacho.

—Atkins me ha dicho que formaréis un buen equipo
—añadió Swan mientras ella abría ya la puerta—. Dice
que salió en las cartas.

Ryan lanzó una mirada hostil por encima del hombro antes de marcharse, cerrando de un portazo.

Swan esbozó una pequeña sonrisa. Era evidente que
la chica había salido a su madre, pensó. Luego pulsó un
botón para hablar con su secretaria. Tenía otra cita.

Si algo detestaba Ryan era que la manipulasen.
Cuando hubo dejado pasar el tiempo suficiente para
serenarse, de vuelta ya en su despacho, comprendió la
habilidad con que tanto Pierce como su padre la habían manejado. No la molestaba tanto por lo que a su
padre tocaba, pues éste había tenido años para aprender
que el hecho de sugerirle que no sería capaz de llevar a
cabo una operación era la estrategia perfecta para asegurarse de que la llevase a cabo. Pero con Pierce era distinto. Ella no la conocía o, al menos, se suponía que no
debía conocerla. Y, sin embargo, la había manejado a su
antojo, con suavidad, con discreción, con esa maestría

tipo «la mano es más rápida que el ojo» con la que había manejado los cilindros vacíos. Había conseguido lo que quería. Ryan redactó los nuevos contratos. Después de imprimirlos, se quedó pensativa.

Tampoco tenía por qué enfadarse. En realidad, debería celebrarlo, se dijo. Después de todo, ella también había conseguido lo que quería. Ryan decidió mirar la cuestión desde un ángulo nuevo. Producciones Swan amarraría a Pierce para tres programas especiales en horario de máxima audiencia, y ella tendría su oportunidad de dirigir una producción.

Ryan Swan, productora. Sonrió. Sí, le gustaba cómo sonaba. Lo repitió en voz baja y sintió un primer cosquilleo de emoción. Luego sacó la agenda y empezó a calcular cuánto tiempo podría necesitar en atar un par de cabos sueltos antes de entregarse por completo a la producción de los espectáculos de Pierce.

Llevaba una hora de papeleo cuando el teléfono la interrumpió:

—Ryan Swan —respondió con energía, sujetando el auricular entre la oreja y el hombro mientras continuaba haciendo anotaciones.

—¿La he interrumpido, señorita Swan?

Nadie más la llamaba «señorita Swan» de ese modo. Ryan interrumpió la redacción de la frase que estaba escribiendo y se olvidó por completo de ella.

—En efecto, señor Atkins. ¿Qué puedo hacer por usted?

Pierce soltó una risotada que no consiguió sino enojarla.

—¿Qué le parece tan divertido?

—Tiene una voz preciosa cuando se pone tan profesional, señorita Swan —dijo él de buen humor—. He pensado que, a falta de concretar algún detalle, le gustaría tener las fechas en que tendrá que acompañarme en Las Vegas.

—Todavía no hemos firmado el contrato, señor Atkins —replicó ella con frialdad.

—La inauguración es el día quince —prosiguió él como si no la hubiese oído. Ryan frunció el ceño, pero anotó la fecha. Casi podía verlo sentado en la biblioteca, acariciando a la gata en su regazo—. Pero los ensayos empiezan el doce. Me gustaría que también estuviera en ellos. Y cierro el veintiuno —finalizó.

—De acuerdo —Ryan pensó fugazmente que el veintiuno era su cumpleaños—. Podemos empezar a diseñar la producción del especial la semana siguiente.

—Perfecto —Pierce hizo una pausa—. Me pregunto si puedo pedirle una cosa, señorita Swan.

—Pedirlo puede —respondió ella con prudencia.

Pierce sonrió y rascó las orejas de Circe.

—El día once tengo un compromiso en Los Ángeles. ¿Puede venir conmigo?

—¿El once? —Ryan apretó el auricular con la oreja y pasó las hojas del calendario que tenía encima de la mesa—. ¿A qué hora?

—A las dos de la tarde.

—Sí, de acuerdo —dijo al tiempo que hacía una señal en el día—. ¿Dónde nos encontramos?

—Yo la recojo... a la una y media.

—A la una y media. Señor Atkins... —Ryan dudó. Luego agarró la rosa de encima de la mesa—. Gracias por la flor.

—De nada, Ryan.

Después de colgar, Pierce permaneció sentado unos segundos, sumido en pensamientos. Imaginó a Ryan sujetando la flor en aquel preciso instante. ¿Sabría que su piel era tan suave como los mismos pétalos de la rosa? Su cara, justo a la altura de la mandíbula... todavía podía sentir vivamente su textura en la yema de los dedos. Los deslizó sobre el lomo de la gata.

—¿Qué piensas de ella, Link?

El gigantón siguió ordenando los volúmenes de la biblioteca.

—Tiene una risa bonita —contestó sin darse la vuelta.

—Sí, eso mismo pienso yo —Pierce recordaba perfectamente lo melodiosa que era. La risa de Ryan lo había pillado desprevenido. Había sido todo un contraste con la expresión seria que había mostrado instantes antes. En realidad, lo sorprendían tanto su risa como lo apasionada que era. Pierce recordó la fogosidad con que su boca se había derretido bajo la de él. Esa noche no había sido capaz de trabajar ni un solo segundo. Se había pasado horas pensando en ella, sabedor de que estaba en la cama, cubierta por un simple camisón.

No le gustaba que nada lo distrajese o dificultase su concentración, pero la había hecho regresar. El instinto, se recordó. Él siempre se había fiado de su instinto.

—Dijo que le gustaba mi música —comentó Link sin dejar de ordenar la biblioteca.

Pierce levantó la vista, despertando de su ensimismamiento. Sabía lo susceptible que Link era cuando criticaban su música.

—Es verdad. Le gustó. Le gustó mucho. Dijo que la melodía de la partitura que había en el piano era preciosa.

Link asintió con la cabeza. Sabía que Pierce no le diría nada que no fuese más que la pura verdad.

—Te gusta, ¿verdad?

—Sí —respondió Pierce con tono distraído mientras acariciaba a la gata—. Creo que me gusta, sí.

—Y supongo que querrás hacer esa cosa para la tele.

—Es un desafío —contestó Pierce.

Link se giró.

—¿Pierce?

—¿Sí?

El mayordomo vaciló, temeroso de saber ya la respuesta.

—¿Vas a incluir alguna fuga en el espectáculo de Las Vegas?

—No —Pierce frunció el ceño y Link se sintió inmensamente aliviado. Pierce recordó que había estado trabajando en ese número justo la noche que Ryan había pasado en su casa—. No, todavía no he ensayado suficiente. Haré la próxima fuga en alguno de los especiales —añadió.

—No me parece buena idea —comentó Link, cuyo alivio apenas había durado unos segundos—. Pueden salir mal muchas cosas.

—Todo saldrá bien —aseguró Pierce—. Sólo necesito ensayar un poco más para poder incluir el número en el espectáculo.

—Pero no tienes tiempo —insistió Link, a pesar de que no solía discutir por nada—. Podrías introducir algún cambio en el espectáculo o posponerlo. No me gusta, Pierce —repitió, aunque sabía que sería inútil.

—Te preocupas demasiado —dijo Pierce—. No habrá ningún problema. Sólo tengo que ocuparme de un par de detalles.

Pero no estaba pensando en el número de la fuga. Estaba pensando en Ryan.

Ryan se descubrió mirando el reloj. La una y cuarto. Los días previos al once habían pasado muy rápido. Había estado hasta arriba de trabajo, con un montón de papeleo, con jornadas de diez horas diarias a menudo para intentar despejar la mesa de su despacho antes de partir hacia Las Vegas. Quería dejar resuelto el máximo posible de asuntos y no tener ningún problema pendiente de resolver una vez empezase a trabajar en la producción de los espectáculos de Pierce. Compensaría su falta de experiencia dedicándole al proyecto todo su tiempo y toda su atención.

Todavía tenía algo que demostrar... a su padre, a sí misma y, en esos momentos, también a Pierce. Para Ryan era algo más que un simple contrato con unas cláusulas que cumplir.

Sí, los días habían pasado a toda velocidad, se dijo, pero la última hora... ¡sólo era la una y diecisiete! Ryan emitió un suspiro de fastidio, sacó una carpeta y la abrió. Estaba mirando la hora como si estuviese esperando a un hombre en una cita a ciegas más que a

un cliente del trabajo. Era absurdo. Con todo, cuando
por fin llamaron a la puerta, levantó la cabeza como
un rayo y se olvidó de la carpeta que acababa de abrir.
Respiró profundamente tres veces para no parecer ansiosa y contestó con calma:

—Sí, adelante.

—Hola, Ryan.

Ésta ocultó la decepción que le produjo ver aparecer a Ned Ross, el cual la saludó con una sonrisa radiante.

—Hola, Ned.

Ned Ross: treinta y dos años, rubio y bien parecido, con cierto encanto californiano y estilo desenfadado. El cabello se le enredaba libremente por detrás
de la nuca y lucía unos pantalones de diseño caros con
una camisa de seda. No llevaba corbata, observó
Ryan. Lo cual iba en contra de su imagen. Ésta, por
otra parte, se veía favorecida por la colonia fresca que
utilizaba. Estaba claro que Ned era consciente de los
efectos de su encanto y que lo usaba adrede.

Ryan se recriminó en silencio ser tan criticona y le
devolvió la sonrisa, si bien la suya fue mucho más fría
que la de él.

Ned era subsecretario de Bennett Swan. Y durante
varios meses, hasta hacía unas pocas semanas, también
había sido el compañero inseparable de Ryan. La había invitado a comer, a cenar y a salir de fiesta, le había dado un par de emocionantísimas clases de surf, le
había mostrado la belleza de la playa durante una
puesta de sol y le había hecho creer que era la mujer
más atractiva y deseable que jamás había conocido.
Descubrir que, en el fondo, su interés se había cen-
trado en cortejar a la hija de Bennett Swan, antes que

a Ryan por sí misma, había supuesto un doloroso desengaño.

—El jefe quería que viese cómo te van las cosas antes de que te marches a Las Vegas —Ned se sentó sobre la esquina de la mesa. Luego se inclinó para darle un beso fugaz. Todavía tenía planes para la hija del jefe—. Y yo quería despedirme.

—Ya he terminado todo lo que tenía que dejar preparado antes de irme —respondió Ryan con indiferencia al tiempo que interponía una carpeta entre los dos. Todavía le costaba creer que aquel rostro atractivo y bronceado de sonrisa amable ocultara a un mentiroso ambicioso—. Tenía intención de informar a mi padre en persona.

—Está ocupado —contestó Ned justo antes de quitarle la carpeta para echarle un vistazo—. Acaba de marcharse a Nueva York. A no sé qué sitio que quiere examinar él mismo para un rodaje. No volverá hasta finales de semana.

—Ah —Ryan bajó la mirada hacia las manos. Ya podía haberse tomado la molestia de llamarla un segundo, pensó. Después exhaló un suspiro. ¿Cuándo se había molestado en avisarla de nada? ¿Y cuándo dejaría ella de esperar que lo hiciera?—. Bueno, pues puedes decirle que todo está controlado. Le he redactado un informe —añadió mientras le arrebataba la carpeta de las manos.

—Siempre tan eficiente —Ned le sonrió de nuevo, pero no hizo ademán alguno de marcharse. Sabía perfectamente que había dado un paso en falso con Ryan y que tenía que recuperar terreno—. Bueno, ¿cómo llevas lo de estrenarte en producción?

—Es un desafío.

—Este Atkins —continuó él sin dar importancia a la frialdad con que Ryan lo estaba tratando—, es un tipo un poco raro, ¿no?

—No sabría decir; no lo conozco lo suficiente —contestó ella vagamente. De pronto, se dio cuenta de que no quería hablar de Pierce con Ned. El día que había pasado con el mago le pertenecía a ella, no quería compartirlo—. Tengo una cita en unos minutos, Ned; así que si no te importa... —añadió poniéndose de pie.

—Ryan —Ned tomó las manos de ella entre las suyas como tantas veces había hecho mientras habían estado saliendo; un gesto que siempre la había hecho sonreír—. Estas últimas semanas te he echado mucho de menos.

—Nos hemos visto unas cuantas veces —contestó Ryan, dejando que sus manos reposaran muertas sobre las de él.

—Ya sabes a lo que me refiero —Ned le masajeó las muñecas, pero no notó que le subiera el pulso lo más mínimo—. Sigues enfadada conmigo por esa estúpida sugerencia —añadió con un tono suave y persuasivo.

—¿Quieres decir por lo de pedirme que utilizara mis influencias para que mi padre te asignara la dirección de la producción O'Mara? —Ryan enarcó una ceja—. No, Ned. No estoy enfadada contigo. Tengo entendido que al final le han dado el puesto a Bishop. Espero que no te resulte una desilusión muy grande —añadió incapaz de ocultar una pequeña sonrisa burlona.

—Eso no importa —contestó él, disimulando su desencanto con un gesto de indiferencia con los hombros—. Déjame que te invite a cenar esta noche. A ese pequeño restaurante francés que te gusta tanto. Podríamos dar un paseo por la costa y charlar —añadió al tiempo que se acercaba unos centímetros.

Ryan no se apartó. ¿Hasta dónde, se preguntó, estaría dispuesto a llegar Ned?

—¿No has pensado que ya puedo tener una cita?

La pregunta frenó el avance de su boca para besarla. No se le había ocurrido que pudiera estar saliendo con otro hombre. Estaba convencido de que seguía locamente enamorada de él. Había invertido mucho tiempo y esfuerzo en ello, de modo que la única conclusión razonable era que Ryan quería hacerse rogar.

—Anúlala —murmuró en tono seductor. Le dio un beso delicado, pero no advirtió que los ojos de Ryan seguían abiertos y gélidos.

—No.

Ned jamás habría imaginado una negativa tan directa y fría. Sabía por experiencia que Ryan era una mujer temperamental. Y hasta había desilusionado a una ayudante de dirección que se mostraba muy amistosa con él para volver a estar con Ryan. Tanta indiferencia lo había pillado desprevenido.

—Venga, Ryan —insistió, levantando la cabeza para mirarla a los ojos—. No seas...

—Si me disculpas —Ryan se quitó de encima las manos de Ned y miró hacia la entrada del despacho.

—Señorita Swan —la saludó Pierce acompañando sus palabras con un leve movimiento de cabeza.

—Señor Atkins —respondió ella. Tenía las mejillas rojas y encendidas de rabia por haber dado lugar a que la sorprendieran en una situación comprometida en su despacho. ¿Por qué no le había pedido a Ned que cerrase la puerta cuando había entrado?—. Ned, le pre-

sento al señor Atkins. Ned Ross es subsecretario de
mi padre.

—Señor Ross —Pierce entró en el despacho, pero no
le tendió la mano.

—Encantado de conocerlo, señor Atkins. Soy un
gran admirador suyo —dijo Ned, esbozando una sonrisa para la galería.

—¿De veras?

Pierce le devolvió una sonrisa educada que hizo a
Ned sentirse como si acabaran de tirarlo dentro de
una habitación muy fría y oscura.

Incapaz de mantenerle la mirada, Ned se giró hacia
Ryan.

—Pásalo bien en Las Vegas —se despidió—. Y, lo dicho: un placer conocerlo, señor Atkins —añadió
cuando ya estaba saliendo del despacho.

Ryan miró la apresurada salida de Ned con el ceño
fruncido. Desde luego, no había sido la retirada del
hombre confiado y seguro de sí mismo que solía ser.

—¿Qué le ha hecho? —preguntó ella cuando Ned
hubo cerrado la puerta.

Pierce enarcó las cejas al tiempo que se acercaba a
Ryan.

—¿Qué cree que le he hecho?

—No sé —murmuró Ryan—. Pero sea lo que sea, no
quiero que me lo haga a mí.

—Tiene las manos frías, Ryan —dijo Pierce después
de tomarlas entre las de él—. ¿Por qué no le ha dicho
simplemente que la deje en paz?

La ponía nerviosa que la llamara Ryan. Pero también la ponía nerviosa que la llamara señorita Swan
en aquel tono ligeramente burlón que utilizaba. Ryan
bajó la mirada hacia las manos entrelazadas de ambos.

—Lo he hecho... o sea... —Ryan no entendía qué hacía balbuceando para darle una explicación a Pierce—. Será mejor que nos demos prisa si quiere llegar a tiempo a su compromiso, señor Atkins.

—Señorita Swan —Pierce la miró con expresión risueña mientras se llevaba a los labios las manos de Ryan. Ya no estaban frías en absoluto—. Echaba de menos esa cara tan seria y ese tono tan profesional.

Así, sin darle opción a responder nada, le agarró un brazo y la condujo hacia la salida del despacho.

Después de ponerse el cinturón de seguridad en el coche de Pierce y de introducirse en un mar de tráfico, Ryan trató de entablar algún tipo de conversación para romper el silencio. Si iban a trabajar codo con codo, lo mejor sería determinar lo más rápido posible la forma correcta de relacionarse. Peón de reina a alfil dos, pensó, recordando la partida de ajedrez que habían echado.

—¿Qué clase de compromiso tiene esta tarde?

Pierce paró ante un semáforo en rojo y se giró a mirarla. Sus ojos se cruzaron con los de ella con breve pero potente intensidad.

—Es un secreto —respondió Pierce enigmáticamente—. El ayudante de su padre no le cae bien —afirmó sin rodeos.

Ryan se puso tensa. Él había atacado y había llegado su turno de defender.

—Es bueno en su trabajo.

—¿Por qué le ha mentido? —preguntó Pierce cuando el semáforo se puso verde—. Podía haberle dicho que no quería cenar con él, en vez de fingir que tenía otra cita.

—¿Qué le hace pensar que estaba fingiendo? —replicó impulsivamente Ryan, herida en su orgullo.

—Sólo me preguntaba por qué sentía que debía hacerlo —dijo él mientras reducía a segunda para tomar una curva.

—Eso es asunto mío, señor Atkins —zanjó Ryan.

—¿No crees que podríamos olvidarnos de tanto «señor Atkins y señorita Swan» durante esta tarde? —se animó a tutearla Pierce.

Entró en un aparcamiento y estacionó en un hueco libre. Luego giró la cabeza y le dedicó una de sus mejores sonrisas. Sin duda, decidió Ryan, era un hombre demasiado encantador cuando sonreía de ese modo.

—Puede —contestó sin poder evitar que sus labios se curvaran hacia arriba—. Durante esta tarde. ¿Pierce es tu verdadero nombre?

—Sí que yo sepa —dijo y salió del coche. Cuando Ryan se apeó, se dio cuenta de que estaban en el aparcamiento del Hospital General de Los Ángeles.

—¿Qué hacemos aquí?

—Tengo que hacer un espectáculo —Pierce sacó del portaequipajes un maletín negro, parecido a los que pudiera utilizar cualquier doctor—. Son mis herramientas de trabajo. Nada de bisturís —le prometió al ver la cara intrigada de Ryan.

Después le tendió una mano. Se quedó mirándola a los ojos con paciencia mientras ella dudaba. Por fin, Ryan aceptó la mano y salieron juntos por la puerta lateral.

Había pensado en distintos sitios a los que Pierce podría haberla llevado a pasar la tarde, pero en ningún momento había imaginado que fueran a acabar en la sala de pediatría del Hospital General. Y fuera cual fuera la imagen que se hubiese formado de Pierce Atkins, tampoco había imaginado que conectase tan bien con los niños. Al cabo de los cinco primeros minutos, Ryan comprendió que Pierce les estaba ofreciendo mucho más que unos cuantos trucos. Se estaba entregando a sí mismo.

Al final resultaba que tenía un gran corazón, se dijo con cierta inquietud. Actuaba en Las Vegas, cobraba treinta y seis euros por entrada y abarrotaba los mejores escenarios; pero luego se iba a un hospital para hacer pasar un rato agradable a un puñado de niños. Ni siquiera había periodistas presenciando aquel acto humanitario para escribirlo en las columnas del día siguiente. Pierce estaba entregando su tiempo y su talento por el mero hecho de procurar felicidad a los demás. O, para ser más precisa, pensó Ryan, para aliviar el sufrimiento de los enfermos.

Fue justo en ese momento, aunque entonces no se dio cuenta, cuando Ryan se enamoró.

Lo miró mientras jugaba con una pelotita en la mano. Ryan estaba tan fascinada como los niños. Con un movimiento fulgurante, la pelota desapareció para reaparecer instantes después por la oreja de un niño que chilló entusiasmado.

Se trataba de un espectáculo sencillo, compuesto por pequeños trucos que cualquier mago aficionado podría haber realizado. Pero la sala era un tumulto de risas, exclamaciones de asombro y aplausos. Era evidente que a Pierce le resultaba mucho más satisfactorio que el éxito más atronador de cuantos podía cosechar tras un número complicado sobre el escenario. Sus raíces estaban ahí, entre los niños. Nunca lo había olvidado. Recordaba de sobra el olor a desinfectante y los ambientadores florales de las salas de enfermos, la sensación de no poder salir de una cama de hospital.

El aburrimiento, pensó Pierce, podía ser la enfermedad que más estragos causara entre los niños.

—Os habréis fijado en que me acompaña una ayudante guapísima —señaló Pierce. Ryan necesitó unos
segundos para darse cuenta de que se refería a ella. Se
le agrandaron los ojos de sorpresa, pero él se limitó a
sonreír—. Ningún mago viaja sin acompañante. Ryan
—la llamó extendiendo una mano, con la palma hacia
arriba.

Entre risillas y aplausos, no tuvo más remedio que
unirse a Pierce.

—¿Qué haces? —susurró ella.

—Convertirte en estrella —respondió Pierce con naturalidad antes de volverse hacia su público de niños
en camas y sillas de ruedas—. Ryan tiene esta sonrisa
tan bonita porque bebe tres vasos diarios de leche,
¿verdad que sí, Ryan?

—Eh... sí —dijo ella. Luego miró las caras expectantes que la rodeaban—. Tres vasos diarios —repitió. ¿Por
qué le hacía eso Pierce? Nunca había tantos ojos
enormes y curiosos pendientes de ella a la vez.

—Estoy seguro de que todos sabéis lo importante
que es beber leche.

Lo que fue respondido con algunas afirmaciones
poco entusiasmadas y un par de gruñidos de protesta.
Pierce metió la mano en el maletín negro y sacó un
vaso que ya estaba medio lleno de leche. Nadie le preguntó por qué no se había derramado.

—Porque todos bebéis leche, ¿verdad? —continuó él.
Esa vez arrancó algunas risas aparte de algún gruñido
más. Pierce sacudió la cabeza, sacó un periódico y
empezó a doblarlo en forma de embudo—. Éste es un
truco difícil. No sé si podré hacerlo si no me prome-

téis todos que esta noche os tomaréis vuestro vaso de
leche.

Un coro de promesas llenó la sala de inmediato.
Ryan comprendió que Pierce era tan bueno con los
niños como con la magia, tenía tanta destreza como
psicólogo que como artista. Quizá no eran cosas distintas y el secreto de su arte consistía en conocer a su
público. De pronto, advirtió que Pierce la estaba mirando con una ceja enarcada.

—Sí, sí, yo también lo prometo —accedió sonriente.
Estaba tan encantada como cualquiera de los niños.

—Veamos qué pasa. ¿Te importa echar la leche en
este embudo? —le preguntó Pierce a Ryan al tiempo
que le entregaba la leche. Luego le guiñó un ojo al
público—. Despacio, que no se caiga nada. Es leche
mágica, ¿sabíais? La única que bebemos los magos.

Pierce le agarró una mano y la guió, manteniendo
la parte superior del embudo justo sobre los ojos de
Ryan.

Tenía la mano caliente. Y lo envolvía un aroma que
Ryan no acertaba a concretar. Era un aroma campes-
tre, del bosque. Pero no era pino, decidió, sino algo
más intenso, más próximo a la tierra. Su respuesta al
contacto fue tan inesperada como indeseada. Ryan
trató de concentrarse en volcar el vaso por la apertura
del embudo. El pico de abajo goteó un poco.

—¿Dónde se compra leche mágica? —quiso saber
uno de los niños.

—La leche mágica no se compra. Tengo que levan-
tarme muy temprano todos los días y hacerle un conjuro a una vaca —contestó Pierce con seriedad. Entonces, cuando Ryan terminó de verter la leche, él lo
devolvió al maletín. Volvió a girarse hacia el embudo

y frunció el ceño—. Ésta era mi leche, Ryan. Podías haberte tomado la tuya luego —dijo con un ligero tono de censura.

Antes de que ella pudiera abrir la boca para hablar, Pierce deshizo el embudo. Automáticamente, Ryan se retiró para que no le cayese la leche encima. Pero el embudo estaba vacío.

Los niños gritaron entusiasmados al tiempo que ella lo miraba perpleja.

—Es una glotona —le dijo Pierce al público—. Pero sigue siendo guapísima —añadió justo antes de inclinarse para besarle la mano.

—Yo misma eché la leche en el embudo —comentó Ryan horas después mientras recorrían el pasillo del hospital camino del ascensor—. Estaba goteando por abajo. Lo vi.

—Las cosas no son siempre lo que parecen —dijo él después de invitarla a entrar en el ascensor—. Fascinante, ¿verdad?

Ryan notó cómo empezaba a descender el ascensor. Permaneció unos segundos en silencio.

—Tú tampoco eres del todo lo que pareces, ¿no?

—No, ¿y quién sí?

—Has hecho más en una hora por esos niños de lo que podrían haber hecho una decena de médicos —dijo Ryan y él bajó la mirada—. Y no creo que sea la primera vez que haces una cosa así.

—No lo es.

—¿Por qué?

—Los hospitales son un sitio espantoso cuando se es pequeño —se limitó a responder. Era la única respuesta que podía darle.

—Para estos niños hoy no ha sido así.

Pierce volvió a tomarle la mano cuando llegaron a la primera planta.

—No hay público más exigente que los niños. Se lo toman todo al pie de la letra.

Ryan rió.

—Supongo que tienes razón. ¿A qué adulto se le habría ocurrido preguntarte dónde compras leche mágica? —Ryan lo miró—. Pero has reaccionado enseguida.

—Cuestión de experiencia. Los niños te obligan a estar siempre atento. Los adultos se distraen más fácilmente —Ryan se encogió de hombros. Luego le sonrió—. Incluida tú. A pesar de que me estabas mirando con esos ojos tan verdes e intrigados.

Ryan miró hacia el aparcamiento cuando salieron del ascensor. Le resultaba casi imposible no fijarse en Pierce cuando éste le hablaba.

—¿Por qué me has pedido que venga contigo esta tarde? —le preguntó.

—Quería que me hicieras compañía.

—No sé si lo entiendo —dijo ella mirándolo a la cara.

—¿Tienes que entenderlo todo? —repuso Pierce. A la luz del sol, el cabello de Ryan tenía el color del trigo. Pierce deslizó los dedos por él. Luego enmarcó la cara de Ryan, posando las manos en sendas mejillas—. ¿Siempre?

Ryan notó que el corazón le latía en la garganta.

—Sí, creo...

Pero la boca de Pierce cayó sobre la de ella y Ryan no pudo seguir pensando. Fue tal como había sido la primera vez. El beso, delicado, la desarmó por completo. Ryan sintió un pinchazo cálido y trémulo por el cuerpo mientras Pierce le acariciaba las sienes. Luego notó un cosquilleo delicioso justo bajo el corazón. De repente, el mundo parecía haber desaparecido a su alrededor. No había sombras ni mágicos fantasmas siquiera. Lo único que tenía solidez eran las manos y la boca de Pierce.

¿Era el viento o los dedos de él lo que sentía sobre su piel?, ¿le había murmurado algo o había sido ella misma?

Pierce la separó. Los ojos de Ryan se habían nublado. Poco a poco, fueron despejándose y empezando a enfocar, como si estuviese despertando de un sueño. Pero Pierce no estaba preparado para que el sueño finalizase. La atrajo de nuevo, volvió a apoderarse de sus labios y paladeó el sabor profundo y misterioso de su boca.

Tuvo que contener el impulso de estrujarla contra su propio cuerpo, de devorar sus labios, cálidos y dispuestos. Ryan era una mujer delicada. De modo que, aunque el deseo lo desgarraba, luchó por controlarlo. A veces, cuando estaba encerrado en una caja oscura y sin oxígeno, tenía que resistir la necesidad apremiante de escapar y salir corriendo. En ese momento, sentía los mismos síntomas de pánico. ¿Qué le estaba haciendo aquella mujer? La pregunta cruzó su cerebro al tiempo que acercaba a Ryan un poco más todavía. Lo único que Pierce sabía era que la deseaba con una desesperación inconcebible.

¿Habría seda pegada a su cuerpo como la noche en que la había sorprendido con el camisón?, ¿alguna prenda fina, ligeramente perfumada con su propia fragancia femenina? Quería hacerle el amor, ya fuese a la luz de las velas o en medio del campo, con el sol iluminándola. Santo cielo, jamás había deseado tanto a una mujer.

—Ryan, quiero estar contigo —susurró él labio contra labio—. Necesito estar contigo. Vamos, Ryan, deja que te ame. No puedo esperar —añadió después de inclinarle la cabeza para besarla desde otro ángulo.

—Pierce —dijo ella con voz trémula. Notaba que se estaba hundiendo y peleaba por encontrar algún punto firme sobre el que mantenerse en pie. Se apoyó sobre él al tiempo que negaba con la cabeza—. No te conozco.

Pierce controló un súbito arrebato salvaje. Estuvo tentado de meterla en el coche y llevársela a casa. Llevársela a su cama. Pero logró mantener la compostura.

—Es verdad, no me conoces. Y la señorita Swan necesita conocer a un hombre antes de acostarse con él —dijo Pierce, tanto para Ryan como para sí mismo. La apartó unos centímetros, la sujetó por los hombros y la miró a la cara. No le gustaba el ritmo desenfrenado al que le latía el corazón. La calma y el control eran cruciales para su trabajo y, por consiguiente, para él—. Cuando me conozcas, seremos amantes —añadió con voz más serena.

—No —repuso Ryan, a la que no le disgustaba tanto la idea en sí de hacer el amor con Pierce como el hecho de que éste diese por sentado que acabarían haciéndolo—. No seremos amantes a menos que yo quiera. Yo negocio contratos, nunca mi vida privada.

Pierce sonrió, más satisfecho con aquella reacción de enojo de lo que habría estado de haberse plegado Ryan a sus deseos. Desconfiaba de las cosas que llegaban con excesiva facilidad.

—Señorita Swan —murmuró mientras le agarraba un brazo—, la suerte ya está echada. Lo hemos visto en las cartas.

VI

Ryan llegó sola a Las Vegas. Había insistido en que así fuera. Después de lograr sosegarse y tras recuperar la capacidad de pensar con una mente práctica, había decidido que lo más inteligente sería no tener demasiado contacto personal con Pierce. Cuando un hombre se las arreglaba para hacer que el mundo desapareciera a su alrededor con un beso, lo mejor era guardar la distancia. Ése era el objetivo que se había marcado Ryan.

Durante la mayor parte de su vida, había estado totalmente dominada por su padre. No se había atrevido a hacer nada sin contar con su aprobación. Podía ser que Bennett Swan no le hubiese dedicado mucho tiempo, pero siempre le había dado su opinión. Y ella nunca había actuado en contra de la opinión de su padre.

Sólo a partir de los veinte años, Ryan había empezado a explorar sus talentos, a confiar en su criterio y a valorar su independencia. El sabor de la libertad había sido muy dulce. No estaba dispuesta a dejarse dominar de nuevo y, desde luego, no para someterse al imperio del deseo físico. Sabía por experiencia que los hombres no solían ser de fiar. ¿Por qué había de ser una excepción Pierce Atkins?

Después de pagar al taxista, Ryan se apeó y se tomó un momento para mirar a su alrededor. Era su primer viaje a Las Vegas. Aunque no eran más que las diez de la mañana, la ciudad despertaba el interés de los turistas, atentos, por ejemplo, a los estudios cinematográficos de la Metro Goldwyn Mayer. Y también los hoteles atrapaban la mirada de los paseantes con sus fuentes, carteles luminosos y fabulosas flores.

No faltaban vallas publicitarias con nombres de famosos en letras gigantes. Estrellas, estrellas y más estrellas por todas partes. Las mujeres más bellas del mundo, los artistas de más talento, lo más colorido, lo más exótico... todo se daba cita allí. Era como si hubiesen reunido todo tipo de atractivos en un mismo sitio: parques, desierto, montañas; el sol bañaba las calles durante el día, iluminadas por neones al caer la noche.

Ryan se giró hacia el Palace. Miró el hotel durante unos segundos: era enorme, blanco, opulento. Arriba, en letras enormes, podía leerse el nombre de Pierce y las fechas de sus actuaciones. ¿Cómo se sentiría un hombre como él, se preguntó, al ver su nombre anunciado por todo lo alto?

Levantó las maletas y las dejó sobre el pasillo mecánico que la transportó por delante de unas estatuas italianas y una fuente resplandeciente. En la paz de la mañana, pudo oír el agua cayendo. Supuso que las calles serían mucho más bulliciosas de noche, llenas de coches y personas.

Nada más entrar en el vestíbulo del hotel, Ryan oyó el tintineo y las musiquillas de las máquinas tragaperras. Refrenó el impulso de visitar el casino para echar un vistazo y se dispuso a registrarse directamente

—Ryan Swan —se presentó después de dejar las maletas a los pies de la gran mesa de recepción—. Tengo una reserva.

—Sí, señorita Swan —el recepcionista le dedicó una sonrisa radiante sin consultar siquiera los archivos—. El botones se ocupará de su equipaje. Disfrute de su estancia, señorita Swan. Si necesita cualquier cosa, no deje de decírnoslo, por favor —añadió al tiempo que hacía una seña a un botones, antes de entregarle una llave.

—Gracias —Ryan aceptó las atenciones del recepcionista sin darle mayor importancia. Cuando la gente sabía que estaba ante la hija de Bennett Swan, lo normal era que la tratasen como a una embajadora en visita oficial. No era nada nuevo y, a decir verdad, la irritaba un poco.

El ascensor la condujo con suavidad hasta la planta superior mientras el botones la acompañaba guardando un silencio respetuoso. La condujo pasillo abajo hasta su habitación, le abrió la puerta y luego se retiró, dando un paso atrás, para dejarla entrar.

La primera sorpresa de Ryan fue constatar que no se trataba de una habitación, sino de una suite. La segunda, que ya estaba ocupada. Pierce estaba sentado en el sofá, estudiando unos papeles que tenía desperdigados encima de la mesa que tenía delante.

—Ryan —dijo él al tiempo que se levantaba. Luego se acercó al botones y le entregó un billete—. Gracias.

—Gracias a usted, señor Atkins.

Ryan esperó hasta que el botones se marchó y cerró la puerta.

—¿Qué haces aquí? —quiso saber ella.

—Tengo ensayo esta misma tarde —le recordó Pierce—. ¿Cómo ha ido el vuelo?

—Bien —contestó Ryan, insatisfecha con la respuesta de Pierce e inquieta por su presencia.

—¿Quieres una copa?

—No, gracias —Ryan examinó la suite, miró un segundo por la ventana y se giró hacia Pierce—. ¿Se puede saber que es esto?

Pierce enarcó una ceja, pero se limitó a responder con naturalidad:

—Nuestra suite.

—Ni hablar —contestó ella, sacudiendo la cabeza con firmeza—. Querrás decir tu suite —añadió justo antes de agacharse a recoger sus maletas y encaminarse hacia la puerta.

—Ryan.

Fue el tono de voz sereno lo que la hizo detenerse... y desquiciarla.

—¡Qué truco más ruin! —Ryan soltó las maletas y encaró a Pierce—. ¿De verdad creías que podías cambiar mi reserva y... y...

—¿Y qué? —la presionó él.

—Y plantarme aquí sin que yo pusiese la menor objeción —finalizó fastidiada—. ¿De verdad creías que me iba a meter en tu cama sin rechistar sólo por prepararme una suite bonita? ¿Cómo te atreves?, ¿cómo te atreves a mentirme diciéndome que necesitas que vea cómo actúas cuando lo único que quieres es que te guarde caliente la cama?

Su tono había ido pasando de ligeramente acusador a colérico, pero se calló de golpe, sorprendida y alarmada, cuando Pierce la agarró por la muñeca.

—Yo no miento —contestó con suavidad, pero sus ojos la penetraban con más intensidad de la que jamás había visto Ryan hasta entonces en su mirada—. Y no necesito ningún truco para acostarme con una mujer.

Ryan no trató de liberarse. El instinto le advirtió en contra, pero no pudo controlar su temperamento.

—Entonces, ¿qué es esto?

—La mejor solución —Pierce notó que el pulso de Ryan se aceleraba.

—¿Para qué?

—Tenemos que ver bastantes cosas juntos estos días —dijo él. Hablaba con frialdad, pero seguía agarrándola con fuerza por la muñeca—. No tengo intención de meterme en tu cuarto cada vez que tenga algo que decirte. He venido aquí a trabajar... y tú también —le recordó.

—Deberías haberme consultado.

—No lo he hecho —replicó Pierce tajantemente—. Pero tranquila, no tengas miedo: te aseguro que nunca me acuesto con una mujer a no ser que ella quiera.

—No me gusta que te hayas tomado la libertad de cambiar mi reserva sin hablarlo antes conmigo —insistió Ryan con firmeza, aunque las rodillas amenazaban con temblarle.

La furia de Pierce resultaba más amenazadora y contenida de lo que probablemente lo habría sido si le hubiese dado rienda suelta.

—Te dije que yo hago las cosas a mi manera. Si compartir suite te pone nerviosa, puedes meterte en tu habitación y echar el cerrojo —dijo él en tono burlón.

—¡Como si fuera a servirme de algo contigo! Un cerrojo no impedirá que entres.

Pierce le apretó la muñeca hasta hacerle daño. Luego le soltó la mano.

—Puede que no —Pierce abrió la puerta de la suite—. Pero bastará con un simple «no».

Se marchó antes de que Ryan pudiera decir nada más. Se recostó contra la puerta mientras notaba temblores por todo el cuerpo. Estaba acostumbrada a hacer frente a las explosiones coléricas o los silencios castigadores de su padre. Pero aquello...

Había advertido pura violencia en la mirada gélida de Pierce. Ryan habría preferido mil veces una discusión a gritos con cualquier hombre antes que soportar aquella mirada congeladora.

Sin darse cuenta de que estaba haciéndolo, Ryan se frotó la muñeca. Le palpitaba en cada punto por el que Pierce la había tenido agarrada. Había acertado al decir que no lo conocía. Era un hombre mucho más complejo de lo que jamás había imaginado. Tras haber descubierto una de sus máscaras, no estaba totalmente segura de si podría seguir adelante con aquel proyecto. Ryan permaneció contra la puerta unos segundos más, esperando a que los temblores remitieran por completo.

Miró a su alrededor. Quizá se hubiera equivocado reaccionando tan enérgicamente por un simple cambio de reserva, decidió por fin. Después de todo, compartir una suite era casi lo mismo que tener habitaciones pegadas. Y si el cambio hubiese consistido en eso, no le habría dado la menor importancia.

Pero Pierce tampoco había actuado bien, se recordó. Habría bastado con que le hubiese comentado las ventajas de compartir una suite para que ella hubiese accedido sin poner pegas. Lo que en el fondo le había disgustado había sido la imposición. Tras volver de Suiza, se había prometido que nunca más permitiría que la dirigieran.

Por otra parte, la preocupaba lo que Pierce le había dicho: él nunca se acostaba con una mujer a no ser que ella quisiera. De acuerdo. Eso estaba muy bien. Pero Ryan era consciente de que ambos sabían que ella lo deseaba.

Un simple no bastaría para que Pierce no entrase en su habitación. Sí, se dijo mientras recogía las maletas. De eso no le cabía duda. Él jamás forzaría a una mujer, aunque sólo fuera, sencillamente, porque no tenía necesidad de hacerlo. Ryan se preguntó cuánto tiempo tardaría en olvidar decirle que no.

Negó con la cabeza. Aquel proyecto era tan importante para Pierce como para ella. No haría bien si empezaban peleándose por el alojamiento o preocupándose por posibilidades remotas. Al fin y al cabo, en ningún momento pasaría nada que ella misma no quisiera. Ryan se fue a deshacer las maletas.


Cuando bajó al teatro, el ensayo ya había empezado. Pierce estaba en medio del escenario. Una mujer lo acompañaba. Aunque llevaba unos vaqueros corrientes y una camiseta suelta, Ryan reconoció a la escultural pelirroja que ayudaba a Pierce en sus espectáculos. En las cintas de vídeo que había repasado, la mujer llevaba modelitos pequeños y brillantes o vestidos amplios. Como él mismo había dicho en el hospital, ningún mago viajaba sin una acompañante bonita.

Alto ahí, se frenó Ryan. No era asunto de ella. Despacio, avanzó por el pasillo y se sentó en medio del patio de butacas. Pierce no se dignó en mirarla siquiera. De forma automática, Ryan empezó a pensar en encuadres, ángulos de cámara y montaje de escenas.

Cinco cámaras, pensó, y nada excesivamente llamativo al fondo. Nada brillante que pudiese desviar la atención de Pierce. Algo oscuro, decidió. Algo que realzara la imagen de mago o hechicero, más que la de showman.

Se quedó de piedra cuando la ayudante de Ryan se empezó a inclinar hacia atrás, muy despacio, hasta terminar tumbada por completo en el aire. Ryan dejó de planificar detalles de la producción y observó el espectáculo. En ese momento no había público al que entretener hablando, de modo que Pierce se limitaba a hacer gestos: gestos amplios y ágiles que recordaban a capas negras y candelabros. La mujer empezó a girar, lentamente al principio y luego a más velocidad.

Ryan había visto el número en vídeo, pero verlo en directo era una experiencia totalmente distinta. No había elementos de distracción, nada que le hiciese apartar la vista de las dos personas que estaban sobre el escenario: nada de música, nada de decorado, ningún juego de luz que reforzase el ambiente. Ryan descubrió que estaba conteniendo la respiración y se obligó a exhalar. La mata de cabello pelirrojo de la mujer se agitaba con cada vuelta. Tenía los ojos cerrados, una expresión de calma absoluta y las manos cruzadas con total tranquilidad sobre la cintura. Ryan miró con atención en busca de algún cable o alguna tabla transparente giratoria. Frustrada, se inclinó hacia delante.

No pudo evitar una pequeña exclamación de admiración cuando la mujer empezó a rotar sobre sí misma a la vez que daba vueltas de arriba abajo. Su rostro permanecía sereno e inmutable, como si estuviera durmiendo en vez de girando un metro por encima del escenario. Con un gesto, Pierce detuvo el movimiento y le hizo recuperar la vertical hasta que, lentamente, sus pies volvieron a tocar suelo. Después de pasar una mano sobre su cara, la pelirroja abrió los ojos y sonrió.

—¿Qué tal ha salido?

Ryan no podía creerse que la ayudante pudiera hablar con el mareo que ella habría tenido si hubiese dado tantas vueltas.

—Bien. Quedará mejor con música —contestó Pierce sin más. Luego se dirigió al director de iluminación—. Quiero luces rojas, algo potente. Que empiece suave y vaya creciendo a medida que aumenta la velocidad. Vamos con la teletransportación —añadió, girándose de nuevo hacia su ayudante.

Durante una hora entera, Ryan observó la actuación de Pierce fascinada, frustrada y, sobre todo, entretenida. Lo que a ella le parecía una ejecución impecable de un número, Pierce lo repetía una y otra vez. Tenía sus propias ideas sobre los efectos técnicos que quería para cada número. Ryan pudo comprobar que su creatividad no se limitaba a la magia. Pierce sabía cómo sacar el mejor partido de la iluminación y los efectos sonoros para resaltar, remarcar o marcar contrastes.

Era muy perfeccionista, concluyó Ryan. Trabajaba con sosiego, sin el despliegue de movimientos con que animaba los espectáculos en directo. Por otra parte, no lo notaba con aquella relajación alegre que le había visto cuando había actuado para los niños. En ese momento estaba trabajando, así de sencillo. Sería un mago, pensó sonriente Ryan, pero cultivaba sus poderes con ensayos de muchas horas y repeticiones. Cuanto más lo observaba, más respeto sentía.

Ryan se había preguntado cómo sería trabajar con él. Pues ya lo estaba viendo. Era implacable, infatigable y tan obsesivo con los detalles como ella misma. Tendrían sus discusiones, no le cabía duda, pero empezaba a disfrutar sólo de pensarlo. Porque lo único seguro era que, al final, el resultado sería un espectáculo inmejorable.

—Ryan, ¿te importa subir, por favor?

Se sobresaltó al oír que la llamaba. Habría jurado que Pierce no había advertido su presencia en el teatro. Se levantó con aire fatalista. Empezaba a darle la impresión de que no había nada que escapara al control de Pierce. Mientras avanzaba hacia el escenario, él le dijo algo a su ayudante. Ésta soltó una risita sensual y le dio un beso en la mejilla.

—Bueno, esta vez he salido de una pieza —bromeó sonriendo a Ryan cuando ésta llegó junto a ellos.

—Ryan Swan, Bess Frye —las presentó Pierce.

Examinándola más de cerca, Ryan vio que la mujer no era guapa. Tenía unos rasgos demasiado grandes para ser considerada una belleza clásica. Su pelo brillaba y se revolvía en mil ondas alrededor de su cara alargada. Tenía ojos redondos, un maquillaje exótico y ropa corriente. Era casi tan alta como Pierce.

—¡Hola! —la saludó Bess con entusiasmo. Luego extendió la mano para darle un apretón amistoso a Ryan. Costaba creer que aquella mujer, sólida como un tronco de caoba, hubiese estado dando vueltas en el aire hacía unos minutos–. Pierce me ha hablado de ti.

–¿Sí? –Ryan miró hacia él.

–Ya lo creo –Bess apoyó un codo sobre el hombro izquierdo de Pierce mientras hablaba con Ryan–. Me ha contado que eres muy lista. Le gustan las inteligentes. Pero lo que no me había dicho era que fueses tan guapa. ¿Cómo es que te lo tenías tan callado, bribón?

Ryan no tardó en comprender que la ayudante de Pierce era tan cariñosa como extravertida.

–¿Para qué te lo iba a decir?, ¿para que me acuses de que sólo me fijo en las mujeres por su físico? –Pierce metió las manos en los bolsillos.

Bess soltó otra risotada.

–Él también es listo –le dijo a Ryan en voz baja, como si le estuviese confiando un secreto, al tiempo que le daba un pellizquito a Pierce–. ¿Vas a ser la productora de los programas que va a hacer para la tele?

–Sí –contestó Ryan, algo aturdida por la abrumadora amabilidad de Bess–. Espero que todo salga bien –añadió sonriente.

–Seguro que sí. Ya era hora de que hubiese una mujer al cargo. En este trabajo siempre estoy rodeada de hombres. Soy la única mujer del equipo. Ya tendremos ocasión de tomarnos una copa y conocernos.

«¿Quieres una copa?», Ryan recordó a Merlín y sonrió ampliamente.

–Será un placer.

–Bueno, voy a ver qué se trae Link entre manos antes de que el jefe decida ponerme a trabajar otra vez. Hasta luego –Bess salió del escenario, una torre de entusiasmo exultante. Ryan la observó alejarse.

—Es fantástica —murmuró.

—Siempre me lo ha parecido —dijo Pierce.

—Con lo fría y reservada que parece en el escenario —Ryan sonrió—. ¿Lleva mucho tiempo contigo?

—Sí.

La calidez que Bess les había dejado se enfriaba por momentos. Ryan carraspeó y retomó la conversación.

—El ensayo ha ido muy bien. Tenemos que decidir qué números quieres añadir a los especiales de televisión y cuáles quieres desarrollar más.

—De acuerdo.

—Tendremos que hacer algunos ajustes para la tele, claro —continuó ella, tratando de no dar importancia a las respuestas monosilábicas de Pierce—. Pero, en general, supongo que la idea es una versión condensada del espectáculo que sueles hacer en los clubes.

—Exacto.

En el poco tiempo que hacía desde que conocía a Pierce, había llegado a saber que era un hombre de naturaleza amistosa y con sentido del humor. Pero en aquel instante había levantado una barrera entre ambos y era evidente que estaba impaciente por que se marchara. La disculpa que había pensado presentarle no podría tener lugar en ese momento.

—Estoy segura de que estarás ocupado —dijo ella con sequedad y se dio media vuelta.

Ryan descubrió que le dolía que le hiciese el vacío. Pierce no tenía derecho a hacerle daño. Por fin, dejó el escenario sin molestarse en volver la cabeza para mirarlo.

Pierce la observó hasta que las puertas traseras del teatro se abrieron y cerraron una vez hubo salido ella. Sin apartar los ojos de las puertas, apretó la pelota que tenía en la mano hasta aplanarla. Tenía mucha fuerza en los dedos, la suficiente para haber roto los huesos de la muñeca de Ryan, en vez de hacerle un simple moretón.

No le había gustado ver el moretón. Pero tampoco le gustó recordar que Ryan lo había acusado de intentar seducirla mediante engaños. Él nunca había forzado a ninguna mujer. Y Ryan Swan no sería la excepción.

Podría haberla poseído aquella primera noche, durante la tormenta, cuando ella se había apretado contra su cuerpo.

¿Por qué no lo había hecho?, se preguntó Pierce al tiempo que tiraba la pelota al suelo. ¿Por qué no la había llevado a la cama y había hecho todas esas cosas que había deseado con tanta desesperación? Porque Ryan había levantado la cabeza y la había mirado con una mezcla de pánico y aprobación. La había notado vulnerable. Y Pierce se había dado cuenta, con algo parecido al miedo, de que también él se había sentido vulnerable.

Desde entonces, no había logrado quitársela de la cabeza. Cuando la había visto entrar en la suite esa mañana, Pierce se había olvidado de las notas que había estado tomando para uno de sus números. Había sido verla, con uno de aquellos condenados trajes a medida, y se había olvidado de todo. Había entrado con el pelo revuelto por el viento después del viaje, como la primera vez que la había visto. Y lo único que había querido había sido abrazarla, sentir aquel cuerpo pequeño y suave contra el suyo.

Tal vez había empezado a enfurecerse en ese mismo momento, a perder el control por las palabras y la mirada acusadora de Ryan.

No debería haberle hecho daño. Pierce bajó la mirada y maldijo. No tenía derecho a hacerle la menor marca en la piel: un hombre no podía hacerle nada peor a una mujer. Ella era más débil y él había utilizado eso en su contra. Su fuerza y su genio, dos cosas que hacía muchísimo tiempo que se había prometido no usar nunca contra una mujer. En su opinión, ninguna provocación podía justificar un comportamiento así. No podía echar la culpa a nadie más que a sí mismo por aquella agresión.

No podía seguir pensando en ello ni en Ryan si quería seguir trabajando. Necesitaba estar concentrado. Lo único que podía hacer era dar marcha atrás y llevar la relación que Ryan había planteado desde el principio. Una relación estrictamente profesional. Trabajarían juntos. No tenía duda de que cosecharían un éxito en televisión. Pero eso sería todo. Hacía tiempo que había aprendido a controlar el cuerpo mediante la mente. Podía controlar sus necesidades y emociones del mismo modo.

Pierce volvió a maldecir. Luego se dio la vuelta para hacer un par de observaciones más al director de iluminación.

# VII

Las Vegas era una ciudad a la que resultaba difícil
resistirse. Dentro de los casinos no había diferencia
entre el día y la noche. Sin relojes y con el continuo
tintineo de las máquinas tragaperras, no era difícil perder la noción del tiempo y reinaba una intrigante de-
sorientación horaria. Ryan se encontró con personas
vestidas con traje de noche a las que las apuestas las
habían retenido junto a las máquinas hasta el amanecer. Los dólares cambiaban de manos por miles en las
mesas de blackjack. En más de una ocasión, contuvo
la respiración mientras la ruleta daba vueltas con una
pequeña fortuna abandonada a los caprichos de una
bolita de plata.

Descubrió que había ludópatas de todo tipo: fríos,
desapasionados, desesperados, intensos; una mujer ali-
mentaba la ranura de la máquina tragaperras constantemente mientras otro hombre se dedicaba a probar
fortuna con los dados. Una nube de humo flotaba en
el aire por encima de los sonidos de alegría y desencanto de quienes ganaban o perdían una apuesta. Las

caras cambiaban, pero el juego continuaba. Otra tirada de dados, otra partida de blackjack.

Los años de formación en Suiza habían conseguido que Ryan no se dejara llevar por el apasionamiento en las apuestas que había heredado de su padre. Pero en esa ocasión era distinto. Por primera vez, Ryan se sintió tentada de coquetear con la Diosa Fortuna. Venció la tentación diciéndose que le bastaba con mirar. Tampoco tenía muchas más cosas que hacer.

Veía a Pierce durante los ensayos y, fuera del escenario, apenas tenía contacto con él. Resultaba asombroso que dos personas pudieran compartir una suite sin cruzarse casi en todo el día. Por muy temprano que se levantara, él había madrugado más y ya se había marchado. En una o dos ocasiones, después de llevar mucho tiempo acostada, Ryan había oído un ligero clic en el cerrojo de la puerta principal. Y cuando hablaban, sólo era para intercambiar ideas y discutir la mejor forma de adaptar a la televisión el espectáculo que solía llevar a cabo en los clubes. Eran conversaciones relajadas y técnicas.

Estaba intentando evitarla, pensó Ryan la noche del estreno, y le estaba saliendo de maravilla. Si se había propuesto demostrar que compartir una suite no tenía por qué suponer nada personal, lo había logrado con creces. Eso era lo que ella misma quería, por supuesto, aunque, por otra parte, echaba de menos la alegre camaradería que habían compartido. Echaba de menos verlo sonreír.

Ryan decidió seguir el espectáculo desde un lateral del escenario, oculta por el telón. Desde allí dispondría de una vista perfecta y podría tomar nota del ritmo con el que Pierce se movía y el estilo con el que reali-

zaba los trucos. Los ensayos le habían dado la oportunidad de familiarizarse con sus hábitos de trabajo y
desde el lateral del escenario podía supervisar su actuación desde un nuevo punto de vista. Quería ver
más de lo que el público o las cámaras pudieran captar.

Con cuidado de no estorbar a los tramoyistas, se aco-
modó en una esquina y observó el espectáculo. Desde
los primeros aplausos, cuando el presentador lo anunció,
Pierce se metió a los espectadores en el bolsillo. ¡Dios!,
¡era tan atractivo!, pensó mientras examinaba sus movimientos. Era elegante, dinámico y sabía dar tensión en
los momentos adecuados. Tenía suficiente personalidad
para mantener el interés del público con su mera presencia. El carisma que poseía no era un efecto ilusorio,
sino que formaba parte integral de él igual que el color
de su pelo. Iba de negro, como era habitual en Pierce.
No necesitaba colores brillantes para conseguir que los
ojos de los espectadores permanecieran pegados a él.

Hablaba mientras actuaba. Simple charlatanería, la
habría llamado Pierce. Pero era mucho más que eso.
Sus palabras y la cadencia con que las pronunciaba
contribuían a crear un ambiente u otro. Podía alargar-
las y espaciarlas mientras hacía que un péndulo osci-
lara en el aire sin nada que lo sujetara, y luego las agol-
paba todas juntas justo antes de que saltara una
llamarada de su palma desnuda. No se limitaba a ser
pragmático, como en los ensayos, sino que cultivaba el
aura de misterio que le había parecido percibir en él
la primera vez que lo había visto.

Ryan siguió mirando mientras lo encerraban encadenado dentro de un saco atado, metido, a su vez, en un
baúl cerrado a cal y canto. De pie sobre el baúl, Bess subió una persiana y contó hasta veinte. Cuando soltó la

persiana, era Pierce quien estaba de pie sobre el baúl. Y, por supuesto, cuando abrió los cerrojos del baúl y desató el saco, Bess estaba dentro. Pierce lo llamaba teletransportación. A Ryan le parecía sencillamente increíble.

Sus fugas la ponían nerviosa. Ver cómo voluntarios del público lo encerraban en unas cajas diminutas y sin agujeros que ella misma había examinado la hacía romper a sudar. Podía imaginarse dentro de un espacio tan pequeño y casi sentía su propio aliento asfixiándola en los pulmones. Pero Pierce nunca tardaba más de dos minutos en liberarse.

Para terminar, encerró a Bess en una jaula, la cubrió con una tela y la hizo levitar hacia el techo del escenario. Cuando la bajó segundos después, Bess había desaparecido y, en su lugar, había una pantera. Observándolo, viendo la intensidad de su mirada, los hoyuelos y sombras misteriosas de su cara, Ryan casi creía que había vencido las leyes de la naturaleza. En ese momento anterior a bajar la cortina y descubrir que Bess se había convertido en pantera, Pierce tenía mucho más de hechicero que de artista.

Ryan quiso preguntarle, convencerlo para que le explicara ese número de alguna forma que le resultase comprensible. Cuando Pierce terminó el espectáculo y sus ojos se cruzaron, Ryan se tragó las palabras.

Tenía el rostro perlado de sudor debido a los focos y al esfuerzo de mantener la concentración. Ryan quiso acariciarlo. Descubrió, no sin asombro, que verlo actuar la había excitado. Sintió un fogonazo de deseo potentísimo, como jamás había sentido ninguno. Se imaginó que Pierce la hacía suya con aquellas manos ágiles e inteligentes. Luego imaginó su boca, aquella boca increíblemente sensual. Imaginó que aquellos labios se apoderaban de los de ella y la transportaban a ese mundo extraño e ingrávido que él conocía. Si se acercaba a Pierce en ese momento, se preguntó, si se ofrecía o le pedía que le satisficiese, ¿lo encontraría tan excitado como lo estaba ella? ¿Permanecería indiferente o le mostraría en silencio hasta dónde podía llegar su magia?

Pierce se detuvo frente a Ryan y ésta dio un paso atrás, estremecida por sus propios pensamientos. La piel le ardía, la sangre corría como lava por sus venas, empujándola a dar un movimiento hacia él. Consciente de su excitación, pero reacia a sucumbir, se obligó a mantener la distancia.

—Has estado fantástico —dijo, pero se notó cierta rigidez en el halago.

—Gracias —se limitó a responder Pierce mientras la pasaba de largo.

Ryan sintió que le dolían las palmas y se dio cuenta de que se estaba clavando las uñas. Aquello tenía que acabar. No podían seguir así, se dijo justo antes de girarse para dar alcance a Pierce.

—Ryan —la llamó entonces Bess, asomando la cabeza por la puerta del vestuario—. ¿Qué te ha parecido el espectáculo?

—Maravilloso —Ryan miró hacia el pasillo. Ya le había perdido el rastro a Pierce. Quizá fuese mejor así—. Supongo que no podrás contarme el secreto de cómo hacéis el número final, ¿verdad? —le preguntó.

—No si quiero seguir con vida —contestó Bess entre risas—. Venga, entra. Acompáñame mientras me cambio.

Ryan accedió y cerró la puerta del vestuario. El interior estaba impregnado de un olor mezcla de maquillaje y polvos.

—Tiene que ser toda una experiencia que te conviertan en pantera.

—¡Si supieras! Pierce me ha convertido en todo lo imaginable, ande, repte o vuele; me ha cortado en pedacitos con la sierra y me ha hecho tumbarme sobre espadas. Una vez, me hizo dormir sobre una cama de clavos tres metros por encima del suelo del escenario —comentó Bess. Mientras hablaba, iba quitándose la ropa que había llevado durante el espectáculo con la inocencia de una niña de cinco años.

—Debes de confiar mucho en él —dijo Ryan mientras buscaba con la mirada una silla vacía. Al parecer, Bess tenía la costumbre de repartir sus cosas por todo el espacio que hubiese disponible.

—Quita lo que te estorbe —sugirió mientras se ponía un camisón azul que había dejado sobre el brazo de un asiento—. ¿Cómo no voy a confiar en Pierce? Es el mejor. Ya lo has visto durante los ensayos —añadió mientras se sentaba frente al espejo para limpiarse el maquillaje que se había puesto para el escenario.

—Sí —Ryan dobló una blusa arrugada y la puso a un lado—. Es muy perfeccionista.

—Cuida hasta el último detalle. Primero desarrolla los números que quiere incluir en los espectáculos sobre el papel, luego los repasa una y otra y otra vez en la mazmorra esa en la que trabaja antes de pensar siquiera en enseñarnos algo a Link o a mí —Bess miró a Ryan con un ojo lleno todavía de maquillaje y el otro ya desmaquillado—. La mayoría de la gente no sabe cuánto trabaja, porque hace que parezca muy fácil. Y eso es lo que Pierce quiere.

—Las fugas... ¿son peligrosas? —preguntó mientras estiraba algunas prendas de Bess.

—Algunas no me gustan —Bess se limpió con un pañuelito los últimos restos. A cara lavada, tenía un aspecto inesperadamente juvenil y fresco. Se encogió de hombros mientras se ponía de pie—. Una cosa es quitarse unas esposas o una camisa de fuerza, pero nunca me ha gustado cuando hace su propia versión de Houdini en el número de *Los mil cerrojos*.

—¿Por qué lo hace? —Ryan apartó unos vaqueros de una silla, pero permaneció dando vueltas por el vestuario, intranquila—. Con los demás números ya sería suficiente.

—No para Pierce —Bess se quitó el camisón y se puso un sujetador—. Las fugas, la sensación de peligro... es importante para él. Siempre lo ha sido.

—¿Por qué? —insistió Ryan.

—Porque quiere ponerse a prueba todo el tiempo. Nunca está satisfecho con lo que hizo el día anterior.

—Ponerse a prueba —murmuró Ryan. Ya le había dado esa impresión a ella, pero eso no significaba que comprendiese dicha actitud—. ¿Cuánto tiempo llevas con él, Bess?

—Desde el principio —respondió la ayudante al tiempo que se subía los vaqueros—. Desde el principio del todo.

—¿Cómo es? —se sorprendió preguntando Ryan—. ¿Cómo es en realidad?

Una camisa colgaba de la mano de Bess, la cual se giró de pronto para lanzarle una mirada penetrante:

—¿Por qué quieres saberlo?

—Por... —Ryan se quedó callada. No sabía qué decir—. No lo sé.

—¿Estás interesada en él?

Ryan no contestó de inmediato. Quiso decir que

no y zanjar la cuestión. No tenía el menor motivo para estar interesada en él.

—Sí —se oyó contestar sin embargo—. Me interesa.

—Vamos a tomar una copa —dijo Bess mientras se ponía una camisa—. Y hablamos.


—Dos cocktails de champán. Invito yo —dijo Bess después de tomar asiento en una mesa. Luego sacó un cigarro y se lo encendió guiñándole un ojo a Ryan—. No se lo digas a Pierce. Está en contra del tabaco. Bueno, de todo lo que perjudique la salud.

—Link me dijo que corre siete kilómetros al día.

—Una vieja costumbre. Pierce no suele romper las viejas costumbres —Bess exhaló una nube de humo con un suspiro—. Siempre ha sido muy disciplinado. Cuando se le mete algo entre ceja y ceja, no para hasta conseguirlo. Es así desde pequeño.

—¿Conocías a Pierce cuando era pequeño?

—Crecimos juntos: Pierce, Link y yo —Bess levantó la mirada hacia la camarera mientras ésta les servía los cocktails. Luego devolvió la atención a Ryan—. Pierce no habla nunca de esa época, ni siquiera con Link o conmigo. Hace como si no hubiese existido... o lo intenta al menos.

—Creía que lo hacía adrede para dar una imagen de misterio —murmuró Ryan.

—No le hace falta.

—No —Ryan la miró a los ojos de nuevo—. Supongo que no. ¿Tuvo una infancia difícil?

—No imaginas —Bess dio un trago largo a su copa—. Difícil es poco. Era un niño muy débil.

—¿Pierce? —Ryan pensó en aquel cuerpo duro y

musculoso y miró a la ayudante con cara de incredulidad.

—Ya —Bess soltó una risilla—. Cuesta creerlo, pero es verdad. Era pequeño para su edad y estaba más delgado que un fideo. Los chicos grandes lo atormentaban. Supongo que necesitaban alguien de quien burlarse. En fin, a nadie le gusta crecer en un orfanato.

—¿Orfanato? —repitió atónita Ryan. Miró la cara amistosa y alegre de Bess y sintió una oleada de compasión hacia ella—. ¿Los tres?

—Bah —Bess se encogió de hombros, pero Ryan parecía súbitamente preocupada—. Tampoco era tan terrible. Teníamos comida, un techo bajo el que dormir, mucha compañía... En realidad no es como cuentan en el libro ése, *Oliver Twist*.

—¿Perdiste a tus padres, Bess? —preguntó Ryan con interés, viendo que Bess no recibía de buen grado su compasión.

—Tenía ocho años. Y no había nadie más que pudiera cuidarme. A Link le pasó lo mismo —contestó Bess sin el menor asomo de lástima o autocompasión—. La gente adopta bebés, en general. Los chicos mayores es más difícil que encuentren una familia.

Ryan levantó su copa y dio un sorbo pensativamente. Debía de estar hablándole de hacía veinte años, antes de que aumentara el interés por adoptar niños de todas las edades, como sucedía entonces.

—¿Y Pierce?

—Su caso es distinto. Él sí tenía padres, pero no daban permiso para que lo adoptaran.

—Pero... —Ryan frunció el ceño, confundida— ¿qué hacía en un orfanato si sus padres estaban vivos?

—El Estado les quitó la custodia. Su padre... —Bess

soltó una larga bocanada de humo. Estaba arriesgándose al hablar de aquello. A Pierce no le agradaría si se enteraba de que lo había hecho. Sólo esperaba que mereciese la pena—. Su padre pegaba a su madre.

—¡Dios! —exclamó espantada Ryan—. ¿Y... a Pierce? —añadió mirando a Bess a los ojos, como temiendo la respuesta.

—De vez en cuando —respondió la ayudante con calma—. Pero sobre todo pegaba a su madre. Primero le pegaba al alcohol y luego a su esposa.

Ryan se quedó sin aire, dolorida, como si le hubiesen dado un puñetazo en la boca del estómago. Se llevó la copa a los labios de nuevo. Por supuesto, era consciente de que ese tipo de cosas sucedían en el mundo, pero ella siempre había estado muy protegida de semejantes horrores. Podía ser que sus propios padres no le hubiesen prestado mucha atención durante buena parte de su vida, pero jamás le habían levantado la mano. Y aunque los gritos de su padre la habían asustado en ocasiones, nunca había ido más allá de alzar la voz o soltar alguna mala contestación fruto de la impaciencia. Jamás había tenido que soportar tipo alguno de violencia física. Por más que trataba de hacerse una idea de lo terrible que debía de ser una infancia como la que Bess le describía, era una experiencia demasiado alejada de la suya.

—Cuéntame —le pidió finalmente—. Quiero comprender a Pierce.

Era justo lo que Bess quería oír. Asintió con la cabeza, como dándole su aprobación a Ryan, y continuó:

—Pierce tenía cinco años. Esa vez, su padre le pegó una paliza a su madre lo suficientemente grave como para que tuvieran que llevarla al hospital. Por lo general, solía encerrar a Pierce en un armario antes de arrancar con uno de sus ataques de cólera, pero en esa ocasión lo dejó inconsciente de un puñetazo antes de meterse con su madre.

Ryan controló la necesidad de rebelarse contra aquel abuso; quiso protestar contra lo que estaba oyendo, pero consiguió guardar silencio. Bess la miraba con atención mientras hablaba:

—Fue entonces cuando intervinieron los trabajadores sociales. Después del papeleo y las audiencias habituales, el tribunal declaró que no podían hacerse cargo de él y metieron a Pierce en un orfanato.

—¡Qué horror! —Ryan sacudió la cabeza mientras trataba de digerir la información—. ¿Por qué no se separó la madre y se quedó con Pierce?, ¿qué clase de mujer...?

—No soy psicóloga —interrumpió Bess—. Que Pierce sepa, nunca abandonó a su marido.

—Y renunció a su hijo —murmuró Ryan—. Tuvo que sentirse muy rechazado, solo, asustado...

¿Qué secuelas dejaría algo así en un niño pequeño?, se preguntó. ¿Cómo compensaría aquellas experiencias tan dolorosas? ¿Su obsesión por liberarse de cadenas, baúles y cajas fuertes se debía a que de pequeño lo habían encerrado en un armario oscuro? ¿La razón por la que siempre trataba de conseguir lo imposible era que durante su infancia se había sentido impotente?

—Era muy solitario —prosiguió Bess después de pedir otra ronda—. Quizá por eso se metían con él los otros chicos. Al menos, hasta que llegaba Link. Nadie se atrevía a tocarle un solo pelo a Pierce cuando Link estaba cerca. Siempre fue el doble de grande que cualquier otro chico. ¡Y con esa cara! —añadió Bess, sonriente, disfrutando de esa parte de la historia.

De hecho, llegó a soltar una risilla y a Ryan no le
pareció advertir que escondiera el menor rastro de
amargura en ella.

—Cuando Link entró en el orfanato, nadie se acercaba a él. Sólo Pierce —continuó Bess—. Los dos estaban marginados. Igual que yo. Link siempre ha estado
unido a Pierce desde entonces. Realmente, no sé qué
habría sido de él sin Pierce. Ni de mí.

—Lo quieres mucho, ¿verdad? —preguntó Ryan,
conmovida por el relato de la exuberante pelirroja.

—Es mi mejor amigo —contestó Bess sin más. Luego
sonrió por encima de la copa—. Me dejaron entrar en
su pequeño club cuando tenía diez años. Recuerdo
que al principio Link me daba mucho miedo. Nada
más verlo, trepaba a un árbol. Lo llamábamos el Monstruo.

—Los niños pueden ser muy crueles.

—Mucho. Pero, bueno, el caso es que justo cuando
pasaba debajo de mí, la rama se rompió y me caí. Él
me agarró al vuelo —Bess se inclinó hacia adelante y
apoyó la barbilla sobre las manos—. Nunca lo olvidaré.
Pensaba que me iba a matar y, de pronto, Link me había salvado. Levanté la cara para mirarlo. Estaba dispuesta a soportar sus gritos, a que se vengara por todas
las veces que me había burlado de él. Entonces se rió.
Me enamoré al instante.

Ryan estuvo a punto de atragantarse con el champán. La mirada soñadora de Bess no dejaba lugar a
malinterpretaciones.

—¿Tú... Link y tú?

—La verdad es que yo sola —dijo Bess con una sonrisa de resignación—. Llevo veinte años loca por ese grandullón, pero él sigue viéndome como la pequeña Bess. Y eso que mido metro ochenta y cinco. Pero me lo estoy trabajando —añadió guiñándole un ojo a Ryan.

—Yo creía que Pierce y tú... —arrancó ésta, para dejar la frase en el aire.

—¿Pierce y yo? —Bess soltó una de sus sonoras risotadas e hizo que varias cabezas se giraran hacia ella—. ¿Me tomas el pelo? Sabes demasiado del mundo del espectáculo como para hacer un emparejamiento así. ¿Acaso crees que soy el tipo de Pierce?

—No sé, yo... —Ryan se encogió de hombros, ligeramente abochornada por lo disparatada que le había parecido a Bess que la hubiese tomado por la pareja de Pierce—. En realidad no se me ocurre cuál puede ser el tipo de Pierce —añadió y Bess se echó a reír de nuevo.

—Una idea ya te harás —comentó ésta después de dar un sorbo a su copa—. En fin, la cosa es que siempre fue un chico tranquilo, un chico... concentrado, como metido en su mundo. Y tenía carácter, ¡vaya si lo tenía! Puso tantos ojos morados como le habían puesto a él durante su infancia. Pero con los años, poco a poco, fue controlándose. Era evidente que había decidido no seguir los pasos de su padre. Y ya digo: cuando a Pierce se le mete algo en la cabeza, no para hasta conseguirlo.

Ryan recordó la agresividad que había detectado en Pierce, la violencia que había captado en sus ojos, y empezó a comprender.

—A los nueve años, calculo que fue a los nueve, tuvo un accidente —Bess dejó la copa y frunció el ceño—. Al menos eso dijo él, que fue un accidente. Se cayó rodando por un tramo de escaleras. Todos sabían que alguien lo había empujado, pero él nunca dijo quién había sido. Creo que no quería que Link hiciese algo que pudiese haberlo metido en líos. La caída le provocó una lesión de espalda. Los médicos creían que no podría volver a andar.

—¡No!

—Sí —Bess dio otro sorbo—. Pero Pierce dijo que andaría. Que correría siete kilómetros todos los días.

—Siete kilómetros —repitió Ryan.

—Se lo puso como objetivo. Se tomaba las sesiones de rehabilitación como si su vida dependiera de ello. Puede que lo hiciera —añadió Bess con aire pensativo—. Sí, puede que lo hiciera. Trabajó duro. Se pasó seis meses en el hospital.

—Entiendo —Ryan recordó a Pierce en la sala de pediatría, entregándose a los niños, hablando con ellos, haciéndolos reír... Ofreciéndoles su magia.

—Mientras estaba ingresado, una de las enfermeras le regaló un juego de trucos de magia. Ahí empezó todo —Bess brindó contra la copa de Ryan—. Un juego de cinco dólares. Fue como si Pierce hubiese estado esperando ese regalo, o como si el regalo lo hubiese estado esperando a él. Cuando salió del hospital, sabía hacer cosas con las que un montón de magos profesionales tenían dificultades. Lo llevaba en la sangre —finalizó con tanto amor como orgullo.

Ryan se imaginó a Pierce de pequeño, un chico solitario y atormentado en un hospital, totalmente concentrado con el juego de magia, perfeccionando, practicando, descubriendo.

—Era increíble: una vez fui a visitarlo y prendió la sábana de su cama —continuó Bess sonriente. Ryan puso cara de espanto—. Te juro que la vi ardiendo. Pero

Pierce le dio una palmadita contra el colchón y la hizo desaparecer. No había fuego por ninguna parte. La sábana estaba intacta: ni quemadura ni agujero ni olor a humo. Ese diablillo consiguió asustarme —añadió.

Ryan se sorprendió riéndose, a pesar de la odisea que Pierce debía de haber sufrido. Pero había vencido. Se había sobrepuesto a todas las adversidades.

—Por Pierce —dijo y levantó la copa.

—Por Pierce —Bess completó el brindis y apuró el champán que le quedaba—. Se marchó del orfanato a los dieciséis años. Lo eché de menos una barbaridad. Creí que nunca más volvería a verlos, ni a Link ni a él. Puede que fueran los dos años más solitarios de mi vida. Hasta que entonces, un día, estaba trabajando en un restaurante en Denver y entró. No sé cómo me localizó, nunca me lo ha dicho; pero entró y me dijo que dimitiera, que iba a trabajar para él.

—¿Así sin más? —preguntó Ryan.

—Así sin más.

—¿Y qué le dijiste?

—No dije nada. Era Pierce —Bess sonrió e hizo una seña a la camarera para pedir más champán—. Dejé el restaurante. Nos echamos a la carretera. Bebe un poco, cariño, te llevo una de ventaja.

Ryan la contempló unos segundos, luego obedeció y se terminó la copa de un trago. No todos los hombres podían ganarse una lealtad tan inquebrantable de una mujer con carácter como Bess.

—No suelo tomar más de dos —comentó apuntando al cocktail.

—Esta noche sí —decidió Bess antes de continuar—. Siempre bebo champán cuando me pongo sentimental. No te creerías algunos de los lugares en los que actuamos aquellos primeros años... Fiestas de niños, despedidas de soltero, en fábricas. Nadie como Pierce para manejar un grupo revoltoso. Le basta mirar a quien sea para captar su atención; luego se saca una bola de fuego del bolsillo y lo deja mudo.

—Me lo creo —dijo Ryan y se rió imaginando la escena—. Para mí que ni siquiera le hace falta la bola de fuego.

—Exacto —contestó Bess complacida—. Lo cierto es que él siempre tuvo claro que triunfaría, y nos embarcó a Link y a mí en el viaje. No tenía por qué haberse ocupado de nosotros. Pero es así, no puede evitarlo. No deja que se le acerquen muchas personas, pero cuando te hace un hueco en su vida, eres su amigo para siempre. Link y yo no podremos seguir su ritmo de trabajo nunca, pero eso a él le da igual. Somos sus amigos —finalizó bajando la mirada hacia la copa.

—Creo que Pierce escoge muy bien a sus amigos —dijo Ryan con cautela y se ganó una sonrisa radiante de Bess.

—Eres una mujer encantadora, Ryan. Y una dama. Pierce es la clase de hombre que necesita a una dama a su lado.

De repente, a Ryan le resultó interesantísimo el color de su bebida.

—¿Por qué dices eso? —preguntó desviando la mirada hacia abajo.

—Porque tiene clase, siempre la ha tenido. Necesita a una mujer con estilo y que sea tan cariñosa como él.

—¿Es cariñoso, Bess? —Ryan levantó la vista y miró a Bess a los ojos—. A veces parece tan... distante.

—¿Sabes de dónde salió la gata ésa que tiene? —preguntó Bess tras negar con la cabeza—. Alguien la atropelló y la dejó herida a un lado de la carretera. Pierce volvía de viaje después de una semana de actuaciones en San Francisco. Se paró y llevó a la gata al veterinario. Eran las dos de la mañana y no paró hasta despertar al veterinario y hacer que operase a una gata abandonada. Le costó trescientos dólares. Me lo dijo Link. ¿A cuánta gente conoces que haría algo así? —finalizó al tiempo que sacaba otro cigarro.

Ryan miró a Bess fijamente.

—Pierce se enfadaría si se enterase de que me estás contando todo esto, ¿verdad?

—Sí.

—¿Por qué lo has hecho?

—Es un truco que he aprendido de él con los años —respondió Bess, con una sonrisa radiante—. Miras fijamente a los ojos a una persona y te das cuenta de si puedes confiar en ella.

Ryan le sostuvo la mirada y respondió con solemnidad:

—Gracias.

—Además —añadió Bess como si la cosa no tuviera la menor importancia después de dar otro trago de champán—, estás enamorada de él.

Ryan se atragantó. Trató de contestar, pero las palabras no lograron salir de su boca. Empezó a toser.

—Bebe, cariño. Nada como el amor para atragantarse. Por el amor —Bess brindó con la copa de Ryan—. Y buena suerte para las dos.

—¿Suerte? —dijo Ryan casi sin voz.

—Con hombres como estos dos, la necesitamos.

Esa vez fue Ryan la que pidió otra ronda.

# VIII

Ryan reía abiertamente cuando entró en el casino junto a Bess. El alcohol la había animado, pero, sobre todo, la compañía de Bess la alegraba. Desde que había regresado de sus estudios en Suiza, Ryan se había dejado muy poco tiempo para cultivar amistades. Haber encontrado una tan rápidamente la embriagaba más de lo que pudiera hacerlo el champán.

—¿De fiesta?

Ambas alzaron la vista y reconocieron a Pierce. Sus rostros compusieron esa expresión de culpabilidad del niño al que sorprenden con la mano dentro del bote de las galletas de chocolate. Pierce enarcó una ceja. Bess soltó una risotada, se acercó a él y le dio un beso pletórica de entusiasmo.

—Sólo estábamos hablando. Ryan y yo hemos descubierto que tenemos muchas cosas en común.

—¿De veras? —Pierce miró a Ryan, la cual se había llevado los dedos a la boca para sofocar una risilla. Resultaba evidente que habían hecho algo más que hablar.

—¿Verdad que es increíble cuando se pone tan serio e irónico? —le preguntó Bess a Ryan. Luego le dio otro beso a Pierce—. No he emborrachado a tu chica, sólo la he ayudado a que se relaje un poco más que de costumbre. Además, ya es mayorcita... ¿Dónde está Link? —preguntó, apoyando una mano sobre el hombro de Pierce, después de echar un vistazo alrededor.

—Mirando a los jugadores de dados.

—Hasta luego —Bess le guiñó un ojo a Ryan y desapareció.

—Está loca por él —le dijo Ryan a Pierce en voz baja, como si le estuviese confiando un secreto.

—Lo sé.

—¿Hay algo que usted no sepa, señor Atkins? —preguntó ella dando un paso al frente, y le satisfizo observar que los labios de Pierce se curvaban hacia arriba—. Me preguntaba si volverías a hacer eso por mí.

—¿Hacer qué?

—Sonreír. Hace días que no me sonríes.

—¿No? —Pierce no pudo evitar sentir una oleada de ternura, aunque tuvo que conformarse con retirarle el pelo de la cara con delicadeza.

—No. Ni una vez. ¿Te arrepientes?

—Sí —Pierce la estudió con una mano puesta encima de su hombro y deseó que Ryan no lo mirara de aquella manera. Había conseguido contener sus necesidades a pesar de compartir la misma suite; pero, de pronto, en medio de tantas personas, luces y ruidos, el volcán del deseo parecía a punto de estallar. Apartó la mano—. ¿Quieres que te lleve arriba?

—Voy a jugar al blackjack —lo informó con decisión—. Hace días que quiero hacerlo, pero me recordaba que jugarse el dinero en un casino era una tontería. Por suerte, se me acaba de olvidar —añadió risueña.

Pierce la sujetó de un brazo mientras ella avanzaba hacia la mesa.

—¿Cuánto dinero llevas encima?

—Eh... no sé —Ryan miró dentro del bolso—. Unos setenta y cinco dólares.

—De acuerdo —accedió Pierce. Aunque perdiese, pensó, setenta y cinco dólares no supondrían un agujero grande en su cuenta corriente. La acompañó.

—Llevo días mirando cómo se juega —susurró mientras se sentaba a una mesa de apuestas de diez dólares—. Lo tengo todo controlado.

—Entonces como todo el mundo, ¿no? —ironizó Pierce, de pie junto a ella—. Veinte dólares en fichas para la dama —le dijo al repartidor.

—Cincuenta —corrigió Ryan tras contar de nuevo los billetes.

Pierce asintió con la cabeza y el repartidor le cambió los billetes por fichas de colores.

—¿Vas a apostar? —le preguntó ella.

—Yo no juego.

—¿Ah, no? —Ryan enarcó las cejas—. ¿Y no te juegas el tipo cada vez que te encierras en un baúl?

—No me juego nada —Pierce esbozó una sonrisa suave—. Es mi profesión.

—¿Es que está en contra de las apuestas y otro tipo de vicios, señor Atkins? —preguntó ella tras soltar una risotada.

—No —Pierce sintió otra punzada de deseo y la sometió—. Pero me gusta poner mis propias reglas. Nunca es fácil vencer a la casa en su propio juego —añadió mientras repartían cartas.

—Esta noche me siento con suerte —comentó Ryan.

El hombre que estaba sentado a su lado alzó una copa de coñac y puso su firma en una hoja. Acababa de perder más de dos mil dólares, pero se lo había tomado con filosofía y estaba comprando otros cinco mil dólares en fichas. Ryan vio el destello del diamante que brillaba en su dedo mientras repartían las cartas. Luego levantó el borde de sus naipes con cuidado. Vio que le habían salido un ocho y un cinco. Una rubia joven pidió una tercera carta y se pasó de veintiuno. El hombre del diamante se plantó en dieciocho. Ryan se arriesgó, pidió otra carta y se alegró al ver que era otro cinco. Se plantó y esperó con paciencia mientras otros dos jugadores pedían cartas.

La casa tenía catorce, dio la vuelta a un tercer naipe y se quedó en veinte. El hombre del diamante maldijo en voz baja y perdió quinientos dólares más.

Ryan sumó sus siguientes cartas, pidió una tercera y perdió de nuevo. Imperturbable, esperó a tener más fortuna a la tercera. Sacó diecisiete entre las dos cartas. Antes de hacer la señal de que se plantaba, Pierce se adelantó y pidió una tercera.

—Un momento —protestó Ryan.

—Dale la vuelta —dijo él sin más.

Ryan resopló por la nariz, se encogió de hombros y terminó obedeciendo. Le salió un tres. Con los ojos como platos, se giró en la silla para mirar a Pierce, pero éste estaba mirando las cartas. La casa se plantó en diecinueve y pagó.

—¡He ganado! —exclamó encantada con el montón de fichas que empujaron hacia ella—. ¿Cómo lo has hecho?

Pierce se limitó a sonreír y siguió mirando las cartas.

En la siguiente mano, le dieron un diez y un seis. Aunque ella se habría arriesgado, Pierce le tocó un hombro y negó con la cabeza. Ryan se tragó sus protestas y se plantó. La casa pidió una tercera carta, sacó veintidós y quebró.

Ryan rió, entusiasmada, y volvió a girarse hacia Pierce.

—¿Cómo lo haces? —repitió—. No puedes recordar todas las cartas que salen y calcular las que quedan... ¿o sí? —añadió frunciendo el ceño.

Pierce volvió a sonreír y negó con la cabeza por toda respuesta. Luego condujo a Ryan a otra victoria.

—¿Qué tal si me ayudas a mí? —el hombre del diamante soltó sus cartas disgustado.

—Es un brujo —le dijo Ryan—. Lo llevo conmigo a todas partes.

—Pues a mí no me vendrían mal un par de hechizos —comentó la rubia al tiempo que se recogía el pelo tras la oreja.

Ryan vio cómo la joven le lanzaba una mirada coqueta a Pierce mientras se volvían a repartir cartas.

—Es mío —dijo con frialdad y no vio a Pierce enarcar ambas cejas. La rubia volvió a centrarse en sus cartas.

Durante la siguiente hora, la suerte siguió acompañando a Ryan... o a Pierce. Cuando la montaña de fichas que había frente a ella era suficientemente grande, Pierce le abrió el bolso y las metió dentro.

—No, espera. ¡Si estoy calentando motores!

—El secreto de ganar es saber cuándo parar —contestó Pierce mientras la ayudaba a ponerse de pie—. Cámbialas en caja, Ryan, antes de que se te ocurra gastártelas en la ruleta.

—Pero yo quería seguir jugando —protestó ella, mirando hacia atrás, hacia la mesa que acababan de dejar.

—No por esta noche.

Ryan soltó un suspiro de resignación y volcó el contenido del bolso frente a la caja. Junto a las monedas aparecieron un peine, una barra de labios y un penique aplanado por la rueda de un tren.

—Me trae suerte —comentó ella cuando Pierce lo levantó para examinarlo.

—Así que supersticiosa —murmuró él—. Me sorprende usted, señorita Swan.

—No es superstición —replicó Ryan mientras guardaba los billetes en el bolso a medida que el cajero los contaba—. Simplemente, me da buena suerte.

—Ah, eso ya es distinto —dijo él en broma.

—Me caes bien, Pierce —Ryan le rodeó un brazo—. Creo que tenía que decírtelo.

—¿De veras?

—Sí —respondió ella con firmeza. Eso podía decírselo, pensó mientras se dirigían a los ascensores. No era arriesgado y sí totalmente cierto. Lo que no le diría era lo que Bess había comentado de pasada. ¿Cómo iba a estar enamorada? Decirle algo así sería demasiado peligroso. Y, sobre todo, no tenía por qué ser verdad. Aunque... aunque mucho se temía que sí lo era—. ¿Yo te caigo bien? —le preguntó, girándose sonriente hacia él, cuando las puertas del ascensor se cerraron.

—Sí, Ryan —Pierce le acarició la mejilla con los nudillos—. Me caes bien.

—No estaba segura —dijo ella al tiempo que se le acercaba un pasito. Pierce sintió un cosquilleo por el cuerpo—. Como estabas enfadado conmigo...

—No estaba enfadado contigo —contestó él.

Ryan no dejaba de mirarlo. Pierce tenía la sensación de que el aire se estaba cargando, como cuando se cerraban los cerrojos de un baúl estando él dentro. El corazón se le disparó, pero, gracias a su capacidad y al control que había logrado ejercer sobre su mente, consiguió serenarse. No volvería a tocarla.

Ryan advirtió una chispa en los ojos de Pierce. Deseo. Ella también sintió calor bajo el estómago. Pero, sobre todo, tuvo ganas de acariciarlo, de mimarlo. Aunque él no fuese consciente, después de la conversación con Bess conocía lo mucho que Pierce había sufrido y quería darle algo, consolarlo. Levantó una mano con intención de posarla sobre su mejilla, pero él la detuvo, sujetándole los dedos al tiempo que la puerta del ascensor se abría.

—Debes de estar cansada —acertó a decir él con voz ronca mientras guiaba a Ryan al pasillo que daba a la suite.

—No —Ryan rió. Le gustaba sentir que tenía cierto poder sobre Pierce. Aunque sólo fuera un poco, Pierce le tenía algo de miedo. Lo notaba. Algo la animó a provocarlo; no sabía si el champán, el sabor del éxito o saber que Pierce la deseaba—. ¿Tú estás cansado? —le preguntó cuando él abrió la puerta de la suite.

—Es tarde.

—No, nunca es tarde en Las Vegas. Aquí el tiempo no existe. No hay relojes —Ryan dejó el bolso sobre una mesa y se estiró. Luego se levantó el pelo y lo dejó caer resbalando entre sus dedos—. ¿Cómo puede ser tarde si no sabes qué hora es?

—Será mejor que te acuestes —Pierce miró hacia los papeles que había sobre una mesa—. Además, tengo que trabajar.

—Trabaja demasiado, señor Atkins —respondió Ryan al tiempo que se quitaba los zapatos—. La señorita Swan emitirá un informe favorable de usted —añadió justo antes de echarse a reír.

El cabello le bailaba sobre los hombros y tenía las mejillas encendidas. Los ojos también le brillaban, chispeantes, vivos, seductores. La mirada de Ryan indicaba que los pensamientos de Pierce no eran ningún secreto para ella. El deseo lo azotaba, pero Pierce aguantó en silencio.

—Aunque a ti te gusta la señorita Swan... A mí no siempre —continuó Ryan. Se dejó caer sobre el sofá y agarró uno de los papeles que había en la mesa. Estaba lleno de dibujos, flechas y notas que no tenían el menor sentido para ella—. Explícame qué significa todo esto.

Pierce se acercó a Ryan. Se dijo que sólo lo hacía para impedir que revolviera en sus papeles.

—Es demasiado complicado —murmuró mientras le quitaba de la mano el papel y lo volvía a colocar sobre la mesa.

—Soy una chica lista —Ryan le tiró del brazo hasta que lo tuvo sentado a su lado. Lo miró y sonrió—. ¿Sabes? La primera vez que te miré a los ojos creí que el corazón se me paraba. La primera vez que me besaste lo supe —añadió al tiempo que llevaba una mano hacia la mejilla izquierda de Pierce.

Éste le detuvo la mano de nuevo, consciente de lo cerca que estaba de rebasar el límite. Pero Ryan todavía tenía una mano libre y la utilizó para deslizar un dedo por el pecho de su camisa hasta llegar al cuello.

—Ryan, deberías acostarte.

Podía oír el deseo velado en el tono rugoso de su voz. Podía sentir el pulso acelerado de Pierce bajo la yema del dedo. Su propio corazón empezó a desbocarse hasta acompasar el ritmo con el de él.

—Nadie me había besado así nunca —murmuró Ryan justo antes de dirigir los dedos hacia el botón superior de la camisa. Lo desabrochó y lo miró a los ojos—. Nadie me había hecho sentirme así. ¿Hiciste magia, Pierce? —preguntó después de desabrocharle los dos siguientes botones.

—No —Pierce levantó el brazo para frenar la curiosidad de aquellos dedos que lo estaban volviendo loco.

—Yo creo que sí —Ryan se giró y le dio un mordisquito delicado en el lóbulo de la oreja—. Sé que hiciste magia —añadió con un susurro que no hizo sino avivar el deseo que estaba gestándose en las entrañas de Pierce.

Echaba chispas y estaba a punto de explotar. La agarró por los hombros y empezó a apartarla, pero Ryan posó las manos sobre su torso desnudo. Luego dejó caer la boca sobre su cuello. Pierce apretó los puños tratando de ganar la batalla intestina que estaba librando contra el deseo.

—Ryan... ¿qué intentas hacer? —preguntó, incapaz de serenar su ritmo cardiaco a pesar de su experiencia en controlar la mente.

—Intento seducirte —respondió con descaro ella mientras llevaba la boca hacia el pecho de Pierce—. ¿Lo estoy haciendo bien?

Ryan bajó las manos hacia las costillas y viró luego hacia el centro. Notar la excitación de Pierce la envalentonó.

—Sí, lo estás haciendo muy bien —admitió él casi sin aliento.

Ryan soltó una risotada. Fue un sonido gutural,

casi burlón, que aumentó las palpitaciones de Pierce. Aunque él no la tocaba, ya no se resistía; ya no era capaz de seguir poniéndole freno. Sus manos lo acariciaban con libertad mientras le lamía provocativamente el lóbulo de la oreja.

—¿Estás seguro? Quizá estoy haciendo algo mal —susurró Ryan al tiempo que le bajaba la camisa de los hombros. Trazó un reguero de besos hasta su barbilla y luego apoyó los labios fugazmente sobre la boca de Pierce—. Quizá no te gusta que te toque así... o así —añadió después de bajar el dedo hasta el cinturón de los vaqueros y, luego, tras darle un mordisquito en el labio inferior sin dejar de mirarlo a los ojos.

No, se había equivocado. Eran negros: tenía los ojos negros, no grises. El deseo la consumía hasta tal punto que temía acabar devorada por él. ¿Cómo podía sentir un deseo tan intenso?, ¿tan potente como para que el cuerpo entero le doliese y vibrase y amenazase con estallar?

—Te deseé cuando bajaste del escenario esta noche —murmuró ella—. Allí mismo, cuando todavía me medio creía que eras un hechicero más que un hombre. Y ahora... ahora que sé que eres un hombre te deseo todavía más. Claro que quizá tú no me desees. Quizá... no te excito —añadió para provocarlo. Lo miró fijamente a los labios y luego alzó la vista para encontrarse de nuevo con los ojos de Pierce.

—Ryan —dijo éste. Había perdido por completo la capacidad de controlar la cabeza, el pulso o la concentración. Había perdido hasta la voluntad por recuperar el control—. Ten cuidado. Si sigues así, no voy a poder aguantar más. De un momento a otro no habrá vuelta atrás.

Ella rió excitada, embriagada por el deseo. Puso los labios a un solo centímetro de los de Pierce.

—¿Me lo prometes?

Ryan se deleitó en la fogosidad del beso. La boca de Pierce cayó sobre la de ella con fiereza, posesivamente. De pronto se vio debajo de él a tal velocidad que no sintió siquiera el movimiento, sólo el peso de su cuerpo encima. Pierce la estaba despojando de la blusa, impaciente por deshacerse de los botones. Dos saltaron por los aires y aterrizaron en algún lugar de la moqueta antes de que Pierce se apoderase de uno de sus pechos con la mano. Ryan gimió y arqueó la espalda, desesperada por sus caricias. La lengua de Pierce no tardó en abrirse paso entre sus labios y enlazarse con la lengua de ella.

El deseo la abrasaba, era un azote sofocante de calor y color. La piel le quemaba allá donde Pierce la tocaba. Se encontró desnuda sin saber cómo había llegado a estarlo. Piel contra piel, notó que le mordisqueaba un pezón con suavidad. Ryan estaba a punto de perder el control. Cuando sintió su lengua acariciándole la punta, gimió y se apretó contra él.

Pierce notaba el martilleo de su pulso, el frenesí con que latía el corazón de Ryan. Casi podía saborearlo mientras giraba la cabeza para colmar de atenciones el otro pecho. Sus gemidos y los tirones suplicantes de sus manos lo estaban enloqueciendo. Estaba atrapado en un horno y esa vez no habría escapatoria. Sabía que su piel se derretiría con la de Ryan hasta que no hubiese nada separándolos. El calor, su fragancia, su sabor, todo le daba vueltas en la cabeza. ¿Excitación? No, aquello era mucho más que excitación. Era una obsesión.

Introdujo los dedos dentro de ella. La encontró tan suave, tan cálida y húmeda que no pudo contenerse un segundo más.

La penetró con un salvajismo que los asombró a los dos. Pero Ryan reaccionó enseguida y empezó a moverse con él, agitada y violenta. Pierce sintió el dolor de un placer imposible, convencido de que esa vez era él el encantado y no el encantador. Estaba totalmente entregado.

Ryan notó su aliento entrecortado contra el cuello. El corazón de Pierce seguía corriendo. Y era ella quien había conseguido que latiese así de rápido, pensó con una expresión soñadora en la cara mientras flotaba en el limbo posterior al orgasmo. Pierce era de ella, pensó de nuevo, al igual que cuando había marcado el territorio con la rubia en el casino. ¿Cómo había adivinado Bess lo que sentía antes de darse cuenta ella misma? Ryan suspiró, cerró los ojos y siguió fantaseando.

¿Cómo reaccionaría Pierce si le decía que se había enamorado de él? Por otra parte, debía de notársele, como si lo llevase escrito con letras de neón en la frente. ¿Sería muy pronto para decírselo?, ¿estaría precipitándose? Lo mejor sería esperar, decidió mientras le acariciaba el pelo. Se daría un poco de tiempo a acostumbrarse a ese amor tan novedoso antes de proclamarlo. En ese momento, tenía la sensación de disponer de todo el tiempo del mundo.

Emitió un gemido leve de protesta cuando Pierce retiró su cuerpo de encima. Abrió los ojos despacio. Tenía la cabeza agachada y se miraba las manos atormentado. Se insultó en voz baja.

—¿Te he hecho daño? —le preguntó cuando se dio cuenta de que Ryan estaba mirándolo.

—No —aseguró ella sorprendida. Luego recordó la historia que Bess le había contado—. No me has hecho daño, Pierce. No podrías. Eres un caballero, delicado —le aseguró.

Pierce la miró con ojos angustiados. No era verdad, no se había portado como un caballero mientras le hacía el amor. Se había dejado arrastrar por la necesidad y una urgencia desesperada.

—No siempre soy delicado —murmuró atormentado mientras alcanzaba sus vaqueros.

—¿Qué haces?

—Voy abajo. Pediré otra habitación. Siento que esto haya pasado —contestó sin dejar de vestirse. Entonces vio un río de lágrimas asomando a los ojos de Ryan. Algo se desgarró en su pecho—. Ryan... lo siento... Te juro que no iba a tocarte. No tenía que haberlo hecho. Has bebido demasiado. Yo lo sabía y debía haber...

—¡Maldito seas! —exclamó ella y le apartó la mano con que Pierce le estaba secando una lágrima—. Me he equivocado. Sí que puedes hacerme daño. Pero no te molestes en buscar otra habitación. Ya me busco yo una. No pienso quedarme aquí después de cómo has convertido algo maravilloso en una equivocación —añadió mientras se agachaba para ponerse la blusa, que estaba vuelta del revés.

—Ryan, yo...

—¡Haz el favor de callarte! —atajó ella. Al ver que faltaban los dos botones del centro, se volvió a quitar la blusa y se quedó de pie, mirando desnuda a Pierce, con los ojos llameando de cólera. Estaba tan sexy que le entraron ganas de tumbarla al suelo y poseerla de nuevo—. Sabía perfectamente lo que estaba haciendo,

¿te enteras? ¡Lo sabía de sobra! Si crees que bastan unas copas para que me lance en brazos de un hombre, te equivocas mucho. Te deseaba. Y creía que tú también me deseabas. Así que si ha sido un error, el error ha sido tuyo.

—Para mí no ha sido un error, Ryan —dijo él en un tono más suave. Aun así, cuando intentó tocarla, Ryan se apartó con violencia. Pierce dejó caer el brazo y escogió las palabras con cuidado—. Claro que te deseaba. Me parecía que quizá te deseaba demasiado. Y no he sido tan dulce contigo como me habría gustado. Me cuesta aceptar que no he podido contenerme de tanto como te deseaba.

Ryan lo miró en silencio unos segundos. Luego se secó las lágrimas que le corrían por las mejillas con una mano.

—¿Querías contenerte?, ¿querías frenar?

—La cuestión es que lo he intentado y no he podido. Nunca me he portado tan egoístamente con una mujer. He tenido muy poco cuidado —murmuró Pierce—. Eres muy pequeña, muy frágil.

¿Frágil? Ryan enarcó una ceja. Nadie la había considerado una mujer frágil nunca. En otro momento, quizá se habría echado a reír, pero en aquel instante tenía la sensación de que sólo había una forma de tratar con un hombre como Pierce.

—Muy bien —arrancó tras respirar hondo para serenarse—. Tienes dos opciones.

—¿Cuáles? —preguntó sorprendido él, enarcando las cejas.

—Puedes buscarte otra habitación o puedes llevarme a la cama y hacerme el amor otra vez —Ryan dio un paso al frente—. Ahora mismo.

—¿No tengo más opciones? —preguntó sonriente, respondiendo a la mirada desafiante de ella.

—Supongo que podría seducirte de nuevo si te pones cabezota —dijo Ryan encogiéndose de hombros—. Lo que tú prefieras.

Pierce hundió los dedos en su cabello y la acercó hacia su cuerpo.

—¿Y qué tal si nos quedamos con una combinación de las dos opciones?

—¿De qué dos opciones? —respondió Ryan con recelo.

Pierce bajó la cabeza y le dio un beso suave en los labios.

—¿Qué tal si yo te llevo a la cama y tú me seduces?

Ryan dejó que la levantara en brazos.

—Para que no digas que no soy una persona razonable —dijo ella mientras Pierce la llevaba al dormitorio—. Estoy dispuesta a que lleguemos a un acuerdo con tal de que me salga con la mía.

—Señorita Swan —murmuró él mientras la posaba con cuidado sobre la cama—. Me gusta su estilo.

IX

Le dolía todo el cuerpo. Ryan suspiró, se acurrucó y hundió la cabeza contra la almohada. Era una molestia placentera. Le recordaba a la noche anterior: una noche que se había alargado hasta el alba.

Nunca había sabido que tuviese tanta pasión que ofrecer ni tantas necesidades que satisfacer. Cada vez se había sentido agotada, en cuerpo y alma; pero había bastado una nueva caricia, de ella a él o viceversa, para volver a sacar fuerzas de donde no creía que pudiera haberlas y, recuperado el vigor, sentir de nuevo las exigencias del deseo.

Al final se habían quedado dormidos, abrazados el uno al otro mientras los dedos rosados del amanecer se filtraban en el dormitorio. Sumida en un agradable duermevela, dormitando a ratos y recuperando la conciencia durante unos minutos después, Ryan se giró hacia Pierce. Quería abrazarlo de nuevo.

Pero estaba sola.

Abrió los ojos despacio. Todavía adormilada, extendió la mano sobre las sábanas que había a su lado y las encontró vacías. ¿Se había marchado?, se preguntó Ryan confundida. ¿Cuánto tiempo llevaba durmiendo sola? Todo el placer del despertar se esfumó de inmediato. Ryan volvió a tocar las sábanas. No, se dijo mientras se estiraba; debía de estar en la otra habitación de la suite. No podía haberla dejado sola.

El teléfono sonó, despertándola por completo del sobresalto.

—Sí, ¿diga? —respondió sin dar tiempo a que sonara una segunda vez. Luego se retiró el pelo de la cara al tiempo que se preguntaba por qué estaría la suite tan silenciosa.

—¿Señorita Swan?

—Sí, Ryan Swan al habla.

—Tiene una llamada de Bennett Swan, espere un momento.

Ryan se sentó y, en un movimiento automático, se subió la sábana hasta cubrirse los pechos. Estaba desorientada. ¿Qué hora sería?, ¿y dónde, pensó de nuevo, estaría Pierce?

—Ryan, ponme al día.

¿Al día?, repitió en silencio ella, como oyendo un eco de la voz de su padre. Trató de despejarse y ordenar los pensamientos un poco.

—¡Ryan! —la apremió Bennett.

—Sí, perdona.

—No tengo todo el día.

—He visto los ensayos de Pierce a diario —arrancó por fin. Echaba de menos una buena taza de café y poder disponer de unos minutos para ponerse en marcha. Echó un vistazo a su alrededor en busca de alguna señal de Pierce—. Creo que, cuando lo veas, estarás de acuerdo en que tiene dominadas las cuestiones técnicas y la relación con su propio equipo. Anoche asistí al estreno: impecable. Ya hemos comentado algunas variaciones para adaptar el espectáculo a la televisión, pero todavía no hay ninguna decisión en firme. Es posible que incorpore algún número nuevo, pero de momento lo guarda en secreto.

—Quiero información más concreta en dos semanas como mucho —dijo él—. Es posible que tengamos que cambiar las fechas. Háblalo con Atkins. Necesitamos una lista con una descripción de los números que realizará y un tiempo estimado para cada uno.

—Ya se la he pedido —contestó con frialdad Ryan, irritada por la intromisión de su padre en su trabajo—. Soy la encargada de la producción —le recordó.

—Cierto —convino Bennett—. Te veré en mi despacho cuando vuelvas.

Tras oír que su padre había colgado, Ryan dejó el auricular sobre el teléfono con un suspiro de exasperación. Había sido la típica conversación con Bennett Swan. Decidió olvidarse de la llamada y se levantó de la cama. La bata de Pierce estaba doblada sobre una silla. La agarró y se la puso.

—¿Pierce? —Ryan salió al salón de la suite, pero lo encontró vacío—. ¿Pierce? —lo llamó de nuevo mientras pisaba uno de los botones de la blusa que había perdido.

Se agachó distraída a recogerlo y se lo guardó en el bolsillo de la bata mientras recorría la suite.

Vacía. Pierce no estaba por ninguna parte. Sintió una punzada en el estómago y el dolor se expandió por todo el cuerpo. La había dejado sola. Ryan negó con la cabeza y volvió a registrar las habitaciones con incredulidad. Seguro que le había dejado una nota en la que le explicaba por qué y adónde se había marchado. No podía haberse despertado y abandonarla sin más, después de la noche que habían compartido.

Pero no había nada. Ryan tembló. De pronto, se había quedado fría.

Era su sino, decidió. Se acercó a la ventana y miró hacia un neón apagado. Quisiera a quien quisiera, se enamorase de quien se enamorase, los demás siempre la abandonaban. Y, sin embargo, todavía mantenía la esperanza de que alguna vez las cosas pudiesen ser de otra manera.

De pequeña, había sido su madre, una mujer joven, cariñosa y con mucho estilo, la que había seguido a Bennett Swan por todo el mundo. Solía decirle que ya era una chica grande, capaz de valerse por sí misma; que volvería en un par de días. Que acababan convirtiéndose en un par de semanas, recordó Ryan. Siempre había habido una asistenta o algún miembro del servicio doméstico que había cuidado de ella. No podía decir que le hubiese faltado comida ni ropa o que hubiese sufrido algún tipo de abuso. Simplemente, se olvidaban de ella, como si hubiese sido invisible.

Luego había sido su padre, todo el rato corriendo de un lado para otro y yéndose de casa sin apenas avisar. Por supuesto, se había asegurado de contratar a alguna niñera fiable a la que había pagado un sueldo generoso. Hasta que la habían metido en un barco y la habían mandado a Suiza, al mejor internado posible. Su padre siempre había celebrado que estuviese entre las mejores alumnas.

Y tampoco le habían faltado regalos caros el día de su cumpleaños, junto con una tarjeta remitida desde una dirección a miles de kilómetros, en la que le decían que siguiera estudiando. Cosa que Ryan había hecho, por supuesto. Jamás se habría arriesgado a desilusionar a su padre.

Nada cambiaba y todo se repetía, pensó Ryan mientras se giró para mirarse al espejo. Ryan era fuerte. Ryan era una mujer práctica. Ryan no necesitaba todas esas cosas que las demás mujeres sí necesitaban: abrazos, dulzura, amor.

Así era mejor, se dijo. Además, no tenía por qué sentirse dolida. Se habían deseado, habían cedido a sus instintos y habían pasado la noche juntos. ¿Para qué teñirlo de romanticismo? No tenía derecho a pedirle explicaciones a Pierce. Y ella tampoco tenía el menor compromiso con él. Ryan se llevó la mano al cinto de la bata y la desanudó. Luego se la quitó, dejándola caer hombros abajo, y, ya desnuda, se dirigió a la ducha.

Puso el agua caliente, ardiendo, con el chorro a toda presión contra su piel. No quería pensar. Se conocía bien. Si conseguía dejar la mente en blanco un rato, cuando volviese a ponerse en marcha sabría lo que debía hacer.

El baño se había llenado de vapor y humedad cuando salió para secarse con la toalla. Ryan se movía con prisa. Tenía trabajo que hacer: anotar ideas, planificar los programas de televisión. Ryan Swan, productora de Producciones Swan. En eso debía concentrarse. Ya iba siendo hora de dejar de preocuparse por gente que no podía o no quería darle lo que ella anhelaba. Tenía que labrarse un nombre en el sector. Lo único de lo que debía preocuparse era de su carrera profesional.

Mientras se vestía, todo indicaba que había recobrado la calma por completo. Los sueños eran para las horas de dormir y ella estaba más que despierta. Tenía que encargarse de un montón de detalles. Tenía que concertar entrevistas, reunirse con directores de diversos departamentos. Había que tomar decisiones. Ya llevaba demasiado tiempo en Las Vegas. No conocería el estilo de Pierce mejor por quedarse más días. Y, lo más importante para ella en esos momentos, sabía perfectamente el producto final que quería conseguir. Sólo tenía que volver a Los Ángeles y empezar a concretar las ideas que tenía y ponerlas en práctica.

Era la primera producción que le encomendaban y se había jurado que no sería la última.

Ryan agarró el cepillo y se lo pasó por el pelo. La puerta se abrió a su espalda.

—Estás despierta —dijo Pierce, sonriente, justo antes de avanzar hacia ella.

La mirada de Ryan lo detuvo. Se notaba que estaba dolida y furiosa.

—Sí, estoy despierta —contestó con falsa indiferencia mientras seguía cepillándose—. Llevo un rato de pie. Mi padre me ha llamado hace un rato. Quería que lo informara de cómo van las cosas.

—Ah —murmuró Pierce. Pero era evidente que la frialdad de Ryan no tenía que ver con su padre, decidió sin dejar de observarla—. ¿Has pedido algo al servicio de habitaciones?

—No.

—Querrás desayunar —dijo él, animándose a acercarse otro paso. No se atrevió a más, al captar el muro que Ryan había levantado entre los dos.

—No, la verdad es que no tengo hambre —Ryan sacó el neceser y empezó a maquillarse—. Ya me tomaré un café en el aeropuerto. Me vuelvo a Los Ángeles esta misma mañana.

El tono cortante y distanciado de la respuesta lo obligó a apretar los dientes. ¿Podía haberse equivocado tanto?, ¿tan poco había significado para ella la noche que habían pasado juntos?

—¿Esta mañana? —preguntó Pierce con la misma indiferencia—. ¿Y eso?

—Creo que ya me he hecho una idea suficientemente aproximada de cómo trabajas y de lo que necesitarás para los especiales de televisión —contestó Ryan sin dejar de mirarse al espejo—. Conviene que vaya ocupándome de las gestiones preliminares y ya fijaremos una cita cuando vuelvas a California. Me pondré en contacto con tu agente.

Pierce se tragó las palabras que habría deseado decir. Él nunca ataba a nadie. Al único al que encadenaba era a sí mismo.

—Si es lo que quieres.

Ryan guardó el neceser.

—Los dos tenemos trabajo que hacer. El mío está en Los Ángeles; el tuyo, de momento, aquí —dijo mientras se giraba al armario.

Pierce la detuvo poniéndole una mano sobre el hombro. La retiró al instante al notar que se ponía tensa.

—Ryan, ¿te he hecho daño?

—¿Daño? —repitió ella camino del armario. Se encogió de hombros, pero Pierce no pudo ver la expresión de sus ojos—. ¿Cómo ibas a hacerme daño?

—No lo sé —contestó él hablándole a la espalda. Ryan estaba sacando la ropa para hacer la maleta, pero Pierce la obligó a darse la vuelta—. Pero te lo he hecho. Te lo veo en los ojos —añadió cuando por fin pudo mirarla.

—Olvídalo —dijo Ryan—. Yo lo haré —agregó. Hizo ademán de retirarse, pero Pierce la sujetó con firmeza.

—No puedo olvidarme de algo si no sé de qué se trata —contestó. Aunque no apretaba con fuerza, el tono de voz mostraba que estaba irritado—. Ryan, ¿qué pasa? Dímelo.

—Déjalo, Pierce.

—No.

Ryan trató de soltarse de nuevo, pero Pierce siguió reteniéndola. Se dijo que debía mantenerse calmada...

—¡Me has abandonado! —explotó y tiró la ropa al suelo. Fue un estallido tan inesperado que Pierce se quedó mirándola atónito, incapaz de articular palabra—. Me he despertado y te habías ido, sin decirme una palabra. No estoy acostumbrada a tener aventuras de una noche —añadió y los ojos de Pierce se encendieron.

—Ryan...

—No, no quiero oírlo —se adelantó ella, negando con la cabeza vigorosamente—. Esperaba otra cosa de ti. Me he equivocado. Pero no importa. Una mujer como yo no necesita que la traten como a una reina. Soy experta en sobrevivir... ¡Y suéltame! Tengo que hacer la maleta —dijo tras intentar zafarse una vez más, en vano.

—Ryan —Pierce la atrajo contra su cuerpo todavía más, a pesar de las protestas de ella. Era obvio que se sentía dolida y que él no era el origen de aquel dolor tan profundo—. Lo siento.

—Quiero que me dejes, Pierce.

—Si lo hago, no me escucharás —contestó él al tiempo que le acariciaba el pelo, todavía húmedo por la ducha—. Necesito que me escuches.

—No hay nada que decir —dijo Ryan con la voz quebrada.

Parecía como si estuvieran a punto de saltársele las lágrimas. Pierce se sintió culpable. ¿Cómo podía haber sido tan obtuso?, ¿cómo no se había dado cuenta de lo importante que podía ser para ella despertar sola?

—Ryan, tengo mucha experiencia en aventuras de una noche —dijo él. La había apartado lo justo para poder mirarla a los ojos—. Y lo de anoche no ha sido una aventura para mí.

Ella negó con la cabeza con fiereza, luchando por mantener la compostura.

—No hace falta que seas diplomático.

—Yo nunca miento —afirmó Pierce al tiempo que subía las manos hacia los hombros de ella—. Lo que hemos compartido esta noche significa mucho para mí.

—Cuando desperté, te habías ido —Ryan tragó saliva y cerró los ojos—. La cama estaba fría.

—Lo siento. Bajé a pulir un par de detalles antes de la actuación de esta noche.

—Si me hubieras despertado...

—No se me ocurrió, Ryan —dijo él con serenidad—. Como no imaginé que te afectaría tanto despertar sola. Pensaba que seguirías durmiendo un buen rato, además. El sol ya estaba saliendo cuando te dormiste.

—Estuviste despierto hasta la misma hora que yo —replicó ella. Intentó liberarse de nuevo—. ¡Pierce, por favor...! Suéltame —finalizó en voz baja después de un primer grito desesperado.

Pierce bajó las manos y la miró mientras recogía la ropa del suelo.

—Ryan, yo nunca duermo más de cinco o seis horas. No necesito más —trató de explicarse. ¿Era pánico lo que estaba sintiendo al verla doblar una blusa en una maleta?—. Pensaba que te encontraría dormida cuando volviese.

—Eché la mano hacià ti —dijo Ryan sin más—. Y te habías ido.

—Ryan...

—No, no importa —Ryan se llevó las manos a las sienes, apretó un par de segundos y exhaló un suspiro profundo—. Perdona. Me estoy comportando como una idiota. Tú no has hecho nada, Pierce. Soy yo. Siempre me hago demasiadas expectativas y luego me vengo abajo cuando no se cumplen. No pretendía montarte una escena. Olvídalo, por favor —añadió mientras volvía a ponerse con la maleta.

—No quiero olvidarlo —murmuró Pierce.

—Me sentiría menos tonta si supiera que lo haces —dijo ella, tratando de imprimir un toque de buen humor a su voz—. Atribúyelo a la falta de sueño o a que me he levantado con el pie izquierdo. De todos modos, tengo que volver a Los Ángeles. Tengo mucho trabajo.

Pierce había visto las necesidades de Ryan desde el principio: su respuesta a las atenciones caballerosas, la alegría de recibir una flor de regalo. Por mucho que se esforzara por no serlo, era una mujer emocional y romántica. Pierce se maldijo para sus adentros pensando lo vacía que se habría sentido al despertar sola después de la noche que habían pasado juntos.

—Ryan, no te vayas —le pidió. Le costaba mucho hacer algo así. Él nunca le insistía a una mujer para que se quedara a su lado.

La mano de Ryan pareció dudar, suspendida sobre los cierres de la maleta. Al cabo de un segundo, la cerró, la dejó en el suelo y se giró:

—Pierce, no estoy enfadada, de verdad. Puede que un poco abochornada —reconoció con una sonrisa débil—. Pero, en serio, tengo que volver y poner en marcha un montón de cosas. Puede que haya un cambio de fechas y...

—Quédate —la interrumpió, incapaz de contenerse—. Por favor.

Ryan se quedó callada un momento. Algo en la mirada de Pierce le hizo un nudo en la garganta. Sabía que le estaba costando pedirle que no se fuera. De la misma forma que a ella iba a costarle preguntar:

—¿Por qué?

—Te necesito —Pierce respiró profundamente tras realizar lo que para él suponía una confesión asombrosa—. No quiero perderte.

—¿De verdad te importa? —Ryan dio un paso adelante.

—Sí, claro que me importa.

Ryan esperó un segundo, pero no fue capaz de convencerse para darse la vuelta y salir de la habitación.

—Demuéstramelo —le dijo.

Pierce se acercó a Ryan y la estrechó con fuerza entre los brazos. Ésta cerró los ojos. Era justo lo que necesitaba: que la abrazaran, simplemente que la abrazaran. Apoyó la mejilla contra el muro firme de su torso y disfrutó del calor del abrazo. Sabía que la estaba sujetando como si tuviese entre las manos algo precioso. Frágil, le había dicho Pierce. Por primera vez en la vida, quería serlo.

—Lo siento. He sido una idiota.

—No —Pierce le levantó la barbilla con un dedo, sonrió y la besó—. Eres muy dulce. Pero no te quejes cuando te despierte después de cinco horas de sueño —bromeó.

—Jamás —contestó ella riéndose antes de rodearle el cuello con las manos—. Bueno, quizá me queje un poquito.

Ryan sonrió, pero, de pronto, los ojos de Pierce la miraban con seriedad. Éste le colocó una mano en la nuca antes de bajar la boca sobre la de ella.

Fue como la primera vez: la misma ternura, esa presión de terciopelo capaz de inflamarle la sangre. Se sentía absolutamente impotente cuando la besaba de ese modo, incapaz de abrazarlo con más fuerza, incapaz de pedirle nada más. Sólo podía dejar que Pierce siguiera besándola a su ritmo.

Y él lo sabía. Sabía que esa vez tenía todas las riendas en sus manos. Las movió con suavidad mientras la desnudaba. Dejó que la blusa le resbalase hombros abajo, rozándole la espalda, hasta caer al suelo. La piel de Ryan se estremecía allá donde él iba posando los dedos.

Pierce le desabrochó los pantalones. Luego dejó que cayeran por debajo de la cintura mientras sus dedos jugueteaban con un trapito de encaje que apenas cubría los pechos de Ryan. En todo momento, su boca siguió mordisqueando los labios de la de ella. La vio contener la respiración y después, al introducir un dedo bajo el sujetador, la oyó gemir. No sacó el dedo, sino que optó por plantar la mano entera encima de su pecho para acariciarlo y pellizcarlo hasta que Ryan empezó a temblar.

—Te deseo —dijo ella con voz trémula—. ¿Tienes idea de cuánto te deseo?

—Sí —Pierce la besó con suavidad por toda la cara—. Sí.

—Hazme el amor —susurró Ryan—. Hazme el amor, Pierce.

—Sí —repitió éste antes de apoyar la boca sobre el cuello de ella, que latía a toda velocidad.

—Ahora —le exigió Ryan, demasiado débil como para intentar apretarlo contra su cuerpo.

Pierce soltó una risotada gutural y la depositó sobre la cama con cuidado.

—Anoche me volvió loco con sus caricias, señorita Swan —Pierce situó un dedo en el centro de Ryan, deteniéndose justo en el suave monte que se elevaba entre sus piernas. Muy despacio, casi con pereza, su boca fue bajando por todo el cuerpo hasta colocarla donde había puesto el dedo anteriormente.

La noche anterior había sido una auténtica locura para él. Jamás se había sentido tan impaciente y desesperado. Aunque la había poseído una y otra vez, no había sido capaz de saborear toda aquella pasión. Era como si hubiese estado hambriento y la gula le hubiese impedido paladear el festín. En aquel momento, en cambio, aunque la deseaba con la misma intensidad, podía refrenar la urgencia. Podía disfrutarla y saborearla.

A Ryan le pesaban los brazos. No podía moverlos. Lo único que podía hacer era dejar que Pierce la tocara y acariciara y besara donde quisiese. La fortaleza que la había impulsado a seducirlo la noche anterior había quedado reemplazada por una debilidad almibarada. De la que no le importaba empaparse.

La boca de Pierce merodeaba por su cintura. Su lengua circulaba más abajo mientras las manos la recorrían con suavidad, siguiendo el contorno de sus pechos, acariciándole el cuello y los hombros. Más que poseyéndola, estaba estimulándola.

Agarró la cinta elástica de las braguitas entre los dientes y la bajó unos centímetros. Ryan se arqueó y gimió. Pierce saboreó la piel de su muslo, deleitándose hasta llevarla al borde de la locura. Ryan se oyó jadear el nombre de Pierce, un sonido suave y urgente, pero él no respondió. Su boca estaba ocupada haciéndole maravillas en las corvas.

Ryan notó la piel fogosa de su torso rozándole una pierna, aunque no tenía la menor idea de cuándo o cómo se había quitado la camisa. Nunca había sido tan consciente de cada centímetro de su cuerpo. Jamás había creído posible experimentar un placer tan celestial y adictivo.

La estaba levantando, pensó Ryan en medio de una bruma de sensaciones, aunque tenía la espalda sobre el colchón. La estaba haciendo levitar, estaba haciendo flotar la cama. Sí, le estaba enseñando los secretos de su magia, aunque aquel trance era real, no escondía truco.

Los dos estaban ya desnudos, enredados mientras la boca de Pierce viajaba de vuelta hacia la de ella. La besó despacio, con profundidad, hasta dejarla floja, sin fuerzas. La estimulaba con los dedos. Ryan no sabía que la pasión pudiera llevarla en dos direcciones distintas: hacia un fuego infernal y hacia un cielo brumoso.

Aunque ya estaba jadeando, Pierce siguió esperando. Le proporcionaría todo el placer posible. Le mordisqueó y chupó los labios y esperó hasta oír el gemido final de rendición.

—¿Ahora, amor? —le preguntó él mientras le daba besitos por toda la cara—. ¿Ahora?

No podía responder. Estaba más allá de las palabras y de la razón. Que era justo el lugar al que había querido conducirla. Orgulloso, Pierce rió y pegó la boca al cuello de ella.

—Eres mía, Ryan. Dilo: eres mía.

—Sí —sucumbió ella en un susurro casi inaudible—. Soy... tuya... Tómame —añadió contra los labios de Pierce.

Aunque, en realidad, ni siquiera llegó a oír que había pronunciado las palabras. O quizá habían sido producto de su imaginación. Pero Pierce obedeció y, de pronto, estaba dentro de ella. Ryan contuvo la respiración y arqueó la espalda para darle la bienvenida. Por temor a hacerle daño, él se movió con una lentitud insoportable.

La sangre le zumbaba en los oídos mientras Pierce la empujaba hasta el precipicio. Sus labios se apoderaron de los de ella, capturando cada aliento entrecortado.

De repente, aplastó la boca contra la de Ryan y se acabaron las delicadezas, las provocaciones. Ella gritó al tiempo que Pierce la poseía con súbita fiereza. El fuego los consumió, fundiendo sus cuerpos y labios hasta que Ryan pensó que ambos habían muerto.

Pierce yacía sobre ella, reposando la cabeza entre sus pechos. Bajo la oreja, podía oír el ruido atronador de su corazón. Ryan no había dejado de temblar. Lo rodeaba con los dos brazos como si no pudiese sostenerse ni sobre la cama. No podía moverse. Y él tampoco quería hacerlo. Quería detener el mundo y mantenerlo así: los dos solos, desnudos. Ryan le pertenecía, se dijo. Lo sorprendió la vehemencia de aquel deseo de poseerla. Él no era así. Nunca había sido así con ninguna mujer. Hasta Ryan. La atracción era demasiado potente como para resistirla.

—Dilo otra vez —le exigió, levantando la cabeza para poder mirarla.

Ryan abrió los ojos despacio. Estaba embriagada de amor, saciada de placer.

—¿El qué?

Pierce la besó de nuevo, primero con ansiedad, luego más sereno, pero extrayendo hasta la última gota del néctar de sus labios. Cuando se apartó, tenía los ojos brumosos de deseo.

—Dime que eres mía, Ryan.

—Soy tuya —murmuró antes de cerrar los ojos de nuevo—. Tanto tiempo como quieras —añadió entre bostezos.

Pierce frunció el ceño e hizo intención de hablar, pero se paró al ver que Ryan se había quedado dormida. Respiraba tranquila y relajada. Pierce se echó a un lado de la cama, se tumbó junto a ella y la abrazó.

Esa vez esperaría a su lado hasta que despertase.

Ryan nunca había tenido la sensación de que el tiempo pasara a una velocidad tan vertiginosa. Debería haberse alegrado de que así fuera. Cuando terminaran las actuaciones de Pierce en Las Vegas, podrían empezar a trabajar en los especiales para la televisión. Estaba ansiosa de ponerse manos a la obra con esos programas, tanto por ella como por él. Sabía que podría suponer un punto de inflexión en su carrera dentro de Producciones Swan.

Aun así, no podía evitar desear que las horas no se fueran volando y pasasen más despacio. Las Vegas tenía algo especial: los casinos relucientes, las calles ruidosas, la falta de relojes... Allí, en medio de aquella ciudad mágica, le parecía natural amar a Pierce, compartir la vida que él vivía. Y no estaba segura de que fuese a resultarle igual de sencillo una vez regresaran a la pragmática realidad de Los Ángeles.

Los dos estaban viviendo al día. En ningún momento habían hablado del futuro. El arranque de posesividad de Pierce no se había repetido y Ryan se preguntaba por qué. Casi creía que había soñado con aquel ruego profundo e insistente: «Dime que eres mía».

Nunca había vuelto a pedírselo ni le había dedicado palabras de amor. Era atento, a veces en exceso, con palabras, gestos y miradas. Pero no parecía totalmente relajado. Como tampoco se sentía tranquila Ryan. Confiar no era tarea fácil para ninguno de los dos.

La noche de la última actuación Ryan se vistió con esmero. Quería que fuese una velada especial. Champán, decidió mientras se metía en un vestido vaporoso con un arco iris de matices. Llamaría al servicio de habitaciones y pediría que subieran champán a la suite después del espectáculo. Tenían una última y larga noche para disfrutar juntos antes de que el idilio finalizase.

Ryan se examinó con atención en el espejo. El vestido tenía transparencias y era mucho más atrevido, advirtió, de lo que solía ser su estilo. Pierce diría que era más propio de Ryan que de la señorita Swan, pensó y sonrió. Tendría razón, como siempre. En ese momento, no se sentía en absoluto como la señorita Swan. Ya habría tiempo de sobra a partir del día siguiente para los trajes de negocios.

Se echó unas gotitas de perfume en las muñecas y luego otra más al hueco entre ambos pechos.

—Ryan, si quieres que cenemos antes de la actuación, vas a tener que darte prisa. Son casi... —Pierce enmudeció al entrar en la habitación. Se paró a contemplarla. El vestido flotaba por aquí, se ceñía allá, ajustándose seductoramente a sus pechos.

—Estás preciosa —murmuró, sintiendo un cosquilleo por la piel que empezaba a resultarle familiar—. Como si fueras la protagonista de un sueño.

Cuando le hablaba así, el corazón se le derretía y el pulso se le disparaba al mismo tiempo.

—¿De un sueño? —Ryan avanzó hacia Pierce y entrelazó las manos tras su nuca—. ¿En qué clase de sueño te gustaría verme?, ¿podrías hacer un hechizo para encontrarnos en sueños? —añadió justo antes de darle un beso en una mejilla y luego en otra.

—Hueles a jazmín —Pierce hundió la cara en el cuello de Ryan. Pensó que jamás había deseado nada ni a nadie tanto en toda su vida—. Me vuelve loco.

—Hechizos de mujer —dijo ella, ladeando la cabeza para ofrecer más libertad a la boca—. Para encantar al encantador.

—Pues funciona.

—¿No fue el hechizo de una mujer lo que terminó perdiendo a Merlín? —Ryan se apretó un poco más.

—¿Has estado documentándote? —le susurró Pierce al oído—. Ten cuidado: llevo más tiempo que tú en el negocio... y no es aconsejable enredarse con un mago —añadió después de posar los labios sobre los de ella.

—Creo que me arriesgaré —Ryan le acarició el pelo de la nuca—. Me gustan los enredos.

Pierce sintió un tremendo poder... y una tremenda debilidad. Siempre le pasaba igual cuando la tenía entre sus brazos. Pierce la apretó contra el pecho y Ryan no opuso resistencia. Tenía muchas cosas que ofrecerle, pensó ella. Muchas emociones que brindarle o reprimir. Nunca estaba segura de la opción por la que Pierce se decantaría en cada momento. Por otra parte, ella tampoco era un libro abierto. Aunque lo amaba, no había llegado a pronunciar las palabras en voz alta. Por más que su enamoramiento crecía día a día, no había sido capaz de decírselo.

—¿Verás la actuación de esta noche con los tramoyistas? —le preguntó Pierce—. Me gusta saber que estás ahí cerca.

—Sí —Ryan echó la cabeza hacia atrás y sonrió. No era frecuente que le pidiese nada—. Uno de estos días acabaré pillándote algún truco. Ni siquiera tu mano va a ser siempre más rápida que el ojo.

—¿No? —Pierce sonrió. Lo divertía el empeño constante de Ryan por descubrir sus trucos—. En cuanto a la cena... —arrancó al tiempo que le bajaba la cremallera del vestido. Empezaba a preguntarse qué llevaría debajo. Si por él fuera, el vestido estaría en el suelo en un abrir y cerrar de ojos.

—¿Qué pasa con la cena? —preguntó Ryan haciéndose la inocente, pero con un brillo pícaro en la mirada.

Pierce maldijo al oír que llamaban a la puerta.

—¿Por qué no conviertes en un sapo al que se haya atrevido a interrumpirnos? —le sugirió Ryan. Luego suspiró y apoyó la cabeza sobre un hombro de Pierce—. No, supongo que sería poco cortés.

—Pues a mí no me parece mal —contestó él y Ryan soltó una risotada.

—Yo contesto. Me remordería la conciencia haberte dado la idea —dijo. Al ver que Pierce se abrochaba el botón superior de la camisa, Ryan enarcó una ceja—. No olvidarás lo que estabas pensando mientras lo echo, ¿no?

—Tengo muy buena memoria —dijo Pierce sonriente. Luego la soltó y la miró caminar hacia la puerta. El vestido no había sido elección de la señorita Swan, decidió, como confirmando lo que Ryan había pensado mientras se vestía.

—Un paquete para usted, señorita Swan.

Ryan aceptó la cajita, envuelta con papel de regalo, y la tarjeta que le entregó el mensajero.

—Gracias.

Después de cerrar la puerta, dejó el paquete sobre una mesa y abrió el sobre de la tarjeta. La nota era breve y estaba escrita a máquina:

*Ryan:*
*Conforme con tu informe. A falta de una revisión exhaustiva cuando vuelvas. Reunión dentro de una semana a partir de hoy. Feliz cumpleaños.*
*Tu padre*

Ryan leyó la nota dos veces. Luego miró hacia el paquete. No podía olvidarse de su cumpleaños, pensó mientras pasaba los ojos sobre las letras mecanografiadas una tercera vez. Bennett Swan siempre cumplía. Ryan sintió una punzada de ira, de desaliento, de impotencia. Todas las emociones que la hija única de los Swan arrastraba desde pequeña.

¿Por qué?, se preguntó. ¿Por qué no había esperado su padre a darle algo en persona? ¿Por qué le había enviado una nota impersonal, que parecía un telegrama, y un detallito que seguro que habría elegido su secretaria? ¿Por qué no le podía haber dicho simplemente que la quería?

—¿Ryan? —Pierce la llamó desde la puerta del dormitorio. La había visto leer la nota. Y había visto la expresión de vacío de sus ojos—. ¿Malas noticias?

—No —contestó ella, negando rápidamente con la cabeza. Acto seguido, guardó la nota en el bolso—. No es nada. Vamos a cenar, Pierce. Estoy hambrienta —añadió tendiéndole una mano.

Ryan sonreía, pero el dolor que asomaba a sus ojos era inconfundible. Sin decir nada, Pierce tomó su mano. Mientras salían de la suite, miró de reojo hacia el paquete, que no había llegado a abrir.

Tal como le había pedido, Ryan siguió la actuación con los tramoyistas. Había bloqueado cualquier pensamiento relacionado con su padre. Aquélla sería su última noche de total libertad y no estaba dispuesta a dejar que nada se la arruinase.

Era su cumpleaños, se recordó. Y lo iba a celebrar en privado. No se lo había dicho a Pierce, al principio porque no se había acordado del cumpleaños hasta recibir la tarjeta de su padre y, en esos momentos, sería una tontería mencionarlo. Al fin y al cabo, tenía veintisiete años, ya era bastante adulta como para ponerse sentimental por el paso de un año.


—Has estado increíble, como siempre —le aseguró a Pierce cuando éste salió del escenario, acompañado por una salva de aplausos atronadora—. ¿Cuándo vas a contarme cómo haces el último número?

—La magia, señorita Swan, no tiene explicación.

—Resulta que me he dado cuenta de que Bess está en el vestuario en estos momentos —contestó Ryan— y la pantera...

—Las explicaciones desilusionan —interrumpió Pierce. Luego le agarró una mano y la condujo a su propio camerino—. La mente es paradójica, señorita Swan.

—Ah, eso lo aclara todo —contestó con ironía Ryan, convencida de que Pierce no le explicaría nada.

Éste consiguió mantener cierta expresión de solemnidad mientras se quitaba la camisa.

—La mente quiere creer en lo imposible —continuó mientras se dirigía al baño—. Pero no lo consigue. Ahí está la clave de la fascinación. Si lo imposible no es posible, ¿cómo puede suceder delante de tus ojos y de tu nariz?

—Eso es lo que te estoy preguntando —protestó Ryan por encima del sonido de la ducha. Cuando Pierce salió, con una toalla colgada del hombro, Ryan lo miró con descaro—. Como productora, mi deber es...

—Producir —atajó él mientras se ponía una camisa limpia—. Yo me encargaré de los imposibles.

—Pero me da rabia no saberlo —murmuró con el ceño fruncido, aunque le abrochó los botones de la camisa ella misma.

—¿Verdad que sí? —se burló Pierce, sonriente.

—Bah, no es más que un truco —dijo ella, encogiéndose de hombros, con la esperanza de irritarlo.

—Sólo eso —contestó Pierce sin perder la sonrisa.

Ryan suspiró. No le quedaba más remedio que aceptar la derrota.

—Supongo que estarías dispuesto a sufrir todo tipo de tortura antes de revelar tus secretos.

—¿Estás pensando en alguna en especial?

Ryan rió y apretó la boca contra los labios de Pierce.

—Esto sólo es el principio —le prometió en tono amenazador—. Voy a llevarte arriba y te voy a volver loco hasta que hables.

—Interesante —Pierce le pasó un brazo alrededor de los hombros y la condujo hacia el pasillo—. Es probable que el tema lleve su tiempo.

—No tengo prisa —respondió con alegría Ryan.

Llegaron a la planta de arriba, pero cuando Pierce fue a meter la llave en la cerradura de la suite, Ryan lo detuvo, sujetándole la mano:

—Es tu última oportunidad antes de que me ponga dura —le advirtió—. Pienso hacerte hablar.

Pierce se limitó a sonreír y abrió la puerta.

—¡Feliz cumpleaños!

Los ojos de Ryan se agrandaron llenos de asombro. Bess, todavía con el vestido de la actuación, abrió una botella de champán y Link hizo lo que pudo por recoger en una copa el chorro que salió despedido. Ryan los miró incapaz de articular palabra.

—Felicidades —Pierce le dio un beso suave.

—Pero... —Ryan se separó para poder mirarlo— ¿cómo te has enterado?

—Toma —Bess le plantó una copa de champán en la mano y le dio un pellizquito cariñoso—. Bebe, cariño. Sólo se cumplen años una vez al año. Gracias a Dios. El champán lo pongo yo: una botella para ahora y otra para luego —añadió guiñándole un ojo a Pierce.

—Gracias —Ryan miró hacia su copa desconcertada—. No sé qué decir.

—Link también tiene algo para ti —anunció Bess.

El grandullón cambió el peso del cuerpo sobre la otra pierna al ver que todos los ojos se centraban en él.

—He traído una tarta —murmuró después de carraspear—. Tienes que tener una tarta de cumpleaños.

Ryan se acercó y vio una tarta decorada con amarillos y rosas delicados.

—¡Es preciosa, Link!

—El primer trozo lo tienes que cortar tú —indicó él.

—Sí, sí, enseguida —Ryan se puso de puntillas, agachó la cabeza de Link y le dio un beso en la boca—. Gracias.

El gigantón se puso rojo, sonrió y miró a Bess ruborizado.

—De nada.

—Yo también tengo algo para ti —terció Pierce—. ¿Me darás otro beso? —le preguntó.

—Después del regalo.

—Qué avariciosa —bromeó él mientras le entregaba una cajita de madera.

Era vieja y estaba tallada. Ryan pasó un dedo por encima para sentir los sitios que el paso del tiempo había suavizado.

—Es muy bonita —murmuró. Luego abrió la caja y vio una cadena con un pequeño colgante de plata—. ¡Me encanta! —exclamó emocionada.

—Es egipcio —explicó Pierce mientras le ponía el collar—. Es un símbolo de vida. Y no es una superstición; sólo trae buena suerte —añadió con solemnidad.

Ryan recordó su penique aplanado y se lanzó en brazos de Pierce riendo.

—¿Es que nunca te olvidas de nada?

—No. Y ahora me debes un beso.

Ryan accedió. Se olvidó incluso de que no estaban solos.

—Oye, que queremos probar la tarta —Bess pasó un brazo alrededor de la cintura de Link y sonrió cuando Ryan puso fin al beso.

—¿Estará tan rica como parece? —se preguntó ésta en voz alta mientras agarraba un cuchillo para partir la tarta–. No sé el tiempo que hace que no pruebo una tarta de cumpleaños. Toma, el primer trozo para ti, Link.

Éste tomó el platito con la tarta y Ryan se chupó los dedos.

—Está buenísima —dijo mientras partía otro trozo—. No sé cómo te has enterado. Yo misma me había olvidado hasta que... ¡has leído la nota! —exclamó en tono acusador.

Pierce puso cara de no saber nada.

—¿Qué nota?

Ryan resopló disgustada sin advertir que Bess le había quitado el cuchillo para seguir partiendo la tarta ella.

—Miraste en el bolso y leíste la nota.

—¿Qué? —Pierce enarcó una ceja—. De verdad, Ryan, ¿crees que podría hacer algo tan indiscreto?

Se quedó pensativa unos segundos antes de responder:

—Sí.

Bess soltó una risilla mientras le entregaba una ración de tarta a Pierce.

—Los magos no necesitan rebajarse a meter mano en los bolsos de los demás para conseguir información.

Link soltó una risotada alegre que sorprendió a Ryan.

—¿Lo dices por la vez que le quitaste la cartera del bolsillo a aquel hombre de Detroit? —le recordó a Pierce.

—¿O por los pendientes de la mujer de Flatbush? —añadió Bess.

—¿En serio hizo eso? —Ryan miró a Pierce, pero éste se limitó a meterse un trozo de tarta en la boca.

—Siempre lo devuelve todo al final del espectáculo —continuó Bess—. Pero suerte que no se decidiera por hacerse delincuente. Si es capaz de abrir los cerrojos de una caja fuerte desde dentro, imagínate de lo que sería capaz estando fuera.

—Fascinante —convino Ryan—. Contad más, contad.

—¿Te acuerdas de cuando te fugaste de la cárcel ésa de Wichita, Pierce? —prosiguió Bess—. Sí, que te habían encerrado por...

—¿No te apetece más champán? —interrumpió Pierce al tiempo que inclinaba la botella para llenarle la copa.

—Me habría encantado ver la cara del comisario al descubrir que la celda estaba vacía, con cerrojo y todo —añadió Link sonriente.

—¿Te fugaste de una cárcel? —preguntó asombrada Ryan.

—Houdini lo hacía a menudo —Pierce le sirvió una copa de champán.

—Ya, pero lo ensayaba primero con los policías —Bess rió por la mirada con la que Pierce le contestó y cortó otro trozo de tarta para Link.

—Así que carterista y ex presidiario —dijo Ryan. Le hacía gracia la expresión incómoda que notaba en los ojos de Pierce. No solía verse en situaciones de ventaja ante él y no estaba dispuesta a dejar pasar la oportunidad—. ¿Algo más que deba saber?

—En mi opinión, ya sabes más de lo necesario —comentó Pierce.

—Sí —Ryan le dio un beso sonoro—. Y es el mejor cumpleaños que he tenido en la vida.

—Vamos, Link —Bess levantó la botella medio vacía de champán—. Ya nos terminamos esto y la tarta por ahí. Que Pierce se las arregle como pueda para salir de ésta por su cuenta... Tendrías que contarle lo del comerciante aquél de Salt Lake City.

—Buenas noches, Bess —la despidió Pierce con paciencia y se ganó otra risotada de su ayudante.

—Feliz cumpleaños, Ryan —Bess le lanzó una sonrisa radiante a Pierce y sacó a Link de la suite.

—Gracias, Bess. Gracias, Link —Ryan esperó hasta que ambos hubieron salido antes de girarse hacia Pierce—. Antes de ver lo del comerciante de Salt Lake City, ¿cómo te las apañaste para acabar en la cárcel? —preguntó con tono burlón, mirándolo por encima de la copa.

—Fue un malentendido.

—Eso dicen todos —Ryan enarcó una ceja—. Un malentendido con un marido celoso, ¿quizá?

—No, con un agente de policía al que no le sentó bien encontrarse atado a un taburete de un bar con sus propias esposas —Pierce se encogió de hombros—. No se mostró nada agradecido cuando lo solté.

—Me lo creo —dijo ella, conteniendo las ganas de echarse a reír.

—Fue una pequeña apuesta —explicó Pierce—. Y perdió él.

—Pero, en vez de pagar, te metió en la cárcel —concluyó Ryan.

—Algo así.

—Así que estoy ante un delincuente peligroso. Supongo que estoy a tu merced —Ryan exhaló un suspiro. Luego dejó la copa y se acercó a Pierce—. Gracias por organizarme esta fiesta. Ha sido un detalle precioso.

—Tenías una cara tan seria —murmuró él justo

mientras le echaba hacia atrás el pelo que le caía sobre la cara. Después la besó sobre los párpados. No podía quitarse de la cabeza la expresión de dolor que había percibido en el rostro de Ryan después de leer la carta de su padre—. ¿No vas a abrir el regalo de tu padre?

Ryan negó con la cabeza y apoyó una mejilla sobre el hombro de Pierce.

—Esta noche no. Mañana. Los regalos importantes ya los he recibido.

—No se ha olvidado de tu cumpleaños.

—No, él jamás cometería un error así. Seguro que lo tiene marcado en el calendario —contestó con amargura—. Perdona. En el fondo, sé que me quiere.

—A su manera —Pierce le agarró las manos—. Lo hace lo mejor que puede.

Ryan le devolvió la mirada. Su ceño desapareció, dando paso a una expresión más comprensiva:

—Sí, es verdad. Nunca lo había pensado desde esa perspectiva. Lo que pasa es que no dejo de esforzarme por complacerme con la esperanza de que algún día me diga que me quiere y que está orgulloso de ser mi padre —Ryan suspiró—. Lo sé, es una tontería, ya soy mayor. Pero, aun así, ¡me gustaría tanto!

—Nunca se deja de desear que los padres nos quieran —dijo Pierce al tiempo que la abrazaba con fuerza.

Ryan pensó en la infancia de Pierce, que a su vez estaba preguntándose por la de ella.

—Seríamos personas diferentes si nuestros padres se hubiesen portado de otra forma con nosotros, ¿no?

—Sí —contestó Pierce—. Seguro que sí.

—No me gustaría que fueses diferente. Eres justo lo que quiero —dijo ella antes de ir al encuentro de su boca con avidez—. Llévame a la cama. Y dime en qué estabas pensando hace unas horas antes de que nos interrumpieran —añadió susurrando.

Pierce la levantó en brazos con agilidad. Ryan se colgó, recreándose en la potencia de sus músculos.

—Lo cierto —arrancó él camino del dormitorio— es que me preguntaba qué llevarías debajo del vestido.

Ryan rió y apretó la boca contra el cuello de Pierce.

—La verdad es que no hay mucho debajo por lo que preguntarse.


La habitación estaba a oscuras y en silencio. Ryan estaba acurrucada junto a Pierce mientras éste le acariciaba el cabello con los dedos. Estaba muy quieta, debía de haberse dormido. Pero a Pierce no le importaba estar despierto. De ese modo, podía permitirse el lujo de disfrutar del tacto de su piel contra el cuerpo, de la textura sedosa de su pelo. Mientras dormía, podía tocarla sin excitarla, simplemente para consolarse confirmando que Ryan estaba a su lado. No le gustaba la idea de no tenerla en su cama la noche siguiente.

—¿En qué piensas? —murmuró ella, sobresaltándolo.

—En ti —Pierce la abrazó—. Creía que estabas dormida.

—No... yo también estaba pensando en ti —respondió ella mientras abría los ojos. Levantó un dedo y lo deslizó por el mentón de Pierce—. ¿Cómo te hiciste esta cicatriz? Seguro que te la hizo alguna hechicera en una pelea —añadió al ver que Pierce no respondía. No había sido su intención, pero debía de haber metido el dedo en alguna herida abierta del pasado. Lamentó no poder dar marcha atrás a la pregunta.

—No fue tan romántico. Me caí por unas escaleras de pequeño.

Ryan contuvo la respiración unos segundos. No había imaginado que Pierce fuera a estar dispuesto a confiarle nada concerniente a su pasado, ni siquiera un detalle tan pequeño. Se giró para apoyar la cabeza sobre el pecho de él.

—Yo una vez me caí de un taburete y se me aflojó un diente. Mi padre se puso hecho una furia cuando se enteró. Me aterraba que pudiera caérseme y dejase de reconocerme como hija suya.

—¿Tanto lo temías?

—Disgustarlo, sí. No quería enfadarlo y sentirme rechazada. Supongo que era una tontería.

—No —Pierce miró hacia el techo a oscuras de la habitación—. Todos tenemos miedo de algo —añadió sin dejar de acariciarle el pelo.

—¿Incluso tú? —preguntó ella en tono medio de broma—. No puedo creerme que algo te dé miedo.

—Me da miedo no poder salir cuando estoy dentro —murmuró.

Sorprendida, Ryan levantó la cabeza y captó el brillo de los ojos de Pierce en la oscuridad.

—¿Quieres decir en las fugas de tus actuaciones?

—¿Qué? —preguntó Pierce, como despertando de un sueño. No se había dado cuenta de que había hablado en voz alta.

—¿Por qué haces ese número si las fugas te dan miedo?

—¿Crees que los miedos desaparecen si no te enfrentas a ellos? —contestó con calma—. De pequeño, me encerraban en un simple armario y no podía salir. Ahora me encierro en hornos y cajas fuertes y me escapo.

—Lo siento —dijo ella con compasión—. No tienes por qué contarme nada si te hace sentirte incómodo.

Pero algo lo impulsaba a hablar. Por primera vez desde que era un niño, Pierce se atrevió a poner voz a sus traumas infantiles.

—No sé, a veces creo que la memoria olfativa es la que más perdura. Siempre he recordado a la perfección el olor de mi padre. Pero tuvieron que pasar diez años desde la última vez que lo vi para que me diera cuenta de que olía a ginebra. No puedo decirte cómo era físicamente, pero siempre he recordado ese olor.

Siguió con la vista perdida en el techo mientras hablaba. Ryan sabía que Pierce se había olvidado de ella mientras escarbaba en su pasado.

—Una noche, tendría unos quince años, estaba abajo en el sótano. Me gustaba explorar por ahí cuando todos estaban en la cama. Me encontré con el vigilante desmayado en una esquina con una botella de ginebra. Aquel olor... Recuerdo que me quedé paralizado unos segundos sin saber por qué. Pero me acerqué, agarré la botella y, entonces, me di cuenta. Dejé de tener miedo.

Pierce guardó silencio durante un buen rato y tampoco Ryan dijo nada. Esperó. Deseaba que siguiese abriéndose a ella, pero sabía que no podía pedírselo. El único sonido que se oía en la habitación era el de los latidos de Pierce bajo su oreja.

—Era un hombre muy cruel. Estaba enfermo —murmuró Pierce y Ryan supo que se estaba refiriendo a su padre—. Durante años, estuve convencido de que eso significaba que yo tenía la misma enfermedad.

—Tú no eres nada cruel —susurró ella apretándolo con más fuerza—. Nada.

—¿Creerías lo mismo si te contara de dónde vengo?
—se preguntó Pierce en voz alta—. ¿Estarías dispuesta a
dejar que te tocase?

Ryan levantó la cabeza y se tragó las lágrimas.

—Bess me lo contó hace una semana. Y estoy aquí
—dijo con firmeza. Pierce no dijo nada, pero dejó de
acariciarle el pelo—. No tienes derecho a enfadarte
con ella. Es la mujer más cariñosa y leal que he conocido en mi vida. Me lo dijo porque sabe que me im-
portas, que sabía que necesitaba entenderte.

—¿Cuándo te lo contó? —preguntó con mucha tranquilidad.

—La noche... la noche del estreno —contestó ella tras
dudar unos instantes y respirar hondo para darse valor. Habría dado cualquier cosa por poder ver la expresión de Pierce, pero la oscuridad se lo impedía—.
Cuando te conocí, dijiste que seríamos amantes. Acer-
taste... ¿Te arrepientes? —añadió con voz trémula.

Le pareció que transcurrió una eternidad antes de
que él respondiera:

—No —Pierce se giró hacia ella de nuevo y le dio un
beso en una sien—. ¿Cómo iba a arrepentirme de ser
tu amante?

—Entonces no sientas que sepa quién eres. Eres el
hombre más maravilloso que he conocido en mi vida.

Pierce soltó una risotada, medio irónica, medio
conmovido. También se sintió aliviado, descubrió. Un
alivio tremendo que lo hizo volver a reírse.

—Ryan, ¡qué cosas más increíbles dices!

Ella levantó la cabeza. Se negaba a llorar delante de
él.

—Es verdad, pero no lo repetiré delante de ti después de esta noche. Se te subiría a la cabeza —Ryan le

acarició una mejilla con la palma. Luego posó la boca sobre sus labios–. Pero, por esta noche, que sepas que me gusta todo lo tuyo: me gusta cómo se te elevan las cejas por los extremos… y me gusta cómo firmas –añadió después de besarlo de nuevo.

–¿Como qué?

–En los contratos –contestó ella sin dejar de darle besitos por la cara. Le dijo que era una firma muy elegante y notó una sonrisa en las mejillas de Pierce–. ¿Qué te gusta de mí? –le preguntó entonces.

–Que tienes buen gusto –respondió al instante–. Excelente.

Ryan le mordió el labio inferior, pero él la volteó y convirtió el castigo en un beso de lo más satisfactorio.

–Sabía que se te subiría a la cabeza –dijo con tono de fastidio–. Me duermo.

–Creo que no –Pierce buscó de nuevo la boca de Ryan.

Y, una vez más, tuvo razón.

XI

Despedirse de Pierce fue de las cosas más difíciles que había hecho en toda su vida. Había estado a punto de desentenderse de todas sus obligaciones, de todas sus ambiciones, y pedirle que la dejara ir con él. ¿Qué eran las ambiciones, sino metas vacías, si no podía estar con Pierce? Había querido decirle que lo amaba y que lo único que importaba era que permaneciesen juntos.

Pero una vez en el aeropuerto, se había obligado a sonreír, le había dado un beso de adiós y se había marchado. Ella tenía que ir a Los Ángeles y él seguía ruta por la costa. El trabajo que los había unido también los mantendría separados.

En ningún momento habían llegado a hablar del futuro. Ryan se había dado cuenta de que Pierce no hablaba del mañana. Pero el hecho de que le hubiese hablado del pasado, por poco que fuera, le daba fuerzas. Era un paso, quizá más grande de lo que ninguno de los dos sabía.

El tiempo diría, pensó Ryan, si lo que habían com-

partido en Las Vegas crecería o terminaría desdibuján-
dose hasta desaparecer. En ese momento, empezaban
un periodo de espera. Ryan sabía que si Pierce se
arrepentía, lo descubriría entonces, estando separados.
La distancia no siempre acrecentaba el cariño. También permitía que la sangre y el cerebro se enfriaran.
Las dudas tenían la manía de formarse cuando había
tiempo para pensar. Cuando Pierce fuese a Los Ángeles a la primera de las reuniones, tendría la respuesta.

Ryan entró en su despachó, miró el reloj y tomó
conciencia, a su pesar, de que el tiempo y los horarios
volvían a formar parte de su mundo. Sólo hacía una
hora que se había despedido de Pierce y ya lo echaba
de menos una barbaridad. ¿Estaría él también pensando en ella justo en ese momento? Si se concen-
traba lo suficiente, ¿se daría cuenta Pierce de que estaba pensando en él? Ryan suspiró y se dejó caer
sobre el asiento situado tras la mesa de despacho.
Desde que estaba con Pierce, se había vuelto más per-
misiva con la imaginación. A veces, tenía que reconocerlo, creía incluso en la magia.

«¿Qué le ha pasado, señorita Swan?», se preguntó.
Tenía que volver a poner los pies en la tierra, como
correspondía. ¿Sería el amor lo que la tenía levitando?
Ryan apoyó la barbilla sobre el cuenco de las manos.
Cuando se estaba enamorada, nada era imposible.

¿Quién podía asegurar qué fuerzas misteriosas habían hecho que su padre enfermara y la hubiese mandado a ella al encuentro de Pierce?, ¿qué impulso
oculto le había hecho elegir aquella carta fatídica de
la baraja del Tarot? ¿Por qué había intentado resguar-
darse la gata de la tormenta justo por su ventana?
Desde luego, existían explicaciones lógicas para cada

uno de los pasos que habían ido llevándola hasta el momento en que se encontraba. Pero a las mujeres enamoradas no les gustaba la lógica.

Porque había sido mágico, pensó Ryan sonriente. Desde la primera vez que se habían cruzado sus miradas, lo había sentido. Simplemente, había necesitado algo de tiempo para aceptarlo. Toda vez que ya lo había hecho, ya sólo podía esperar y ver si duraba. No, se corrigió: no era momento para la pasividad; ella misma se encargaría de que aquella relación se consolidase. Si le requería paciencia, sería paciente. Si le exigía acción, tomaría la iniciativa. Pero haría funcionar la relación, aunque tuviera que inventarse su propio hechizo particular.

Ryan sacudió la cabeza y se recostó sobre el respaldo. En el fondo, no podía hacer nada hasta que Pierce volviese a irrumpir en su vida. Y para eso faltaba una semana. Mientras tanto, tenía trabajo pendiente. No podía echarse a dormir y aguantar en la cama a que pasaran los días. Tenía que llenarlo. Ryan abrió las notas que había ido tomando sobre Pierce Atkins y empezó a transcribirlas. Al cabo de menos de media hora, el interfono la interrumpió:

—Dime, Bárbara.

—El jefe quiere verte.

—¿Ahora? —preguntó Ryan, mirando con el ceño fruncido el revoltijo de papeles que cubría su mesa.

—Ahora.

—De acuerdo, gracias.

Ryan maldijo en voz baja, apartó los papeles que necesitaba llevar consigo e hizo una pila con los demás. Ya podía haberle dejado un par de horas para organizarse, pensó. Pero la realidad era que iba a tener a

su padre vigilándola de cerca durante todo el proyecto. Todavía le quedaba mucho para que Bennett
Swan confiara en ella. Suspiró resignada, metió los papeles en una carpeta y salió en busca de su padre.

—Buenos días, señorita Swan —la saludó la secretaria
de Bennett Swan cuando Ryan entró—. ¿Cómo ha ido
el viaje?

—Muy bien, gracias.

Ryan se fijó en cómo miraba la mujer los pendientes caros y discretos que colgaban de sus orejas. Ryan
se había puesto el regalo que su padre le había hecho
por el cumpleaños, sabedora de que éste querría asegurarse de que había acertado y de que ella se lo agradecía.

—El señor Swan ha tenido que salir un momento,
pero estará en seguida con usted. Ha dicho que lo espere en su despacho, si hace el favor. El señor Ross ya
está dentro.

—Bienvenida, Ryan —Ned se puso de pie cuando
Ryan entró en el despacho. Llevaba una taza de café
humeante en la mano.

—Hola, Ned. ¿Participas en esta reunión?

—El señor Swan quiere que colabore contigo en
este proyecto —contestó él con una sonrisa seductora
y medio de disculpa—. Espero que no te importe.

—En absoluto —dijo ella con frialdad. Dejó la carpeta con el expediente de Pierce Atkins y aceptó el
café que Ned le ofrecía—. ¿En calidad de qué?

—Seré coordinador de producción —respondió—. Sigue siendo tu bebé, Ryan —añadió para tranquilizarla.

—Ya —murmuró ella. Sólo que, de repente, lo tenía a
él como proctólogo, pensó con amargura.

—¿Qué tal por Las Vegas?

—Fantástico —contestó Ryan mientras se acercaba a la ventana.

—Espero que sacaras algo de tiempo para probar suerte en algún casino. Trabajas mucho, Ryan.

—Jugué al blackjack —Ryan acarició el colgante egipcio y sonrió—. Y gané.

—¿De verdad? ¡Enhorabuena!

Después de dar un sorbo, dejó la taza de café.

—Creo que tengo una base sólida para conseguir un resultado beneficioso para Pierce, Producciones Swan y la televisión —arrancó Ryan—. No necesita mucha promoción para subir la audiencia. Creo que más de un artista invitado sería excesivo. En cuanto al escenario, tengo que hablar con los decoradores, pero ya tengo una idea bastante definida. Respecto a la financiación...

—Ya hablaremos de negocios luego —la interrumpió Ned. Se acercó a Ryan y le acarició las puntas del pelo. Ryan permaneció quieta, mirando por la ventana—. Te he echado de menos. Ha sido como si hubieses estado fuera varios meses.

—Qué curioso —comentó ella mientras observaba el vuelo de un avión que estaba surcando el cielo—. A mí nunca se me había pasado tan rápida una semana.

—Cariño, ¿cuánto tiempo vas a seguir castigándome? —Ned le dio un beso en la coronilla. Ryan no sentía resentimiento alguno. No sentía nada en absoluto. Lo raro era que Ned parecía sentirse más atraído desde que lo había rechazado. Como si notase algo diferente en ella que no lograse controlar y, de repente, le resultara un reto reconquistarla—. Si me dieras otra oportunidad...

—No te estoy castigando, Ned —atajó Ryan. Se dio

la vuelta para mirarlo—. Lo siento si te da esa impresión.

—Sigues enfadada conmigo.

—No, ya te he dicho que no estoy enfadada contigo —aseguró Ryan. Luego suspiró. Sería mejor aclarar las cosas entre ambos, decidió—. Al principio estaba furiosa. Y dolida. De acuerdo. Pero no me duró mucho. Nunca he estado enamorada de ti, Ned.

—Sólo estábamos empezando a conocernos —insistió él. Cuando fue a agarrarle las manos, ella negó con la cabeza.

—No, creo que no me conoces lo más mínimo —respondió sin rencor Ryan—. Y si somos sinceros, tampoco era ése tu objetivo.

—Ryan, ¿cuántas veces tengo que presentarte disculpas por esa estúpida sugerencia? —replicó Ned con una mezcla de arrepentimiento y dolor.

—No te estoy pidiendo que te disculpes, Ned. Intento dejarte las cosas claras. Cometiste un error al suponer que podía influir en mi padre. Tú tienes más influencia en él que yo.

—Ryan...

—No, escúchame —insistió ella—. Pensaste que, como soy la hija de Bennett Swan, haría cualquier cosa que le pidiese. Pero la realidad no es así y nunca lo ha sido. Se apoya más en sus socios que en mí. Has perdido el tiempo tratando de ganarte mi favor para llegar hasta él. Y, al margen de eso, no me interesa un hombre que se fija en mí para utilizarme como trampolín. Estoy segura de que formaremos un buen equipo, pero no tengo intención de verte fuera del despacho.

Ambos se sobresaltaron al oír que la puerta se cerraba.

—Ryan... Ross —Bennett Swan se acercó a su mesa y se sentó.

—Buenos días —lo saludó Ryan antes de tomar asiento. ¿Cuánto habría oído de la conversación?, se preguntó. Su cara no reflejaba nada, así que Ryan optó por centrarse en el trabajo—. Tengo un esquema con ideas y anotaciones para Atkins, aunque no he tenido tiempo para hacer un informe completo.

—Dame lo que tengas —Bennett Swan hizo un gesto con la mano para que Ned se sentara. Luego se encendió un puro.

—Tiene un repertorio muy variado —Ryan entrelazó los dedos para que las manos no le temblaran—. Ya has visto los vídeos, hay de todo: desde trucos de magia con cartas a efectos especiales espectaculares o fugas de entre dos y tres minutos. Las fugas lo tendrán fuera de cámara ese tiempo, pero el público cuenta con ello. Por supuesto, somos conscientes de que habrá que realizar alguna modificación para la televisión, pero no veo ningún problema. Es un hombre increíblemente creativo.

Swan emitió un gruñido que podía interpretarse como de aquiescencia y extendió la mano para que Ryan le entregara el esquema que llevaba preparado. Ésta se puso de pie, se lo entregó y volvió a tomar asiento. No estaba de un humor especialmente bueno, advirtió. Alguien lo había contrariado. Por suerte, ese alguien no había sido ella.

—Es muy fino —comentó Bennett con el ceño fruncido, sujetando el dossier entre dos dedos.

—No lo será al final de este mismo día.

—Yo mismo hablaré con Atkins la semana que viene —dijo Swan mientras echaba un vistazo al dossier—. Coogar será el director.

—Perfecto, me encantará trabajar con él. Quiero que Bloomfield se encargue de la escenografía —comentó ella de pasada y luego contuvo la respiración.

Swan levantó la vista y la miró. Él también había pensado en Bloomfield como escenógrafo. Lo había decidido hacía menos de una hora. Ryan le mantuvo la mirada sin temblar. Swan no estaba seguro del todo de si le agradaba o disgustaba que su hija fuese un paso por delante de él.

—Lo pensaré —dijo y volvió al informe. Ryan soltó con suavidad el aire que había estado conteniendo.

—Atkins traerá su propio director musical —prosiguió ella, pensando en Link—. Y a su equipo y los aparatos para los trucos. De haber algún problema, será que colabore con nuestra gente de preproducción y sobre el escenario. Le gusta hacer las cosas a su manera.

—Eso siempre tiene arreglo —murmuró Swan—. Ross será el coordinador de producción —añadió y de nuevo miró a Ryan a los ojos.

—Eso tengo entendido —contestó con firmeza ella—. No estoy en posición de cuestionar tu elección, pero creo que si soy la productora de este proyecto, debería ser yo quien elija con qué equipo trabajo.

—¿No quieres trabajar con Ross? —preguntó Swan como si Ned no estuviese sentado al lado de ella.

—Creo que Ned y yo trabajaremos bien juntos. Y estoy segura de que Coogar sabe qué cámaras quiere que trabajen con él. Sería absurdo no atender a sus preferencias. Sin embargo —añadió imprimiendo cierta dureza en el tono de voz—, yo también sé con quién quiero trabajar en este proyecto.

Swan se recostó en el sofá y soltó una bocanada del

humo del puro. El color de sus mejillas presagiaba un estallido de ira.

—¿Se puede saber qué sabes tú de producción? —le preguntó.

—Lo suficiente para llevar este especial y hacer de él un éxito —contestó Ryan—. Justo lo que me dijiste que hiciera hace unas semanas.

Swan había tenido tiempo para arrepentirse del impulso que le había hecho aceptar las condiciones que Pierce había impuesto.

—Aparecerás como productora en los créditos —dijo Swan secamente—. Pero harás lo que se te mande.

Ryan sintió un temblor en el estómago, pero no perdió la compostura.

—Si no me necesitas en el proyecto, sácame de él ahora —Ryan se levantó despacio—. Pero si me quedo, no me voy a conformar con ver cómo sale mi nombre en la pantalla. Sé cómo trabaja este hombre y sé cómo funciona este mundo. Si esto no es suficiente para ti, búscate a otra persona.

—¡Siéntate! —le gritó Swan. Ned se hundió un poco más en su asiento, pero Ryan permaneció de pie—. No te atrevas a ponerme ultimátums. Llevo cuarenta años en este negocio. ¡Cuarenta años! ¿Y tú dices que sabes cómo funciona este mundo? Sacar adelante un espectáculo en directo no es como cambiar un maldito contrato. No puedo permitir que una niña histérica me venga corriendo cinco minutos antes de estar en el aire para decirme que hay un fallo técnico.

Ryan contuvo la rabia que sintió al oír las palabras de su padre, tragó saliva y respondió con frialdad.

—No soy una niña histérica y nunca he ido corriendo a ti para pedirte nada.

Swan la miró totalmente estupefacto. La punzada de culpabilidad no hizo sino echar fuego a la mecha.

—Te estás sobrepasando —le advirtió al tiempo que cerraba la carpeta del dossier—. Te estás sobrepasando y no te va a servir de nada. Vas a seguir mis consejos y punto.

—¿Consejos? —replicó Ryan. Los ojos le brillaban con una mezcla conflictiva de emociones, pero su voz permaneció firme—. Siempre he respetado tu opinión, pero hoy todavía no he oído ningún consejo. Sólo órdenes. No quiero ningún favor de ti —concluyó al tiempo que se daba la vuelta y se encaminaba hacia la puerta.

—¡Ryan! —la llamó iracundo su padre. Nadie, absolutamente nadie, dejaba a Bennett Swan con la palabra en la boca—. ¡Vuelve aquí y siéntate ahora mismo, jovencita! —gritó en vista de que ella no obedecía.

—No soy ninguna jovencita —respondió Ryan, girando el cuello—. Soy tu empleada.

Bennett la miró desconcertado. ¿Qué podía responder a eso? Movió una mano con impaciencia apuntando hacia una silla.

—Siéntate —repitió. Pero Ryan siguió plantada en la puerta—. Que te sientes —insistió con más exasperación que genio.

Ryan regresó y volvió a su asiento.

—Toma las notas de Ryan y empieza a elaborar un presupuesto —le dijo a Ned.

—Sí, señor —contestó éste, agradecido por la oportunidad de salir del despacho.

Swan esperó a que cerrase la puerta antes de mirar de nuevo a su hija.

—¿Qué es lo que quieres? —le preguntó por primera

vez en su vida. Ambos se dieron cuenta de semejante verdad al mismo tiempo.

Ryan se dio unos segundos para separar los sentimientos personales de lo profesional.

—El mismo respeto que le muestras a cualquier otro productor.

—No tienes experiencia —señaló él.

—No —concedió Ryan—. Ni la tendré nunca si me atas las manos.

Swan exhaló un suspiro, vio que el puro no tiraba más y lo soltó en el cenicero.

—Hay una fecha provisional para la emisión: el tercer domingo de mayo, de nueve a diez.

—Eso sólo nos deja dos meses de plazo.

—Quieren que sea antes de la temporada de verano —contestó Swan tras asentir con la cabeza—. ¿Para cuándo puedes tenerlo listo?

—A tiempo —respondió Ryan sonriente—. Quiero a Elaine Fisher de artista invitada.

—¿Eso es todo? —preguntó él con reservas, escudriñándola con la mirada.

—No, pero es un comienzo. Tiene talento, es guapa y tiene tan buena acogida entre las mujeres como entre los hombres. Además, tiene experiencia en teatro y actuaciones en directo —contestó Ryan mientras su padre fruncía el ceño sin decir nada—. Esa mirada cándida es el contraste perfecto para Pierce.

—Está rodando en Chicago.

—La película termina la semana que viene —contestó con seguridad Ryan—. Y tiene contrato con Swan. Si el rodaje se retrasa una semana o dos, tampoco pasa nada. Además, sólo la necesitaremos unos días en California. El reclamo principal sigue siendo

el propio Pierce —añadió en vista de que su padre permanecía callado.

—Tiene otros compromisos —comentó Swan al
cabo de unos segundos.

—Hará un hueco.

—Llama a su representante.

—Enseguida. Organizaré una reunión con Coogar y
volveré a informarte después —Ryan se levantó de
nuevo. Dudó un instante, pero se dejó llevar por un
impulso, rodeó la mesa y se puso junto a la silla de su
padre—. Llevo años viéndote trabajar: no espero que
tengas en mí la misma confianza que en ti mismo o
en alguien con experiencia. Y si me equivoco en algo,
no quiero que me pasen nada por alto. Pero si hago
un buen trabajo, y te aseguro que voy a hacer un buen
trabajo, quiero tener la certeza de que he sido yo
quien lo ha hecho, no aparecer en los créditos simplemente.

—Quieres que sea tu espectáculo —dijo él sin más.

—Exacto —Ryan asintió con la cabeza—. Hay muchas razones por las que este proyecto es especialmente importante para mí. No puedo prometerte que
no vaya a cometer errores, pero sí te prometo que nadie va a trabajar más que yo.

—No dejes que Coogar te maree —murmuró Bennett después de un momento—. Le gusta volver locos
a los productores.

—Ya me han contado, tranquilo —Ryan sonrió.
Luego, una vez más, hizo intención de marcharse.
Pero se acordó: tras un instante de vacilación, se agachó para darle un beso a su padre en la mejilla—. Gracias por los pendientes. Son preciosos.

Swan los miró. El joyero le había asegurado a su secretaria que eran un regalo adecuado y una buena inversión. ¿Qué le había puesto en la nota que le había enviado?, se preguntó. Abochornado por no recordarlo, decidió que le pediría una copia a la secretaria.

—Ryan...

Swan le agarró una mano. Ella parpadeó, sorprendida ante aquel gesto de afecto, y él bajó la mirada hacia sus propios dedos. Había oído toda la conversación entre Ned y su hija antes de entrar en el despacho. Lo había irritado, perturbado y, en ese momento, al ver a su hija tan asombrada por estar agarrándole la mano, le resultaba frustrante.

—¿Lo has pasado bien en Las Vegas? —preguntó finalmente, no ocurriéndosele otra cosa que decir.

—Sí —contestó Ryan. No sabiendo qué decir a continuación, decidió volver a los negocios—. Creo que ha sido un acierto ir. Ver trabajar a Pierce me ha dado la oportunidad de tener una buena perspectiva. Me he sacado una imagen mucho más global de lo que puede abarcarse viendo sólo cintas de vídeo. Y he tenido ocasión de conocer a la gente que trabaja con él, lo que no nos vendrá mal cuando tengan que colaborar conmigo... Mañana te presentaré un informe mucho más conciso —finalizó tras bajar un instante la mirada hacia las manos de ambos, aún entrelazadas.

Swan esperó hasta que su hija hubo finalizado.

—Ryan, ¿cuántos años cumpliste ayer? —le preguntó.

Los ojos de Ryan pasaron de expresar confusión a inquietud: ¿estaría enfermo?, ¿le empezaba a fallar la memoria?

—Veintisiete —respondió en tono neutro.

¡Veintisiete años! Swan exhaló un largo suspiro y soltó la mano de Ryan.

–Me he perdido algunos años en alguna parte –murmuró. Luego agarró unos papeles que había sobre su despacho–. Venga, ve y ponte en contacto con Coogar. Y llámame después de hablar con la representante de Fisher.

–De acuerdo.

Por encima de los papeles, Swan miró a su hija salir del despacho. Cuando se hubo marchado, se recostó en el asiento. Le resultaba mortificante tomar conciencia de que se estaba haciendo viejo.

# XII

Ryan descubrió que el trabajo de producir la mantenía igual de hundida en montañas de papeles que el que había realizado hasta entonces ocupándose de los contratos. Se pasaba los días detrás de la mesa, al teléfono o en el despacho de algún colega. Era un trabajo duro y exigente, con poquísimo encanto. Con todo, tenía la sensación de que valía para producir. Después de todo, era la hija de Bennett Swan.

Swan no le había dado carta blanca para que actuara con absoluta libertad, pero la discusión de la mañana de su regreso a Los Ángeles había tenido consecuencias beneficiosas. Su padre la escuchaba. Y, en general, se mostraba sorprendentemente conforme con sus propuestas. No se oponía de forma arbitraria a nada, como había temido que sucedería, sino que introducía algunas variaciones de vez en cuando. Swan conocía el negocio desde todos los ángulos. Ryan tomaba nota y aprendía.

Las jornadas eran inacabables. Pero más eternas se le hacían las noches. Ryan ya había supuesto que

Pierce no la llamaría por teléfono. No era su estilo. Lo más probable fuera que estuviese en su sala de trabajo, abajo, planeando, practicando, perfeccionando sus números. Quizá ni siquiera se diera cuenta del paso del tiempo.

Por otra parte, siempre podía ser ella la que lo llamara, pensó Ryan mientras daba vueltas por su vacío apartamento. Podía inventarse unas cuantas excusas creíbles para hacerlo. Había habido un cambio en las fechas de grabación. Con eso bastaba, aunque sabía que su agente ya lo tenía al corriente. Y había como poco una decena de detalles que podían repasar antes de la reunión de la semana siguiente.

Ryan miró hacia el teléfono pensativamente, pero terminó sacudiendo la cabeza. No era por nada relacionado con los negocios por lo que quería hablar con él y no quería utilizarlos como excusa. Ryan fue a la cocina y empezó a prepararse una cena ligera.

Pierce revisó el número del agua por tercera vez. Le salía casi a la perfección. Pero casi no era suficiente. No era la primera vez que se recordaba que el ojo de la cámara era mucho más fino que el de cualquier persona. Cada vez que se había visto por televisión, había encontrado defectos. Le daba igual que sólo él supiese dónde mirar para verlos. Lo importante era que había fallos. Repasó el número de nuevo.

La sala de trabajo estaba en silencio. Aunque sabía que Link estaba arriba tocando el piano, no le llegaba el sonido. Aunque tampoco lo habría oído si hubiesen estado en la misma habitación. Con ojo crítico, se miró en la superficie de un gran espejo mientras el agua parecía relucir dentro de un vaso sin fondo. El espejo lo reflejaba sujetándolo, por arriba y abajo, mientras el agua fluía de una palma a otra. Agua. Sólo era uno de los cuatro elementos que quería depurar para el especial de Ryan.

De Ryan. Pensaba en el especial como si fuera de ella más que suyo. Pensaba en ella cuando debía estar concentrado en el trabajo. Con un gesto ágil de las manos, Pierce devolvió el agua a un jarro de cristal.

Había estado a punto de llamarla una decena de veces. En una ocasión, a las tres de la mañana, había llegado a marcar los primeros dígitos de su número. Sólo oírla, le habría bastado con oír su voz. Pero había colgado sin terminar de marcar, recordándose su voto personal de no presionar nunca a nadie. Llamarla significaba que esperaba que Ryan estuviese en su casa para contestar. Pero ella era libre de hacer lo que quisiera. No tenía derecho a pedirle nada. Ni a ella ni a nadie. Hasta la jaula del papagayo estaba abierta todo el tiempo.

Jamás había habido nadie en su vida con quien se hubiese sentido ligado. Los trabajadores sociales le habían impuesto disciplina y se habían mostrado compasivos, pero, en el fondo, para ellos no había sido más que un nombre en un expediente. La ley se había encargado de proporcionarle alojamiento y cuidados adecuados. Y la ley lo había mantenido atado a dos personas que no lo querían, pero que tampoco permitían que otras personas lo adoptaran.

Ni siquiera en sus relaciones con aquellos a quienes quería, como Link y Bess, imponía ataduras a los demás. Quizá ésa fuera la razón por la que seguía planeando fugas cada vez más complicadas. Escaparse era una demostración de que nadie podía permanecer preso para siempre.

Y, sin embargo, pensaba en Ryan cuando debía estar trabajando.

Pierce agarró las esposas y las examinó. Habían encajado perfectamente en la muñeca de Ryan. Durante unos instantes, la había retenido. Pierce se esposó la muñeca derecha y jugó con la otra, imaginando que esposaba una mano de Ryan junto a la suya.

¿Era eso lo que quería?, se preguntó. ¿Atarla a él? Pierce recordó lo cálida que era, los sofocos que a él mismo le entraban tras una simple caricia. ¿Quién estaría encadenado a quién? Pierce se liberó con la misma facilidad con que se había puesto las esposas.

—Más difícil todavía —dijo el papagayo desde la jaula.

—Tienes toda la razón —murmuró Pierce, mirando a Merlin, mientras se pasaba las esposas de una mano a otra—. Es arriesgado, pero no me digas que no es una mujer irresistible.

—Abracadabra.

—Exacto —dijo Pierce con tono ausente—. Abracadabra. La cuestión es: ¿quién ha hechizado a quién?


Estaba a punto de meterse en la bañera cuando oyó que llamaban a la puerta.

—¡Vaya, hombre!

Irritada por la interrupción, Ryan volvió a ponerse el albornoz y fue a contestar. Incluso mientras abría la puerta, ya estaba pensando en cómo ingeniárselas para librarse de la visita antes de que el agua de la bañera se enfriase.

—¡Pierce!

Éste vio que los ojos de Ryan se agrandaban asombrados. Luego, con una mezcla de alivio y placer, notó que se alegraba de verlo. Ryan se lanzó a sus brazos.

—¿Estás aquí? —preguntó como si no se creyese que Pierce fuera de carne y hueso. Pero no le dio tiempo a responder, sino que se precipitó sobre su boca para besarlo con una pasión sólo igualable a la de él—. Cinco días. ¿Sabes cuántas horas hay en cinco días? —murmuró apretándose contra su torso.

—Ciento veinte —Pierce la separó lo justo para poder mirarla y sonreírle—. Será mejor que entremos. Tus vecinos tienen que estar divirtiéndose mucho con esta escena.

Ryan tiró de Pierce y cerró la puerta empujándola contra ella.

—Bésame —le exigió—. Fuerte. Un beso que me dure ciento veinte horas.

Pierce bajó la cabeza hasta capturar la boca de Ryan. Ésta notó sus dientes mordisqueándole los labios mientras él emitía gruñidos, la apretaba y luchaba por recordar su propia fuerza y la fragilidad de Ryan. Ella lo provocó con la lengua, exploró su cuerpo con las manos. Reía con esa risa rugosa y sexy que lo volvía loco.

—Has venido —dijo suspirando antes de apoyar la cabeza sobre un hombro de Pierce—. Eres real.

¿Lo sería ella también?, se preguntó Pierce, algo aturdido por el beso.

Después de un último abrazo, Ryan dio un pasito atrás.

—¿Qué haces por aquí? No te esperaba hasta el lunes o el martes.

—Quería verte —dijo él sin más mientras levantaba la mano para acariciarle una mejilla—. Tocarte.

Ryan le agarró la mano y se la llevó a los labios. Pierce sintió que una chispa prendía fuego en la boca de su estómago.

—Te he echado de menos —murmuró mirándolo a los ojos—. No imaginas cuánto. Si hubiese sabido que desear verte te iba a traer antes, te habría deseado con más intensidad todavía.

—No estaba seguro de si seguirías libre.

—Pierce —Ryan reposó las manos sobre el pecho de él—, ¿de verdad crees que puedo querer estar con otro hombre?

La miró sin decir palabra, pero ella notó que el corazón le latía a más velocidad.

—Interfieres en mi trabajo —dijo finalmente.

—¿Sí? —preguntó confundida Ryan—. ¿Cómo?

—No te me vas de la cabeza.

—Lo siento —dijo ella, pero sonrió, mostrando claramente que no lo lamentaba en absoluto—. Así que te he impedido concentrarte.

—Sí.

—¡Qué pena! —respondió Ryan con voz burlona y seductora al tiempo que subía las manos hacia la nuca de Pierce—. ¿Y cómo vas a solucionarlo?

Pierce la tumbó en el suelo por toda respuesta. Fue un movimiento tan veloz e inesperado que Ryan se sobresaltó; pero no llegó a salir ruido alguno de su boca, capturada por la de Pierce. Todavía no había recuperado el aliento cuando descubrió que ya le había abierto el albornoz. La llevó a la cumbre tan deprisa que Ryan no tuvo más opción que sucumbir a aquella recíproca y desesperada necesidad que los unía.

La ropa de Pierce desapareció a velocidad de vértigo, pero éste no le dio tiempo para explorar su cuerpo. De un solo movimiento, la volteó hasta ponerla encima de él y luego, levantándola por las caderas como si no pesara nada, la bajó para introducirse dentro de Ryan hasta el fondo.

Ella gritó, sorprendida, encantada. La velocidad era mareante. Rompió a sudar por todo el cuerpo. Los ojos se le agrandaban a medida que el placer iba incrementándose más allá de lo imaginable. Podía ver la cara de Pierce, bruñida de pasión, con los ojos cerrados. Podía oír cada respiración desgarrada mientras hundía los dedos en sus caderas para acompasar su movimiento con el de él. De pronto, notó como si una película velase sus ojos, un velo brumoso que le nublaba la visión. Apretó las manos contra su torso para no caerse; pero estaba cayendo, más y más bajo, cada vez más desfondada.

Cuando la bruma se despejó, Ryan se encontró entre los brazos de Pierce. Sus cuerpos pegajosos estaban fundidos todavía en uno.

—Ahora sé que tú también eres real —murmuró él hundiendo la cabeza en el cabello de Ryan—. ¿Cómo te sientes? —le preguntó tras darle un besito en los labios.

—Abrumada —respondió ella sin aliento—. Genial.

Pierce rió. Se puso de pie y la levantó en brazos.

—Voy a llevarte a la cama y voy a volver a hacerte el amor antes de que te dé tiempo a recuperarte.

—Buena idea —Ryan le acarició el cuello con la nariz—. Debería vaciar la bañera primero.

Pierce enarcó una ceja. Luego sonrió. Con Ryan adormilada entre los brazos, vagabundeó por el apartamento hasta encontrar el cuarto de baño.

—¿Estabas en la bañera?

—Casi —Ryan suspiró y se acurrucó contra él sin abrir los ojos—. Iba a librarme de quienquiera que fuese a interrumpirme. Estaba muy irritada.

Pierce giró la muñeca y abrió a tope el grifo de agua caliente.

—No me he dado cuenta.

—¿No te has fijado en cómo he intentado librarme de ti? —bromeó ella.

—A veces no me entero de nada —confesó Pierce—. Supongo que el agua se habrá enfriado un poco.

—Probablemente.

—Está claro que te gustan las burbujas —comentó al ver las esponjosas montañas de gel de baño que se habían formado en el agua.

—Sí... ¡ah! —Ryan abrió los ojos de golpe y se encontró metida en la bañera.

—¿Está fría? —le preguntó él, sonriente.

—No —Ryan estiró un brazo y cerró el grifo para que no siguiese saliendo agua ardiendo. Durante unos segundos, dejó que sus ojos se dieran un festín contemplando el cuerpo atlético de Pierce, sus músculos fibrosos, las caderas estrechas. Ladeó la cabeza y metió un dedo entre las burbujas—. Si es tan amable de acompañarme —dijo, invitándolo a compartir la bañera con ella.

—Será un placer.

—Por favor, póngase cómodo —dijo Ryan—. He sido muy descortés. Ni siquiera le he ofrecido una copa —añadió esbozando una sonrisa pícara.

El agua subió cuando Pierce se metió en la bañera. Se sentó a los pies, frente a Ryan.

—No acostumbro a beber —le recordó.

—Cierto —Ryan asintió con la cabeza—. No fuma, no suele beber, casi nunca dice palabrotas. Es usted un ejemplo de virtud, señor Atkins.

Pierce se llenó una mano de burbujas de gel y se las lanzó.

—En cualquier caso —continuó ella después de quitarse las burbujas de la mejilla—, quería hablarle de unos bocetos para la escenografía. ¿Le acerco el jabón?

—Gracias, señorita Swan —Pierce aceptó la pastilla que Ryan le había ofrecido—. De modo que quiere hablarme de la escenografía...

—En efecto. Creo que aprobará los bocetos que he preparado, aunque es posible que quiera introducir algunos pequeños cambios —Ryan cambió de postura y suspiró cuando sus piernas rozaron las de él—. Le he dicho a Bloomfield que quería algo mágico, medieval, pero no muy recargado.

—¿Nada de armaduras?

—Nada, sólo elementos ambientales. Algo... —Ryan dejó la frase a medias cuando Pierce le agarró el pie con la mano y empezó a enjabonárselo.

—¿Sí? —la invitó a continuar él.

—Algo en tonos apagados —dijo mientras sentía un escalofrío de placer por toda la pierna—. Parecido a tu sala de trabajo.

—¿Sólo un decorado? —quiso saber él.

Ryan tembló dentro del agua humeante cuando notó los dedos de Pierce masajeándole las pantorrillas.

—Sí, he pensado... que el tono principal... —Ryan se quedó sin respiración cuando Pierce empezó a enjabonarle uno de los pechos.

—Sigue —dijo él, mirando la cara que Ryan ponía

mientras le acariciaba el vértice de los muslos con la mano libre.

—Algo sexy —Ryan contuvo la respiración—. Eres muy sexy sobre el escenario.

—¿Ah, sí? —preguntó divertido Pierce.

—Mucho. Sexy, atractivo y teatral. Cuando te veo actuar... —Ryan hizo una pausa para intentar meter algo de aire en los pulmones. La fragancia embriagadora de las sales de baño la mareaban. Notaba un leve oleaje del agua contra sus pechos, justo bajo la astuta mano de Pierce—. Tus manos... —acertó a susurrar, retorciéndose de placer.

—¿Qué les pasa? —preguntó él, haciéndose el inocente, justo antes de meter un dedo dentro de ella.

—Son mágicas —balbuceó Ryan—. Pierce, no puedo hablar cuando me haces estas cosas.

—¿Quieres que pare? —le ofreció él. Hacía tiempo que Ryan no lo miraba. Había cerrado los ojos. Pero él observaba cómo cambiaba la expresión de su cara cada vez que utilizaba los dedos para estimularla.

—No —Ryan encontró la mano de Pierce debajo del agua y se la apretó contra ella.

—Eres preciosa —murmuró Pierce mientras se inclinaba para darle un mordisquito en un pecho. Luego la besó—. Tan suave... De noche, cuando estaba solo, no dejaba de verte. No paraba de imaginar cuándo sería la siguiente vez que podría tocarte así, como ahora. No podía resistirme.

—No te resistas —Ryan le acarició el pelo con ambas manos y lo besó de nuevo—. Yo también estaba ansiosa. Hacía tanto tiempo que te esperaba...

—Cinco días —murmuró Pierce al tiempo que le separaba los muslos.

—Toda la vida —contestó ella.

Las palabras de Ryan desataron algo en su interior que Pierce, cegado por la pasión, no pudo analizar. Tenía que poseerla, eso era lo único importante.

—Pierce —murmuró ella casi sin voz—, vamos a hundirnos.

—Toma aire —contestó él, justo antes de penetrarla.


—Seguro que mi padre querrá verte —le dijo Ryan a la mañana siguiente mientras Pierce estacionaba en su plaza de los aparcamientos de Producciones Swan—. Y supongo que tú querrás ver a Coogar.

—Ya que estoy —accedió Pierce después de apagar el motor—. Pero que conste que he venido a verte.

Ryan sonrió y se inclinó para darle un beso.

—No sabes cuánto me alegro de que lo hayas hecho. ¿Puedes quedarte el fin de semana o tienes que volver?

—Ya veremos —Pierce le puso detrás de la oreja un rizo que le caía sobre la cara.

Ryan bajó del coche. No podía haber esperado una respuesta mejor.

—La primera reunión no estaba prevista hasta la semana que viene, pero seguro que te harán un hueco para ir conociéndoos en persona —comentó ella mientras entraban en el edificio—. Yo me encargo de avisar a los interesados desde mi despacho.

Ryan lo condujo a través de los pasillos a paso ligero, asintiendo con la cabeza o respondiendo brevemente cuando alguien la saludaba. Nada más atravesar la puerta del edificio, advirtió Pierce, se había transformado en la señorita Swan.

—No sé dónde está Bloomfield ahora mismo. Pero si no está disponible, puedo enseñarte los bocetos y repasarlos contigo yo misma —continuó ella mientras pulsaba el botón del ascensor—. Podíamos ir calculando los tiempos también. En total, tenemos que llenar cincuenta y dos minutos y...

—¿Le apetece cenar conmigo esta noche, señorita Swan? —la interrumpió él después de dejarla pasar al ascensor.

Ryan se olvidó de lo que estaba diciendo y vio que Pierce le estaba sonriendo. La miraba de un modo que apenas podía recordar los planes que tenía para él durante el día. Sólo se acordaba de lo que había ocurrido la noche anterior.

—Creo que podré hacerle un hueco en mi agenda, señor Atkins —murmuró ella al tiempo que se abrían las puertas.

—Consúltelo, no vaya a darme plantón —Pierce le levantó la mano y se la llevó a la boca para besarla.

—De acuerdo... pero no me sigas mirando así durante el día —dijo ella sin aliento—. Si no, no podré concentrarme.

—¿De veras? —Pierce le cedió el paso al salir del ascensor—. Sería una venganza justa por todo el tiempo que me has impedido trabajar.

—Si queremos que este espectáculo salga adelante...

—Tengo absoluta confianza en la responsabilísima señorita Swan —dijo Pierce mientras entraban en el despacho.

Pierce se sentó en una silla y esperó a que ella tomara asiento detrás de la mesa.

—No me lo vas a poner fácil, ¿verdad?

—No creo.

Ryan arrugó la nariz, descolgó el teléfono y pulsó varios botones:

—Ryan Swan —se presentó, manteniendo la vista alejada de Pierce—. ¿Se puede poner?

—Espere un momento, por favor.

Poco después, oyó la voz de su padre al otro lado del teléfono:

—Cuéntame rápido lo que sea —dijo impaciente—. Estoy ocupado.

—Siento molestarte —contestó Ryan automáticamente—. Pierce Atkins está en mi despacho. He pensado que te gustaría verlo.

—¿Qué hace aquí? —preguntó Swan y añadió sin dar tiempo a que Ryan respondiese—: Dile que suba —dijo y colgó, de nuevo, sin esperar contestación.

—Quiere verte ahora —dijo Ryan tras colgar el teléfono.

Pierce asintió con la cabeza y se levantó a la vez que ella. Aquella breve llamada le había proporcionado mucha información. Y, minutos después, tras entrar en el despacho de Swan, aprendió muchas cosas más.

—Señor Atkins —Bennett se puso de pie y rodeó su enorme mesa de trabajo con la mano extendida—. Qué agradable sorpresa. No esperaba reunirme con usted hasta la semana que viene.

—Señor Swan —Pierce aceptó la mano que Bennett le había tendido y se fijó en que éste no se molestó en saludar a su hija.

—Por favor, siéntese —dijo Swan—. ¿Quiere beber algo?, ¿café?

—No, gracias.

—Es un honor para Producciones Swan contar con

su talento, señor Atkins —dijo Swan, parapetado de nuevo tras su mesa—. Vamos a hacer todo cuanto esté en nuestra mano para que este especial sea un éxito. Ya hemos puesto en marcha la promoción y a los medios de comunicación.

—Eso tengo entendido. Ryan me tiene al corriente.

—Claro —Swan asintió con la cabeza y la miró de reojo fugazmente—. Rodaremos en el estudio veinticinco. Ryan puede encargarse de enseñárselo hoy mismo si lo desea. Ella se ocupará de cualquier cosa que quiera mientras esté aquí —añadió al tiempo que le lanzaba otra mirada.

—Por supuesto —aseguró ella—. He pensado que el señor Atkins podría estar interesado en ver a Coogar y Bloomfield si están localizables.

—Ocúpate de arreglarlo —le ordenó, echándola del despacho—. Bien, señor Atkins. He recibido una carta de su representante. Hay un par de puntos que me gustaría comentar antes de que conozca a los creativos de los equipos artísticos de la compañía.

Pierce esperó a que Ryan saliese del despacho.

—De acuerdo. Pero luego lo discutiré con Ryan, señor Swan. Accedí a firmar el contrato a condición de trabajar con ella.

—Cierto —dijo Bennett, desconcertado. Por norma, los artistas solían sentirse halagados cuando era él quien los atendía—. Le aseguro que está trabajando mucho para que este proyecto salga lo mejor posible.

—No lo dudo.

—Ryan será la productora, tal como pidió —dijo Bennett, mirando a Pierce a los ojos.

—Su hija es una mujer muy interesante, señor Swan. Profesionalmente hablando —especificó al ver la expresión de sorpresa de Bennett–. Confío plenamente en su capacidad. Es observadora, inteligente y se toma su trabajo muy en serio.

–Me alegra saber que está satisfecho con ella –respondió Swan, que no estaba muy seguro de si las palabras de Pierce ocultaban algún mensaje oculto.

–Tendría que ser muy estúpido para no estar satisfecho con ella –replicó Pierce y prosiguió antes de que Swan pudiera reaccionar–. ¿No lo complace trabajar con personas profesionales y con talento, señor Swan?

Éste estudió a Pierce unos segundos. Luego se recostó en su asiento.

–No dirigiría esta empresa si no fuese así –contestó con sequedad.

–Entonces nos entendemos –dijo Pierce con suavidad–. ¿Qué puntos quería comentarme?

Eran las cinco y cuarto cuando Ryan consiguió terminar la reunión con Bloomfield y Pierce. Había estado el día entero a la carrera, organizando encuentros improvisados y sacando adelante el trabajo que había previsto para ese día. No había tenido ocasión de quedarse a solas con Pierce. Por fin, mientras avanzaban por el pasillo tras salir del despacho de Bloomfield, exhaló un suspiro:

–Bueno, parece que ya está todo. Nada como la aparición inesperada de un mago para que todo el mundo se vuelva loco. Con lo tranquilo que es Bloomfield, parecía como si estuviese todo el tiempo esperando a que sacases un conejo de la chistera.

–No llevaba chistera –señaló Pierce.

–Como si eso hubiese sido un problema para ti

—dijo Ryan riéndose. Luego consultó la hora—. Tengo que pasar por mi despacho y solucionar un par de cosas; llamar a mi padre, decirle que hemos tratado al artista como se merece y luego...

—No.

—¿No? —repitió sorprendida Ryan—. ¿Quieres ver algo más?, ¿hay algo que no te haya gustado?

—No —dijo él de nuevo—. No vas a ir a tu despacho a solucionar nada ni vas a llamar a tu padre.

Ryan rió otra vez y siguió andando.

—No será nada. En veinte minutos he terminado.

—Le recuerdo que accedió a cenar conmigo, señorita Swan —dijo Pierce.

—En cuanto despeje mi mesa.

—Puedes despejarla el lunes por la mañana. ¿Hay algo urgente?

—Bueno, no, pero... —dejó la frase a medias al sentir algo en la muñeca. Luego bajó la mirada y vio que la había esposado—. ¿Qué haces? —Ryan tiró del brazo, pero estaba encadenado al de Pierce.

—Llevarte a cenar.

—Pierce, quítame esto —le ordenó con una mezcla de exasperación y buen humor—. Es absurdo.

—Luego —le prometió Pierce antes de meterla en el ascensor. Esperó a que llegara a la planta en la que estaban mientras dos secretarias lo miraban a él, miraban las esposas y miraban a Ryan.

—Pierce —dijo ésta en voz baja—. Quítame esto ahora mismo. Nos están mirando.

—¿Quién?

—¡Pierce!, ¡estoy hablando en serio! —Ryan gruñó cuando las puertas se abrieron y vio a varios miembros más de Producciones Swan en el ascensor. Pierce entró en la cabina, obligándola a seguirlo—. Ésta me la pagas —murmuró ella, tratando de no prestar atención a las miradas intrigadas de sus compañeros.

—Dígame, señorita Swan —dijo Pierce con un tono de voz amistoso—, ¿siempre es igual de difícil convencerla para que acuda a una cita a cenar?

Tras soltar otro gruñido ininteligible, Ryan miró al frente y permaneció en silencio hasta que salieron del ascensor.

Todavía esposada a Pierce, Ryan avanzó por el aparcamiento.

—Muy bien, se acabó la broma —insistió ella—. Quítame esto. No he pasado tanta vergüenza en la vida. ¿Tienes idea de cómo...?

Pero Pierce acalló su acalorada protesta con la boca.

—Llevaba todo el día deseando hacer esto —dijo y volvió a besarla antes de que Ryan pudiese responder.

Aunque hizo todo lo que pudo por seguir enfadada, la boca de Pierce era demasiado suave. Y la mano que le sujetaba el talle no podía ser más delicada. Ryan se acercó a él, pero cuando fue a levantar los brazos para rodearle el cuello, las esposas le impidieron el movimiento.

—No, no te vas a librar de ésta tan fácilmente —dijo con firmeza, al recordar el bochorno que le había hecho pasar. Se apartó, dispuesta a ponerle los puntos sobre las íes, pero Pierce la venció con una sonrisa—. ¡Maldito seas! Anda, vuelve a besarme —se resignó.

Fue un beso muy suave.

—Se pone muy guapa cuando se enfada, señorita Swan —susurró Pierce.

—Estaba enfadada —reconoció ella, devolviéndole el beso—. Sigo enfadada.

—Y sigue usted muy guapa.

—¿Ya? —dijo Ryan con impaciencia cuando llegaron al coche. Pierce abrió la puerta del conductor y la invitó a ocupar el asiento del copiloto—. ¡Pierce!, ¡quítamelas! No puedes conducir así —exclamó exasperada.

—Claro que puedo. Sólo tienes que pasar por encima de la palanca —le indicó él, dando un pequeño tirón hacia adelante para que entrase.

Ryan se sentó al volante un momento y miró a Pierce de mal humor.

—Esto es absurdo.

—Sí —convino él—. Pero muy divertido. Muévete.

Ryan consideró la posibilidad de negarse, pero decidió que Pierce la habría levantado en brazos y la habría sentado él directamente donde el copiloto. Con tan poco esfuerzo como elegancia, consiguió llegar hasta el otro asiento. Pierce le sonrió de nuevo mientras metía la llave en el contacto para arrancar.

—Pon la mano en la palanca de cambios y todo irá bien.

Ryan obedeció. Notó la palma de Pierce sobre el dorso de su mano cuando éste metió marcha atrás.

—¿Cuánto tiempo vas a tenerme con esto puesto si puede saberse?

—Buena pregunta. Todavía no lo he decidido —Pierce salió del aparcamiento y puso rumbo hacia el norte.

Ryan sacudió la cabeza y, de pronto, se echó a reír:

—Si me hubieras dicho que tenías tanta hambre, habría venido sin resistirme.

—No tengo hambre —contestó Pierce—. Había pensado parar y comer algo de camino.

—¿De camino? —repitió Ryan—. ¿De camino adónde?

—A casa.

—¿A casa? —volvió a repetir ella. Miró por la ventana y vio un cartel que apuntaba hacia Los Ángeles, justo en dirección contraria al apartamento de ella—. ¿A tu casa? Hay más de doscientos kilómetros —añadió con incredulidad.

—Más o menos, sí —convino Pierce—. Pero no tienes nada que hacer en Los Ángeles hasta el lunes.

—¿Hasta el lunes?, ¿pretendes que pasemos allí el fin de semana? No puedo —Ryan no había imaginado que podría exasperarse más de lo que lo estaba—. No puedo montarme en un coche y desaparecer de buenas a primeras un fin de semana.

—¿Por qué no?

—Porque... —Ryan dudó. Pierce actuaba con tal naturalidad que parecía que la rara era ella—. Porque no. Para empezar, no tengo ropa. Además...

—No te va a hacer falta.

Eso la dejó sin palabras. Ryan lo miró mientras sentía que un escalofrío de pánico y excitación le recorría la espalda.

—Creo que me estás secuestrando.

—Exacto.

—Ah...

—¿Alguna objeción? —preguntó él, mirándola de reojo.

—Ya te lo diré el lunes —contestó y se recostó sobre el respaldo, lista para disfrutar de su secuestro.

# XIII

Ryan despertó en la cama de Pierce. Abrió los ojos al sol radiante que se colaba por la ventana. Apenas había amanecido cuando Pierce la había despertado para susurrarle que se bajaba a la sala de trabajo. Ryan alcanzó las almohadas de él, se las apretó al pecho y remoloneó unos minutos más en la cama.

Aquel hombre era una caja de sorpresas, murmuró. Jamás habría imaginado que fuese capaz de hacer algo tan descabellado como esposarla a él y secuestrarla para pasar un fin de semana sin más ropa que la que llevaba encima. Debería haberse enfadado, estar indignada.

Ryan hundió la nariz en la almohada de Pierce. ¿Cómo iba a enfadarse?, ¿cómo molestarse con un hombre que, con una mirada o una caricia, no hacía sino demostrarle constantemente cuánto la deseaba y necesitaba? ¿Se podía indignar alguien con un hombre que te quería tanto como para hacerte desaparecer de tu ciudad y poder hacerte el amor como si fueses la criatura más preciosa sobre la faz de la Tierra?

Ryan se estiró para desperezarse y agarró el reloj que había sobre la mesita de noche. ¡Las nueve y media!, exclamó para sus adentros. ¿Cómo podía ser tan tarde? Parecía que apenas habían pasado unos segundos desde que Pierce se había ido. Salió de la cama de un salto y corrió a ducharse. Sólo tenían dos días para estar juntos, de modo que no era cuestión de desperdiciarlos durmiendo.

Cuando volvió a la habitación, con una toalla alrededor de la cintura, Ryan miró su ropa con cierta reticencia. Aunque eso de que la secuestrara un mago tuviese su encanto, reconoció, realmente era una lástima que no le hubiese dejado meter un par de prendas en una maleta antes. No quedándole más remedio que tomárselo con filosofía, empezó a ponerse la ropa que había llevado al trabajo el día anterior. Pierce tendría que encontrarle algo distinto que ponerse, decidió; pero, por el momento, tendría que conformarse.

Para colmo de incomodidades, Ryan se dio cuenta de que ni siquiera tenía su bolso. Se había quedado en el cajón inferior de la mesa de su despacho. Arrugó la nariz a la imagen que le devolvió el espejo. Tenía el pelo revuelto, la cara sin maquillar. Y no llevaba encima ni un peine ni una barra de labios, pensó y exhaló un suspiro. Pierce tendría que hacer aparecerlos por arte de magia. Con ese pensamiento en la cabeza, bajó a buscarlo.

Cuando llegó al final de las escaleras, vio a Link, el cual estaba preparándose para salir.

—Buenos días —lo saludó Ryan, vacilante, sin saber bien lo que decir. Al llegar la noche anterior, no lo había visto por ninguna parte.

—Hola —Link le sonrió—. Pierce me ha dicho que habías venido.

—Sí... Me ha invitado a pasar el fin de semana —contestó, no ocurriéndosele una forma más sencilla de explicarse.

—Me alegra que hayas vuelto. Te ha echado de menos —dijo él y los ojos de Ryan se iluminaron.

—Yo también lo he echado de menos. ¿Está en casa?

—En la biblioteca. Hablando por teléfono —contestó Link. De pronto, sus mejillas se encarnaron.

—¿Qué pasa? —le preguntó ella, sonriente.

—He... he terminado la canción ésa que te gustaba.

—¡Qué bien! Me encantaría oírla.

—Está en el piano —Link, tímido y vergonzoso, bajó la mirada hacia las puntas de sus zapatos—. Puedes tocarla luego si quieres.

—¿Yo? —Ryan quiso agarrarle la mano como si fuese un niño pequeño, pero tuvo la sensación de que sólo conseguiría ponerlo más colorado—. Nunca te he oído tocar.

—No... —Link se puso como un tomate y le lanzó una mirada fugaz—. Bess y yo... bueno, ella quería ir a San Francisco —añadió tras aclararse la garganta.

De pronto, Ryan decidió aprovechar la situación para intentar echarle una mano a Bess:

—Es una mujer muy especial, ¿verdad que sí?

—Sí, no hay nadie como Bess —convino Link de inmediato, justo antes de volver a bajar la mirada hacia los zapatos.

—Ella siente lo mismo por ti.

—¿Tú crees? —Link la miró a los ojos un segundo y luego deslizó la vista hacia sus hombros—. ¿Seguro?

—Segurísimo —contestó Ryan. Aunque tenía unas

ganas tremendas de sonreír, mantuvo un tono de voz solemne—. Me ha contado cómo os conocisteis. Me pareció una anécdota muy romántica.

Link soltó una risilla nerviosa.

—Es guapísima. Hay muchos hombres que se dan la vuelta para mirarla cuando vamos juntos.

—Normal —dijo Ryan y decidió infundirle un poco de confianza—. Pero creo que a ella le gustan los músicos. Los pianistas. Hombres que sepan escribir canciones bonitas y románticas. Hay que aprovechar el tiempo, ¿no te parece?

Link la miró como si estuviese intentando descifrar sus palabras.

—Sí... sí, sí —contestó por fin. Arrugó la frente y asintió con la cabeza—. Supongo. Voy a buscarla.

—Una idea estupenda —lo animó Ryan. Esa vez sí que le agarró la mano para darle un pellizquito cariñoso—. Pasadlo bien.

—Gracias —Link sonrió y se giró hacia la puerta. Tenía ya la mano en el pomo cuando se paró para preguntar—: Ryan, ¿de verdad le gustan los pianistas?

—Sí, de verdad que le gustan, Link.

Link sonrió de nuevo y abrió la puerta.

—Adiós.

—Adiós, Link. Dale un beso de mi parte a Bess.

Cuando la puerta se cerró, Ryan permaneció quieta unos segundos. Era un hombre realmente dulce, pensó, y cruzó los dedos por Bess. Formarían una pareja estupenda si conseguían salvar el obstáculo de la timidez de Link. En fin, se dijo Ryan con una sonrisa complacida en los labios, ella había hecho todo lo que había podido en aquel primer intento de emparejarlos. El resto dependía de ellos.

Ryan dejó atrás el vestíbulo y se dirigió hacia la biblioteca. La puerta estaba abierta, lo que le permitía oír la voz suave de Pierce. Su mero sonido bastaba para excitarla. Pierce estaba ahí con ella y estaban a solas. Cuando se paró en el umbral de la entrada, los ojos de Pierce se encontraron con los de ella.

Éste sonrió y siguió con su conversación, al tiempo que le hacía gestos para que entrase.

—Te mandaré todos los detalles por escrito —dijo mientras miraba a Ryan pasar y acercarse a unas estanterías. ¿Por qué sería, se preguntó, que verla con uno de esos trajes de trabajo lo excitaba siempre?—. No, necesito tenerlo todo para dentro de tres semanas. No puedo darte más plazo... Necesito tiempo para probarlo antes de estar seguro de que puedo utilizarlo —añadió, con los ojos clavados en la espalda de Ryan.

Ésta se dio la vuelta, se sentó en el brazo de un sofá y lo observó. Pierce se había puesto unos vaqueros y una camiseta de manga corta. Tenía el pelo enmarañado, como si se hubiese pasado las manos por él. Ryan pensó que nunca había estado más atractivo, sentado en un asiento mullido, más relajado que de costumbre. Aunque conservaba su energía, esa corriente magnética que irradiaba sobre el escenario o fuera de él. Pero, por bien que se desenvolviese sobre las tablas, era evidente que en ningún lugar se sentía tan a gusto como en su casa.

Pierce seguía dando instrucciones a quienquiera con quien estuviese hablando, pero Ryan notó que, de tanto en tanto, se paraba a mirarla. Se le ocurrió una travesura. Quizá pudiera hacer algo para perturbar la calma de Pierce.

Se levantó del sofá y empezó a dar vueltas por la biblioteca de nuevo. Se descalzó. Sacó un libro de un estante, le echó un vistazo y volvió a ponerlo en su sitio.

—Necesito recibir aquí la lista entera... Sí, justo eso es lo que quiero —dijo Pierce mientras veía cómo Ryan se quitaba la chaqueta del traje. La dobló sobre el respaldo de una silla y empezó a desabrocharse la blusa. Al ver que Pierce dejaba de hablar, se giró para sonreírle—. Si te pones en contacto... cuando tengas... todo... yo me encargo del transporte —añadió, luchando por mantener la concentración y recordar lo que estaba diciendo mientras la blusa caía al suelo y Ryan se bajaba la cremallera de la falda.

Después de quitársela, se agachó para sacarse las medias.

—No... no hace falta... —prosiguió Pierce mientras ella se echaba el pelo hacia un lado y le lanzaba otra sonrisa. Se mantuvo mirándolo durante varios segundos de infarto—. Sí... sí, perfecto —murmuró al aparato.

Ryan dejó las medias junto a la falda. Luego se enderezó. Llevaba un corpiño que se abrochaba por delante. Con un dedo, tiró del lacito que había entre sus pechos hasta que se aflojó. Mantuvo la mirada sobre los ojos de Pierce y volvió a sonreír al advertir que éste miraba hacia abajo a medida que iba desanudando los demás lazos del corpiño.

—¿Cómo dices? —Pierce sacudió la cabeza. La voz del hombre no había sido más que un zumbido ininteligible. Ryan se echó mano a las braguitas—. Perdona, luego te llamo —dijo, incapaz de resistir más aquella provocación, y devolvió el auricular a la base del teléfono.

—¿Ya has terminado? —preguntó ella acercándose despacio a Pierce—. Quería hablarte de mi vestuario.

—Me gusta lo que llevas puesto —Pierce la condujo al sofá y se apoderó de su boca.

Ryan saboreó los labios de él, abandonándose a aquel ataque salvaje.

—¿Era una llamada importante? —preguntó cuando Pierce bajó hacia su cuello—. No quería distraerte.

—Seguro que no —contestó él. Llegó hasta sus pechos y gruñó de placer cuando los coronó—. ¡Dios!, ¡me vuelves loco! Ryan... no puedo esperar —dijo con voz rugosa al tiempo que la tumbaba en el suelo.

—Sí —murmuró ella justo antes de sentir cómo la penetraba.

Pierce temblaba encima de ella. Tenía la respiración entrecortada. Nadie, pensó, nadie había perturbado su autocontrol de ese modo. Era aterrador. Una parte de él quería levantarse y alejarse, demostrar que todavía podía alejarse. Pero se quedó donde estaba.

—Eres peligrosa —le susurró al oído antes de repasarle el lóbulo con la lengua. La oyó gemir—. Eres una mujer muy peligrosa.

—¿Y eso por qué? —preguntó ella con coquetería.

—Conoces mis debilidades, Ryan Swan. Puede que tú seas mi debilidad.

—¿Y eso es malo?

—No lo sé —Pierce levantó la cabeza y la miró—. No lo sé.

Ryan levantó una mano para apartarle con ternura el pelo que le caía sobre la frente.

—Hoy no importa. Hoy sólo estamos nosotros dos.

Pierce le lanzó una mirada profunda y penetrante,

tan intensa como la primera vez que se habían cruzado sus ojos.

—Cuanto más estoy contigo, más tengo la sensación de que sólo estamos nosotros dos.

Ryan sonrió y lo estrechó entre los brazos.

—La primera vez que me besaste me pusiste el mundo patas arriba. Creía que me habías hipnotizado.

Pierce rió y estiró una mano para deslizarla sobre sus pechos. Le pellizcó el pezón y Ryan se estremeció.

—¿Tienes idea de las ganas que tenía de llevarte a la cama esa noche? —preguntó, recordando lo seductora y vulnerable que la había encontrado durante la noche de la tormenta. Pierce le frotó el pezón hasta conseguir alterar la respiración de Ryan—. No podía trabajar, no podía dormir. Estaba ahí tumbado, incapaz de quitarme de la cabeza cómo estabas con aquel camisón de seda.

—Yo también te deseaba —confesó Ryan con voz ronca, avivada la llama de la pasión—. No podía creerme cuánto te deseaba cuando te había conocido hacía unas pocas horas.

—Te habría hecho el amor como ahora esa misma noche —Pierce posó la boca sobre la de ella.

La besó usando los labios solamente, hasta que notó suaves, cálidos y ávidos los de Ryan. Entonces, le apartó el pelo que le caía sobre la cara y metió la lengua con delicadeza.

Era como si fuese a estar besándola eternamente. Ryan emitía gemidos suaves y separaba y cerraba los labios una y otra vez mientras Pierce la sometía a una tortura insoportablemente dulce; le acariciaba los hombros, le rozaba los pechos con la yema de los dedos y seguía besándola. El mundo entero se había reducido a los labios de Pierce.

Por más que la tocase en otras partes, su boca no se separaba de la de ella. Podía recorrerla con las manos por donde eligiera, pero en ningún momento interrumpía el contacto con sus labios. Parecía anhelar su boca más que el oxígeno. Ryan le agarró los hombros y le clavó las uñas en la piel sin darse cuenta. Lo único de lo que era consciente era de que deseaba que aquel beso durara toda la vida.

Pierce sabía que la tenía dominada y que podía tocarla donde más placer les producía a ambos. Le bastó una ligera insinuación para que Ryan separara las piernas. Luego paseó un dedo por el interior del muslo izquierdo, hacia abajo, hacia arriba, recreándose en su textura sedosa y en la trémula respuesta del cuerpo de Ryan. Pasó por el centro de ella brevemente de camino al otro muslo y en todo momento sus labios siguieron jugando con los de ella.

Le dio mordisquitos, la lamió y luego posó los labios nada más. Ryan murmuraba el nombre de Pierce en un delirio de placer mientras éste le acariciaba las caderas, la curva de la cintura. Tenía unos brazos suaves como la seda. No le habría importado pasarse toda la vida acariciándoselos. Ryan era suya, pensó de nuevo y tuvo que controlar un impulso explosivo de penetrarla al instante. Consiguió transmitir toda su pasión a través de un nuevo beso; un beso que expresaba necesidades oscuras y profundas, así como una ternura infinita.

Incluso al introducirse dentro de Ryan, siguió paladeando el sabor de su boca. Se hundió lentamente, esperando a que su cuerpo se acostumbrara, refrenando su pasión hasta que le resultó imposible seguir conteniéndola.

Sus bocas seguían pegadas cuando Ryan gritó con la última oleada de placer.

No había una mujer igual, pensó aturdido Pierce mientras aspiraba el aroma del cabello de Ryan. No había una mujer igual. Los brazos de Ryan lo rodearon para mantenerlo cerca de su cuerpo. Estaba atrapado.

Horas después, Ryan puso dos filetes en la parrilla. Se había vestido con unos vaqueros de Pierce, ceñidos con un cinturón y con los bajos doblados varias vueltas para ajustar el tamaño a su estatura. La camiseta le bailaba ampliamente alrededor de las caderas. Ryan se arremangó por encima del codo mientras lo ayudaba a preparar la cena.

—¿Cocinas igual de bien que Link? —le preguntó mientras lo miraba añadir unos cuscurros a la ensalada que estaba haciendo.

—No. Cuando una es secuestrada, señorita Swan, no puede esperar comidas de alta cocina.

Ryan se acercó hasta estar junto a él y lo rodeó por la cintura.

—¿Vas a pedir un rescate? —preguntó justo antes de suspirar y apoyar la mejilla sobre la espalda de Pierce.

Jamás en la vida había sido tan feliz.

—Es posible. Cuando me canse de ti.

Ryan le dio un pellizco, pero él ni se inmutó.

—Malo —dijo cariñosamente. Luego metió las manos bajo la camisa de Pierce y le acarició el torso. Esa vez sí notó que lo hacía temblar.

—Me distraes, Ryan.

—Eso esperaba. No es sencillo, ¿sabes?

—Pues a ti se te da de maravilla —comentó Pierce mientras ella recorría sus hombros con las manos.

—¿De verdad puedes dislocarte los hombros para escaparte de una camisa de fuerza? —se preguntó en voz alta mientras sentía su potencia.

—¿Dónde has oído eso? —respondió él, divertido, sin dejar de partir taquitos de queso para la ensalada.

—No sé, por ahí —dijo ella evasivamente. No estaba dispuesta a reconocer que se había leído todos los artículos que habían caído en sus manos sobre él—. También he oído que tienes control absoluto sobre tus músculos —añadió mientras los sentía vibrar bajo sus dedos curiosos.

Ryan se apretó contra la espalda de Pierce e inspiró la delicada fragancia de su piel.

—¿Y no has oído que sólo como algunas hierbas y raíces que recojo durante las noches de luna llena? —dijo Pierce en broma justo antes de meterse un pedacito de queso en la boca y girarse para recogerla entre sus brazos—. ¿O que aprendí a hacer magia en el Tíbet cuando tenía nueve años?

—He leído que fuiste torturado por el fantasma de Houdini —repuso ella.

—¿En serio? Ésa es nueva. No la conocía.

—Realmente, disfrutas con las cosas que se inventan sobre ti, ¿verdad?

—Por supuesto —Pierce le dio un beso en la nariz—. Tendría muy poco sentido del humor si no lo hiciera.

—Además, como la realidad y la ficción se entremezclan, nadie sabe cuál es cuál y cómo eres de verdad —señaló Ryan.

—Exacto —Pierce jugueteó con un rizo de su cabello—. Cuantas más cosas publican sobre mí, más protegida queda mi intimidad.

—Y proteger la intimidad te importa mucho.

—Cuando tienes una infancia como la mía, aprendes a valorarla.

Ryan pegó la cara contra el torso de Pierce. Éste la apartó unos centímetros, le puso una mano bajo la barbilla y le levantó la cabeza. Los ojos de Ryan se habían humedecido.

—No tienes por qué sentir pena por mí —le dijo con suavidad.

—No —Ryan sacudió la cabeza. Entendía que Pierce no quisiera inspirar compasión. Bess había reaccionado de la misma forma—. Lo sé, pero me cuesta no sentir pena por un niño pequeño.

Pierce sonrió y le acarició los labios con un dedo.

—Era un niño fuerte. Se recuperó de todo —dijo y se apartó un paso—. Venga, dale la vuelta a los filetes.

Ryan se ocupó de la carne, sabedora de que Pierce quería dejar el tema zanjado. ¿Cómo explicar que estaba ansiosa por cualquier detalle sobre su vida, por cualquier cosa que pudiera acercarlo a ella?

Por otra parte, pensó, quizá se equivocaba por querer ahondar en el pasado cuando tenía miedo de hablar del futuro.

—¿Cómo te gustan? —preguntó finalmente, con los ojos clavados en la parrilla.

—Que no estén muy hechos —contestó Pierce mientras contemplaba la vista que Ryan le ofrecía al inclinarse para cuidar de los filetes—. Link tiene un aliño especial para las ensaladas. Está muy rico —comentó entonces.

—¿Dónde aprendió a cocinar? —quiso saber Ryan.

—Fue cuestión de necesidad —respondió Pierce mientras ella le daba la vuelta al segundo filete—. Le gustaba comer. Y al principio no teníamos muchos recursos. Resultó que se manejaba mucho mejor que Bess o yo con las latas y los sobres de sopa.

Ryan se giró y lo miró con una sonrisa en los labios.

—¿Sabías que se han ido juntos a pasar el día en San Francisco?

—Sí —Pierce enarcó una ceja—. ¿Y?

—Está igual de loco por ella que ella por él.

—Ya, eso también lo sé.

—Podías haber hecho algo para facilitarles las cosas después de todos estos años —comentó, empuñando un tenedor—. Al fin y al cabo, son tus amigos.

—Razón por la que no he interferido —explicó—. ¿Qué has hecho?

—No he interferido —respondió a la defensiva Ryan—. Sólo le he dado un empujoncito en la dirección adecuada. Le comenté que Bess tenía cierta inclinación por los hombres que saben tocar el piano.

—Entiendo.

—Es tan tímido —dijo ella exasperada—. Tendrá edad para jubilarse y no se habrá atrevido todavía a... a...

—¿A qué? —preguntó Pierce, sonriente.

—A nada —dijo Ryan—. Y deja de mirarme así.

—¿Así cómo? —Pierce se hizo el inocente, como si no fuera consciente de que la había mirado con deseo.

—Lo sabes de sobra. En cualquier caso... —Ryan contuvo la respiración y soltó el tenedor al sentir que algo le rozaba los tobillos.

—Es Circe —la tranquilizó Pierce sonriente. Ryan suspiró aliviada. Él se agachó a recoger el tenedor mientras la gata se frotaba contra las piernas de Ryan y ronroneaba—. Huele la carne.Va a hacer todo lo que pueda para convencerte de que se merece un trozo.

—Tus mascotas tienen la fea costumbre de asustarme.

—Lo siento —dijo él, pero sonrió, no dando la menor sensación de que realmente lo lamentara.

—Te gusta verme descompuesta, reconócelo —Ryan se puso las manos en jarras sobre las caderas.

—Me gusta verte —contestó Pierce simplemente. Soltó una risotada y la agarró entre sus brazos—. Aunque tengo que admitir que verte con mi ropa mientras cocinas descalza tiene su punto.

—Vaya, el síndrome del cavernícola.

—En absoluto, señorita Swan —Pierce le acarició el cuello con la nariz—. Aquí el esclavo soy yo.

—¿De veras? —Ryan consideró las interesantes posibilidades que tal declaración le abría—. Entonces pon la mesa. Me muero de hambre.

Comieron a la luz de las velas. Pero ella apenas saboreó un bocado. Estaba demasiado saciada de Pierce. Había champán, fresco y burbujeante; pero podía haber sido agua, para el caso que le hizo. Jamás se había sentido tan mujer como en ese momento, con esos vaqueros y una camiseta que le quedaba inmensa. Los ojos de Pierce le decían a cada momento que era preciosa, interesante, deseable. Era como si nunca hubiesen hecho el amor, como si nunca hubiesen intimado. La estaba cortejando con la mirada.

Pierce la hacía resplandecer con una simple mirada, con una palabra suave o un roce delicado en la mano. Nunca dejaba de complacerla, de abrumarla incluso, que fuese un hombre tan romántico. Tenía que saber que estaría con él en cualquier circunstancia y, aun así, disfrutaba seduciéndola. Las flores, las velas, las palabras susurradas... Ryan se enamoró de nuevo.

Bastante después de que ambos hubiesen perdido todo interés en la comida, seguían mirándose. El champán se había calentado, las velas se estaban acabando. Pierce se contentaba con mirarla sobre la llama temblorosa, con oír la caricia de su voz. Podía aplacar cualquier impulso con deslizar los dedos por el dorso de su mano. Lo único que quería era estar junto a Ryan.

Ya habría tiempo para la pasión, no le cabía duda. Por la noche, a oscuras en la habitación. Pero, por el momento, le bastaba con verla sonreír.

—¿Me esperas en el salón? —murmuró él antes de besarle los dedos uno a uno.

Ryan sintió un escalofrío delicioso por el brazo.

—Te ayudo con los platos —respondió, aunque su cabeza estaba a años luz de cualquier asunto práctico.

—No, yo me encargo —Pierce le agarró la mano y le besó la palma—. Espérame.

Las piernas le temblaban, pero consiguió mantenerse en pie cuando Pierce la ayudó a levantarse. No podía apartar los ojos de él:

—No tardes.

—No —le aseguró Pierce—. Enseguida estoy contigo, amor —añadió justo antes de besarla con delicadeza.

Ryan fue hacia el salón como si estuviera sumida en una nube. No era el beso, sino aquella palabra cariñosa lo que había disparado su corazón. Parecía imposible, después de lo que ya habían compartido, que una palabra suelta le provocara tales palpitaciones. Pero Pierce elegía con esmero las palabras.

Y hacía una noche de ensueño, pensó mientras entraba en el salón. Una noche para el amor y el romance. Se acercó a la ventana para contemplar el cielo. Hasta había luna llena, como si todos los elementos se hubiesen puesto de acuerdo para embellecer la velada; una velada suficientemente silenciosa como para oír el sonido de las olas.

Ryan imaginó que estaban en una isla. Una isla pequeña, perdida en algún mar profundo. Y las noches eran largas. No había teléfono, no había electricidad. Llevada por un impulso, se apartó de la ventana y empezó a encender las velas que había distribuidas por el salón. Había leña en la chimenea, de modo que encendió una cerilla para que ardiese. La madera seca crepitó con el fuego.

Luego se incorporó y miró a su alrededor. La luz estaba tal como quería: tenue, proyectando sombras cambiantes. Le añadía un toque de misterio a la noche y parecía reflejar sus sentimientos hacia Pierce.

Ryan bajó la cabeza para mirarse y se frotó la camiseta. Era una lástima no tener algo bonito que vestir, algo blanco y delicado. Pero tal vez la imaginación de Pierce fuese tan productiva como la de ella.

Música, pensó de repente y miró en derredor. Seguro que Pierce tendría algún aparato estéreo; pero no tenía ni idea de dónde buscarlo. Inspirada, se acercó al piano.

La partitura de Link estaba esperándola. Entre el fulgor de la chimenea a su espalda y las velas que había sobre el piano, Ryan podía ver las notas con suficiente claridad. Se sentó y empezó a tocar. Sólo tardó unos segundos en quedarse prendida por la melodía.

Pierce estaba de pie, en la entrada del salón, mirándola. Aunque los ojos de Ryan estaban clavados en la partitura que tenía delante, parecían estar soñando. Nunca la había visto así, tan absorta en sus propios pensamientos. A fin de no interrumpirla, se quedó donde estaba. Podría haberse quedado mirándola toda la vida.

A la luz de las velas, su cabello caía como un manto de niebla sobre sus hombros. Los ojos le destelleaban, conmovida por la pieza que estaba tocando. Pierce aspiró el olor de la madera quemada y de la cera derretida y supo que, por más años que viviera, jamás olvidaría aquel momento. Podrían pasar años y más años y siempre podría cerrar los ojos y verla así, oír la música y oler las velas encendidas.

—Ryan.

No había querido hablar en voz alta; de hecho, sólo había susurrado el nombre, pero ella se giró a mirarlo.

Ryan sonrió, pero la luz trémula captó el brillo de las lágrimas que asomaban a sus ojos.

—Es preciosa.

—Sí —acertó a decir Pierce. Casi no se atrevía a hablar. Una palabra, un paso en falso rompería el embrujo. Al fin y al cabo, cabía la posibilidad de que lo veía y estaba sintiendo no fuera más que una ilusión—. Por favor, tócala otra vez.

Ni siquiera después de que Ryan retomase la melodía, se atrevió a acercarse. Pierce quería que la escena siguiese exactamente tal como estaba. Ryan tenía los labios separados. Incluso de pie, pudo saborearlos. Sabía lo suave que sería acariciar su mejilla si se acercaba y posaba una mano sobre su cara. Ryan levantaría la cabeza, lo miraría y sonreiría con esa luz cálida tan especial que iluminaba sus ojos. Pero no quería tocarla, prefería absorber con todo detalle aquel momento único más allá del paso del tiempo.

Las llamas de las velas se consumían serenamente. Un leño se movió en la chimenea. Y, de pronto, Ryan había terminado la melodía.

Pierce se acercó.

—Nunca te he querido tanto —dijo en voz baja, casi susurrando—. Ni he tenido tanto miedo de tocarte.

—¿Miedo? —preguntó Ryan, cuyos dedos reposaban todavía sobre las teclas—. ¿De qué tienes miedo?

—Temo que si intento tocarte, mi mano pase a través de ti. Temo que no seas más que un sueño.

Ryan le agarró una mano y se la llevó a la mejilla.

—No es un sueño —murmuró—. Para ninguno de los dos.

Su piel tenía tacto y temperatura reales. Pierce sintió el azote de una oleada increíble de ternura. Le agarró la otra mano y la levantó, sujetándola como si fuese de porcelana.

—Si tuvieras un deseo, sólo uno, ¿cuál sería, Ryan?

—Que esta noche, por esta noche, no pensaras en nada ni en nadie más que en mí.

Los ojos le brillaban en la tenue luz cambiante del salón. Pierce la levantó y le puso las manos a sendos lados de la cara:

—Desperdicias tus deseos, Ryan, pidiendo algo que ya es realidad.

Pierce la besó en las sienes, le besó las mejillas; dejó los labios de Ryan temblando, anhelando el calor de su boca.

—Quiero meterme en tu cabeza —dijo ella con voz trémula— para que no haya espacio para nada más. Esta

noche quiero ser la única que habite tus pensamien-
tos.Y mañana...

—Chiss —Pierce la besó para silenciarla, pero fue un
beso tan suave que pareció, más bien, la promesa de lo
que estaba por llegar. Ryan tenía los ojos cerrados y él
posó los labios con delicadeza sobre sus párpados—.
Sólo pienso en ti.Vamos a la cama. Deja que te lo demuestre —murmuró.

Le agarró una mano y la condujo por el salón a
medida que iba apagando las velas. Sólo dejó encendida una, la levantó con cuidado y dejó que su luz se
abriese paso mientras avanzaban enamorados hacia el
dormitorio.

# XIV

Tenían que volver a separarse. Ryan sabía que era necesario mientras duraran los preparativos del especial. Cuando se sentía sola porque lo echaba de menos, le bastaba con recordar la mágica última noche que habían compartido. Tendría que aguantar con eso hasta que pudiera verlo de nuevo.

Aunque lo vio de tanto en tanto a lo largo de las siguientes semanas, sólo era para tratar asuntos de trabajo. Pierce regresaba para asistir a una reunión o revisar algunos detalles del espectáculo. Lo llevaba con mucho secreto. Ryan no sabía nada sobre la construcción de los aparatos y accesorios que utilizaría. Estaba dispuesto a darle una lista detallada con los números que llevaría a cabo, su duración y el orden en que los realizaría; pero se negaba a darle explicación alguna sobre su mecanismo.

A Ryan le resultaba frustrante, pero apenas tenía otros motivos para quejarse. El escenario se estaba configurando de acuerdo con las pautas que Bloomfield, Pierce y ella misma habían establecido. Elaine

Fisher había firmado para aparecer como artista invitada. Ryan había conseguido defender sus ideas durante las diferentes reuniones, siempre duras, y también Pierce había logrado imponer su criterio, recordó Ryan sonriente.

Decía más con sus largos silencios y con un par de palabras calmadas que una decena de jefes de departamento histéricos que no hacían más que discutir. Pierce escuchaba con tranquilidad sus preguntas y quejas y terminaba saliéndose siempre con la suya.

Se negaba a utilizar a un guionista profesional para que le preparase lo que tenía que decir cuando se dirigía al público. Y no había más que hablar. Y se mantenía en sus trece porque sabía que él se las arreglaría solo. Tampoco permitía intromisiones en la música. Él tenía su músico y punto. Como también tenía su director y un equipo que lo acompañaba. Por más que le insistieran en lo contrario, Pierce insistía en trabajar con su gente. Del mismo modo, rechazó seis bocetos de traje con un giro indiferente de la cabeza.

Pierce hacía las cosas a su manera y sólo se plegaba a otras sugerencias si estimaba que le convenía plegarse. Con todo, Ryan notaba que los creativos de la plantilla, por mucho que se enfadaran a veces, apenas tenían queja alguna sobre Pierce. Sabía cómo ganárselos, pensó Ryan. Tenía don de gentes y podía engatusarte o poner barreras con una simple mirada.

Bess tenía que ser la que tuviera la última palabra sobre la ropa con la que saldría al escenario. Pierce lo argumentaba diciendo que ella sabía mejor que nadie lo que le sentaba bien. Se negaba a ensayar salvo que el escenario estuviese cerrado. Y luego se camelaba a los tramoyistas con un juego de manos o un truco de cartas. Sabía cómo mantener el control sin enemistarse con nadie.

A Ryan, en cambio, le costaba manejarse con tantas restricciones como le ponía a ella y a su gente. Trataba de hacerlo ceder razonando, discutiendo, rogando. Pero no la llevaba a ninguna parte.

—Pierce —Ryan lo acorraló en el escenario durante una pausa de un ensayo—. Tengo que hablar contigo.

—Espera... —contestó distraído mientras miraba a su equipo colocar unas antorchas para el siguiente número—. Tienen que estar a veinte centímetros exactos de distancia —les indicó.

—Es importante, Pierce.

—Sí, te escucho.

—No puedes echar a Ned del escenario durante los ensayos —dijo Ryan al tiempo que le daba un tirón del brazo para conseguir que le prestara total atención.

—Sí que puedo. Ya lo he hecho. ¿No te lo ha contado?

—Sí, me lo ha contado —Ryan exhaló un suspiro de exasperación—. Pierce, como coordinador de producción, tiene razones de sobra para estar aquí.

—Me estorba. Aseguraos de que hay un pie entre hilera e hilera, por favor.

—¡Pierce!

—¿Qué? —contestó con un tono encantador mientras se giraba de nuevo hacia ella—. ¿Le he dicho que está usted muy guapa, señorita Swan? Le sienta muy bien el traje —añadió después de acariciarle la solapa.

—En serio, Pierce, tienes que darle a mi gente más margen de maniobra —Ryan trató de no fijarse en la sonrisa que iluminaba los ojos de Pierce y siguió adelante—. Tu equipo es muy eficiente, pero en una producción de estas dimensiones necesitamos más manos. Tu gente sabe hacer su trabajo, pero no conocen cómo funciona la televisión.

—No puedo permitir que tus chicos vean cómo preparo los números. Ni que estén dando vueltas mientras actúo.

—¡Santo cielo!, ¿qué quieres?, ¿qué hagan un juramento de sangre de no revelar tus secretos? —contestó Ryan—. Podemos arreglarlo para la próxima luna llena.

—Buena idea, pero no sé cuántos de tus chicos estarían dispuestos. Seguro que el coordinador de producción no, en cualquier caso —añadió sonriente.

—¿No estarás celoso? —preguntó entonces Ryan, enarcando una ceja.

Soltó una risotada tan grande que a Ryan le entraron ganas de pegarle un guantazo.

—No seas absurda. No es una amenaza.

—Ésa no es la cuestión —murmuró ella—. Ned es muy bueno en su trabajo y difícilmente puede hacerlo si no eres un poco más razonable.

—Ryan, yo siempre soy razonable —contestó Pierce, con una expresión de asombro convincente—. ¿Qué quieres que haga?

—Quiero que dejes que Ned haga lo que tiene que hacer. Y quiero que dejes que mi gente entre en el estudio.

—Perfecto —convino él—. Pero no mientras estoy ensayando.

—Pierce —dijo Ryan en tono amenazante—, me estás atando las manos. Tienes que hacer ciertas concesiones para la televisión.

—Soy consciente, Ryan, y las haré. Cuando esté preparado —Pierce le dio un beso en la frente y continuó antes de que ella pudiera responder—. No, primero tienes que dejarme trabajar con mi equipo hasta que esté seguro de que todo sale bien.

—¿Y cuánto va a llevar eso? —preguntó Ryan. Sabía que Pierce le estaba ganando el pulso, como se lo había ganado a todos los que habían intentado doblegarlo.

—Unos días más —Pierce le agarró una mano.

—Está bien —se resignó ella—. Pero a finales de semana el equipo de iluminación tendrá que estar en los ensayos. Es imprescindible.

—De acuerdo —Pierce le estrechó la mano con solemnidad—. ¿Algo más?

—Sí —Ryan se puso firme y lo miró a los ojos—. El primer número dura diez segundos más de lo establecido. Vas a tener que modificarlo para que se ajuste a los bloques de anuncios programados.

—No, tendrás que modificar los bloques de anuncios para que se adapten a mi número —respondió Pierce. Luego le dio un beso ligero y se marchó.

Antes de que pudiera gritarle, Ryan descubrió que tenía una rosa en el ojal de la solapa. Una mezcla de placer y desesperación le impidió reaccionar hasta que ya era demasiado tarde.

—Es especial, ¿verdad?

Ryan se giró y se encontró con Elaine Fisher.

—Muy especial —convino Ryan—. Espero que esté satisfecha con todo, señorita Fisher. ¿Le gusta su vestuario? —añadió, sonriendo a la pequeña rubita.

—Está bien —Elaine esbozó una de sus encantadoras sonrisas—. Aunque el espejo tiene una bombilla fundida.

—Me encargaré de que la cambien.

Elaine miró a Pierce y soltó una risilla.

—La verdad es que no me importaría encontrár-
melo en mi vestuario —le dijo a Ryan en confianza.

—No creo que pueda arreglarlo, señorita Fisher
—respondió con prudencia.

—Cariño, podría arreglarme yo sola si no fuera por
cómo te mira —Elaine le guiñó el ojo cordialmente—.
Claro que si no estás interesada, podría intentar consolarlo yo.

Era difícil resistirse a la simpatía de la actriz.

—No hará falta —contestó Ryan sonriente—. Los
productores tienen que asegurarse de que el artista
esté contento, ya sabe.

—Ah, pues entonces podías intentar buscarme un
clon para mí —bromeó antes de dejar a Ryan y acercarse a Pierce—. ¿Empezamos?

Viéndolos trabajar juntos, Ryan comprobó que su
instinto no le había fallado. Se combinaban a la perfección. La belleza rubia y el encanto ingenuo de
Elaine ocultaban un talento agudo y una enorme veta
cómica. Era el contrapunto exacto que había buscado
para Pierce.

Ryan esperó, conteniendo la respiración mientras
encendían las velas. Era la primera vez que veía aquel
número por completo. Las llamas flamearon hacia
arriba un momento, lanzando una luz casi cegadora,
hasta que Pierce extendió las manos y las sofocó.
Luego se giró hacia Elaine.

—No quemes el vestido —bromeó ella—. Es de alqui-
ler.

Ryan anotó la ocurrencia para incluirla en el guión
del espectáculo y, de pronto, Pierce hizo levitar a
Elaine. En cuestión de segundos, la tenía flotando encima de las llamas.

—Va bien —dijo Bess.

Ryan se giró y sonrió a su amiga.

—Sí, con lo puntilloso que es Pierce, es imposible que las cosas no vayan bien. Es infatigable.

—Dímelo a mí —contestó Bess. Permanecieron en silencio unos segundos. Entonces, Bess le dio un pellizquito en el brazo—. No puedo esperar. Tengo que decírtelo —susurró para no desconcentrar a Pierce.

—Decirme qué.

—Quería contárselo primero a Pierce, pero... —Bess sonrió de oreja a oreja—. Link y yo...

—¡Enhorabuena! —la interrumpió Ryan y corrió a abrazarla.

Bess se echó a reír.

—No me has dejado terminar.

—Ibas a decirme que vais a casaros.

—Bueno, sí, pero...

—Enhorabuena —dijo Ryan de nuevo—. ¿Cuándo te lo ha pedido?

—La verdad es que ahora mismo, prácticamente —Bess se rascó la cabeza, como si siguiera un poco aturdida por la noticia—. Estaba en el vestuario preparándome cuando ha llamado a la puerta. No se animaba a entrar. Estaba ahí, cambiando el peso del cuerpo de un pie a otro como tratando de decidirse. Y de pronto me ha preguntado si quería casarme. Me ha sorprendido tanto que le he preguntado con quién —añadió tras soltar otra risotada.

—¡No habrás sido capaz!

—De verdad. Mujer, una no espera que le hagan esa pregunta después de veinte años.

—Pobre Link —murmuró Ryan sonriente—. ¿Y qué ha dicho entonces?

—Se ha quedado de pie simplemente, mirándome y poniéndose de todos los colores. Hasta que ha dicho que, bueno, que suponía que con él —contestó Bess—. Ha sido muy romántico.

—Qué bonito —dijo Ryan—. Me alegro mucho por los dos.

—Gracias —Bess exhaló un suspiro y luego se giró hacia Pierce de nuevo—. No le digas nada, ¿de acuerdo? Creo que dejaré que se lo cuente Link.

—No le diré nada —prometió Ryan—. ¿Os vais a casar pronto?

Bess sonrió de oreja a oreja.

—Eso espero. Por lo que a mí respecta, ya llevamos veinte años de novios: creo que es tiempo más que suficiente —Bess dobló el bajo de su camiseta con los dedos—. Supongo que esperaremos a terminar este especial y luego nos lanzaremos.

—¿Seguiréis con Pierce?

—Por supuesto —aseguró Bess—. Somos un equipo. Lógicamente, Link y yo viviremos en mi casa, pero por nada del mundo nos distanciaríamos.

Ryan asintió con la cabeza. Luego miró con expresión de preocupación a Pierce, que seguía trabajando con Elaine.

—Bess, hay algo que quiero preguntarte. Es sobre el número con el que se cierra el espectáculo —arrancó despacio—. Lo lleva muy en secreto. Sólo ha dicho que será una fuga y que necesitará cuatro minutos y diez segundos en total. ¿Tú sabes algo?

—No suelta prenda porque aún tiene que perfeccionar algunos flecos —Bess se encogió de hombros, pero su rostro revelaba cierta inquietud.

—¿Qué flecos? —insistió Ryan.

—No sé, de verdad. Lo único... —Bess vaciló, dividida entre sus propias dudas y su lealtad hacia Pierce—. Lo único que sé es que a Link no le gusta.

—¿Por qué? —Ryan puso una mano sobre un brazo de Bess—. ¿Es peligroso?, ¿peligroso de verdad?

—Todas las fugas pueden ser peligrosas, Ryan; salvo que hablemos de camisas de fuerza y esposas. Pero Pierce es el mejor —Bess miró a Pierce mientras éste bajaba a Elaine al suelo—. Me va a necesitar de un momento a otro.

—Bess —Ryan apretó el brazo de la pelirroja—. Dime qué sabes.

—Ryan, sé lo que sientes por Pierce, pero no puedo —contestó Bess mirándola a los ojos—. El trabajo de Pierce es el trabajo de Pierce —añadió tras dar un suspiro.

—No te estoy pidiendo que rompas el código deontológico de los magos —protestó Ryan impaciente—. Antes o después, tendrá que decirme en qué consiste el número.

—Entonces, ya te lo dirá —Bess le dio una palmadita en la mano y se retiró.

El ensayo duró más de lo previsto, como era habitual con los ensayos de Pierce. Luego, después de asistir a una reunión a última hora de la tarde, Ryan decidió esperarlo en el vestuario. La inquietud por el número final la había perseguido todo el día. Por más que hubiese tratado de olvidarla, Ryan no había podido quitarse de la cabeza la preocupación que había advertido en los ojos de Bess.

El vestuario de Pierce era amplio y acogedor. Tenía una moqueta gruesa y un sofá mullido suficientemente ancho para utilizarlo como una cama. Había un televisor enorme, una cadena estereofónica de música y un mueble bar que Pierce no habría estrenado. En la pared había un par de litografías muy buenas. Era la clase de vestuario que Producciones Swan reservaba para los artistas especiales. Aunque Ryan dudaba que Pierce pasara más de media hora al día en su interior durante su estancia en Los Ángeles.

Ryan abrió la nevera, encontró un cartón de zumo de naranja y se sirvió un vaso antes de desplomarse sobre el sofá. Por entretener la espera, agarró un libro que había en la mesa. Era de Pierce, dedujo. Otra obra de Houdini. Ryan lo abrió y empezó a hojearlo.

Cuando Pierce entró, la encontró acurrucada en el sofá, a mitad del libro.

—¿Documentándote?

—¿De verdad hacía todas estas cosas? —preguntó ella directamente—. El rollo éste de que se tragaba unas agujas y un ovillo y que luego las sacaba enhebradas, en realidad no lo hacía, ¿no?

—Sí —Pierce se quitó la camisa.

Ryan lo miró con los ojos bien abiertos:

—¿Tú puedes hacerlo?

Pierce se limitó a sonreír.

—No suelo copiar los números de otras personas —respondió—. ¿Qué tal el día?

—Bien. Aquí dice que algunas personas creían que Houdini tenía un bolsillo en la piel.

Esa vez, Pierce soltó una carcajada.

—¿No crees que si yo tuviera uno, ya me lo habrías encontrado?

Ryan dejó el libro sobre la mesa y se levantó.

—Quiero hablar contigo.

—De acuerdo —Pierce la estrechó entre los brazos y

empezó a cubrirle la cara de besos—. Dentro de unos minutos. Se me han hecho muy largos estos tres días sin ti.

—Fuiste tú el que se marchó —le recordó Ryan antes de besarlo en la boca.

—Tenía que perfeccionar unos detalles. Y aquí no consigo trabajar en serio.

—Para eso tienes tu mazmorra —murmuró ella y buscó de nuevo los labios de Pierce.

—Exacto. Esta noche cenamos juntos. En algún restaurante con velas y rincones oscuros.

—Mi apartamento tiene velas y rincones oscuros —dijo Ryan—. Podemos estar a solas.

—Intentarás seducirme.

Ryan rió y olvidó lo que había querido hablar con él.

—No lo dudes. Y estoy segura de que lo conseguiré.

—No sea tan presumida, señorita Swan —Pierce la separó unos centímetros—. No siempre soy tan fácil.

—Me gustan los desafíos.

Pierce se frotó la nariz contra la de ella cariñosamente.

—¿Te ha gustado la rosa?

—Sí, gracias —Ryan le rodeó la nuca con las manos—. Consiguió que dejara de acosarte.

—Lo sé. Al final te está costando trabajar conmigo, ¿eh?

—Mucho. Pero ay de ti como dejes que produzca otra persona tu próximo especial: te sabotearé todos los números.

—Entonces, me temo que no me queda más remedio que seguir contigo para protegerme.

Rozó sus labios con dulzura y Ryan sintió una

oleada de amor tan intensa y repentina que se le encogió el corazón.

—Pierce, léeme el pensamiento —le dijo entonces. Cerró los ojos y apoyó la cara sobre su hombro—. ¿Puedes leerme el pensamiento?

Sorprendido por el tono ansioso de su voz, la separó para estudiarla. Ryan abrió los ojos y Pierce vio que estaba un poco asustada, un poco aturdida. Y vio algo más que hizo que el corazón se le desbocase.

—¿Ryan? —Pierce le acarició una mejilla. Le aterraba pensar que sólo estaba imaginándose lo que veía.

—Tengo miedo —susurró ella. La voz le temblaba, así que se mordió el labio inferior para serenarla—. No me salen las palabras. ¿Puedes verlas? Si no puedes, es normal. No tiene por qué cambiar nada.

Sí, claro que las veía; pero Ryan se equivocaba: una vez que las pronunciara, todo cambiaría. No había querido que sucediera, pero, de alguna manera, había sabido que llegarían a esa situación. Lo había sabido nada más verla bajar las escaleras que daban a su sala de trabajo. Había sabido que Ryan sería la mujer que lo cambiaría todo.

—Ryan —Pierce dudó un instante, pero sabía que ya no podía contenerse ni negar lo evidente por más tiempo—, te quiero.

Ella exhaló un suspiro de inmenso alivio.

—¡Dios!, ¡tenía tanto miedo de que no quisieras verlo! —Ryan se lanzó a sus brazos—. Te quiero tanto. ¡Tanto! No es malo, ¿verdad? —preguntó con voz trémula.

—No —Pierce notó que el corazón de ella latía tan desacompasado como el suyo—. Es muy bueno.

—No imaginaba que se podía ser tan feliz. Quería habértelo dicho antes —murmuró contra el cuello de Pierce—. Pero me daba mucho miedo. Ahora parece una tontería...

—Los dos teníamos miedo —Pierce la apretó más fuerte, pero seguía sin ser suficiente—. Hemos perdido mucho tiempo.

—Pero me quieres —susurró ella, deseosa de volver a oírselo decir.

—Sí, Ryan. Te quiero.

—Vamos a casa, Pierce —Ryan le besó el cuello—. Vamos a casa. Te necesito.

—Yo también... Ahora.

Ryan echó la cabeza hacia atrás y rió.

—¿Ahora?, ¿aquí?

—Aquí y ahora —convino Pierce, fascinado con el brillo perverso que iluminó los ojos de Ryan.

—Podría entrar alguien —dijo ésta al tiempo que retrocedía unos pasos.

Sin decir nada, Pierce fue a la puerta y echó el cerrojo.

—No lo creo.

—Vaya —Ryan se mordió el labio, luchando por no echarse a reír—. Parece que me van a secuestrar otra vez.

—Puedes pedir auxilio —le sugirió mientras le quitaba la chaqueta.

—Socorro —dijo en voz baja mientras Pierce le desabotonaba la blusa—. Creo que no me han oído.

—Pues entonces no podrán salvarte.

—Menos mal —susurró ella mientras dejaba que la blusa cayera al suelo.

Se acariciaron y se echaron a reír por la alegría que

les producía estar enamorados. Se besaron y abraza-
ron como si el mundo fuese a acabarse ese mismo
día. Murmuraron palabras delicadas y suspiraron de
placer. Incluso cuando la pasión creció y el deseo
empezó a gobernar sus movimientos, permaneció
una sensación de felicidad serena e inocente, com-
partida.

«Me quiere», se dijo Ryan mientras deslizaba las
manos por su potente espalda. «Me pertenece», pensó
mientras lo besaba con fervor.

Se entregaron el uno al otro, se vaciaron y absor-
bieron hasta que fueron más uno que dos. Una pasión
creciente los unía, una pasión infinita, una libertad recién descubierta. Cuando terminaron de hacer el
amor, siguieron riéndose, felices por saber que para
ellos aquello sólo era el principio.

—¿Sabes? Yo creía que era el productor el que seducía al artista —murmuró Ryan.

—¿No ha sido así? —Pierce deslizó los dedos por el
cabello de ella.

Ryan rió y le dio un beso entre los ojos.

—Sí, pero se suponía que tenía que dejarte pensar
que habías tomado la iniciativa —contestó justo antes
de levantarse y alcanzar la blusa.

Pierce se incorporó y le acarició la espalda con la
yema de un dedo.

—¿Vas a algún sitio?

—Está bien, señor Atkins, le daré la oportunidad de
hacer una prueba para Producciones Swan —bromeó
Ryan. Pierce le dio un mordisquito en el hombro y
ella dio un grito pequeño—. Pero no me vuelva a atosigar hasta que lleguemos a casa.

Se alejó unos pasos y terminó de ponerse la blusa.

Mientras lo hacía, miró de reojo el cuerpo desnudo de Pierce.

—Más vale que se vista. Podrían cerrar el edificio y obligarnos a pasar la noche dentro.

—Los cerrojos no son problema para mí —le recordó sonriente él.

—Hay alarmas.

—Ya ves tú —contestó Pierce riéndose.

—Definitivamente, es una suerte que no decidieras hacerte delincuente —comentó Ryan.

—Es más sencillo cobrar por abrir cerrojos que robar lo que hay dentro de las casas. A la gente le encanta pagar simplemente por ver si puedes hacerlo —Pierce se levantó—. Pero si saltas un cerrojo gratis, no le encuentran la gracia.

Ryan inclinó la cabeza y le preguntó intrigada:

—¿Te has encontrado con algún cerrojo que no hayas podido abrir?

—Es cuestión de tiempo —dijo Pierce mientras recogía su ropa—. Si dispones del tiempo apropiado, todos los cerrojos pueden abrirse.

—¿Sin herramientas?

—Hay herramientas y herramientas —respondió él, enarcando una ceja.

Ryan frunció el ceño.

—Voy a tener que examinar tu piel otra vez en busca de ese bolsillo.

—Cuando quieras —accedió Pierce con buenos modales.

—Podías ser bueno y enseñarme aunque sólo sea una cosa: cómo te libras de las esposas, por ejemplo.

—De eso nada —Pierce negó con la cabeza mientras se ponía los vaqueros—. Podrían serme de utilidad otra vez.

Ryan se encogió de hombros como si le diera igual y siguió vistiéndose.

—Por cierto, quería hablar contigo sobre el número con el que cierras.

Pierce sacó una camisa limpia del armario.

—¿Qué pasa?

—Eso es justamente lo que quiero saber —contestó Ryan—. ¿Qué pasa en ese número exactamente?, ¿qué tienes planeado?

—Es una fuga, ya te lo he dicho —respondió él mientras se ponía la camisa.

—Necesito algo más concreto, Pierce. El espectáculo será dentro de diez días.

—Estoy perfeccionándolo.

Ryan percibió el tono hermético e intransigente de Pierce y dio un paso al frente para plantarle cara:

—No, éste no es uno de tus espectáculos, en los que vas por libre. Aquí la productora soy yo, Pierce. Tú mismo lo pediste. Pues bien, puedo pasar por alto algunas de tus exigencias sobre el personal —arrancó Ryan y siguió sin darle ocasión de contestar—. Pero tengo qué saber exactamente qué vamos a emitir en directo. No puedes mantenerme en la ignorancia a falta de menos de dos semanas para la grabación.

—Voy a salir de una caja fuerte —contestó él sin más al tiempo que le acercaba un zapato a Ryan.

—Vas a salir de una caja fuerte —repitió ella—. Hay algo más, Pierce. No soy tonta —añadió mientras se ponía el zapato.

—Tendré las manos y los pies atados.

Ryan se agachó a recoger el otro zapato. La reticencia de Pierce a hablar del número la estaba poniendo nerviosa. Pero no quería que se le notara el miedo, así que esperó unos instantes antes de hablar de nuevo.

—¿Qué más, Pierce?

Éste no dijo nada hasta que se hubo abotonado la camisa.

—Es como un juego de muñecas rusas. Estaré en una caja dentro de una caja dentro de una caja. Nada nuevo.

—¿Tres cajas? —preguntó Ryan con aprensión—. ¿Una dentro de otra?

—Exacto. Cada una más grande que la otra.

—¿Tienen las cajas algún agujero para respirar? —preguntó asustada.

—No.

Ryan se quedó helada.

—No me gusta.

—No tiene por qué gustarte, Ryan —dijo él tratando de calmarla con la mirada—; pero tampoco tienes por qué preocuparte.

Ryan tragó saliva. Sabía que no podía perder la cabeza.

—Todavía hay más, ¿verdad? No me lo has contado todo.

—La última caja es pequeña —contestó él sin más.

—¿Pequeña? —Ryan sintió un escalofrío—. ¿Cómo de pequeña?

—No habrá problemas. Ya lo he hecho otras veces.

—Pero es peligroso. No puedes hacerlo.

—Puedo —afirmó Pierce con rotundidad—. Llevo meses ensayando y calculando el tiempo.

—¿Tiempo?

—Tengo oxígeno para tres minutos.

¡Tres minutos! Ryan respiró profundo. No podía perder el control.

—¿Y cuánto necesitas para fugarte?

—Ahora mismo, un poco más de tres minutos. Bastaría con agotar el oxígeno y aguantar sin respiración unos segundos.

—Es una locura —dijo ella—. ¿Y si sale algo mal?

—No saldrá nada mal. Lo he repasado muchas veces.

Ryan se dio la vuelta, pero se giró hacia Pierce de nuevo.

—No voy a permitirlo. Se acabó. Utiliza el número de la pantera para cerrar; pero esto no. Me niego.

—Voy a usar la fuga —replicó él con tanta calma como rotundidad.

—¡No! —Ryan lo agarró por los brazos, presa del pánico—. No voy a dejarte. Este número se queda fuera, Pierce. Utiliza otro o invéntate uno nuevo, pero olvídate de éste.

—No puedes quitarlo —repuso Pierce sin alterarse—. Yo tengo la última palabra. Lee el contrato.

Ryan se puso blanca y dio un paso atrás.

—¡Maldito seas! Me importa un rábano el contrato. Sé perfectamente lo que dice. ¡Lo he redactado yo!

—Entonces recordarás que no puedes quitar la fuga —insistió Pierce inexorable.

—No voy a dejarte —repitió Ryan. Los ojos se le poblaron de lágrimas, pero pestañeó para que no llegaran a saltársele—. No puedes hacerlo.

—Lo siento, Ryan.

—Encontraré una manera de suspender el espectáculo —lo amenazó con una mezcla de rabia, temor e impotencia—. Seguro que encuentro algún modo de romper el contrato.

—Es posible —Pierce le puso las manos sobre los

hombros—. Pero aun así, haré la fuga. Si no para el especial, el mes que viene, en Nueva York.

—¡Por favor, Pierce! —Ryan lo abrazó desesperada—. Podrías morirte. No merece la pena. ¿Por qué tienes que intentar algo así?

—Porque puedo hacerlo. Ryan, tienes que entenderlo: éste es mi trabajo.

—Yo lo que entiendo es que te quiero. ¿Es que eso no importa?

—Sabes que sí —contestó Pierce con vehemencia—. Sabes lo mucho que me importa.

—No, no sé cuánto te importa —Ryan le dio un empujón enojada—. Lo único que sé es que vas a hacer esta locura por mucho que te suplique que no la hagas. Pretendes que me quede ahí de pie, mirando cómo arriesgas la vida a cambio de unos aplausos o una reseña en un periódico.

—Esto no tiene nada que ver con aplausos ni reseñas —replicó él. Empezaba a enfurecerse por momentos—. Deberías saberlo a estas alturas.

—No, no sé nada. No te conozco —dijo desquiciada—. ¿Cómo quieres que entienda que te empeñes en hacer algo así? No es necesario para el espectáculo ni para tu carrera.

Pierce se obligó a mantener la serenidad.

—Es necesario para mí —contestó.

—¿Por qué? —preguntó furiosa Ryan—. ¿Por qué necesitas arriesgar la vida?

—Ése es tu punto de vista, Ryan; no el mío. Para mí, esto es parte de mi trabajo, parte de lo que soy —Pierce hizo una pausa, pero no se acercó a ella—. Tendrás que aceptarlo si me aceptas a mí.

—No es justo.

—Puede que no —convino él—. Lo siento.

Ryan tragó saliva. No quería romper a llorar.

—¿En qué situación nos deja esto?

Pierce la miró a los ojos.

—Eso depende de ti.

—No pienso mirar. ¡Me niego! No pienso pasarme la vida esperando el momento en que vayas demasiado lejos y te equivoques. No puedo —Ryan se dio la vuelta y corrió hacia la puerta. Las lágrimas resbalaban por su mejilla cuando descorrió el cerrojo—. ¡Maldita sea tu magia! —se despidió sollozando.

# XV

Nada más dejar a Pierce, fue al despacho de su padre. Por primera vez en su vida, Ryan entró sin llamar antes a la puerta. Swan, molesto por la irrupción, interrumpió lo que estaba diciendo y la miró con el ceño fruncido. Nunca había visto a Ryan tan descompuesta: pálida, temblando, con los ojos brillantes a punto de romper a llorar.

—Luego te llamo —murmuró y colgó el teléfono. Ryan seguía de pie en la puerta y Swan se encontró en la extraña situación de no saber qué decir—. ¿Qué pasa? —preguntó con tono imperativo y se aclaró la garganta a continuación.

Ryan se apoyó contra la puerta hasta que estuvo segura de que las piernas tenían suficiente firmeza para andar. Con un esfuerzo sobrehumano por mantener la compostura, se acercó hasta la mesa de su padre.

—Necesito... quiero que canceles el especial de Atkins.

—¿Qué? —Swan se levantó como un resorte y le

lanzó una mirada furibunda—. ¿A qué viene esto? Si has decidido rendirte porque no puedes con la presión, buscaré a alguien que te sustituya. Ross puede producir el proyecto. ¡Maldita sea! Debería habérmelo imaginado antes de ponerte al mando —añadió furioso al tiempo que daba un manotazo contra la mesa.

Acto seguido, alcanzó el auricular de nuevo.

—Por favor —lo detuvo Ryan—. Te estoy pidiendo que liquides el contrato y canceles el espectáculo.

Swan soltó un exabrupto, volvió a mirar a su hija con atención y se acercó al mueble bar. Sin decir nada, echó un buen chorro de coñac francés en una copa. ¡Maldita cría!, ¿por qué lo hacía sentirse tan torpe?

—Toma —gruñó al tiempo que le acercaba la copa a las manos—. Siéntate y bébete esto —añadió.

Como no sabía cómo actuar con una hija que parecía destrozada e impotente, se limitó a darle una palmadita en un hombro antes de volver a sentarse tras su mesa. Una vez en su asiento, sintió que recuperaba un poco el control de la situación.

—Y ahora dime qué pasa. ¿Problemas en los ensayos? —continuó, esbozando lo que esperaba que Ryan recibiese como una sonrisa comprensiva—. Seguro que no es para tanto. Llevas mucho tiempo en este mundo y sabes que estas cosas forman parte del juego.

Ryan respiró profundamente y se tomó un trago de coñac. Dejó que pasara por la garganta y el pecho, quemando todos sus miedos y preocupaciones. La siguiente vez que respiró ya estaba más calmada.

—Pierce está planeando una fuga para el cierre del espectáculo —dijo por fin mirando a su padre a los ojos.

—¿Y qué? Ya lo sé —contestó Swan con impaciencia—. Lo he visto en el guión.

—Es demasiado peligroso.

—¿Peligroso? —Swan entrelazó las manos apoyando
los cantos sobre la mesa. Si eso era todo, podría salvar
la situación, decidió—. Ryan, ese hombre es un profesional. Sabe lo que hace —añadió al tiempo que giraba
la muñeca con disimulo para mirar la hora. Todavía
podía entretenerse con Ryan otros cinco minutos.

—Esta vez es diferente —insistió ella. Por no gritar,
estranguló la base de la copa. Swan nunca le haría caso
si se ponía histérica—. Esta fuga no le gusta ni a su
equipo.

—A ver, ¿qué tiene planeado?

Incapaz de articular palabra alguna, Ryan dio otro
trago de coñac.

—Tres cajas fuertes. Una dentro de otra. La última...
—Ryan hizo una pausa para que la voz no le tem-
blara—. La última no tiene ventilación. Sólo tendrá
oxígeno para tres minutos una vez esté dentro. Y acaba
de decirme que está tardando algo más de tres minutos en conseguir liberarse.

—Tres cajas —murmuró Swan, apretando los labios—.
Muy llamativo.

Ryan dejó la copa sobre la mesa de un golpe.

—Sobre todo si se asfixia. ¡Seguro que la audiencia
se dispararía! Igual hasta le dan un Emmy a título pós-
tumo.

Swan frunció el ceño ominosamente.

—Cálmate, Ryan.

—No pienso calmarme —contestó al tiempo que se
ponía de pie—. No podemos dejarle que haga esa fuga.
Tenemos que rescindir el contrato.

—No podemos hacerlo —Swan se encogió de hombros, como descartando plantearse siquiera tal posibilidad.

—No quieres hacerlo —lo corrigió ella irritada.

—No quiero —reconoció Swan, igualmente enojado—. Nos jugamos mucho.

—¡Nos jugamos todo! —gritó Ryan—. Estoy enamorada de él.

Swan había empezado a ponerse de pie para devolverle el grito, pero aquella noticia lo desconcertó por completo. La miró fijamente y vio las lágrimas de desesperación que asomaban a sus ojos. De nuevo, se sintió perdido.

—Ryan —Swan suspiró y sacó un puro—. Siéntate.

—¡No! —Ryan le arrebató el puro de entre los dedos y lo tiró al suelo—. No voy a sentarme. No voy a sentarme y no voy a calmarme. Te estoy pidiendo que me ayudes. ¿Por qué no me miras? ¡Mírame! —le exigió descontrolada.

—¡Te estoy mirando! —rugió Swan para defenderse—. Y no me gusta nada lo que veo. Ahora, haz el favor de sentarte y escucharme.

—No, estoy harta de escucharte y tratar de complacerte. He hecho todo lo que has querido que haga, pero nunca ha sido suficiente para ti. No puedo ser tu hijo: lo siento, no puedo cambiar eso —Ryan se cubrió la cara con las manos y se vino abajo por completo—. Sólo soy tu hija y necesito que me ayudes.

Sus palabras lo dejaron mudo. Las lágrimas lo desarmaron. No recordaba haberla visto llorar antes y, en todo caso, seguro que nunca lo había hecho tan apasionadamente. Se puso de pie y se sacó el pañuelo del bolsillo.

—Tranquila... —Swan le puso el pañuelo en las manos y se preguntó qué debía hacer a continuación. Carraspeó y miró impotente a su alrededor—. Yo siempre... yo siempre he estado orgulloso de ti.

Al ver que Ryan respondía recrudeciendo el llanto, metió las manos en los bolsillos y guardó silencio.

—Da igual —dijo ella contra el pañuelo. Se sentía avergonzada por lo que había dicho y por estar llorando—. Ya no importa.

—Te ayudaría si pudiese —murmuró Swan entonces—. Pero no puedo impedírselo. Aunque cancelase el programa y asumiese las demandas que la televisión y Atkins presentarían contra Producciones Swan, acabaría haciendo esa fuga en otro espectáculo.

Ryan se negaba a aceptar la cruda realidad.

—Tiene que haber alguna forma...

Swan dio un pasito hacia adelante. No se sentía cómodo hablando de esas cosas:

—¿Él está enamorado de ti?

Ryan respiró hondo y se secó las lágrimas.

—Da igual lo que sienta por mí. No puedo pararlo.

—Hablaré con él.

—No, no serviría de nada. Perdona —Ryan negó con la cabeza—. No debería haber venido así. Estaba aturdida. Siento haber montado este numerito —añadió bajando la cabeza, al tiempo que arrugaba el pañuelo.

—Ryan, soy tu padre.

Ella lo miró a los ojos, pero mantuvo una expresión impenetrable.

—Sí.

Swan se aclaró la garganta y descubrió que no sabía qué hacer con las manos.

—No quiero que te disculpes por venir a verme

—dijo. Ryan siguió mirándolo con frialdad. Swan se decidió a tocarle un brazo—. Haré lo que pueda para convencer a Atkins para que no haga esa fuga, si es lo que quieres.

Ryan exhaló un largo suspiro antes de sentarse.

—Gracias, pero tenías razón. Lo hará en otro espectáculo, de todos modos. Él mismo me lo dijo. Es que no soy capaz de aceptarlo.

—¿Quieres que te sustituya Ross?

—No —Ryan sacudió la cabeza—. No, acabaré lo que he empezado. Esconderme no cambiará nada tampoco.

—Buena chica —dijo él complacido. Luego se quedó callado, vacilante, tratando de escoger las palabras adecuadas. Tosió y se ajustó la corbata—. En cuanto... el mago y tú... ¿Estáis pensando...? O sea, ¿debería preguntarle qué intenciones tiene?

Ryan no había imaginado que su padre fuese a ser capaz de hacerla sonreír en esos momentos.

—No, no hace falta —contestó. Vio la expresión de alivio de Swan y se levantó—. Me gustaría tomarme unas pequeñas vacaciones cuando todo esto termine.

—Por supuesto, te las has ganado.

—No te entretengo más —Ryan se giró, pero su padre le puso una mano en el hombro. Ella lo miró sorprendida.

—Ryan... —Swan no tenía muy claro qué quería decirle. De modo que se limitó a darle un pellizquito cariñoso—. Te invito a cenar.

Ryan se quedó boquiabierta. ¿Hacía cuánto que no cenaba con su padre? No conseguía recordarlo y, fuera como fuera, seguro que habría sido en una fiesta de empresa o en la gala de alguna entrega de premios.

—¿A cenar? —repitió con cautela.

—Sí —contestó incómodo Swan, tan sorprendido con la invitación como Ryan. Por fin, le pasó una mano alrededor de la cintura y la acompañó hasta la puerta. ¡Qué pequeña era!, pensó de pronto—. Anda, lávate la cara. Te espero.

A las diez de la mañana siguiente, Swan terminó de releer el contrato con Atkins. Un asunto complicado, pensó. No sería fácil romperlo. Aunque tampoco tenía intención de llegar a ese extremo. No sólo sería un mal negocio, sino un gesto inútil. Tendría que convencer a Atkins de alguna otra forma. Cuando sonó el interfono, puso el contrato boca abajo.

—El señor Atkins lo espera, señor Swan.

—Hágalo pasar.

Swan se puso de pie cuando Pierce entró y, tal como había hecho la primera vez, cruzó el despacho con la mano extendida.

—Pierce —lo saludó jovialmente—, gracias por venir.

—Señor Swan.

—Bennett, por favor —contestó éste al tiempo que lo invitaba a tomar asiento.

—Bennett —accedió Pierce mientras se sentaba.

Swan ocupó un asiento frente a él y se recostó.

—Bueno, ¿satisfecho con cómo va todo?

Pierce enarcó una ceja.

—Sí.

Swan sacó un puro. El señor Atkins parecía hermético, pensó malhumorado. No iba a ser una conversación sencilla. Lo mejor, decidió Swan, sería abordar el tema mediante una aproximación indirecta.

—Coogar me ha dicho que los ensayos van viento en popa. Está preocupado —dijo sonriente—. Es muy supersticioso. Le gusta que haya muchos problemas antes de rodar. Dice que casi te las arreglas tú solo para dirigir el espectáculo.

—Es un buen director —comentó Pierce con tranquilidad mientras lo observaba encenderse el puro.

—El mejor —enfatizó Swan—. Estamos un poco preocupados con el número que estás preparando para cerrar la actuación.

—¿Por?

—Esto es televisión, ya sabes —le recordó Swan con una amplia sonrisa—. Esa fuga es demasiado larga.

—No puedo hacerla en menos tiempo —contestó Pierce—. Estoy seguro de que Ryan te lo habrá dicho.

Swan lo miró a los ojos.

—Sí, me lo ha dicho. Vino a verme anoche. Estaba desquiciada.

Pierce se puso un poco tenso, pero mantuvo la mirada de Bennett.

—Lo sé. Lo siento.

—Mira, Pierce, somos personas razonables —Swan se echó hacia adelante y soltó una bocanada de humo—. Esa fuga tiene una pinta fantástica. El reto de las tres cajas fuertes es apasionante; pero con una pequeña modificación...

—Yo no modifico mis números.

La contundencia de Pierce irritó a Swan.

—El contrato no está grabado en piedra —lo amenazó.

—Intenta romperlo si quieres —contestó Pierce—. Te traerá muchos más problemas a ti que a mí. Y al final no cambiará nada.

—¡Maldita sea!, ¡la chica está muerta de miedo! —Swan dio un puñetazo sobre la mesa—. Dice que está enamorada de ti.

—Lo está —confirmó Pierce con serenidad, tratando de no dar importancia al nudo que se le había formado en el estómago.

—¿Y se puede saber qué piensas hacer?

—¿Me lo preguntas como padre o como director de Producciones Swan?

Swan frunció el ceño y soltó un gruñido ininteligible.

—Como padre —respondió finalmente.

—Estoy enamorado de Ryan —Pierce mantuvo la mirada de Swan—. Si ella quiere, pasaré el resto de mi vida a su lado.

—¿Y si no? —replicó Swan.

Los ojos de Pierce se oscurecieron, algo frágil tembló en su interior, pero no dijo nada. Todavía no había querido pensar en esa posibilidad. Swan captó la indecisión de Pierce y decidió aprovechar aquel momento de vulnerabilidad.

—Una mujer enamorada no siempre es razonable —arrancó sonriente—. El hombre tiene que adaptarse.

—Son pocas las cosas que no haría por Ryan —contestó Pierce—. Pero no puedo cambiar lo que soy.

—Estamos hablando de un número —insistió Swan impaciente.

—No, estamos hablando de mi forma de vivir. Podría olvidarme de esta fuga —continuó sin dejarse intimidar por el ceño de Swan—. Pero después de ésta, habrá otra y luego otra. Si Ryan no asume esta fuga, ¿cómo aceptará las que vengan después?

—La perderás —advirtió Swan.

Pierce se levantó, incapaz de permanecer sentado ante tal perspectiva.

—Puede que nunca la haya tenido —contestó. Podría soportar el dolor, se dijo. Ya sabía cómo hacerle frente. Cuando continuó, había conseguido tranquilizarse—. Ryan tiene que tomar sus decisiones. Y yo tendré que aceptarlas.

Swan se puso de pie y le lanzó una mirada basilisca.

—Vaya forma de hablar para estar enamorado.

Pierce respondió con una mirada gélida que lo hizo tragar saliva.

—En una vida de ilusiones —dijo con voz rugosa—, ella es lo único que es real.

Luego se dio la vuelta y salió del despacho.

# XVI

La actuación se emitiría a las seis en punto de la tarde. A las cuatro, Ryan ya había tenido que serenar a todo el equipo, desde atender las exigencias del director de iluminación a tranquilizar los nervios de uno de los estilistas de la peluquería. Nada como un programa en directo para desquiciar hasta a los profesionales más experimentados. En palabras de un tramoyista catastrofista, todo lo que pudiera ir mal, iría mal. No era el tipo de opiniones que Ryan quería oír en esos momentos.

Pero los problemas, las quejas, la locura que envolvía los últimos preparativos del especial la mantenían ocupada, sin darle ocasión a tirarse a llorar por las esquinas. La necesitaban y no le quedaba más remedio que mostrarse a disposición de los demás. Ryan sabía que si lo único que iba a quedarle después del espectáculo era una carrera prometedora, tenía que esforzarse al máximo por conseguir que el programa fuese un éxito.

Llevaba diez días evitando a Pierce, tratando de

guardar las distancias para protegerse. Aunque estaban obligados a coincidir de vez en cuando, siempre era por motivos de trabajo. Por su parte, Pierce no había hecho el menor intento por salvar las barreras que ella había interpuesto entre ambos.

Estaba destrozada. A veces la asombraba cómo podía estar sufriendo tanto. Pero, aun así, prefería el sufrimiento. El dolor la ayudaba a reprimir el miedo. Habían recibido las tres cajas fuertes. Tras obligarse a examinarlas, había comprobado que la más pequeña tenía menos de un metro de altura y poco más de medio metro de ancho. Imaginar a Pierce doblado a oscuras en el interior de la caja le revolvía el estómago.

Estaba de pie, mirando el complejo sistema de seguridad de la cerradura de la caja más grande, cuando había intuido la presencia de Pierce detrás de ella. Al girarse, se habían quedado mirándose en silencio. Ryan había deseado abrazarlo, decirle que lo amaba; pero también se había sentido impotente y había terminado marchándose. Pierce no le había pedido que se quedara ni con gestos ni con palabras.

Desde entonces, Ryan se había mantenido alejada de las cajas fuertes, concentrándose en repasar y supervisar los últimos detalles de producción.

Había que revisar el vestuario. Un foco se había roto en el último momento. Había que sustituir a un técnico que se había puesto enfermo. Y el tiempo, el elemento más crucial de todos, había que ajustarlo al segundo.

Parecía que los imprevistos no tenían fin y Ryan no podía sino dar gracias de que surgieran. De ese modo no tenía tiempo para pensar. El público ya había ocupado sus asientos en el estudio.

Con el corazón en un puño, pero sin dejar que su rostro reflejara sus nervios, Ryan esperó en la cabina de control mientras el director de escenario daba la cuenta atrás final.

El espectáculo empezó.

Pierce estaba sobre el escenario, tranquilo, con todo controlado. El decorado era perfecto: todo estaba limpio y una tenue iluminación le daba un toque misterioso. Vestido con su traje negro, Pierce era un hechicero del siglo XXI, sin necesidad de varitas mágicas ni sombreros de copa.

El agua fluía entre las palmas de Pierce, sus dedos disparaban llamaradas de fuego. Ryan miró cómo clavaba a Bess en la punta de un sable; luego le hacía dar vueltas como una centrifugadora, hasta que le quitaba la espada y Bess seguía girando sin ningún punto de apoyo.

Elaine levitó sobre las llamas de las antorchas mientras el público contenía la respiración. Pierce la encerró en una burbuja de cristal transparente, la cubrió con una tela roja y la elevó tres metros por encima del escenario. Luego la hizo balancearse al compás de la música de Link. Cuando la bajó y retiró la tela, Elaine se había transformado en un cisne blanco.

Alternaba números espectaculares con otros más sencillos pero bellos. Controlaba los elementos, desafiaba a la naturaleza y apabullaba a todos con su maestría.

—Va sobre ruedas —oyó Ryan que decían—. Espérate que no nos den un par de Emmys por este programa. Treinta segundos, cámara dos. ¡Dios, qué bueno es este tío!

Ryan salió de la cabina de control y bajó a un lateral del escenario, junto a los tramoyistas. Se dijo que se había quedado fría porque el aire acondicionado estaba muy fuerte en la cabina. Seguro que haría algo más de calor cerca de Pierce. Los focos daban tanta luz como calor, pero su piel siguió helada. Ryan miró mientras Pierce realizaba una variante de la teletransportación que había hecho en Las Vegas.

Aunque en ningún momento miró hacia ella, Ryan intuía que Pierce notaba su presencia. Tenía que saberlo, pues nunca había pensado en alguien con tanta intensidad.

—Todo va bien.

Ryan levantó la cabeza y vio a Link a su lado.

—Sí, de momento, perfecto.

—Me ha gustado el cisne. Ha sido bonito.

—Sí.

—Quizá debieras ir al vestuario de Bess y sentarte —sugirió Link, que estaba sufriendo al verla tan pálida y preocupada—. Puedes verlo por la tele.

—No, no. Me quedo.

Pierce había sacado un tigre al escenario; un tigre atlético que no paraba de dar vueltas en una jaula. La cubrió con la misma tela que había utilizado para la burbuja. Cuando la quitó, el tigre había desaparecido y fue Elaine la que apareció enjaulada. Ryan sabía que aquél era el último número antes de la fuga. Respiró hondo.

—Link —Ryan le agarró una mano. Necesitaba un sostén en el que apoyarse.

—No le pasará nada —le aseguró Link al tiempo que le apretaba la mano para darle ánimos—. Pierce es el mejor.

Sacaron la más pequeña de las cajas fuertes. Abrieron

la puerta y la giraron hacia un lado y otro para enseñarle al público su solidez. Ryan saboreó el amargor del miedo. No oyó las explicaciones que Pierce iba dando a los espectadores mientras un capitán del departamento de policía de Los Ángeles lo esposaba de pies y manos. Ryan tenía los ojos pegados a la cara de Pierce. Sabía que su cerebro ya estaba encerrado en la caja fuerte. Pierce ya estaba liberándose. No le quedaba más remedio que aferrarse a eso y a la mano que Link le tendía.

Apenas cabía dentro de la primera caja. Los hombros le rozaban los laterales.

«No puede moverse», pensó de pronto, presa del pánico. Cuando cerraron la puerta, dio un paso hacia el escenario. Link la sujetó por los hombros.

—No puedes, Ryan.

—Pero no puede moverse. ¡No puede respirar! —exclamó mientras observaba horrorizada cómo lo metían en la segunda caja fuerte.

—A estas alturas ya se ha quitado las esposas —la tranquilizó Link, aunque tampoco a él le había gustado ver cómo encerraban a Pierce dentro de la segunda caja—. Seguro que ya está abriendo la puerta de la primera. Trabaja rápido. Tú lo sabes, lo has visto trabajar —añadió para consolar a Ryan tanto como a sí mismo.

—¡Dios! —exclamó acongojada ella cuando vio que enseñaban la tercera caja. Ryan notó un ligero desvanecimiento y se habría caído al suelo si Link no la hubiese estado sujetando.

La tercera de las cajas engulló las dos más pequeñas y al hombre que había dentro. La cerraron, le pusieron el cerrojo. Ya no había forma de escapar.

—¿Cuánto llevamos? —susurró Ryan. Tenía los ojos pegados a la caja—. ¿Cuánto tiempo lleva dentro?

—Dos minutos y medio —Link sintió que una gota de sudor le resbalaba por la espalda—. Tiene margen de sobra.

Link sabía que las cajas estaban tan pegadas que sólo permitían empujar las puertas lo suficiente para que un niño saliese a gatas. Seguía sin entender cómo podía Pierce doblarse y retorcerse como lo hacía. Pero lo había visto hacerlo. A diferencia de Ryan, Link había visto ensayar a Pierce aquella fuga infinidad de veces. El sudor seguía corriéndole por la espalda.

El ambiente estaba cargado. Ryan apenas podía meter aire en los pulmones. Así debía de sentirse Pierce dentro de la caja: sin oxígeno... sin luz.

—¡Cuánto, Link! —exclamó, temblando como una hoja.

El gigantón dejó de rezar para responder.

—Dos minutos cincuenta. Ya casi ha terminado. Está abriendo la tercera caja.

Ryan entrelazó las manos y empezó a contar segundos mentalmente. Los oídos le zumbaban. Se mordió el labio inferior. Aunque nunca se había desmayado, sabía que estaba muy cerca de hacerlo. Cuando se le nubló la visión, apretó los ojos con fuerza para despejarse y se obligó a abrirlos de nuevo. Pero no podía respirar. Pierce se había quedado ya sin aire, igual que ella. En un arrebato silencioso de histeria, pensó que se moriría asfixiada allí de pie mientras Pierce se asfixiaba dentro de las tres cajas.

Entonces, vio que se abría la puerta, oyó el suspiro de alivio de todo el público y la salva de aplausos inmediatamente posterior. Pierce estaba de pie, dominando el escenario, sudoroso y respirando profundo.

Ryan perdió el equilibrio. No veía. Durante unos

segundos, perdió el conocimiento. Pero lo recuperó al oír que Link la estaba llamando, tratando de reanimarla.

—Ryan, Ryan, ya pasó. Ha salido bien. Está fuera. Está bien.

Ryan se agarró al gigantón y sacudió la cabeza en un intento de despejarse.

—Sí, está fuera —murmuró. Luego miró hacia Pierce un instante, se dio la vuelta y se marchó.

En cuanto dejaron de grabar las cámaras, Pierce salió del escenario.

—¿Dónde está Ryan? —le preguntó a Link.

—Se ha ido —Link vio una gota de sudor resbalando por la cara de Pierce—. No se encontraba bien. Creo que se ha desmayado unos segundos —añadió al tiempo que le ofrecía la toalla que tenía preparada para él.

Pierce no se secó el sudor ni sonrió como hacía siempre después de finalizar una fuga.

—¿Adónde ha ido?

—No sé. Simplemente, se ha ido.

Sin decir palabra, Pierce fue a buscarla.


Ryan estaba tumbada, bronceándose bajo un intenso sol. Sentía un ligero picor en el centro de la espalda, pero no se movió para rascarse. Permaneció quieta y dejó que los rayos del sol penetraran su piel.

Había pasado una semana en el yate de su padre bordeando la costa de Saint Croix. Swan la había dejado ir sola, tal como ella le había pedido, sin hacerle ninguna pregunta cuando Ryan se había presentado en su casa para pedirle el favor. Se había ocupado de todo y la había llevado en persona al aeropuerto. Más tarde, Ryan se dio cuenta de que había sido la primera vez que no la había metido en una limusina y la había mandado sola a tomar el avión.

Llevaba varios días tostándose al sol, nadando y tratando de dejar la mente en blanco. Ni siquiera se había pasado por su apartamento después del espectáculo. Había ido a Saint Croix con lo puesto. Si necesitaba algo, ya lo compraría en la isla. No había hablado con nadie, salvo con la tripulación del yate, ni había mandado mensaje alguno a Estados Unidos. Durante una semana, sencillamente, se había borrado de la faz de la Tierra.

Ryan se dio la vuelta y, tumbada ahora sobre la espalda, se cubrió los ojos con las gafas de sol. Sabía que si no se obligaba a pensar, la respuesta que necesitaba surgiría espontáneamente con el tiempo. Cuando llegara, sería la decisión acertada y actuaría en consecuencia. Mientras tanto, esperaría.


Estaba en la sala de trabajo. Pierce barajó las cartas del Tarot y cortó el mazo. Necesitaba relajarse. La tensión lo estaba consumiendo.

Después de la grabación, había buscado a Ryan por todo el edificio. En vista de que no la localizaba, había roto una de sus normas fundamentales y había hecho saltar el cerrojo del apartamento de Ryan. La había esperado allí durante toda la mañana siguiente. Pero no había regresado a casa. Pierce se había vuelto loco, había dado rienda suelta a toda su rabia para que ésta bloquease el dolor de la pérdida. La rabia, la rabia que siempre había mantenido bajo control, lo desbordó. Link había soportado su genio en silencio.

Había necesitado varios días para estabilizarse. Ryan se había ido y tenía que aceptarlo. Sus propias normas lo dejaban sin opción alguna. Pues, aunque supiese dónde localizarla, no podría recuperarla.

Durante la semana que había transcurrido, no había trabajado nada. No había tenido fuerzas. Cada vez que había intentado concentrarse, se había encontrado con la imagen de Ryan. Había recordado el sabor de su boca, el calor de tenerla entre los brazos. Era todo cuanto podía evocar. Tenía que sobreponerse. Pierce sabía que si no retomaba su ritmo, no tardaría en estar acabado.

Se había quedado solo mientras Link y Bess disfrutaban de su luna de miel en las montañas. Tras recuperarse del impacto inicial, había insistido en que siguiesen adelante con sus planes. Los había expulsado de casa con una sonrisa en la boca, obligándose a mostrarse feliz y transmitirles alegría mientras un vacío absorbente se cernía sobre su propia vida.

Ya era hora de volver a lo único que le quedaba. E incluso eso le daba un poco de miedo. Ya no estaba seguro de que le quedara algún resto de magia.

Pierce dejó las cartas a un lado y se dispuso a preparar uno de sus números más complicados. No quería ponerse a prueba con algo sencillo. Pero no había hecho sino empezar a concentrarse y estirar las manos cuando levantó la cabeza y la vio.

Pierce miró fascinado el espejismo. Jamás se le había presentado una imagen tan vívida de Ryan. Hasta podía oír sus pasos por la mazmorra camino del escenario. Cuando percibió su fragancia, el corazón empezó a palpitarle. Se preguntó, casi con indiferencia, si estaba volviéndose loco.

—Hola, Pierce.

Ryan lo vio sobresaltarse, como si lo hubiese despertado de un sueño.

—¿Ryan? —la llamó él, pronunciando el nombre con suavidad, dudando todavía de su presencia.

—La puerta no estaba cerrada, así que he entrado. Espero que no te importe.

Pierce siguió mirándola, incapaz de articular palabra. Ryan subió los escalones que daban al escenario.

—¿Estabas ensayando?, ¿interrumpo?

Pierce siguió la mirada de Ryan y vio el frasco de cristal que tenía en la mano y los cubos de colores que había sobre la mesa.

—¿Ensayando? No... no importa —Pierce dejó el frasco. En el estado en el que se encontraba, no habría sido capaz de realizar ni el juego de cartas más elemental.

—No voy a tardar mucho —dijo ella sonriente. Nunca lo había visto tan descompuesto y estaba convencida de que jamás volvería a verlo así—. Quiero que hablemos de un contrato nuevo.

—¿Contrato? —repitió Pierce, como hipnotizado por los ojos de Ryan.

—Sí, he venido por eso.

—Entiendo... Tienes buen aspecto —comentó. Estaba deseando tocarla, pero mantuvo las manos sobre la mesa. No volvería a tocar lo que ya no le pertenecía. Por fin, consiguió reaccionar y le acercó una silla—. ¿Dónde has estado?

Aunque sonó como una acusación, Ryan se limitó a seguir sonriendo.

—Fuera —contestó sin entrar en detalles. Luego dio un paso al frente—. Dime, ¿has pensado en mí?

Pierce dio un paso atrás.

—Sí, he pensado en ti.

—¿Mucho? —preguntó Ryan al tiempo que avanzaba hacia él de nuevo.

—¡Ryan, no! —dijo Pierce a la defensiva, retrocediendo otro paso más.

—Yo he pensado mucho en ti —continuó ella como si no lo hubiese oído—. Constantemente, aunque intentaba evitarlo. ¿Es posible que también hagas pócimas de amor?, ¿me has hechizado, Pierce? Porque he intentado odiarte y olvidarte con todas mis fuerzas, pero ha sido inútil ante el poder de tu magia —añadió, dando un nuevo paso hacia él.

La fragancia de Ryan le embriagaba los sentidos.

—No... no tengo poderes sobrenaturales. Sólo soy un hombre, Ryan. Y tú eres mi debilidad. No me hagas esto —Pierce negó con la cabeza y se obligó a controlarse—. Tengo que seguir trabajando.

Ryan miró hacia la mesa y jugueteó con uno de los cubos de colores.

—Ya tendrás tiempo. ¿Sabes cuántas horas hay en una semana? —preguntó sonriente.

—No. Ya basta, Ryan... —dijo Pierce. La sangre le palpitaba en las sienes. La necesidad aumentaba hasta límites inmanejables.

—Ciento sesenta y ocho —susurró ella—. De sobra para recuperar el tiempo perdido.

—Si te toco, no dejaré que vuelvas a marcharte.

—¿Y si te toco yo a ti? —Ryan le puso una mano en el pecho.

—No —la avisó de inmediato—. Deberías irte mientras puedas.

—Volverás a hacer esa fuga, ¿verdad?

—Sí... Maldita sea, sí —respondió Pierce. Los dedos le cosquilleaban, ansiosos por acariciarla—. Ryan, por favor, márchate.

—Así que la harás —prosiguió ésta—. Y en algún momento harás otras fugas, probablemente más peligrosas o, como poco, que den más miedo. Porque así es como eres. ¿No fue eso lo que me dijiste?

—Ryan...

—Pues ése es el hombre del que me enamoré —afirmó ella con calma—. No sé por qué pensé que podía o debía intentar cambiarte. Una vez te dije que eras exactamente como quiero y era verdad. Pero supongo que he tenido que aprender lo que eso significaba. ¿Todavía me quieres, Pierce?

Éste no respondió, pero ella vio que los ojos se le oscurecían, notó que el corazón se le aceleraba debajo de su palma.

—Puedo marcharme y llevar una vida muy tranquila y rutinaria —prosiguió Ryan, dando un último paso hacia Pierce—. ¿Es eso lo que me deseas?, ¿tanto daño te he hecho como para que me desees una vida de aburrimiento insufrible? Por favor, Pierce, ¿no puedes perdonarme? —murmuró.

—No hay nada que perdonar —contestó él mirándola a los ojos—. Por Dios, Ryan, ¿no ves lo que me estás haciendo? —añadió desesperado al tiempo que le retiraba la mano que le había puesto en el pecho.

—Sí, y me alegro mucho. Tenía miedo de que me hubieses expulsado de tu corazón. Voy a quedarme, Pierce. No puedes hacer nada para echarme —Ryan entrelazó las manos tras la nuca de Pierce y dejó la boca a un centímetro de la de él—. Dime otra vez que me vaya.

–No... No puedo –Pierce la aplastó contra su torso. Luego bajó la cabeza y se apoderó de su boca. Devoró sus labios en un beso ardiente y doloroso y notó que Ryan respondía con la misma fiereza–. Es demasiado tarde... No volveré a dejarte la puerta abierta, Ryan. ¿Entiendes lo que te digo? –murmuró sin dejar de abrazarla.

–Sí, te entiendo –Ryan echó la cabeza hacia atrás para verle los ojos–. Pero también estará cerrada para ti. Y pienso asegurarme de que no puedas saltar este cerrojo.

–Nada de fugas. Ninguno de los dos –dijo justo antes de capturar su boca de nuevo con tanta fogosidad como desesperación–. Te quiero, Ryan. Te amo. Lo perdí todo cuando me dejaste –afirmó mientras le cubría la cara y el cuello de besos.

–No volveré a dejarte –aseguró ella. Luego le sujetó la cara entre ambas manos para detener sus labios–. Me equivoqué pidiéndote que no hicieras la fuga. Me equivoqué al salir corriendo. No confiaba suficientemente en ti.

–¿Y ahora?

–Te quiero, Pierce, tal como eres.

Éste la abrazó de nuevo y posó la boca sobre su cuello.

–Preciosa Ryan, eres tan pequeña, tan delicada. ¡Dios, te deseo tanto! Vamos arriba, a la cama. Deja que te haga el amor como es debido.

El pulso se le disparó al oír las palabras roncas y serenas de Pierce. Ryan respiró profundo, le puso las manos en los hombros y se apartó.

–Tenemos que resolver lo del contrato.

–A la porra el contrato –Pierce trató de abrazarla de nuevo.

—Ni hablar —Ryan dio un paso atrás—. Quiero que esto quede zanjado.

—Ya te firmé el contrato: tres especiales en tres años —le recordó Pierce impaciente—. Venga, ven.

—Éste es nuevo —insistió ella sin hacerle caso—. Un contrato en exclusiva para toda la vida.

—Ryan, no voy a atarme a Producciones Swan para toda la vida —contestó él frunciendo el ceño.

—A Producciones Swan no —repuso ella—. A Ryan Swan.

La respuesta irritada que colgaba de la punta de su lengua no llegó a materializarse. Ryan vio que el color de sus ojos cambiaba, se intensificaba.

—¿Qué clase de contrato?

—Un contrato entre tú y yo, en exclusiva, para toda la vida —repitió. Ryan tragó saliva. Empezaba a perder la confianza que la había impulsado hasta ese momento.

—¿Qué más?

—El contrato tiene que entrar en vigor de inmediato e incluir una ceremonia oficial y una celebración que tendrá lugar lo antes posible. El contrato incluye una cláusula sobre descendencia —añadió y vio que Pierce enarcaba una ceja—. El número de descendientes es negociable.

—Entiendo —dijo él al cabo de un momento—. ¿Alguna cláusula de penalización?

—Sí, si intentas romper alguna de las condiciones, tengo derecho a asesinarte.

—Muy razonable. Su contrato es muy tentador, señorita Swan. ¿Cuáles son mis beneficios? —preguntó Pierce.

—Yo.

—¿Dónde firmo? —Pierce la estrechó entre los brazos de nuevo.

—Justo aquí —Ryan suspiró y le ofreció la boca. Fue un beso delicado, prometedor. Dio un gemido y se apretó contra Pierce.

—Esa ceremonia, señorita Swan —Pierce le mordisqueó el labio inferior al tiempo que le recorría el cuerpo con las manos—, ¿cuándo cree que tendrá lugar?

—Mañana por la tarde —contestó Ryan y soltó una carcajada—. No pensarías que iba a dejarte tiempo para fugarte, ¿no?

—Vaya, veo que he encontrado la horma de mi zapato.

—Totalmente —Ryan asintió con la cabeza—. Te advierto que tengo algunos ases debajo de la manga —añadió al tiempo que agarraba las cartas del Tarot. Ryan sorprendió a Pierce barajándolas con destreza. Llevaba meses practicando.

—Muy bien —Pierce sonrió—. Estoy impresionado.

—Todavía no has visto nada —le prometió ella sonriente—. Elige una carta. La que quieras.

# El triunfo del amor

1

El cielo estaba radiante, de un azul intenso y perfecto, como una acuarela de una tarde de verano. Una
suave brisa mecía las rosas en el jardín. La niebla ocultaba las montañas a lo lejos. Impregnado en el aire, un
olor a rosas, mar y césped segado. Morgan exhaló un
suspiro de placer, se apoyó un poco más sobre la barandilla de la terraza y, simplemente, contempló el paisaje.

Le costaba creer que sólo hiciera un día que había
dejado atrás los rascacielos de Nueva York. ¿De veras
había sido la mañana anterior cuando se había res-
guardado de una gélida llovizna de abril montando en
un taxi para ir al aeropuerto? Sólo un día. Parecía imposible ir de un mundo a otro en sólo un día.

Pero ahí estaba, de pie en la terraza de una villa en
la isla de Lesbos. En vez de un día lluvioso, un sol brillante le daba la bienvenida a Grecia. Una calma serena reinaba en contraste con el estrépito y los atascos
de Nueva York. Si supiera pintar, se dijo Morgan, pin-
taría esa vista y la llamaría *Silencio*.

—Adelante —respondió al oír que llamaban a la

puerta. Después de inspirar profundamente una vez más, se dio la vuelta con desgana.

—Ya estás de pie y vestida —Liz, una hada rubia y bajita, entró seguida por una asistenta.

—Servicio de habitaciones —dijo sonriente Morgan mientras la asistenta colocaba la bandeja del desayuno sobre el cristal que cubría una mesa—. Apuesto a que no me va a costar nada acostumbrarme a estos lujos. ¿Me acompañas? —le preguntó a Liz después de oler el delicioso aroma de las fuentes que acababa de destapar la asistenta.

—Sólo al café —Liz tomó asiento, se alisó la falda de su vestido de seda y examinó detenidamente a la mujer que estaba sentada frente a ella.

Una melenita de largos rizos sueltos, entre rubia y castaño clara, le acariciaba los hombros. Sus ojos azules eran casi demasiado grandes para aquel rostro delicado. De nariz recta, pómulos marcados y boca de largos labios anchos, la cara quedaba rematada por una barbilla ligeramente puntiaguda. Era una cara de ángulos y contornos con los que más de una modelo habría soñado. Una cara fotogénica si Morgan hubiese tenido paciencia para permanecer sentada el tiempo suficiente para fotografiarla.

No conseguiría, se dijo Liz, más que un borrón colorido, la imagen corrida de Morgan girándose hacia lo siguiente que llamara su atención.

—¡Estás guapísima, Morgan! Me alegro un montón de que por fin hayas venido.

—Ahora que estoy aquí —contestó Morgan, desviando los ojos hacia la vista que ofrecía la terraza—, no entiendo por qué lo he retrasado tanto. *Efxaristo* —añadió mientras la asistenta le servía el café.

—Presumida. ¿Sabes lo que tardé yo en conseguir decir un simple «hola, qué tal»? No, mejor no te lo digo —dijo Liz de buen humor, moviendo una mano antes de que Morgan pudiera hablar. Los diamantes y zafiros de su anillo de boda reflejaron la luz del sol—. Llevo tres años casada con Alex y viviendo en Atenas y Lesbos y todavía me cuesta hacerme entender. Gracias, Zena —añadió, despidiendo a la asistenta con una sonrisa.

—Porque te empeñas en no aprender —Morgan mordió con fruición una rebanada tostada. Más que tener hambre, descubrió de pronto, estaba *muerta* de hambre—. Si te abrieras un poquito, las palabras acabarían entrándote.

—Eso lo dices tú —Liz arrugó la nariz—, que hablas diez idiomas.

—Cinco.

—Cinco son cuatro más de los que necesita cualquier persona racional.

—No si esa persona racional se gana la vida de intérprete —le recordó Morgan antes de hincarle el diente a los huevos—. Además, si no supiese griego, no habría conocido a Alex y tú no serías Elizabeth Theoharis. El destino es algo extraño y maravilloso —sentenció con la boca llena.

—Desayunar filosofando. Es una de las cosas por las que te echaba de menos. La verdad es que no quiero ni imaginar lo que habría pasado si no hubiese estado en casa cuando Alex apareció. No nos habrías presentado —Liz dio un sorbo de café y se animó a prepararse una tostada con muy poca mermelada—. Seguiría despachando botellitas de coñac.

—Liz, cariño, cuando algo tiene que ser, tiene que ser. Me encantaría apuntarme el mérito de vuestro bendito matrimonio, pero una breve presentación no fue responsable de lo que luego montasteis —Morgan cortó un trozo de salchicha, miró a su bonita amiga y sonrió—. ¿Cómo iba a suponer que perdería a mi compañera de habitación en menos de tres semanas? Nunca he visto a dos personas ir tan rápido.

—Decidimos que nos conoceríamos después de casarnos —Liz esbozó una cálida sonrisa—. Y lo hemos hecho.

—¿Dónde está Alex ahora?

—Abajo, en el despacho —Liz se encogió de hombros y dejó la mitad de la tostada en su plato—. Estará construyendo otro barco o algo así.

—Lo dices como si estuviese construyendo una maqueta —contestó Morgan tras soltar una risotada—. ¿No se supone que cuando te casas con un millonario tienes que volverte orgullosa y presumir de marido?

—¿Ah, sí? Bueno, veré lo que puedo hacer —le siguió la broma Liz—. Lo más probable es que esté ocupadísimo las próximas semanas. Un motivo más para alegrarme de que hayas venido —añadió tras terminarse el café.

—Necesitas una compañera de póquer.

—No creas —Liz esbozó una pequeña sonrisa—. Eres la peor jugadora de póquer que conozco.

—Ya será menos —Morgan frunció el ceño.

—Puede que hayas mejorado. En cualquier caso —prosiguió Liz, ocultando con la taza de café lo que ya era una sonrisa de oreja a oreja—, no es por ser ingrata con mi país de adopción, pero es maravilloso estar con mi mejor amiga, una estadounidense de pura cepa.

—*Spasibo.*

—En inglés, en inglés. A mí me hablas en inglés. Y

conste que sé que eso no era griego. Pero tienes que desconectar: olvídate de tus traducciones gubernamentales para la ONU estas cuatro semanas —Liz se inclinó hacia adelante para apoyar los codos sobre la mesa—. Dime la verdad, Morgan, ¿nunca tienes miedo de interpretar algún matiz mal y provocar la Tercera Guerra Mundial?

—¿Quién, yo? —Morgan abrió los ojos—. Imposible. De todos modos, el truco es pensar en el idioma que interpretas. Es muy sencillo.

—Sí, seguro —Liz se recostó—. En fin, ahora estás de vacaciones, así que sólo tienes que pensar en inglés. A no ser que quieras discutir con el cocinero.

—No tengo la menor queja de él —aseguró Morgan justo antes de terminarse los huevos.

—¿Qué tal tu padre?

—Fantástico, como siempre —Morgan se sirvió más café. Estaba contenta, relajada. ¿Hacía cuánto que no se permitía el lujo de tomarse tiempo para una segunda taza de café? Pero, como Liz había dicho, estaba de vacaciones. Y haría todo lo posible por aprender a disfrutarlas—. Te manda un beso de su parte y me ha pedido que le lleve una botellita de licor de anís cuando vuelva a Nueva York.

—Si es que vuelves —Liz se levantó y dio unos pasos por la terraza. El borde del vestido le rozaba el suelo al andar—. Voy a encontrarte una buena pareja para que te quedes en Grecia.

—No sabes cuánto te agradezco que me soluciones mi vida sentimental —contestó Morgan con ironía.

—No es nada. ¿Para qué están las amigas? —repuso Liz sin tomar en cuenta el sarcasmo de su amiga. Luego apoyó la espalda contra la barandilla de la terraza–. Dorian es un buen candidato. Es uno de los mejores hombres de Alex y es realmente atractivo. Rubio y bronceado, con un perfil para salir en las monedas. Lo conocerás mañana.

—¿Debería avisar a mi padre para que vaya preparando la dote?

—Lo digo en serio –Liz se cruzó de brazos y miró la sonrisa de Morgan con el ceño fruncido–. No pienso dejarte escapar sin pelear. Voy a llenarte los días de sol y playa, te voy a plantar delante de las narices decenas de hombres irresistibles. Hasta que te olvides de que Nueva York y la ONU existen.

—Ya me las he quitado de la cabeza... hasta dentro de cuatro semanas –Morgan se echó el pelo hacia atrás, de modo que le cayese sobre los hombros–. Así que plántame delante de las narices a quien quieras. Estoy a tu merced. ¿Me vas a llevar a rastras a la playa esta mañana?, ¿vas a obligarme a estar tumbada sobre la arena y a tomar el sol hasta conseguir un bronceado fabuloso?

—Exacto –Liz asintió con la cabeza y se encaminó hacia la puerta–. Cámbiate. Te espero abajo.

Media hora después, Morgan decidió que le iba a gustar dejar que Liz intentase lavarle el cerebro. Arena blanca y agua azul. Se sumergió con suavidad entre las olas. Que el trabajo la tenía atrapada: ¿no era eso lo que le decía su padre? Estaba viviendo para el trabajo en vez de al revés. Morgan cerró los ojos y giró hasta tumbarse sobre el agua boca arriba. Entre las presiones del trabajo y la desagradable ruptura con Jack, pensó, necesitaba una transfusión de paz.

Jack había pasado a formar parte de su pasado. A Morgan no le quedaba más remedio que aceptar que su relación había sido más rutinaria que apasionada.

Ambos se habían limitado a cumplir los requisitos del otro. Ella había buscado la compañía de un hombre inteligente; él, una mujer atractiva y con estilo, cuya imagen lo ayudase en su carrera política.

Si lo hubiera amado, reflexionó Morgan, difícilmente habría podido pensar en él con tanta objetividad, con tanta... frialdad. No sentía dolor, no se sentía sola. Más bien, debía reconocerlo, se sentía aliviada. Pero, tras el alivio, había empezado a tener la vaga sensación de estar desorientada; sensación a la que Morgan no estaba acostumbrada y que, sin duda, no le agradaba.

La invitación de Liz no había podido ser más oportuna. Y aquello, pensó al tiempo que abría los ojos para contemplar el cielo, era el paraíso. Sol, arena, rocas, flores... el recuerdo susurrante de los dioses y diosas de la antigüedad. Turquía, con sus misterios, estaba muy cerca, separada tan sólo por el ancho golfo de Edremit. Morgan cerró los ojos de nuevo y podría haberse quedado dormida si la voz de Liz no la hubiera interrumpido.

—¡Morgan! Algunas personas tenemos la necesidad de comer cada cierto tiempo.

—Siempre pensando en comer.

—Y ten cuidado con el sol —continuó Liz desde la orilla—. Te vas a quemar.

—De acuerdo, mamá —Morgan nadó de vuelta, se puso de pie cuando ya no había profundidad y se sacudió como un perrillo mojado—. ¿Cómo es que puedes bañarte y tomar el sol y seguir pareciendo como si estuvieses preparada para un salón de baile?

—Comiendo —respondió Liz sin perder tiempo en explicaciones—. Venga, Alex suele escaparse de los barcos para comer.

Cuando terminaron, Morgan pensó que podría

acostumbrarse a comer en terrazas. Disfrutaron de una sobremesa relajada con fruta y café con hielo. Morgan notó que Alexander Theoharis seguía tan fascinado con su mujercita, pequeña y rubia, como tres años antes, cuando la había conocido en Nueva York.

Aunque por la mañana le había quitado importancia a las palabras de Liz, sentía cierto orgullo por haber sido ella quien los había unido. Una pareja perfecta, se dijo. Alex tenía mucho encanto, era un hombre moreno, de nariz aguileña, con una fina cicatriz blanca sobre una ceja. No era más que unos centímetros más alto que la media, delgado y de porte aristocrático; el complemento perfecto para la belleza rubia y delicada de Liz.

—No sé cómo puedes dejar esto por nada —le dijo Morgan—. Si esto fuese mío, no me iría por nada del mundo —añadió, mirando hacia el horizonte del mar y las montañas.

—Marcharse es bonito. Así puedo volver y encontrar el paisaje más hermoso. Es como una mujer —Alex se llevó la mano de Liz a la boca para besarla—. Cuesta separarse, pero al regresar la encuentras más bella.

—Estoy convenciéndola para que se quede —comentó entonces Liz, entrelazando los dedos con los de Alex—. Voy a hacer una lista con todos los candidatos presentables en cien kilómetros a la redonda.

—No tendrás un hermano, ¿verdad, Alex? —le preguntó Morgan, lanzándole una sonrisa.

—Sólo hermanas. Lo siento.

—Entonces olvídate, Liz.

—Si no logramos casarte, Alex tendrá que ofrecerte un puesto en su oficina de Atenas.

—La contrataría sin dudarlo —dijo él—. Hace tres años no conseguí convencerla. Y mira que lo intenté.

—Esta vez tenemos un mes para convencerla —Liz lanzó una mirada de conspiración hacia Alex—. De momento, mañana nos la llevamos a dar una vuelta en yate.

—Estupendo —accedió encantado él—. Pasaremos un día fantástico. ¿Te apetece, Morgan?

—No sé, la verdad es que estoy un poco cansada de hacer cruceros —contestó Morgan sonriente y con ojos luminosos—, pero ya que a Liz le apetece, trataré de no aburrirme mucho.

—Qué buena persona que eres —bromeó la amiga.


Pasaban pocos minutos de la medianoche cuando Morgan enfiló hacia la playa de nuevo. No había conseguido dormirse, pero acogió de buen grado el insomnio, tomándolo como una excusa para salir a dar un paseo.

Era una noche clara. La luna estaba partida por la mitad, pero emitía una luz blanca que bañaba las copas de los cipreses, bajando hacia la playa. El olor de las flores, penetrante durante el día, parecía más suave, exótico y misterioso a la luz de la luna.

Desde algún lugar a lo lejos, oyó el murmullo de un motor. Un pescador noctámbulo, pensó sonriente. Debía de ser toda una aventura pescar bajo la luna.

La playa formaba un ancho semicírculo. Morgan dejó la toalla y el vestido sobre una roca. Luego se metió en el agua. Al contacto con la piel, resultaba tan fresca y sedosa que Morgan fantaseó con la posibilidad de quitarse también el pequeño biquini que llevaba. Mejor no, pensó sonriente. Para qué tentar a los fantasmas de los dioses antiguos.

Aunque la idea de explorar los alrededores la seducía, se mantuvo dentro de los límites de la bahía, con-

teniendo el impulso de recorrer las calas. Seguirían allí
a la mañana siguiente, se recordó. A plena luz del día.
Nadó con suavidad, imprimiendo a sus brazadas el
impulso justo para mantenerse a flote. No había ido
para hacer ejercicio.

Incluso cuando empezó a notar que se quedaba
fría, continuó en el agua. Había estrellas reflejándose
en el mar, y silencio. Un silencio inmenso. La sorprendió darse cuenta de que, sin saberlo, había estado bus-
cándolo.

Nueva York parecía alejada por más que un conti-
nente; parecía hallarse a siglos de distancia. Y, por el
momento, le gustaba esa sensación. Allí, en Grecia, podría abandonarse a todas esas fantasías que nunca parecían apropiadas en el ajetreo del día a día. En Grecia
podría permitirse creer en dioses antiguos, caballeros
de brillante armadura y piratas apuestos. Morgan rió
antes de sumergirse en el agua y volver a sacar la cabeza. Dioses, caballeros y piratas... lo más probable sería que eligiese al pirata si la dejaban elegir. Los dioses
eran demasiado sanguinarios y los caballeros, demasiado corteses; pero un pirata...

Morgan sacudió la cabeza. Se preguntaba cómo había acabado pensando en esas cosas. Debía de ser influencia de Liz, decidió. Morgan se recordó que no
quería piratas ni ningún otro hombre. Lo que quería
era un poco de paz.

Suspiró, se puso de pie, con el agua llegándole a la
altura de la rodilla, y dejó que las gotas le resbalaran por
el cabello y la piel. De pronto, tenía frío, pero un frío
estimulante. Sin ponerse el vestido, se sentó en la roca,
sacó un peine del bolsillo y se lo pasó distraídamente
por la cabeza. La luna, arena de playa, el mar... ¿Qué

más podía pedir? Durante un breve instante, se sintió en total armonía con su espíritu y con la naturaleza.

Se llevó un susto mortal cuando una mano le amordazó la boca con fuerza. Morgan forcejeó, pero un brazo le rodeaba la cintura; un tejido áspero rozó su piel desnuda. Sintió que la arrastraban de la roca y luego se encontró pegada contra un torso firme y musculoso.

¿Violación? Fue el primer pensamiento claro que pasó por su cabeza antes de que le entrara el pánico. Morgan empezó a patalear a ciegas mientras la empujaban hacia unos árboles. Apenas penetraba la luz debajo de ellos. Peleó con todas sus fuerzas, atacando con las uñas, clavándolas allá donde podía, y sólo sintió una pequeña satisfacción cuando oyó un pequeño gruñido de dolor junto a la oreja.

—Ni una palabra —le ordenaron en griego. Morgan estaba a punto de lanzar un nuevo ataque cuando sintió que la sangre se le helaba. El brillo de un cuchillo captó un rayo extraviado de luna justo antes de que el hombre la tirara al suelo, aplastándola con su cuerpo—. Gata salvaje... Estate quieta y no tendré que hacerte daño. ¿Entendido?

Paralizada de miedo, Morgan asintió con la cabeza. Permaneció totalmente inmóvil, con los ojos pegados al cuchillo. En ese momento no podía hacerle frente, pensó disgustada. En ese momento no, pero de alguna manera, de algún modo, averiguaría quién era y se las pagaría.

Aunque ya no sentía el pánico inicial, el cuerpo seguía temblándole mientras esperaba. Parecía que estuviese transcurriendo una eternidad, pero él no se movía, no hablaba. Todo estaba tan silencioso que podía oír las olas rompiendo suavemente en la orilla a unos pocos metros. Encima, entre las hojas, las estrellas seguían brillando. Debía de ser una pesadilla, se dijo. No podía estar ocurriendo realmente. Pero cuando intentó cambiar de postura bajo el hombre, la presión de su cuerpo resultó de lo más real.

La mano que le tapaba la boca le impedía respirar con normalidad y empezaba a ver colores borrosos bailoteando delante de ella. Morgan cerró los ojos con fuerza para no desmayarse. Hasta que lo oyó hablar de nuevo, dirigiéndose a alguien a quien no podía ver.

—¿Qué oyes?

—De momento nada —respondió una voz ruda y tensa—. ¿Se puede saber quién es? —añadió, refiriéndose a Morgan.

—Da igual. Ya nos encargaremos de ella.

Un zumbido estruendoso en los oídos le dificultaba comprender el griego. ¿Cómo que se encargarían de ella?, ¿qué significaba eso?, pensó, mareada de nuevo por el miedo y la falta de aire.

El segundo hombre dijo algo sobre las mujeres en voz baja y furiosa. Luego escupió al suelo.

—Tú estate atento y aguza el oído —ordenó el que tenía retenida a Morgan—. Y déjame a mí la mujer.

—¿Qué ha sido eso? —susurró de pronto el segundo hombre.

Morgan notó que el hombre que la sujetaba se tensaba, pero no apartó la vista del cuchillo en ningún momento. Lo estaba agarrando con más fuerza; notaba que lo estaba apretando por el mango.

Pasos. Resonaron en las escaleras de piedra de la playa. Al oírlos, Morgan empezó a forcejear de nuevo con la fiereza del pánico y la esperanza. El hombre emitió un leve gruñido y cargó el peso del cuerpo sobre ella. Olía a mar. Al cambiar de postura, Morgan captó un vislumbre de su cara, iluminada por un rayo de luna. Era un rostro de facciones angulosas, con una boca de labios apretados y ojos alertas. Ojos duros, fríos e implacables. La cara de un hombre preparado para matar. ¿Por qué?, se preguntó Morgan mientras su cabeza empezaba a flotar. Ni siquiera lo conocía.

—Síguelo —le ordenó a su compinche. Morgan oyó un ligero frufrú entre las hojas—. Yo me ocupo de la mujer.

Los ojos de Morgan se desorbitaron al ver el brillo afilado del cuchillo. Tragó saliva y le supo amarga. El mundo se puso a dar vueltas y luego desapareció.

El cielo estaba lleno de estrellas, plata sobre fondo negro. El mar susurraba. La arena le escocía bajo la espalda. Morgan se apoyó sobre un codo e intentó despejarse. ¿Se había desmayado?, ¿de veras había llegado a desmayarse? ¿O se había quedado dormida y, simplemente, lo había soñado todo? Se frotó las sienes con los dedos y se preguntó si sus fantasías sobre piratas le habrían provocado alucinaciones.

Un leve sonido la hizo ponerse de pie. No, había sucedido en realidad y su agresor estaba regresando. Morgan se preparó para el combate a medida que veía la sombra acercarse. Antes había aceptado la muerte como algo inevitable, sin ofrecer resistencia; pero esa vez lucharía con todas sus fuerzas.

La sombra soltó un simple gruñido cuando Morgan lanzó el puñetazo. Luego la capturó de nuevo y volvió a tirarla contra la arena.

—¡Por Dios!, ¡estate quieta! —ordenó enfurecido el hombre mientras ella intentaba arañarle la cara.

—¡Ni hablar! —replicó Morgan, igualmente furiosa.

Siguió revolviéndose y peleando hasta que el hombre la inmovilizó tumbándose encima de ella. Sin aliento, sin miedo, Morgan lo miró a los ojos.

De pronto, el hombre se fijó en su rostro y frunció el ceño.

—No eres griega —dijo en inglés con una mezcla de sorpresa e impaciencia—. ¿Quién eres?

—No es asunto tuyo —Morgan trató, en vano, de soltarse, pero él la tenía sujeta por las muñecas.

—Deja de retorcerte —ordenó él, apretándola con más fuerza todavía. No estaba pensando en lo fuerte que él era o lo frágil que era Morgan, sino en que no se trataba de una simple nativa que había aparecido en el lugar incorrecto en el momento incorrecto. Su profesión le había enseñado a conseguir respuestas y adaptarse a las complicaciones—. ¿Qué hacías en la playa a medianoche?

—Nadar —contestó Morgan con agresividad—. Hay que ser muy tonto para no imaginárselo.

El hombre soltó un exabrupto y cambió de posición mientras ella seguía moviéndose debajo de él.

—¡Maldita sea!, ¡estate quieta! —exclamó mientras la observaba con absoluta concentración. Lo cierto era que la había visto salir del mar. Quizá estuviese diciendo la verdad—. Así que nadando... Eres estadounidense... Griega no, desde luego —añadió, hablando para sí mismo más que para Morgan, que no dejaba de moverse. ¿No estaban esperando los Theoharis la visita de una estadounidense? No podía haber elegido un momento más inoportuno.

—Tú tampoco —dijo ella entre dientes.

—Soy mitad griego —contestó el hombre mientras hacía unos rápidos reajustes mentales. La invitada estadounidense de los Theoharis dándose un baño a la luz de la luna...Tendría que actuar con cuidado si no quería que se armara un buen escándalo. De repente, esbozó una sonrisa radiante–. Me has engañado. Creía que entendías lo que decía.

–Entiendo perfectamente –replicó Morgan–.Y no pienses que vas a poder violarme tan fácilmente ahora que no tienes el cuchillo.

–¿Violarte? –repitió estupefacto el hombre. Soltó una risotada tan súbita como la sonrisa anterior–. No se me había ocurrido. En cualquier caso, no saqué el cuchillo por ti, Afrodita.

–Entonces, ¿por qué me tiras al suelo?, ¿por qué me pones el cuchillo en la cara y casi me asfixias? –contestó ella. La furia era mucho más satisfactoria que el miedo, de modo que le dio rienda suelta–. ¡Aparta! –añadió al tiempo que le daba un empujón, pero sin conseguir desplazarlo.

–Enseguida –accedió él de buen grado. La luz de la luna la iluminaba. Una cara preciosa, pensó, aprovechando que se paraba a analizarla. Seguro que era una mujer acostumbrada a que los hombres la admirasen. Quizá pudiera reconducir la relación recurriendo a un poco de su encanto masculino–. Sólo puedo decir que lo que he hecho ha sido para protegerte.

–¿Para protegerme? –Morgan dio un nuevo tirón, pero no consiguió soltarse.

–No había tiempo para delicadezas, señorita. Mis disculpas si mi... técnica no ha sido muy refinada –dijo el hombre con serenidad, como si diera por descontado que ella se mostraría comprensiva–. Dime, ¿qué hacías aquí afuera sola, sentada en una roca y peinándote el pelo?

—¿Y a ti qué te importa? —contestó Morgan, a la que no le había pasado por alto el tono seductor del hombre. También la expresión de sus ojos se había suavizado. Tanto que casi creía que se había imaginado la dureza que había intuido en ellos entre las sombras. Pero todavía notaba la presión de sus manos apretándole las muñecas—. ¡Suéltame o me pongo a gritar!

Si se detenía a mirarlo, la mujer tenía un cuerpo tentador. Aun así, el agresor se levantó, encogiéndose de hombros. Todavía tenía trabajo pendiente para esa noche.

—Perdón por los problemas que pueda haberte causado —se disculpó mientras Morgan se ponía de pie y se sacudía la arena pegada a la piel.

—¿Y ya está? ¡Tendrás cara dura! O sea, que me tiras al suelo, me amordazas, me pones un cuchillo en la cara y luego me pides disculpas como si me hubieras pisado el pie —dijo indignada ella. De pronto, se serenó, se cruzó de brazos y preguntó—: ¿Se puede saber quién eres y a qué ha venido todo esto?

—Toma. Iba a dártelo cuando me atacaste —dijo el hombre después de agacharse para recoger el vestido de Morgan. Sonrió mientras se lo ponía. Una lástima cubrir un cuerpo tan esbelto y apetitoso—. Quién soy no tiene importancia ahora mismo. En cuanto al resto... no puedo explicártelo —añadió encogiéndose de hombros nuevamente.

—Estupendo —murmuró disgustada Morgan. Luego se dio la vuelta y se encaminó hacia las escaleras de la playa—. Ya veremos qué le parece todo esto a la policía.

—Yo que tú no lo haría.

Aunque había contestado en voz baja, el consejo sonó más como una orden. Morgan dudó. Giró a los pies de las escaleras para mirarlo. En ese momento, no estaba amenazándola. Y no sentía miedo, sino la autoridad que aquel desconocido irradiaba. Era bastante alto, notó de repente. Y la luna hacía travesuras con su rostro, haciéndolo parecer cruel de pronto y encantador un segundo más tarde. En ese momento, mostraba una expresión confiada y malévola al mismo tiempo.

Sin dejar de mirarlo, Morgan recordó la potencia de sus músculos. Aunque en ese instante estaba de pie, con las manos metidas en los bolsillos de los vaqueros tranquilamente, conservaba un halo de poder. Un halo que no podía disimular por más que sonriera o adoptase una pose desenfadada. Malditos piratas, pensó Morgan con un poco de aprensión. Había que estar loca para encontrarlos atractivos. En vista de que se sentía vulnerable, lo ocultó desafiándolo:

—Puede que tú no lo hicieras, pero yo haré lo que me dé la gana —replicó alzando la barbilla al tiempo que regresaba hacia él.

—Por supuesto. Si te gusta complicarte la vida... Yo prefiero no hacerlo. Soy un hombre sencillo —respondió el hombre antes de examinar su cara con detenimiento. Sin duda, decidió al instante, no estaba ante una mujer corriente—. Interrogatorios, informes que rellenar, horas perdidas con papeleos. Para que luego, aunque consiguieras mi nombre, nadie te creería, Afrodita. Nadie —añadió sonriente.

No le gustaba su sonrisa... ni el tono seductor con el que la llamaba por el nombre de la diosa. No se fiaba del calor que le recorría las venas de repente.

—Yo no estaría tan seguro —arrancó Morgan. Pero el hombre la acalló, cubriendo la pequeña distancia que los separaba.

—Y no te he violado —dijo mientras le acariciaba el pelo con ambas manos, hasta posarlas sobre sus hombros. Sus dedos no la oprimían como antes, sino que se deslizaban con suavidad sobre la piel de Morgan. Tenía ojos de bruja, pensó él, y cara de diosa. No tenía mucho tiempo, pero tampoco podía perder la oportunidad—. Hasta ahora, ni siquiera había sucumbido al deseo de hacer esto.

Bajó la cabeza y la besó con ardor y asombrosa dulzura. La tomó desprevenida. Morgan le dio un empujón, pero sin convicción, más como reacción refleja que disgustada realmente. Aquel hombre conocía las debilidades de las mujeres. Y la fue acercando y ablandando con maestría, sin recurrir a la fuerza.

La fragancia salada del mar la envolvía por fuera, como un calor, un fuego abrasador la consumía por dentro. El hombre exploró su boca con la lengua hasta que el corazón de Morgan empezó a palpitar salvajemente contra los latidos firmes y rítmicos de él. Sabía mover las manos, las cuales deslizó bajo las anchas mangas del vestido para acariciarle los brazos y la curva de los hombros.

Al ver que ya no se resistía, le mordisqueó los labios como si quisiera extraerles todo el sabor. Despacio, sin prisas. La provocaba con la lengua, la retiraba y luego volvía a introducirla entre los labios de Morgan para atormentarla y saborearla. Por un momento, Morgan tuvo miedo de volver a desmayarse en sus brazos.

—Un beso no puede considerarse un delito penal —murmuró él contra su boca. Era más dulce de lo que había imaginado y, pensó azotado por el deseo, mucho más letal—. No me importaría correr el riesgo de darte otro.

—No —Morgan recuperó el juicio de repente y lo apartó—. Estás loco. Y estás más loco todavía si crees que voy a dejar pasar esto. Pienso... —dejó la frase en el aire después de llevarse la mano a la garganta en un gesto nervioso. La cadena que siempre colgaba de su cuello había desaparecido. Morgan miró hacia el suelo, luego levantó los ojos hacia él para fulminarlo.

—¿Qué?

—¿Qué has hecho con mi colgante? —preguntó ella—. Devuélvemelo.

—Me temo que no lo tengo, Afrodita.

—Devuélvemelo —insistió Morgan. No podía estar más enojada. Dio un paso al frente con decisión—. Para ti no vale nada. No conseguirás más que unos dracmas por él.

—No te he quitado el colgante. No soy un ladrón —respondió ofendido el desconocido—. Si quisiera robar algo de ti, seguro que habría encontrado algo más interesante que un colgante.

Morgan le lanzó una mirada basilisca y levantó una mano para darle una bofetada. Él le sujetó la muñeca, lo que no hizo sino añadir frustración al enfado.

—Parece que el colgante te importa —dijo él con voz suave, pero agarrándola con firmeza—. ¿Qué es?, ¿un regalo de un amante?

—Un regalo de alguien a quien quiero. Aunque no espero que un hombre como tú lo entienda —replicó Morgan. Dio un tirón y logró soltarse—. No pienso olvidarte —le prometió. Luego se dio la vuelta y subió las escaleras de la playa a toda velocidad.

El hombre la siguió con la mirada hasta que la oscuridad se la tragó. Segundos después, regresó hacia la orilla.

El sol era un foco de luz blanca. Los rayos acariciaban la superficie del agua. Morgan sesteaba en una hamaca del yate, mecido por el ligero bamboleo del mar.

En medio de un plácido duermevela, se preguntaba
si el baño a la luz de la luna y el encuentro con aquel
hombre habrían sido un sueño. Los cuchillos, los
músculos y los besos derretidores no tenían cabida en
el mundo real. Debían de formar parte de una de esas
extrañas ensoñaciones que tenía cuando las prisas y
las presiones del trabajo y de la ciudad amenazaban
con abrumarla. Siempre las había considerado una
válvula de escape particular. Inofensivas, pero absolutamente secretas. Jamás se le había ocurrido compar-
tirlas con Jack ni contárselas a ninguna compañera del
trabajo.

De no ser porque el colgante había desaparecido y
por los moretones que tenía en los brazos, Morgan
habría terminado creyendo que todo había sido el resultado de una imaginación demasiado productiva.

Suspiró, se tumbó boca abajo para broncearse la es-

palda y colocó las manos en forma de almohada para
reposar la cabeza. La piel, pegajosa de crema protec-
tora, le brillaba. ¿Por qué les estaba ocultando aquella
locura de incidente a Liz y Alex? Morgan frunció el
ceño, tensó y destensó los hombros. Sus amigos se ho-
rrorizarían si les contaba que la habían asaltado. Ya veía
a Alex haciéndole de guardaespaldas durante el resto
de su estancia en Lesbos. Se aseguraría de que se em-
prendiese una investigación... complicada, agotadora y
lo más probable infructuosa. Morgan odió al desconocido, consciente de que éste había tenido razón.

Además, ¿qué podría decirle a la policía aunque de-
cidiese denunciarlo? En realidad, no la había herido
ni había cometido agresión sexual alguna contra ella.
No recordaba que la hubiese amenazado y no tenía la
menor idea de por qué había sucedido aquello. Por
otra parte, ¿qué había sucedido?, se preguntó. Un
hombre la había arrastrado hasta unos arbustos, la había retenido por algún motivo sin explicación y luego
la había dejado marcharse sin hacerle daño.

La policía griega no vería el beso como un acto delictivo. Y no le habían robado. No tenía forma hu-
mana de demostrar que aquel hombre le había quitado el colgante. Y, maldita fuera, añadió tras exhalar
un suspiro, por más que quisiera atribuirle todo tipo
de faltas, no le parecía que encajase con el perfil de un
simple ladronzuelo. De hecho, aquel hombre no tenía
nada de simple. Fuera lo que fuera lo que hiciese, lo
hacía a lo grande... y lo hacía bien.

De modo que, ¿qué podía hacer? Sí, la había asustado y enfadado, lo segundo a consecuencia de lo primero probablemente; pero ¿eso era todo?

Cuando lo detuvieran, en caso de que lo lograran,

sería su palabra contra la de ella. Y, de alguna manera, Morgan tenía la impresión de que la palabra del desconocido tendría más peso que la suya.

De acuerdo, le habían dado un susto, habían lastimado su orgullo. ¿Y qué? Morgan se encogió de hombros y cambió la posición de la cabeza sobre las manos. No merecía la pena darles un disgusto a Liz y Alex. Quizá se había encontrado con un hombre que se volvía loco cuando había luna llena. En cualquier caso, no era más que otra extraña aventura en la vida de Morgan James. Lo mejor sería archivarla y olvidarla.

Cuando oyó los pasos de Alex por las escaleras que daban a la cubierta, Morgan apoyó la barbilla sobre las manos y le sonrió. A su lado, en una hamaca, Liz se movió un poco y siguió durmiendo.

—Parece que se ha amodorrado con el sol —comentó Alex tras subir el último escalón. Luego se sentó en una silla junto a su esposa.

—Yo casi me quedo dormida también —Morgan bostezó, estiró los brazos para desperezarse y se giró para colocar la hamaca en posición sentada—. Pero no quería perderme nada —añadió mirando hacia el agua. Se fijó en una elevación de tierra que se divisaba a lo lejos. La isla parecía flotar, insustancial como la bruma.

—Chíos —la informó Alex, siguiendo la mirada de Morgan. Luego cambió la dirección del brazo y esperó a que ella se girara—. Y la costa de Turquía.

—Está pegada —dijo Morgan—. Parece como si pudiera ir nadando.

—En el mar, las distancias pueden resultar engañosas. Tendrías que ser una nadadora experta. Aunque remando es muy fácil. Hay quien cree que es beneficioso estar tan cerca —dijo Alex y se echó a reír al ver la cara de incomprensión de Morgan—. Por el contrabando, inocente. Sigue siendo una práctica muy habitual, a pesar de que el castigo es severo —añadió mientras se encendía un cigarro de tabaco negro.

—Contrabando —repitió Morgan, intrigada. En seguida asoció la palabra con los piratas y, de repente, frunció el ceño. El contrabando era un asunto feo, se recordó, y en absoluto romántico.

—La costa —Alex hizo otro gesto con el brazo mientras sostenía el cigarrillo con elegancia entre dos dedos—. Bahías, penínsulas, islas y calas... Se puede acceder al interior desde muchos puntos.

Morgan asintió con la cabeza. Sí, era un asunto feo. No estaban hablando de coñac francés ni jamón ibérico.

—¿Opio?

—Entre otras cosas —respondió Alex sin darle mayor importancia.

—¿Te da igual? —preguntó Morgan con el entrecejo arrugado.

—¿Por qué iba a molestarme? —contestó él tras dar una calada larga.

Desconcertada por la indiferencia de su amigo, se sentó más recta.

—¿No te preocupan las cosas con las que se trafica cerca de tu casa?

—Morgan —Alex extendió las manos como rindiéndose al destino. Un mechón de pelo rubio rebrilló bajo el sol—. Lo que a mí me preocupe no va a cambiar lo que lleva pasando desde hace siglos.

—Aun así, saber que se cometen delitos prácticamente en el patio trasero de tu casa... —Morgan se detuvo y pensó en las calles de Manhattan. Tampoco era el barrio más pacífico del mundo—. No sé, suponía que te desagradaría —finalizó.

Los ojos de Alex se iluminaron con un brillo divertido antes de encogerse de hombros.

—Yo lo dejo en manos de la policía y las autoridades. Dime, ¿estás disfrutando de tu estancia de momento?

Morgan hizo ademán de responder directamente; luego se aseguró de borrar el ceño que le arrugaba la frente. No tenía sentido preocupar a Alex con lo que le había ocurrido la noche anterior.

—Esto es maravilloso. Ahora entiendo por qué le gusta tanto a Liz.

Alex sonrió y le dio otra calada a su cigarro.

—Ya sabes que quiere que te convenzamos para que te quedes. A veces me siento muy culpable por no ir a verte a Estados Unidos más a menudo.

—No tienes por qué sentirte culpable, Alex —Morgan se puso las gafas de sol y se volvió a relajar. Después de todo, el contrabando no tenía que ver con ella—. Liz es feliz. Se le nota.

—Lo sería más si estuvieras aquí.

—Alex —Morgan sonrió ante los intentos del marido de Liz por complacer a su esposa—, no puedo venirme aquí a haceros compañía, por mucho que os quiera.

—¿Sigues trabajando para la ONU? —preguntó entonces él. Apenas cambió el tono de voz, pero Morgan captó el matiz. Alex había pasado a hablar de negocios.

—Me gusta lo que hago. Se me da bien y es un desafío interesante.

—Soy un empresario generoso, Morgan; sobre todo, con personas con tanto talento como tú —Alex soltó una bocanada de humo—. Hace tres años te pedí que trabajaras para mí. Te aseguro que me habría tomado más tiempo en tratar de convencerte si no hubiese estado... distraído —terminó sonriente, apuntando con la barbilla hacia Liz.

—¿Distraído? —preguntó ésta de pronto. Se subió las gafas de sol a la frente y miró por debajo de ellas.

—¿Nos estabas espiando? —Morgan puso cara de resignación—. Está claro que no tienes remedio. Tus modales han sido siempre espantosos —añadió mientras una azafata uniformada aparecía con tres copas con hielo y las colocaba sobre la mesa

—Tienes unas semanas para pensártelo —insistió Alex, cuya tenacidad era una de las virtudes con la que más éxitos había cosechado en el trabajo—. Pero te lo advierto: Liz va a ser mucho más persistente que yo con la solución del marido. Y soy el primero que piensa que una mujer necesita a un hombre que le dé seguridad —añadió justo antes de agarrar su copa.

—¡Mira que eres griego! —contestó Morgan.

—Me temo que uno de los candidatos de Liz se va a retrasar —continuó él sin inmutarse—. No se nos unirá hasta mañana. Vendrá con mi prima Iona.

—Genial —dijo Liz con sarcasmo y Alex frunció el ceño.

—A Liz no le cae bien Iona, pero es de la familia —comentó él. La mirada serena que le lanzó a su esposa indicó a Morgan que ya habían discutido al respecto con anterioridad—. Tengo una responsabilidad.

Liz agarró su copa y exhaló un suspiró de aceptación. Luego acarició brevemente la mano de Alex.

—Tenemos una responsabilidad —corrigió ella—. Iona es bienvenida.

El ceño de Alex se transformó en una mirada amorosa tan deprisa que Morgan no pudo evitar burlarse de ellos:

—¿Es que nunca discutís? Quiero decir, ¿no os dais cuenta de que no es saludable mantener tanta armonía?

—Tenemos nuestros momentos —dijo Liz sonriente, mirando por encima de la copa—. Hace una semana estuve enfadada con él durante... como poco quince minutos.

—¡Qué tragedia! —exclamó Morgan con ironía.

—¿Qué pasa? —intervino Alex—. ¿Crees que un hombre y una mujer deben pelear para tener una buena relación?

—No —Morgan negó con la cabeza y rió—. Soy yo la que tiene que pelear para estar en forma.

—Oye, no has mencionado a Jack en ningún momento. ¿Hay algún problema?

—Liz —Alex reprendió a su esposa por su intromisión simplemente con el tono en que pronunció su nombre.

—No, no importa, Alex. No es un problema. Al menos eso espero —Morgan agarró su copa, se puso de pie y se acercó a la barandilla del yate. Miró la copa y frunció el ceño, como si no estuviera segura de qué contenía—. La relación no funcionaba. Todo era muy previsible, siempre hacíamos las mismas cosas y ni siquiera era consciente de que no nos hacíamos felices. De pronto, me di cuenta de que no estaba satisfecha y decidí cortar antes de acomodarme a una vida rutinaria.

—Ahora tendrás la oportunidad de conocer a algún hombre que te sorprenda —comentó Liz. Se alegraba de que su amiga hubiese roto con Jack y ni siquiera trató de disimularlo.

Morgan contempló el ligero oleaje del mar antes de responder:

—No tengo intención de caer rendida a los pies de Dorian, ni de ningún otro en el que hayas pensado, simplemente porque Jack y yo ya no estemos juntos.

—Eso espero —contestó Liz animada—. Le quitarías toda la gracia si ése fuese el único motivo —añadió sonriente.

Morgan soltó un suspiro de afectuosa exasperación y volvió a mirar hacia el mar.

Las montañas de Lesbos se alzaban sobre el agua. Escarpadas, firmes, eternas. Morgan distinguió a lo lejos las paredes blancas de la villa de Alex. Pensó que la villa era como una virgen ofrecida a los dioses: elegante, clásica y femenina. Más arriba había una estructura gris irregular con vistas al mar; de hecho, estaba situada sobre un saliente rocoso y parecía colgar sobre el mismo mar. Como si estuviese desafiando a Poseidón, aferrada al acantilado. A Morgan le pareció arrogante, altiva, masculina. La vegetación que crecía alrededor no suavizaba su aspecto, sino que le añadía un toque de belleza.

Había más edificios: otra villa impecablemente blanca, casitas de campo reunidas y un par de viviendas de diseño más sofisticado; pero las dos primeras destacaban por encima de las demás. Una era elegante; la otra, salvaje.

—¿De quién es? —preguntó Morgan, señalando la villa gris—. Es increíble.

Liz siguió la mirada de su amiga, sonrió, se levantó y fue junto a ella.

—Debería haber imaginado que te gustaría. Tiene mucha vida. Nicholas Gregoras, aceite de oliva y, más recientemente, importación y exportación —Liz miró el perfil de Morgan—. Puede que lo incluya en la cena de mañana si está libre, aunque no creo que sea tu tipo.

—¿Ah, no? ¿Y cuál es mi tipo? —quiso saber Morgan.

—Alguien con quien puedas discutir. Que te dé muchas sorpresas y sobresaltos para no caer en la rutina.

—Vaya, me conoces demasiado bien.

—En cuanto a Nick, es elegante y no cabe duda de que tiene su encanto. No es tan guapo como Dorian, pero no le falta atractivo —Liz deslizó una uña sobre la barandilla. Se quedó callada unos segundos, como tratando de recordarlo con más precisión—. Tiene los pies en la tierra y, sin embargo, vive en esa casa. Vamos, que es raro. Tiene treinta y pocos y heredó el negocio del aceite de oliva hace casi diez años. Luego empezó con las transacciones de importación y exportación. Parece que le va bien.

—Liz, sólo quería saber de quién era la casa, no una biografía del dueño.

—El resto de la información forma parte de mis servicios —Liz sacó un mechero y encendió un cigarrillo—. Quiero que tengas una idea clara de tus opciones.

—El caso es que me atrae más una casita de campo, con su huerta y un horno para hacer pan.

—Veré lo que puedo hacer.

—Porque lo que no se os ha ocurrido a Alex ni a ti

es que esté a gusto soltera, ¿verdad? Ya sabes, una mujer moderna e independiente. Sé utilizar un destornillador, cambiar una rueda pinchada...

—Deja de protestar.

—Liz...

—¿Te he dicho ya que te quiero, Morgan?

Ésta exhaló un suspiro de frustración y dio otro trago a su copa.

—Maldita sea —murmuró.

—Venga, déjame que me divierta —Liz le dio una palmadita cariñosa en una mejilla—. Total, al final todo está en manos del destino, como tú dices.

—A esto se le llama caer en mis propias redes —dijo Morgan—. Está bien, tráeme a todos los Dorias, Nicks y Lysanders que te apetezca.

—¿Lysander?

—Es un nombre bonito, ¿no te parece?

—Bueno, ya veré si te encuentro uno —contestó sonriente Liz al tiempo que le daba un golpecito al cigarro para tirar la ceniza.

—Liz... —Morgan dudó unos segundos—, ¿va mucha gente a la playa donde nos bañamos ayer? —preguntó con naturalidad.

—Pues... no, la verdad es que no. Prácticamente, sólo la usamos la familia Gregoras y nosotros. Tendría que preguntarle a Alex si es propiedad privada de alguien. Nunca me lo he planteado. Es una zona aislada y sólo se puede acceder fácilmente con las escaleras que hay entre las dos propiedades —Liz se colocó un mechón de pelo rubio tras la oreja—. Ah, y luego está la casita esa que Nick alquila de tanto en tanto. Ahora vive un estadounidense. Un tal Stevens... no. Stevenson, Andrew Stevenson, un poeta o pintor, algo así. Todavía no lo conozco. ¿Por qué?, ¿estabas pensando en hacer nudismo?

—Sólo por curiosidad —contestó Morgan, arrepentida por haber despertado la curiosidad de su amiga. Si quería archivar el incidente de la noche anterior y olvidarlo, más valía no sacarlo a colación—. Me encantaría acercarme a la villa esa. El arquitecto debía de estar un poco loco: es fabulosa —añadió, apuntando hacia la villa gris de estructura irregular.

—Utiliza tus encantos con Nick y consíguete una visita guiada —le sugirió Liz.

—Puede que lo haga —Morgan miró la villa. Se preguntó si Nick Gregoras sería el hombre cuyas pisadas había oído la noche anterior mientras la mantenían retenida tras los arbustos—. Sí, puede que lo haga.


Esa noche, Morgan dejó abiertas las puertas de la terraza. Quería disfrutar del calor y las fragancias que llegaban del exterior. La casa estaba en silencio salvo por el tictac de un reloj que marcaba la hora. Por segunda noche consecutiva, no podía pegar ojo. ¿De veras dormía la gente cuando estaba de vacaciones?, se preguntó. Qué pérdida de tiempo.

Se sentó ante una mesita de madera que había en su dormitorio a escribir una carta. Desde algún punto entre la casa y el mar, un búho ululó dos veces. Se paró a escuchar, con la esperanza de oírlo cantar de nuevo, pero no oyó más que silencio. ¿Cómo podía describir lo que sentía al ver el Monte Olimpo alzándose sobre el mar?, ¿sería posible encontrar las palabras adecuadas para reflejar aquella belleza tan imponente, majestuosa e intemporal?

Morgan se encogió de hombros e hizo lo que pudo para explicarle sus impresiones a su padre. Él la entendería, se dijo mientras sacaba un folio. ¿Quién iba a entender mejor sus arrebatos fantasiosos que el hombre del que los había heredado? Y, pensó sonriente, seguro que se divertiría cuando leyera los esfuerzos de Liz para casarla y que se quedara a vivir en Grecia.

Se puso de pie, se estiró una vez, se giró y se chocó contra un torso potente. La mano que le cubrió la boca fue más delicada en esa ocasión y el hombre la miró con una sonrisa en los ojos. Morgan notó que el corazón se le subía a la garganta y luego caía al vacío como un ascensor al que le hubieran cortado los cables de sujeción.

—*Kalespera*, Afrodita. Si me prometes que no gritarás, eres libre.

Morgan se resistió, intentó soltarse por instinto, pero él la sujetó sin esfuerzo al tiempo que enarcaba una ceja con expresión irónica, como diciéndole que no podría escaparse y preguntándole si aceptaba el trato. Parecía un hombre capaz de discernir si podía fiarse de la palabra de una persona o debía desconfiar de ella.

Morgan forcejeó unos segundos más, pero, al verse impotente, acabó asintiendo con la cabeza. El hombre la soltó al instante.

Morgan tomó aire para gritar, pero luego lo soltó, limitándose a exhalar un suspiro de frustración. Había dado su palabra y una promesa era una promesa, aunque se tratara de un pacto con el diablo.

—¿Cómo has entrado?

—Las parras que suben a tu terraza son resistentes.

—¿Has subido trepando? —preguntó con una mezcla

de incredulidad y admiración. Las paredes eran escarpadas y la altura de vértigo—. Tienes que estar loco.

—Es posible —dijo él sonriente.

No parecía fatigado por la escalada. Estaba despeinado, pero tampoco lo había visto peinado nunca. Un ligero vello ensombrecía su barbilla. Sus ojos tenían un brillo aventurero que la atraía por más que Morgan intentara resistirse. Con la luz de la lámpara, podía verlo con más claridad que la noche anterior. Sus facciones no eran tan duras como había pensado. De hecho, tenía una boca bastante bonita, pensó disgustada.

—¿Qué quieres?

El hombre sonrió de nuevo y deslizó la mirada por todo su cuerpo con descaro. Morgan sólo llevaba un camisón pequeño, de escote amplio, que apenas le cubría los muslos. Notó la mirada insolente del hombre y que éste estaba justo entre ella y el armario. En vez de reconocer su posición de inferioridad, alzó la barbilla.

—¿Cómo sabías dónde encontrarme?

—Mi trabajo consiste en averiguar cosas —respondió él. En silencio, aprobó la valentía y el espíritu combativo de Morgan tanto como su cuerpo—. Morgan James, estás visitando a Elizabeth Theoharis. Estadounidense, vives en Nueva York. No estás casada. Trabajas de intérprete para la ONU. Hablas griego, inglés, francés, italiano y ruso.

Morgan trató de no abrir demasiado la boca ante aquel asombroso resumen de su vida.

—Un resumen muy conciso —dijo con sequedad.

—Gracias. No me gusta dar rodeos.

—¿Y qué tiene que ver todo esto contigo?

—Eso está por saberse todavía —contestó el hombre, mirándola con atención. Quizá pudiera contratarla para sus propios fines. El envoltorio era bueno, muy bueno. Y, lo más importante en esos momentos, también lo era su cabeza—. ¿Estás disfrutando de tu estancia en Lesbos?

Morgan lo miró un instante antes de negar con la cabeza. No, no se trataba de un maleante o un violador. De eso estaba segura. Y si era un ladrón, lo cual dudaba, no era un ladrón corriente. Hablaba demasiado bien, se movía demasiado bien. Tenía encanto, un aura magnética a la que costaba resistirse, y una arrogancia impresionante. En otras circunstancias, quizá hasta le habría gustado.

—Ya tienes agallas para venir aquí después de lo de anoche.

—Me siento halagado —contestó él.

—De acuerdo —Morgan apretó los labios, se dirigió a las puertas de la terraza y lo invitó a salir con un gesto de la mano—. Te he prometido que no gritaría y no he gritado. Pero no tengo intención de estar aquí de pie, dando conversación a un lunático. ¡Fuera!

Sin dejar de sonreír, el hombre se sentó en el borde de la cama y examinó a Morgan.

—Admiro a las mujeres con palabra —dijo mientras estiraba las piernas—. De hecho, eres admirable en muchos sentidos, Morgan. Anoche mostraste sentido común y valor, dos cualidades difíciles de encontrar reunidas.

—Perdona si no me siento adulada.

El hombre notó el tono sarcástico de su voz, pero, sobre todo, captó el cambio de sus ojos. En realidad, no estaba tan enfadada como pretendía.

—Ya te pedí disculpas —le recordó y sonrió de nuevo.

Morgan exhaló un suspiro prolongado. Le entraron ganas de odiarlo por tener ganas de echarse a reír cuando debía estar furiosa. ¿Quién demonios era?

Desde luego, no era el violador desequilibrado por el que lo había tomado en un primer momento. Y, definitivamente, no era un vulgar ladrón. Entonces, ¿quién era? Morgan se frenó antes de preguntárselo. Mejor mantenerse en la ignorancia.

—No me pareció una disculpa de verdad

—Si hago un intento más... sincero, ¿aceptarías mis disculpas?

Morgan se obligó a no sonreír.

—Si las acepto, ¿te irás?

—Con lo agradable que es tu compañía —protestó en broma el hombre.

Morgan no pudo evitar que un brillo de humor asomase a sus ojos.

—Agradabilísima.

—¿No me crees? Me haces daño, Afrodita.

—Lo que me gustaría es hacerte picadillo y descuartizarte. Bueno, ¿qué?, ¿te vas?

—Pronto —el hombre se levantó. ¿Qué sería la fragancia que emanaba Morgan?, se preguntó. Era dulce, pero no demasiado dulce... Jazmín, decidió. Le pegaba. El desconocido se acercó a la cómoda para juguetear con el espejo de mano de ella—. Mañana te presentarán a Dorian Zoulas y a Iona Theoharis... Hay pocas cosas de la isla que se me escapen —añadió y esa vez sí que dejó a Morgan boquiabierta.

—Ya veo —convino ésta.

El hombre notó cierta curiosidad en el tono de voz de ella. Justo lo que había esperado conseguir.

—Quizá, en otra ocasión, me digas qué tal te han caído.

Morgan sacudió la cabeza, más por asombro que por rechazarlo.

—No tengo intención de que haya otra ocasión, ni de chismorrear contigo. Ni siquiera sé por qué...

—¿Por qué no? —la interrumpió él.

—¡No te conozco! —contestó frustrada—. Ni siquiera conozco a Dorian y a Iona. Y te juro que no entiendo cómo puedes...

—¿Y a Alex? —la interrumpió de nuevo—. ¿Lo conoces bien?

Morgan se pasó una mano por el pelo. Ahí estaba, con un camisón diminuto, charlando con un loco que había trepado hasta la terraza de un tercero.

—Mira, no voy a hablar de Alex contigo. No pienso hablar de nadie ni de nada contigo. Márchate.

—Bueno, dejaremos eso para otro momento también —el hombre avanzó hacia Morgan—. Tengo algo para ti —añadió al tiempo que se echaba una mano al bolsillo derecho de los vaqueros. Cuando la sacó, relució un pequeño medallón de plata con su cadena.

—¡Lo tenías! —Morgan fue a recuperarlo, pero el desconocido apartó la mano y la miró enfurecido.

—Ya te he dicho que no soy un ladrón —dijo con firmeza. Morgan retrocedió un paso. El hombre notó que había hablado con demasiada dureza y que la había intimidado un poco—. Volví y lo encontré entre los arbustos. Aunque me temo que he tenido que reparar la cadena —añadió con más suavidad. Luego le ofreció el colgante y Morgan se lo puso en el cuello.

—Eres un agresor muy atento —murmuró.

—¿Crees que me alegra haberte hecho daño?

Morgan notó un escalofrío. Aquel hombre había dejado de bromear. Volvía a ser el hombre con el que se había enfrentado entre las sombras. Un hombre violento que apenas controlaba su genio.

—¿Crees que lo pasé bien asustándote?, ¿haciéndote pensar que podía asesinarte? ¿Crees que me agrada ver los moretones que tienes en el brazo y saber que te los he hecho yo? No tengo por costumbre hacer daño a las mujeres.

—¿Y cómo iba a saberlo? —replicó Morgan, envalentonada.

El hombre la miró a los ojos. Desde luego, la mujer tenía agallas. Y era preciosa. Suficientemente guapa para convertirse en una distracción cuando no podía permitirse una.

—No sé quién eres ni en qué líos andas metido —continuó ella. Los dedos le temblaron un poco mientras terminaba de colgarse la cadena, pero consiguió hablar despacio y con calma—. Y, la verdad, me da igual con tal de que me dejes en paz. En otras circunstancias, te daría las gracias por haberme devuelto el colgante, pero no me parece apropiado. Puedes marcharte igual que has entrado.

El hombre tuvo que contener un impulso de estrangularla. No solía verse en la situación de estar ante una mujer medio desnuda en su habitación y que le pidiera que se fuese tres veces en la misma noche. Lo que quizá le habría resultado divertido de no ser porque estaba luchando por controlar un fogonazo de puro y simple deseo.

—Eres muy valiente, Morgan —dijo él al ver que ésta seguía alzando la barbilla desafiantemente—. Creo que nos iría muy bien a los dos juntos —añadió al tiempo que extendía un dedo hacia su cuello para acariciar el medallón. Entonces frunció el ceño. Maldijo en voz baja, apretó la cadena y la miró a los ojos.

—Te he dicho que te vayas —insistió Morgan, tratando de no hacer caso al ritmo al que, de pronto, le latía el corazón. No estaba asustada. Y tampoco era rabia lo que sentía en esos momentos.

—Luego —respondió él y soltó la cadena—. Pero antes, en vista de que no ofreces, permíteme que tome la iniciativa.

De nuevo, Morgan se encontró entre los brazos de aquel hombre. No fue el beso seductor y juguetón de la noche anterior. Esa vez la devoró. Nadie la había besado así jamás, como si conociese hasta su último secreto. Seguro que sabría, de alguna forma, dónde necesitaba que la tocaran.

La oleada de pasión que la azotó la dejó demasiado aturdida como para reaccionar, demasiado hambrienta como para razonar. ¿Cómo podía desearlo?, ¿cómo podía querer que un hombre así la tocara? Pero no podía negar que estaba respondiendo al beso voluntariamente. Sus lenguas se encontraron. Morgan puso las manos sobre sus hombros, pero no lo empujó.

—Tienes miel en los labios, Morgan —murmuró él—. Capaz de hacer enloquecer a un hombre por otro beso.

Luego recorrió su espalda con la mano y fue bajando hasta llegar al borde del camisón. Tenía dedos fuertes, callosos, ágiles como los de un pianista. Sin importarle a qué se exponía, Morgan le rodeó las mejillas con sendas manos antes de deslizarlas hacia su pelo. Oyó un gruñido en griego, que no fue una palabra de amor, y se dejó apretar contra el desconocido.

Aunque sus cuerpos ya empezaban a familiarizarse. Morgan no extrañó los músculos de su torso ni el olor marino de su piel mientras él seguía devorándola en un beso ardiente. De pronto, gimió, en parte por miedo a lo que podía suceder, en parte extasiada por lo que estaba sucediendo. Ya no le importaba saber quién era aquel hombre. Incluso había olvidado quién era ella. En aquel instante sólo había placer... hasta que, de pronto, el desconocido puso fin al beso y la apartó para mirarla a la cara.

No le agradó comprobar que el corazón le latía tan deprisa. Ni haberse dejado llevar por la pasión. No era el mejor momento para complicarse la vida. Y aquella mujer podía resultar muy peligrosa. No sin esfuerzo, apartó las manos de los brazos de Morgan.

—Ya no hace falta que me des las gracias por el medallón. Esto ha sido más satisfactorio —dijo sonriente al tiempo que miraba hacia la cama—. ¿No me pides que me quede?

Morgan recobró la compostura de golpe. El desconocido debía de haberla hipnotizado, decidió. No cabía otra explicación razonable.

—Puede que en otro momento —contestó con el mismo desenfado que él.

—Espero que pronto —dijo el hombre antes de tomar su mano y levantarla para besarla formalmente.

Luego salió a la terraza y todavía le lanzó una última sonrisa antes de iniciar el descenso. Incapaz de contenerse, Morgan lo siguió para verlo bajar por las enredaderas.

Se movía como un gato, con seguridad, sin miedo, era como una sombra resbalando ágilmente por las paredes. Tuvo el corazón en un puño hasta que por fin lo vio saltar al suelo y desaparecer entre los árboles. Morgan soltó el aire que había estado conteniendo sin darse cuenta y se dio media vuelta. Regresó a su dormitorio. Y cerró las puertas de la terraza.

# III

Morgan se llevó la copa de vino a los labios, pero apenas lo probó. Aunque le agradaba su sabor afrutado, estaba demasiado preocupada para apreciarlo. Desde el balcón se veía el golfo, con su agua azul y un revoltijo de pequeñas islas desperdigadas. También había unos puntitos en la superficie, que en realidad eran lanchas; pero Morgan no les prestó atención. Tenía la cabeza ocupada, sobre todo, en tratar de aclarar los crípticos comentarios de su visitante de la noche anterior. Y también estaba haciendo todo lo posible por seguir la conversación que estaba desarrollándose a su alrededor.

Dorian Zoulas era tal como lo había descrito Liz: un hombre de belleza clásica, piel bronceada y estilo sofisticado. Con aquel traje color crema, parecía un adonis del siglo XX. Era inteligente, culto y masculino. Las tretas de Liz podrían haber hecho que Morgan lo tratara con cierto distanciamiento de no ser porque veía el brillo divertido que bailaba en los ojos de Dorian. Morgan se había dado cuenta de que éste no sólo sabía lo que su anfitriona maquinaba, sino que había decidido seguirle el juego. Su mirada desafiante y juguetona la relajaba y, de ese modo, podía disfrutar de un coqueteo inofensivo sin sentirse incómoda.

Iona, la prima de Alex, no le caía tan bien. Tenía un físico tan atractivo como perturbador. Era guapa y adinerada, pero su rostro transmitía tensión. Sus ojos exóticos y su boca de puchero carecían de alegría. Iona era, decidió Morgan, como un volcán a punto de estallar: caliente, oscura y alarmante.

Adjetivos que le recordaron de nuevo a su desconocido visitante. Le pegaban tan bien como a Iona Theoharis y, sin embargo, era raro, porque a Morgan le resultaban rasgos admirables en el hombre y desagradables en la mujer. ¿Estaría aplicando una doble moral?, se preguntó y negó con la cabeza. No, la energía de Iona parecía destructiva, mientras que la energía del hombre era magnética. Irritada consigo misma, Morgan dejó de mirar el mar y regresó al presente.

—Debes de encontrar esto muy tranquilo después de haber estado en Atenas —dijo dirigiéndose a Dorian.

Éste giró la silla para mirarla. Le bastó una sonrisa para insinuarle que, para él, no había otra mujer más que ella en el balcón, galantería que Morgan encontró agradable.

—La isla es una maravilla, muy tranquila. Pero me gustan los lugares caóticos. Tú vives en Nueva York, seguro que me entiendes.

—Sí, aunque ahora mismo me apetece estar tranquila —Morgan se apoyó contra la barandilla, dejando que el sol le calentara la espalda—. De momento no estoy haciendo más que vaguear. Ni siquiera he sacado fuerzas para explorar los alrededores.

—Es una isla muy pintoresca. Hay grutas, calas, viñedos, algunas granjas —Dorian sacó del bolsillo una pitillera de oro, la abrió y le ofreció un cigarrillo a Morgan. Ésta negó con la cabeza, de modo que se encendió uno para él mientras se recostaba de una forma relajada pero en estado de alerta al mismo tiempo—. Lesbos conserva su ambiente original: es colorida y no ha cambiado con el turismo.

—Justo lo que busco —Morgan dio un sorbo a su copa—. Pero voy a tomármelo con calma. No sé, cualquier día me pondré a recoger conchas y encontraré a un granjero que me deje ordeñar su cabra.

—Elevados propósitos —bromeó Dorian sonriente.

—Liz dice que siempre he sido muy intrépida —le siguió el juego Morgan.

—Me encantará acompañarte con las conchas —dijo él mientras sus ojos examinaban la cara de Morgan con una expresión de aprobación que no le pasó por alto—. Pero lo de la cabra...

—Me sorprende que te contentes con tan poco entretenimiento —interrumpió Iona.

Morgan giró la cabeza hacia ella y se obligó a sonreír.

—Estar en una isla ya es un entretenimiento de por sí para mí. Recuerda que soy una turista. Esos paquetes de vacaciones en los que vas siempre corriendo de una actividad a otra nunca me han parecido vacaciones de verdad.

—Morgan lleva dos días enteros haciendo el vago —dijo Liz sonriente—. Todo un récord.

Morgan miró a su amiga y pensó en sus encuentros nocturnos.

—Pienso tirarme dos semanas enteras haraganeando —afirmó. A partir de ese mismo día, se dijo para sus adentros.

—Pero puede que esta parte de la isla no sea tan tranquila como parece —comentó Iona, pasando una uña por el borde de su copa.

Morgan vio a Dorian enarcar las cejas como sorprendido mientras que Alex frunció el ceño disgustado.

—Haremos lo posible por que haya paz durante la visita de Morgan —medió Liz—. No suele quedarse mucho tiempo y ya que esta vez ha decidido pasar cuatro semanas enteras, nos ocuparemos de que tenga unas vacaciones agradables y sin sobresaltos.

Morgan trató de no atragantarse con el vino. ¡Sin sobresaltos! Si Liz supiera...

—¿Quieres más? —Dorian se levantó y le acercó la botella.

Iona empezó a dar golpecitos con los dedos en el brazo de su silla.

—En fin, supongo que es posible que haya gente a la que le guste aburrirse.

—Relajarse —matizó Alex con un tono ligeramente cortante.

—El trabajo de Morgan es muy estresante —añadió Liz mientras pasaba una mano por la espalda de su marido—. Todos esos políticos extranjeros y tanto protocolo.

Dorian sonrió a Morgan mientras le servía más vino en la copa.

—Estoy seguro de que cualquier persona con el talento de Morgan tiene que tener un montón de historias fascinantes que contar.

Morgan alzó las cejas. Hacía mucho tiempo que no

recibía una sonrisa masculina de admiración tan cálida y sincera.

—Puede que tenga alguna —contestó.


El sol se hundía en el mar. Una luz rosada entraba por las puertas abiertas de la terraza y bañaba la habitación. Cielo rojo, pensó Morgan. ¿No era señal de que el mar estaría en calma? Eso esperaba después de dos noches tan revueltas.

Sus primeros dos días en Lesbos no habían sido, ni mucho menos, tan tranquilos como Liz había dicho. Pero sí que lo serían los siguientes. Con suerte y un poco de cuidado, no volvería a encontrarse con aquel atractivo lunático.

Morgan vio su propia sonrisa reflejada en el espejo y cambió de expresión al instante. Quizá, cuando regresara a Nueva York, iría a ver a un psicólogo. Cuando una se empezaba a interesar por lunáticos, el peligro de convertirse en uno de ellos era grande. Debía olvidarse de aquel hombre, se ordenó con firmeza mientras abría el armario. Tenía cosas más importantes en las que pensar, como qué se pondría para cenar.

Morgan no tardó mucho en elegir un vestido blanco de mangas largas y falda hasta los tobillos. Dorian la había animado a explotar un poco su lado femenino. Jack, recordó, siempre había preferido verla con trajes formales. En más de una ocasión, sin haberle pedido opinión, se había mostrado crítico con su vestuario, tachándola de frívola e inconstante. No le gustaba encontrar una falda colorida al lado de una sobria chaqueta de negocios. Nunca había entendido que ambos estilos encajaban con ella. Otro de los desencuentros por los que habían acabado separándose, pensó Morgan mientras se abrochaba los pequeños botones del vestido.

Esa noche iba a divertirse. Hacía demasiado que no coqueteaba con un hombre. Una vez más, se acordó de cierto hombre moreno y despeinado con un ligero vello en la barbilla. Tenía que controlarse, se dijo Morgan. Aquello había sido algo más que un simple coqueteo. Cruzó la habitación para cerrar las puertas de la terraza y asintió satisfecha con la cabeza. Asunto arreglado, decidió.

Liz se deslizaba alrededor del salón. Se alegraba de que Morgan no hubiese bajado todavía. De ese modo, haría toda una entrada cuando apareciese. A pesar de su aparente fragilidad, Liz era una mujer con mucha determinación. La lealtad era una de sus cualidades más notables. Cuando quería a una persona, se desvivía por ella. Quería que Morgan fuese feliz. Casarse con Alex no le había procurado más que felicidad y quería lo mismo para su amiga.

Sonrió satisfecha y miró a su alrededor. Había elegido una luz suave y agradable. Una fragancia floral se filtraba desde el exterior por las ventanas abiertas. El vino que había encargado le daría el toque final perfecto para rematar una velada romántica. Ya sólo faltaba que Morgan estuviese dispuesta a colaborar.

—Nick, me alegra que hayas venido —Liz se acercó a Nicholas con los brazos abiertos—. Es estupendo estar todos juntos en la isla al mismo tiempo, para variar.

—Verte siempre es un placer, Liz —respondió él con una sonrisa cálida—. Y no sabes cómo agradezco des-

cansar del ajetreo de Atenas durante unas semanas...
Te lo juro: cada vez que te veo estás más guapa —añadió tras levantarle una mano para darle un beso en el dorso y mirarla a los ojos.

Liz rió y lo agarró por un brazo.

—Vamos a tener que invitarte a cenar más a menudo. ¿Te llegué a dar las gracias debidamente por la maravillosa cómoda de la India que me encontraste? —Liz lo condujo hasta el mueble donde estaban las bebidas—. Me encanta.

—Sí, me las diste. Me alegro de que te guste.

—Siempre encuentras el mueble perfecto. Me temo que Alex no distinguiría entre una cómoda india y un poncho peruano —dijo y Nick soltó una risotada.

—Bueno, cada uno tiene sus talentos.

—Pero tu trabajo tiene que ser fascinante —Liz lo miró con una sonrisa franca mientras le preparaba una copa—. Todos esos tesoros y todos esos países exóticos a los que viajas.

—A veces es más emocionante estar en casa.

—Nadie lo diría, con lo poco que te dejas ver —contestó ella—. ¿Dónde has estado este mes pasado?, ¿en Venecia?

—Una ciudad preciosa —comentó Nick.

—Me encantaría verla. Si algún día consigo que Alex se olvide de sus barcos... Vaya, parece que Iona está incordiando otra vez a Alex —dijo Liz de pronto, mirando hacia un extremo del salón—. Voy a tener que poner paz —añadió con una sonrisa de disculpa, aliviada por la expresión comprensiva de Nick.

—Eres una gran mujer, Liz. Alex es un hombre afortunado.

—Recuérdaselo de vez en cuando —le sugirió ella—.

No me gustaría que dejase de valorarme por acostumbrarse a verme a su lado. Anda, aquí viene Morgan. Ella te entretendrá mientras yo cumplo misiones diplomáticas.

Nick siguió la mirada de Liz y vio a Morgan entrando en el salón.

—Seguro que conseguirá entretenerme —murmuró.

Le gustaba el vestido que había elegido, blanco y suelto, seductor e inocente a la vez. Se había dejado el pelo suelto y le caía sobre los hombros como si acabase de levantar la cabeza de la almohada. Era bien guapa, pensó al tiempo que sentía un primer cosquilleo. Siempre había sentido debilidad por la belleza.

—Morgan —la llamó Liz, agarrándola por un brazo, antes de que pudiera saludar siquiera a Dorian—. Te presento a Nicholas Gregoras. Nick, Morgan James. Si me disculpáis, tengo que arreglar un asunto —añadió, dando por zanjada la presentación.

Morgan se quedó en silencio, atónita. Nick le levantó una mano y se la llevó a los labios.

—Eres tú —acertó a susurrar ella.

—Afrodita, eres exquisita. Incluso estando totalmente vestida.

Tras rozarle los nudillos con la boca, la miró a los ojos. Morgan reaccionó y trató de apartar la mano, pero él siguió sujetándosela sin dejar de admirarla.

—Cuidado, Morgan. Liz y sus invitados podrían extrañarse por tu comportamiento —dijo Nick con calma—. Y cualquier explicación los haría dudar de tu salud mental —añadió sonriente.

—Suéltame —dijo en voz baja, sonriendo sólo con los labios—. Ahora.

—Eres increíble —Nick le hizo una ligera reverencia

y la soltó—. ¿Sabes que tus ojos sueltan dardos, literalmente, cuando estás enfadada?

—Gracias por la información. Así tengo el placer de saber que te estoy acribillando —replicó Morgan—. No deje de avisarme cuando le clave alguno en el corazón, señor Gregoras.

—Nick, por favor —dijo él con modales refinados—. No vamos a andarnos con formalismos ahora después... de todo lo que hemos pasado juntos.

—Muy bien, Nick, sanguijuela repugnante —contestó Morgan esbozando la mejor de sus sonrisas—. Es una lástima que no sea el momento apropiado para ahondar en lo detestable que eres.

—Ya encontraremos una ocasión más oportuna —contestó él inclinando la cabeza con cortesía—. Ahora, deja que te ponga una copa.

Liz regresó, complacida con las sonrisas que les había visto intercambiar.

—Parece que habéis conectado. Se os nota como si fueseis viejos amigos.

—Le estaba diciendo al señor Gregoras lo bonita que se ve su casa desde el mar —Morgan le lanzó una mirada fugaz pero letal.

—Sí, Morgan se quedó fascinada cuando la vio —comentó Liz—. Siempre ha preferido las cosas que no encajan en un molde, no sé si me explico.

—Perfectamente —Nick paseó la mirada por la cara de Morgan. Un hombre podría ahogarse en aquellos ojos, pensó, si no tenía cuidado. Mucho cuidado—. La señorita James ha accedido a visitarla mañana por la tarde —añadió y sonrió mientras veía la cara de ella, cuya expresión pasó del asombro a la ira en el segundo que transcurrió hasta que recuperó el control sobre sus emociones.

—¡Maravilloso! —exclamó entusiasmada Liz—. Nick tiene un montón de tesoros de todas partes del mundo. Su casa es como la cueva de Aladino.

Morgan sonrió y pensó en tres deseos especialmente desagradables, todos los cuales tenían a Nick como víctima.

—Estoy deseando verla.


A lo largo de la cena, Morgan observó los modales de Nick, al principio confundida, luego intrigada. Aquél no era el hombre que ella conocía. Ese hombre era atento y refinado. No había en él tanta intensidad ni aquella autoridad implacable, sustituidas por un talante amable y encantador.

Nicholas Gregoras, aceite de oliva, negocios de importación y exportación. Sí, se notaba que era un hombre de dinero, con éxito... y conservaba el magnetismo que le había advertido desde el principio. Pero era una fuerza distinta, carismática, sin indicio alguno de violencia.

Parecía tranquilo, sentado a una mesa elegante, riéndose con Liz y Alex mientras comentaban una vieja historia de la isla. Llevaba un traje gris a la medida que le sentaba tan bien como la camiseta y los vaqueros con que lo había visto la primera vez. Su arrogancia tenía un toque más aristocrático. Todos los rasgos agresivos habían desaparecido.

Se lo veía a gusto, como si estuviera en casa, y no transmitía esa energía intrépida, arriesgada. ¿Cómo podía tratarse del mismo hombre que había empuñado un cuchillo o había trepado hasta su terraza?

Nick le ofreció una copa de vino y ella frunció el

ceño. Lo cierto era que sí se trataba del mismo hombre, se recordó. Pero, ¿a qué estaría jugando? Morgan levantó la mirada y se encontró con sus ojos. Apretó con los dedos la base de la copa. Aunque no fue más que un destello fugaz, rápidamente velado, le bastó para reconocer al hombre que se escondía bajo aquella fachada de urbanidad y buenos modales. Tenía una fuerza brutal. Si estaba jugando a algo, pensó mientras daba un sorbo de vino para serenarse, no era un juego divertido. Y, desde luego, ella no quería participar en él.

Se giró hacia Dorian y dejó a Nick con Iona. Inteligente, ocurrente y sin misterios frustrantes, Dorian era un compañero de cena mucho más agradable. Morgan se abandonó a un intercambio placentero de comentarios y procuró relajarse.

—Dime, ¿no te haces un lío con tantas palabras de distintos idiomas en la cabeza?

Morgan tomó un poquito de *moussaka*. Le gustaba la salsa, pero estaba nerviosa y se le había revuelto el estómago. Y todo por culpa de Nick. El muy desgraciado estaba haciendo estragos hasta en su apetito.

—No es tan difícil. Basta con pensar en el idioma en el que estás hablando en cada momento —contestó finalmente—. De uno en uno, así no se te mezclan.

—Lo dices como si fuese muy sencillo —insistió Dorian—. Pero no está al alcance de cualquiera. Deberías sentirte orgullosa. Es un don.

—¿Un don? —Morgan frunció el ceño un segundo y luego lo desarrugó con una sonrisa—. Supongo que sí, aunque nunca lo había pensado. No sé, me parecía una limitación no poder expresarme más que en un idioma. Luego, una vez que me puse, ya no pude parar.

–Hablando el idioma del país, te puedes sentir en casa en muchos países.

–Sí, seguro que es por eso por lo que me siento tan bien aquí.

–Alex me ha dicho que está intentando convencerte para que trabajes con él –Dorian sonrió y brindó con la copa de ella–. Lo apoyo totalmente. Trabajar contigo sólo puede resultar beneficioso para la empresa.

La risa sonora de Iona interrumpió la conversación.

–¡Ay, Nicky!, ¡qué cosas dices!

«Nicky», repitió para sus adentros Morgan. La ponían enferma los diminutivos.

–Creo que yo también disfrutaría trabajando contigo –contestó a Dorian al cabo de unos segundos.

–Dame una vuelta en lancha mañana, Nicky. Necesito divertirme un poco.

–Lo siento, Iona, mañana no puedo. Puede que a finales de semana –Nick suavizó la negativa haciéndole una caricia en la mano.

–A finales de semana puede que me haya muerto de aburrimiento –protestó Iona, poniendo cara de puchero.

Morgan oyó a Dorian suspirar. Se giró hacia él y vio la mirada de exasperación que lanzó a Iona.

–Iona me ha dicho que la semana pasada se encontró con Maria Popagos en Atenas –comentó Dorian. La expresión de exasperación se había borrado de su rostro–. Ya tiene... ¿cuántos, Iona?, ¿cuatro hijos? –añadió con dulzura.

La trataban como a una niña, pensó Morgan contrariada. Y ella se comportaba como tal: como una niña mimada y caprichosa.

Durante el resto de la cena, y luego durante el café, Morgan observó los cambios de humor de Iona, que pasaba de mostrarse hastiada a estar excitadísima. Dorian, aparentemente acostumbrado o quizá por una cuestión de educación, no daba importancia a tales fluctuaciones. Y aunque le disgustaba admitirlo, Nick también tenía la elegancia de no llamarle la atención. Alex, en cambio, iba poniéndose nervioso a medida que iba transcurriendo la velada. Se dirigía a su prima en voz baja, aconsejándole que no bebiera más, mientras ella seguía sirviéndose coñac. En vez de obedecer, se tragaba el licor de golpe y le daba la espalda a su primo.

Cuando Nick se levantó para marcharse, Iona insistió en acompañarlo al coche. Mientras salía del salón colgada del brazo de Nick, lanzó una mirada triunfal por encima del hombro. ¿A quién la habría dirigido?, se preguntó Morgan. Se encogió de hombros, se giró hacia Dorian y dejó que la velada siguiera su curso con normalidad. Ya tendría tiempo de pensar cuando estuviera sola en su dormitorio.

Morgan flotaba con el sueño. El vino la había amodorrado y no había tardado en dormirse. Aunque había dejado las puertas de la terraza cerradas, la brisa de la noche se colaba por las ventanas. Suspiró y cambió de postura mientras sentía la caricia del aire sobre la piel. Era una caricia delicada, como un ala de mariposa. Le rozaba los labios y luego bajaba hacia el cuello. Morgan puso cara de placer. Tenía el cuerpo entregado, receptivo. Separó los labios mientras la besaban. Acercó al hombre que la besaba en sueños.

Sueños que parecían muy reales. El sabor del beso era tan dulce y nítido como el vino que aún le daba vueltas en la cabeza. Emitió un gemido lánguido de placer y siguió flotando. En el sueño, los brazos de Morgan rodeaban al hombre sin rostro que la amaba. Al pirata, al fantasma. Éste susurró su nombre y aumentó la presión del beso y bajó la sábana que separaba los cuerpos de ambos. Morgan notó el tacto de unos dedos firmes y familiares sobre la piel. Un cuerpo demasiado contundente y musculoso para ser un sueño se apretaba a ella. Las imágenes borrosas fueron aclarándose y el fantasma tomó forma. Tenía pelo negro, ojos negros y una boca pecaminosa.

El cuerpo le ardía. Morgan gimió de nuevo y se dejó llevar por la pasión. Agradecía las caricias, pero su boca estaba insatisfecha, quería más. Entonces oyó una palabra cariñosa, un susurro en griego junto al oído.

De pronto, el telón de los sueños se levantó. El peso que sentía sobre su cuerpo era real y, en efecto, familiar. Morgan empezó a forcejear.

—La diosa se despierta. Una lástima.

Lo vio a la luz de un rayo de luna. Sintió el cuerpo lleno de necesidades, notó la cabeza aturdida, sabedora de que había sido Nick quien las había despertado.

—¿Qué estás haciendo? —preguntó Morgan y descubrió que apenas le entraba aire en los pulmones. Había sido la boca de Nick la que la había besado, estaba segura. Todavía podía saborear sus labios. Y sus manos...—. ¡Esto es el colmo! Si crees que voy a dejar que te cueles en mi cama mientras estoy durmiendo...

—Hace un momento no tenías ninguna queja.

—¡Serás...! Eres despreciable.

—Y tú muy sensible. Tu cuerpo reacciona de maravilla a las caricias —murmuró él al tiempo que le pasaba la yema de un dedo por el lóbulo de la oreja. Nick notó el pulso de Morgan latiéndole bajo la mano. Sabía, aunque estaba intentando controlarlo, que también el suyo se había acelerado—. Parecía que te gustaba que te tocase. A mí tocarte me gustaba —añadió con un susurro íntimo y sensual.

—Largo de aquí —le ordenó por miedo a sucumbir.

—Dulce Morgan... —Nick le dio un mordisquito en el labio inferior, la notó temblar, sintió el poder que ejercía sobre ella. Sería tan sencillo seducirla... y más arriesgado todavía—. Sólo pospones lo inevitable —agregó sonriente.

Morgan le mantuvo la mirada mientras trataba de respirar con normalidad. Algo le decía que, aunque todo lo demás que Nick le había contado fuesen mentiras, la última afirmación era cierta.

—Esta vez no te he prometido que no gritaría.

Nick enarcó una ceja, como si sintiera curiosidad por averiguar qué ocurriría si lo hacía.

—Sería interesante explicarles esta situación a Alex y Liz. Yo diría que tu belleza me ha abrumado. Lo que no es mentira del todo. De todos modos, no vas a gritar.

—¿Por qué estás tan seguro?

—Ya me habrías delatado, o lo habrías intentado, si fueses a hacerlo —respondió él.

Morgan se incorporó, se sentó en la cama y se echó el pelo al lado. ¿Acaso Nick tenía que tener siempre razón?, se preguntó enojada.

—¿Qué quieres ahora?, ¿y cómo demonios has entrado esta vez? He cerrado... —se quedó sin voz al ver que las puertas de la terraza estaban abiertas de par en par.

—¿Pensabas que un simple cerrojo me iba a cerrar el paso? —Nick soltó una risotada y le acarició la nariz con un dedo—. Tienes mucho que aprender.

—Ya está bien: escúchame...

—No, ahórrate las protestas para luego. Me doy por enterado —atajó él antes de enredar un dedo en un rizo de su cabello—. He venido para asegurarme de que no te inventarás un inoportuno dolor de cabeza que te impida venir a mi casa mañana. Quiero hablar de un par de cosas contigo.

—Yo también tengo que hablar de un par de cosas contigo —replicó furiosa Morgan—. ¿Se puede saber qué hacías en la playa la otra noche? Y quién...

—Luego, Afrodita. Ahora mismo estoy distraído —atajó Nick—. Tu piel... me encanta cómo huele —añadió mirándola a los ojos.

—No sigas —Morgan no se fiaba de él cuando empezaba a hablar en aquel tono tan seductor. De hecho, no debía fiarse de él en absoluto, se recordó—. ¿A qué ha venido el ridículo jueguecito que te traías esta noche?

—¿Qué jueguecito? —preguntó Nick abriendo mucho los ojos—. Morgan, cariño, no sé de qué hablas. Estaba comportándome con la mayor naturalidad.

—Natural por las narices.

—No hace falta que te pongas agresiva —dijo él con suavidad.

—Hace la falta que me dé la gana —replicó Morgan—. Esta noche has sido el invitado perfecto. Encantador...

—Gracias.

—Y falso —añadió, fulminándolo con la mirada.

—Falso no, correcto —matizó él—. Me he comportado como la situación lo requería.

—Claro, porque habría resultado un poco raro si te hubieses sacado del bolsillo un cuchillo en medio de la cena.

Se puso tenso. Respiró profundamente para relajarse. Morgan no iba a dejarle olvidar aquel desafortunado incidente y Nick no conseguía quitarse de la cabeza la cara de pánico que ella había puesto en el momento de desmayarse.

—Pocas personas me han visto comportarme de un modo distinto a como me he comportado esta noche —murmuró él al tiempo que le hacía una nueva caricia en el pelo—. Que seas una de ellas es cuestión de mala suerte.

—Da igual, porque a partir de ahora no quiero verte *de ningún modo*.

—Mentirosa —dijo Nick sonriente—. Te recojo mañana a la una.

Morgan soltó un exabrupto habitual en los círculos menos distinguidos de Italia, al que Nick respondió con una risotada.

—*Agapetike*, te advierto que en mis viajes de negocios he tenido ocasión de visitar los bajos fondos de Italia.

—Perfecto, entonces no necesitas que te lo traduzca.

—Tú estate lista —Nick la miró de arriba abajo—. Supongo que te resultará más fácil tratar conmigo a la luz del día... y con una indumentaria más adecuada.

—No tengo intención de tratar contigo en absoluto —arrancó ella en voz baja y hostil—. Ni de continuar con esta farsa absurda yendo a tu casa mañana.

—Claro que irás —contestó Nick con una sonrisa tan confiada como irritante—. Si no, te verías en la difícil situación de tener que explicarle a Liz por qué no quieres venir después de mostrarte tan interesada en mi casa. Dime, ¿qué es lo que te atrae de ella?

—Que tiene una estructura disparatada.

Nick soltó una risotada y le agarró una mano.

—Otro halago. Te adoro, Afrodita. Venga, dame un beso de buenas noches.

—Ni hablar —contestó Morgan con el ceño fruncido.

—Venga, si lo estás deseando —dijo él y, con un movimiento veloz, se tumbó encima de Morgan. Cuando ésta lo insultó, Nick volvió a reírse—. Eres irresistible.

Bajó la cabeza de golpe y se apoderó de sus labios con fuerza hasta que notó que Morgan dejaba de resistirse. Poco a poco, Nick disminuyó la presión del beso, aunque no su intensidad. Una intensidad que la cargaba de energía y que fue aumentando la temperatura de su cuerpo hasta que sólo hubo pasión: pura, ardiente e insensata. Morgan gimió, aceptó la pasión que la consumía y aceptó a Nick.

Éste notó el cambio. Se relajó un instante y se permitió disfrutar del momento.

Morgan tenía un sabor que perduraba en los labios de Nick mucho después de dejar de besarla. Cada vez que la tocaba, sabía que, más pronto o más tarde, tendría que poseerla por completo. Pero no todavía. En ese momento todavía había mucho en juego. Morgan era peligrosa y él ya se había arriesgado demasiado con ella. Pero el sabor de sus labios...

Nick se entregó al beso a sabiendas del peligro de volverse vulnerable, siquiera por un segundo, abandonándose a Morgan. Si ella no hubiese estado en la playa aquella noche, si él no hubiese tenido que descubrirse ante ella, ¿serían las cosas distintas de como eran en ese momento?, se preguntó mientras el deseo empezaba a hundir sus garras. ¿Habría podido seducirla y abrazarla, acostarse con ella, con un par de galanterías y palabras inteligentes? Si se hubiesen encontrado por primera vez esa noche, en casa de Liz, ¿la habría deseado con tanta urgencia y desesperación?

Sentía las manos de Morgan acariciándole el pelo. Nick descubrió que había dejado de besarla en la boca y se había deslizado hasta su cuello. Parecía como si la fragancia de Morgan se concentrara allí con un sabor salvaje y peligroso. Él convivía con el peligro y le gustaba; se enfrentaba a él con astucia y ganaba. Pero no podía calcular el riesgo de acercarse a esa mujer, del sentimiento que le despertaba. Por otra parte, la suerte ya estaba echada. Nada podía cambiar el camino que él tenía que seguir. Como tampoco podía cambiar el hecho de que ella estaba implicada.

Quiso acariciarla, rasgarle la seda que apenas cubría su cuerpo y sentir la piel de Morgan cálida bajo su mano. Pero no se atrevió. Como hombre, conocía sus limitaciones y debilidades. Si era sincero, no le agradaba que Morgan James se hubiese convertido en una debilidad en un momento en que no podía permitirse flaqueza alguna.

Morgan murmuró el nombre de Nick, introdujo las manos bajo su camiseta y las plantó sobre aquellos potentes pectorales. Nick sintió un trallazo de deseo, una descarga ardiente sobre la boca del estómago. Tuvo que hacer un esfuerzo sobrehumano para no dejarse arrastrar por la pasión y permitir que transcurrieran unos segundos, hasta que ésta se convirtió en un cosquilleo, todavía intenso, pero que podía controlar. Luego levantó la cabeza y esperó a que Morgan

abriera sus ojos azules. Algo se le clavó en la palma de
la mano y, de pronto, Nick vio que había agarrado el
medallón de Morgan sin darse cuenta. Apretó los
dientes para no blasfemar y esperó un instante hasta
estar seguro de que podría hablar con normalidad:

—Dulces sueños, Afrodita —se despidió sonriente—.
Hasta mañana.

—Eres un... —Morgan tuvo que pararse a recuperar
el resuello y el ingenio necesario para insultarlo.

—Hasta mañana —repitió él al tiempo que le daba
un beso en el dorso de la mano.

Morgan lo vio salir por la terraza e iniciar el descenso hasta perderlo de vista. Completamente quieta,
permaneció tumbada mirando al vacío y se preguntó
dónde se había metido.

IV

La casa estaba en silencio. La mañana había amanecido tranquila y Morgan acogió de buen grado la orden de Liz de salir sola a disfrutar de la playa. Quería evitar la compañía de Iona y, aunque no le gustara admitirlo, no creía que pudiese soportar una conversación distendida con Liz sobre la cena de la noche anterior. Su amiga esperaría que hiciese algunas observaciones ingeniosas sobre Nick y Morgan no se sentía con ganas para seguirle el juego. Por suerte, Dorian estaba trabajando con Alex y no podía hacerle compañía, de modo que salió sola.

Necesitaba un poco de soledad para ordenar ideas y aclararse. En los últimos días, había acumulado unas cuantas cosas en las que pensar. Y había decidido que había llegado el momento de resolverlas, una a una.

¿Qué habría estado haciendo Nicholas Gregoras en la playa aquella primera noche? Le había parecido que olía a sal, lo que significaba que había estado en el mar. Recordaba el ruido de un motor. Había asumido que sería de un pescador, pero Nick no se dedicaba a la pesca. Lo había notado desesperado por que no lo vieran; suficientemente desesperado como para llevar un cuchillo. Todavía podía ver la expresión de su cara mientras estaba tumbada debajo de él a la sombra de los cipreses. En caso necesario, Nick habría llegado a utilizar el cuchillo.

De alguna manera, tomar consciencia de esto la inquietaba más en ese momento que cuando no lo conocía. Morgan le dio una patada a una piedra y bajó malhumorada las escaleras de la playa.

¿Y quién estaba con él?, se preguntó. Alguien había obedecido sus órdenes sin vacilar. ¿Quién había usado las escaleras de la playa mientras Nick la retenía prisionera entre los arbustos?, ¿Alex?, ¿el hombre que le alquilaba la casa de campo a Nick? Frustrada, Morgan se descalzó y empezó a caminar sobre la arena caliente. ¿Por qué iba a estar dispuesto a matar a nadie antes que dejar que lo descubrieran? Por otra parte, podía haber sido cualquier persona: algún miembro del servicio doméstico de las villas, algún intruso...

No debía precipitarse, se recordó Morgan mientras levantaba arena con el pie. Tenía que analizar la situación con serenidad. En primer lugar, ¿tenía lógica suponer que las pisadas que había oído pertenecían a alguien que también había estado en el mar? Morgan creía que sí. Después decidió que, quienquiera que hubiese sido, la persona debía de haberse dirigido hacia alguna de las villas o casitas de campo cercanas. ¿Por qué, si no, los había encontrado en esa zona en concreto de la playa? Era una conclusión razonable, se dijo mientras paseaba sin rumbo. Y entonces, ¿a qué se habría debido el empeño de Nick por evitar que lo vieran?

Contrabando. Era evidente. Obvio. Pero se negaba a dar credibilidad a tales palabras. No quería pensar que Nick estuviese implicado en un negocio tan sucio. A pesar de lo enojada y resentida que estaba con él, Morgan había percibido algo totalmente diferente en Nick. Tenía algo... algo que no era capaz de precisar con palabras. Fortaleza, quizá. Era la clase de hombre en quien uno podía apoyarse cuando nadie más podía ayudar. Morgan quería darle un voto de confianza. No tenía sentido, pero era así.

Con todo, ¿sería un traficante?, ¿habría creído que había visto algo delictivo? ¿Pertenecerían las pisadas que había oído a algún agente de policía?, ¿o a otro traficante?, ¿a un enemigo quizá? Si Nick había creído que ella podía ser una amenaza, ¿por qué no la había matado con el cuchillo? Si realmente era un asesino frío y calculador... no. Morgan sacudió la cabeza. No estaba de acuerdo con esa descripción. Aunque estaba casi segura de que Nick podía llegar a matar, no lo consideraba frío en absoluto. Lo que no hacía sino multiplicar los problemas.

Una espiral de preguntas y respuestas se enredaban en su cabeza. Preguntas tenaces, respuestas inquietantes. Morgan cerró los ojos y respiró profundamente. Esa misma tarde le preguntaría y lo obligaría a que contestase sin rodeos, se prometió. No podía negarse a darle alguna explicación. Morgan se sentó en la arena, apretando las rodillas contra el pecho. Ella estaba tan tranquila cuando él había aparecido para complicarlo todo.

—¡Hombres!

—Me niego a tomarme eso como una crítica personal.

Morgan giró la cabeza y se encontró mirando una sonrisa abierta y amistosa.

—Hola, parece que está enfadada con todo mi género —continuó el desconocido. Se levantó de una roca y se acercó a Morgan. Era alto y esbelto, con rizos castaños despeinados y una cara bronceada que transmitía juventud y fuerza al mismo tiempo—. Pero creo que merece la pena arriesgarse. Soy Andrew Stevenson —se presentó mientras tomaba asiento, todavía sonriente, al lado de Morgan.

—¿Andrew Stevenson? —repitió ella—. ¿Poeta o pintor? Liz no estaba segura —añadió, ofreciéndole una sonrisa.

—Poeta —contestó él poco convencido—. O al menos eso me digo.

Morgan se fijó en el cuaderno que Andrew tenía en las manos.

—Lo he interrumpido. Estaba escribiendo... Perdón.

—Al contrario: su presencia es toda una inspiración. Tiene usted una cara muy especial.

—Me lo tomaré como un piropo —comentó ella.

—Señorita, su cara es el sueño de cualquier poeta —Andrew la contempló unos instantes—. ¿Tiene usted algún nombre o va a desaparecer en medio de una bruma dejándome embrujado?

—Morgan —contestó ésta, complacida con tan complicado piropo—. Morgan James. Y dígame, señor Stevenson, ¿es usted buen poeta?

—Andrew. Y, respondiendo a su pregunta, no puedo decir que no —dijo él sin dejar de mirarla—. La modestia no es una de mis virtudes. Has dicho Liz. Supongo que te refieres a la señora Theoharis. ¿Estás alojándote en su casa?

—Sí, durante unas semanas —contestó Morgan, a la que, de pronto, se le pasó por la cabeza una posibilidad—. ¿Estás viviendo en la casa de campo que Nicholas Gregoras alquila?

—Exacto. Aunque, en realidad, me sale gratis —Andrew soltó el cuaderno, pero empezó a hacer dibujos en la arena, como si no pudiese dejar las manos quietas—. Somos primos. No por la parte griega. Nuestras madres son parientes.

—Así que su madre es estadounidense —murmuró Morgan. Eso, al menos, explicaba la desenvoltura de Nick con el idioma.

—De San Francisco —dijo Andrew—. Se volvió a casar después de que el padre de Nick muriese. Vive en Francia.

—Así que estás visitando Lesbos y a tu primo al mismo tiempo.

—La verdad es que Nick me ofreció asilo vacacional cuando se enteró de que estaba escribiendo un poema épico, un poco homérico, ya sabes —los ojos de Andrew, más azules que los de ella, la miraban con intensidad. Morgan no percibía en su cara nada que pudiera relacionarlo con Nick—. A mí me apetecía pasar una temporada en Lesbos, así que acepté encantado. La casa de Safo. La poesía y la leyenda siempre me han fascinado.

—Safo —repitió Morgan, olvidándose de Nick—. Ah, sí, la poetisa.

—La Décima Musa. Vivía aquí, en Mitilini —Andrew miró hacia la playa con cara soñadora—. Me gusta pensar que la casa de Nick está en el acantilado desde el que se tiró al mar, desesperada por el amor de Faón.

—Una idea interesante —Morgan miró hacia la irregular estructura gris—. Y supongo que su espíritu sigue flotando sobre la casa en busca de su amor. Desde luego, es una casa perfecta para una tragedia poética.

—¿Has estado dentro? —preguntó Andrew—. Es fantástica.

—No, Nick me hará una visita guiada esta tarde —contestó ella con desenfado mientras maldecía para sus adentros en varios idiomas.

—¿Una visita guiada? —Andrew la miró intrigado—. Debes de haberle causado una tremenda impresión. Claro que tampoco me extraña. Nick siempre ha sido un gran amante de la belleza.

Morgan esbozó una sonrisa poco expresiva.

—¿Sueles escribir en la playa? A mí me encanta pasear sobre la arena —comentó entonces. Morgan dudó antes de añadir—: Hace un par de noches estuve dándome un baño a la luz de la luna.

No advirtió sorpresa ni tensión en el rostro de Andrew, el cual se limitó a sonreír.

—Lamento habérmelo perdido. Y sí, suelo estar por esta parte de la isla. Aquí, arriba en los acantilados, en los viñedos. Según me apetezca.

—Yo también quiero explorar un poco los alrededores —dijo Morgan.

—Cuenta conmigo si necesitas un guía —se ofreció Andrew—. Ahora mismo ya me conozco esto tan bien como cualquier nativo. Si quieres compañía, no te resultará difícil encontrarme por aquí o en la casita de campo. No está lejos.

—Suena bien —dijo ella con un brillo divertido en los ojos—. ¿No tendrás una cabra por casualidad?

—Eh... no.

Morgan rió al ver la cara de Andrew y le dio una palmadita en la mano.

—No intentes entenderlo —le recomendó—. Y ahora, será mejor que me cambie para la visita guiada.

Andrew se levantó con ella y le agarró una mano.

—Volveremos a vernos —dijo en tono afirmativo más que interrogante.

—Seguro. La isla es muy pequeña.

Andrew sonrió mientras le soltaba la mano. Luego la miró alejarse hasta perderla de vista y volvió a sentarse sobre una roca, mirando al mar.


Nicholas Gregoras llegó muy puntual. Cinco minutos después de la una, entusiasmada por la invitación a su amiga, Liz estaba echando a Morgan de casa.

—Diviértete, cariño, y no tengas prisa en volver. Nick, a Morgan le va a encantar tu casa. Tiene una vista del mar impresionante.

—Impresionantísima —murmuró Morgan de mala gana y Nick sonrió.

—Bueno, pasadlo bien —repitió Liz al tiempo que los empujaba, como si fueran dos niños pequeños sin ganas de ir al colegio.

—Te advierto que Liz te considera un candidato adecuado para solicitar mi mano —dijo Morgan mientras se sentaba en el coche de Nick—. La horroriza la idea de que acabe convirtiéndome en una solterona.

—Afrodita, no hay hombre vivo en la Tierra que pueda verte como una solterona —contestó él al tiempo que se sentaba a su lado y le agarraba una mano.

Morgan no quería dejarse engatusar, así que apartó la mano y contempló el paisaje por la ventanilla.

—Me he encontrado con el poeta que vive en tu casita de campo esta mañana.

—¿Andrew? Es buen chico.

—No tan chico —contestó Morgan—. Es un hombre encantador —añadió y Nick enarcó una ceja.

—Sí, supongo que sí. De alguna forma, siempre pienso en él como si fuera un niño. Aunque apenas nos llevamos cinco años —Nick se encogió de hombros—. Tiene talento. ¿Lo has embrujado con tu belleza?

—Él dijo «inspirado» —corrigió Morgan.

—Normal —contestó Nick sonriente—. Una romántica inspirando a otro romántico.

—Yo no soy romántica —replicó ella. La conversación la estaba forzando a prestar mucha más atención de la que había previsto—. Soy muy práctica.

—Morgan, eres una romántica empedernida —aseguró Nick sin perder la sonrisa—. Una mujer que se cepilla el pelo a la luz de la luna y que tiene aprecio a un medallón sin valor tiene que ser romántica a la fuerza.

—También llevo la cuenta de mis gastos y vigilo mi colesterol —contestó Morgan, molesta por cómo la había descrito Nick.

—Admirable —repuso éste y ella tuvo que contener las ganas de soltar una risotada.

—Nicholas Gregoras, eres un cretino de primera.

—Lo reconozco. Odio no ser de primera, se trate de lo que se trate.

Morgan se recostó sobre el asiento, pero se olvidó de cualquier leve irritación cuando pudo ver la casa entera.

—¡Dios! —exclamó—. ¡Es increíble!

Parecía firme, primitiva e invulnerable. La segunda planta se erguía sobre el mar como un brazo extendido, no pidiendo dinero, sino exigiendo. El aura que había intuido al ver la casa desde el mar no perdió un ápice de fuerza desde cerca. Aunque estaban desperdigados aquí y allá, como si crecieran naturalmente, las flores y los viñedos estaban bien cuidados y atendidos. Era como el castillo de la Bella Durmiente, pensó Morgan.

—¡Qué maravilla! —dijo Morgan mientras él paraba el coche a la entrada—. Nunca había visto una casa igual.

—Es la primera vez que me sonríes sinceramente —comentó Nick. Él, en cambio, no estaba sonriendo en ese momento, sino que la miraba algo disgustado. No se había dado cuenta de cuánto deseaba recibir el calor y la simpatía de una sonrisa espontánea de Morgan. Y después de haberla recibido, no estaba seguro de qué hacer al respecto. Nick maldijo para sus adentros y salió del coche.

Sin darle importancia al comentario, Morgan bajó del coche y admiró el exterior de la casa.

—¿Sabes lo que parece? —preguntó, hablando casi para sí misma—. Parece como si Zeus hubiese lanzado un rayo sobre la montaña y la casa hubiese aparecido después de la explosión.

—Una teoría interesante —Nick le agarró una mano y empezó a subir unos escalones de piedra—. Si hubieses conocido a mi padre, te darías cuenta de lo aproximada que es a la verdad.

Morgan se había aleccionado para empezar a acribillarlo a preguntas y exigirle explicaciones tan pronto como llegaran. Al entrar en el vestíbulo, se olvidó de todo.

Ancho y blanco, estaba salpicado de adornos y cuadros coloridos. En una pared había lanzas colgadas, instrumentos para matar, pensó Morgan; pero con la dignidad de las armas antiguas. La escalera que conducía a las plantas superiores formaba un semicírculo con una barandilla de madera oscura sin barnizar que daba al conjunto un aspecto majestuoso. Sin ser elegante, tenía cierto equilibrio y gusto salvaje.

—Nicholas, es una auténtica maravilla —dijo Morgan tras exhalar un suspiro—. No me extrañaría encontrarme con un cíclope bajando por las escaleras. ¿Hay centauros en el patio trasero?

—Te enseñaré la casa, a ver qué sorpresas nos llevamos —contestó Nick. Morgan le estaba poniendo difícil ceñirse a lo que había planeado. Se suponía que no tenía que mostrarse amable. No estaba en el guión. En cualquier caso, le sujetó la mano mientras la guiaba por la casa.

La comparación de Liz con la cueva de Aladino era acertada. Cada habitación estaba repleta de tesoros: cristales de Venecia, cajas estilo Fabergé, máscaras africanas, cerámica americana, jarrones de Ming... todo reunido en un revoltijo de culturas. Lo que podría haber sido un museo era un glorioso desorden de maravillas. Cuanto más recorría los giros y recovecos de la casa, descubriendo sorpresa tras sorpresa, más fascinada iba estando. Junto a una ballesta del siglo XVII había una pieza exquisita de porcelana. Y junto a ésta, una cabeza reducida de Ecuador.

Sí, el arquitecto estaba loco, decidió mientras se fijaba en las cabezas de lobo y los elfos sonrientes que había grabados en la madera de los dinteles. Genialmente loco. La casa era un cuento de hadas; pero no una versión almibarada para niños, sino una con sombras susurrantes de pequeños gremlins.

En la planta de arriba, una enorme ventana le hizo sentir que estaba suspendida al borde del acantilado. Se asomaba al despeñadero con arrogancia e invitaba a arrojarse al fondo del mar. Morgan lo miró con una mezcla de vértigo y admiración.

Nick la observaba. En aquel momento, viéndola tan entusiasmada, no sentía la necesidad de agarrarla y poseerla. Ya habría ocasión. Estaba acostumbrado a conseguir lo que quería y no cabía duda de que deseaba a Morgan.

Ésta se giró hacia él. Seguía excitada, entre asustada y emocionada por la vista del mar.

—Andrew dijo que le gustaba pensar que Safo se arrojó desde aquí al mar. No me importaría creérmelo.

—Andrew tiene mucha imaginación.

—Tú también —contestó ella—. Vives aquí.

—Tus ojos son como un lago mitológico —murmuró Nick—. Etéreos y traslúcidos. Debería llamarte Circe en vez de Afrodita. Juraría que tienes más de bruja que de diosa —añadió justo antes de girarle la barbilla para obligarla a que lo mirara.

Morgan comprendió el brillo de sus ojos. No era un brillo arrogante, sino de deseo. De pasión. Una pasión sumamente seductora.

—Sólo soy una mujer, Nicholas —se oyó decir.

Nick se puso tenso. Respiró. Se tomó un segundo para serenarse antes de agarrarle un brazo:

—Vamos abajo a tomar una copa.

Mientras se dirigían al salón, Morgan se recordó sus prioridades. Tenía que conseguir respuestas... y las conseguiría. No podía permitir que un par de palabras amables y miradas intensas le hicieran olvidar la

razón por la que había ido. Antes de llegar a formular
pregunta alguna, sin embargo, un hombre apareció
por la puerta.

Era bajo, de piel arrugada. Tenía pelo gris y tupido.
Sus brazos eran grandes y musculosos. Era como un
tanque a pequeña escala. Su bigote era una obra de
arte. Nacía bajo la nariz y se arqueaba libremente por
ambos lados de la boca hasta la barbilla. Al sonreír, enseñó varios huecos donde debía de haber dientes.

—Buenas tardes —saludó con respeto en griego, pero
con mirada alegre.

Intrigada, Morgan lo miró sin sonreír.

—*Yiasou*.

—Stephanos, la señorita James. Stephanos es mi...
ayudante.

—A su servicio, señorita —dijo sonriente el hombre.
Se inclinó levemente, pero Morgan no vio nada reve-
rente en el gesto—. Ya me he ocupado del asunto del
que hablamos, señor Gregoras. Tiene un par de men-
sajes de Atenas —añadió, dirigiéndose a Nick con respeto exagerado.

—Luego los oiré.

—Como desee —dijo el hombre antes de retirarse.

Morgan frunció el ceño. Había percibido algo extraño en aquella breve conversación. Sacudió la cabeza mientras Nick le servía una copa. No era la relación de éste con sus criados lo que le interesaba.

Por fin, decidió que lo mejor sería abordar el tema
que la preocupaba sin contemplaciones:

—¿Qué hacías en la playa la otra noche?

—Creía que habíamos acordado que estaba atacán-
dote.

—Eso fue al final de la jornada —Morgan tragó saliva

y se atrevió a presionarlo un poco más–. ¿Estabas haciendo contrabando de algo?

Nick vaciló sólo un segundo. Le estaba dando la espalda, de modo que Morgan no pudo ver su expresión de sorpresa. Una mujer muy perspicaz, pensó. Demasiado perspicaz.

–¿Y cómo has llegado a una conclusión tan asombrosa? –preguntó al tiempo que le entregaba una copa.

–Te lo estoy preguntando en serio –insistió ella, mirándolo a los ojos, después de agarrar la copa y sentarse–. Te he preguntado si te dedicas al contrabando.

–Primero, dime por qué crees que es posible –contestó Nick, que se había sentado frente a Morgan.

–Olías a mar. Venías del agua.

Nick dio un sorbo a su copa.

–Y eso implica que soy un traficante –contestó él con sarcasmo.

–Si hubieses salido a pescar simplemente, no me habrías tirado al suelo intimidándome con un cuchillo –insistió Morgan–. La costa de Turquía es un lugar propicio para el contrabando. Alex me dijo que había problemas con el contrabando.

–¿Alex? –repitió Nick interesado–. ¿Qué actitud tenía Alex exactamente con el tema del contrabando?

Morgan dudó. La pregunta interrumpía su propio interrogatorio.

–Parecía... resignado, como quien acepta el mal tiempo.

–Entiendo –dijo Nick antes de dar otro sorbo a su copa–. ¿Te habló de cómo se realizan este tipo de transacciones?

–¡Claro que no! –replicó enojada por la habilidad

con la que Nick le había dado la vuelta al interrogatorio—. Alex no tiene nada que ver con esas cosas. Pero
creo que tú sí estás metido.

—Eso parece.

—¿Y?

—¿Y qué? —contestó Nick sonriente.

—¿Vas a negarlo? —preguntó Morgan y descubrió
que deseaba que lo hiciese. Lo deseaba con todas sus
fuerzas.

—Da igual que lo niegue o deje de negarlo. No me
creerías. Es evidente que ya has llegado a una conclusión —Nick la miró a los ojos y preguntó con desenfado—: ¿Qué harías si lo reconociese?

—Te entregaría a la policía —contestó Morgan y él
soltó una risotada.

—Morgan, eres realmente valiente —dijo al tiempo que
se inclinaba para agarrarle una mano—. Tengo muy buena
fama. Te aseguro que la policía te tomaría por loca.

—Podría demostrar...

—¿Qué? —atajó él con violencia—. No puedes demostrar lo que no sabes.

—Sé que no eres quien finges ser —contestó ella.
Trató de soltarse, pero Nick siguió sujetándole la
mano—. Aunque quizá sea más acertado decir que eres
algo que finges no ser.

Nick la observó en silencio con una mezcla de
enojo y admiración.

—Sea quien sea o quien deje de ser, no tiene nada
que ver contigo.

—¡Qué más quisiera! —replicó ella.

Nick la miró por encima de la copa.

—De modo que estarías dispuesta a ir a la policía para
acusarme de contrabandista. No me parece prudente.

—No es una cuestión de prudencia: es cuestión de hacer lo correcto —Morgan tragó saliva. Luego soltó lo que llevaba atormentándola desde el principio—. El cuchillo... ¿lo habrías utilizado?

—¿Para hacerte daño? —preguntó él con voz neutra.

—A mí o a cualquier otra persona.

—No se puede dar una respuesta concreta a una pregunta en general.

—Nicholas, por Dios...

Nick dejó su copa. De pronto, la expresión de su cara cambió. Sus ojos adquirieron un brillo peligroso.

—Tienes que ser increíblemente valiente o increíblemente tonta para estar sentada hablando conmigo si crees que soy todas esas cosas que dices.

—Creo que estoy a salvo —replicó con aplomo—. Todo el mundo sabe que estoy contigo.

—Pero podría desembarazarme de ti en cualquier otro momento si te considerara un obstáculo.

—Puedo cuidar de mí misma —dijo Morgan tras superar un momento de miedo.

—¿Seguro? —Nick se encogió de hombros y pareció relajarse de nuevo—. En cualquier caso, no tengo intención de hacerte daño. Tu talento podría serme de mucha utilidad.

—No pienso dejar que me utilices —repuso ella, alzando la barbilla—. Traficar opio es una forma despreciable de ganar dinero.

—Un negocio sucio para piratas con parche en el ojo, ¿verdad? —se burló Nick—. ¿Así es como te lo imaginas, señorita práctica?

Abrió la boca para responder, pero no pudo evitar sonreír.

—Me niego a que me caigas bien, Nicholas.

—No tengo por qué caerte bien, Morgan. Es un sentimiento demasiado suave para mi gusto —Nick volvió a agarrar su copa—. ¿No bebes?

—Nicholas, sólo quiero una respuesta sincera. Me la merezco —insistió ella sin dejar de mirarlo a los ojos—. Es verdad: no puedo ir a la policía, me digas lo que me digas. No tienes por qué tenerme miedo.

Nick sintió algo extraño ante aquella última frase, pero optó por no prestarle atención. Consideró sus opciones antes de hablar:

—Te diré una cosa: estoy... relacionado con el contrabando. Me interesaría que me contaras cualquier cosa que oyeras al respecto.

Morgan se levantó con el ceño fruncido y empezó a dar vueltas por la pieza. Nick le estaba poniendo difícil distinguir la estrecha línea que dividía el buen camino del malo. Sobre todo, porque el camino estaba lleno de giros y sentimientos implicados. ¡Sentimientos! Morgan frenó en seco. No, nada de sentimientos. Ella no sentía nada por Nick.

—¿Quién estaba contigo esa noche? —le preguntó. Tenía que ceñirse al plan. Conseguir respuestas. Ya habría tiempo para análisis introspectivos—. Le estabas dando órdenes a alguien.

—Creía que estabas demasiado asustada y no te habías dado cuenta —Nick dio un sorbo a su copa.

—Estabas hablando con alguien —insistió ella—. Alguien que hacía justo lo que le decías sin preguntar. ¿Quién era?

Nick sopesó las ventajas y desventajas antes de contestar. Con lo inteligente que Morgan era, no tardaría en imaginárselo, se dijo finalmente.

—Stephanos.

—¿El hombrecillo que me has presentado? —Morgan se plantó frente a Nick. Stephanos no concordaba con la imagen que tenía de un contrabandista sin escrúpulos.

—Ese hombrecillo se conoce el mar como un jardinero se conoce sus rosales —respondió Nick y sonrió ante la expresión incrédula de ella—. También tiene a favor que es una persona leal. Lleva conmigo desde que yo era un crío.

—Qué organizado lo tienes todo —Morgan se acercó abatida a la ventana. Estaba obteniendo respuestas, pero no eran las que deseaba—. Una casa en una isla estratégica, un criado leal, un negocio de importación y exportación que no despierta sospechas. ¿Quién pasó por las escaleras de la playa aquella noche, que querías evitarlo?

Asustada o no, pensó Nick disgustado, había sido muy observadora.

—Eso no tiene por qué importarte.

—Tú me has metido en esto, Nicholas —dijo ella tras darse la vuelta para mirarlo—. Tengo derecho a saberlo.

—Tus derechos llegan hasta donde yo diga —Nick se puso de pie—. No me presiones más de la cuenta, Morgan. Las consecuencias no te gustarían. Te he contado todo lo que pienso contarte de momento. Conténtate con ello —añadió en tono autoritario.

Morgan retrocedió un paso, furiosa consigo misma por haberse asustado. A Nick le dolió comprobar que tenía miedo de él.

—No voy a hacerte daño, maldita sea —dijo agarrándola por los hombros—. Si quisiera hacerlo, ya he tenido ocasiones de sobra. ¿Qué crees?, ¿que voy a cortarte el cuello o a tirarte por el acantilado?

Morgan, más enfadada que asustada en ese momento, lo miró a los ojos con aplomo:

—No sé qué es lo que creo.

De pronto, Nick se dio cuenta de que la estaba apretando demasiado fuerte. Maldijo en voz baja y aflojó la presión que ejercía sobre sus hombros. No podía preocuparse tanto por ella. No podía permitir que le importase lo que Morgan pensara de él.

—No espero que confíes en mí —dijo con calma—. Pero piensa un poco: si estás metida en esto es porque apareciste por la playa, no ha sido premeditado. No quiero hacerte daño, Morgan. Te lo aseguro.

Y Morgan estaba convencida de que le estaba diciendo la verdad. Intrigada, examinó su rostro:

—Eres un hombre extraño, Nicholas. No sé por qué, pero no te veo dedicándote a algo tan rastrero como el contrabando.

—¿Intuición femenina? —Nick sonrió y le acarició el pelo, suave y tentador—. ¿Crees en tu intuición o en lo que te dicta el cerebro?

—Nicholas...

—No, no me hagas más preguntas. Soy... muy susceptible a la belleza. Y tú eres muy bella. Además de inteligente, una combinación difícil de resistir —Nick agarró el medallón que colgaba del cuello de Morgan, lo examinó y lo soltó—. Dime, ¿qué piensas de Iona y Dorian? —le preguntó después de separarse de ella.

—Estoy harta. Estoy harta de todo esto —protestó Morgan—. Yo había venido a Lesbos a desconectar de presiones y complicaciones.

—¿Qué clase de presiones y complicaciones?

—¿A ti qué te importa? —replicó irritada—. Ya tenía

una vida antes de bajar a esa maldita playa y cruzarme contigo.

—Sí —murmuró Nick mientras agarraba su copa—. Seguro que la tenías.

—Y ahora me veo metida en medio de una película de miedo de serie B. No me gusta.

—Es una pena que no te quedaras en la cama esa noche, Morgan —Nick dio un sorbo—. Puede que sea suficientemente griego para decir que los dioses así lo querían. De momento, tu destino y el mío están unidos y ninguno de los dos podemos hacer nada por evitarlo.

Morgan lo sorprendió al poner una mano sobre su torso. A Nick no le gustó el modo en que su corazón reaccionó.

—Si sientes esto, ¿por qué no me das una respuesta directa? —insistió ella.

—No puedo —Nick la miró a los ojos y Morgan vio deseo. El deseo de él y el reflejo de su propio deseo—. Vas a tener que aprender a quererme tal como soy —añadió sonriente.

Morgan retiró la mano. Tenía más miedo de sí misma que de él.

—No te quiero de ningún modo —respondió.

—¿Seguro? —Nick la estrechó entre los brazos—. Vamos a ver cuánto tardo en demostrar que estás mintiendo —agregó justo antes de besarla.

No se resistió. El límite entre seguir el buen camino o desviarse se desdibujaba cada vez que saboreaba la boca de Nick. Fuese quien fuese, quería seguir entre sus brazos.

Morgan entrelazó las manos tras su nuca para acercárselo. Lo oyó murmurar algo boca contra boca y se abandonó a un beso cada vez más fogoso.

¿Siempre había tenido esa pasión en su interior, esperando a que algún hombre la despertara? En cualquier caso, ya no estaba dormida. La impulsaba con fuerza a devorar los labios de Nick mientras él la rodeaba por la cintura en un gesto posesivo. Morgan se arqueó contra él, como desafiándolo a que la hiciera suya... retándolo a que lo intentase.

De alguna manera, supo que seguirían encontrándose una y otra vez, en contra de su voluntad, en contra de cualquier lógica. Quizá lograra resistirse de tanto en tanto, pero acabaría volviendo a él. Saberlo la asustaba y excitaba a partes iguales.

—Morgan... te deseo... —susurró Nick—. Por los dioses que te deseo. Quédate conmigo esta noche. Aquí podemos estar solos.

Quiso aceptar, su cuerpo estaba dispuesta a decir que sí a cualquier cosa... a todo. Pero terminó retrayéndose.

—No.

Nick le levantó la cara y le preguntó con arrogancia y diversión:

—¿Te da miedo?

—Sí.

Nick enarcó las cejas ante la inesperada sinceridad de Morgan. La vulnerabilidad de su mirada le impidió sacar provecho de su ventaja.

—Demonios, eres una mujer exasperante —dijo al tiempo que se alejaba para llenarse la copa de nuevo—. Podría agarrarte en brazos, echarte encima del hombro, subirte a la habitación y poner punto final a todo esto.

Aunque le temblaban las piernas, se obligó a permanecer de pie:

—¿Por qué no lo haces?

Nick se giró furioso, pero, un instante después, consiguió recuperar el control.

—Supongo que estás más acostumbrada a que te seduzcan con champán y velas. Con promesas y mentiras agradables —Nick dio un trago y dejó la copa de golpe—. ¿Eso es lo que quieres?

—No —Morgan le mantuvo la mirada al tiempo que, instintivamente, se llevaba la mano hacia el medallón—. Simplemente, no quiero que me hagas el amor.

—¡No me tomes por tonto! —Nick dio un paso hacia ella. Luego se frenó. Un paso más y ninguno de los dos tendría opción—. Tu cuerpo te delata cada vez que te toco.

—Eso no tiene que ver —contestó con serenidad ella—. No quiero que me hagas el amor.

Esperó hasta apaciguar un poco el deseo y la frustración.

—¿Porque crees que soy traficante de opio?

—No —respondió, para sorpresa de ambos—. Porque no quiero ser uno de tus pasatiempos —añadió con sinceridad.

—Entiendo —Nick se metió las manos en los bolsillos—. Será mejor que te lleve de vuelta a casa.


Media hora después, Nick cerró la puerta de su casa de un portazo. Estaba de mal humor. Entró en el salón, se sirvió otra copa y se desplomó sobre un sofá. ¡Maldita mujer! No tenía tiempo ni paciencia para convencerla de que debían acostarse. Seguía sintiendo una punzada de deseo en su interior, así que dio un trago para anestesiarla. No era más que una necesidad física, se dijo. Tendría que buscarse a otra mujer, a cualquier otra mujer, para liberar parte de la tensión acumulada.

—Ah, ya has vuelto —dijo Stephanos entrando en el salón. Advirtió la irritación de Nick y la aceptó sin hacer comentarios—. La señorita es más guapa de lo que recordaba. ¿Cuánto le has contado? —preguntó al tiempo que se dirigía al mueble bar para servirse una copa.

—Sólo lo necesario. Es muy perspicaz. Y más descarada todavía. ¿Pues no va y me acusa de contrabandista? —exclamó y Stephanos soltó una risotada—. No sé qué te hace tanta gracia —añadió y Stephanos se limitó a sonreír.

—¿Le has hablado de Alex?

—De momento no.

—¿Es leal?

—¿A Alex? —Nick frunció el ceño—. Sí, llegado el caso, lo sería. No va a ser fácil sacarle información —añadió, conteniendo las ganas de levantarse para dar vueltas por el salón.

—Pero acabarás sacándosela.

—Ojalá se hubiera quedado en la cama esa noche —gruñó Nick.

Stephanos sonrió y se terminó la copa de un trago largo.

—No te la quitas de la cabeza y eso te tiene tenso —comentó. Al ver el ceño de Nick, soltó otra risotada—. Atenas espera tu llamada.

—Atenas se puede ir a freír espárragos.

Morgan tenía tan mal genio como Nick cuando entró en la villa de los Theoharis. Aunque, en realidad, no estaba enfadada. Ni sentía miedo ni rencor. En un par de días, Nick se las había arreglado para hacer algo que Jack no había hecho en todos los meses que habían estado juntos. Le había hecho daño.

Y no lo decía por los moretones que ya casi le habían desaparecido de los brazos. Era un dolor más profundo y que había empezado antes incluso de haberlo conocido. Había empezado en el momento en que Nick había elegido llevar el tipo de vida que llevaba.

No tenía que ver con ella. No tenía que ver con ella, iba repitiéndose una y otra vez. Pero no conseguía serenarse. Cerró de un portazo. Le habría gustado encerrarse inmediatamente en su dormitorio para no soltar ningún ladrido a nadie, pero Dorian se lo impidió:

—Morgan —la llamó—. Ven afuera.

Se forzó a sonreír y salió a la terraza. Iona estaba

tomando el sol en una tumbona. La saludó por pura cortesía y Morgan notó que la tensión se cortaba en el ambiente. Se preguntó si la había llevado ella consigo o si ya estaba de antes.

—Alex está hablando por teléfono —dijo Dorian mientras le ofrecía una silla—. Y Liz está solucionando un problemilla doméstico en la cocina.

—¿Sin intérprete? —preguntó Morgan. Sonrió, empeñada en no dejarse amargar las vacaciones por Nick.

—Es ridículo —Iona hizo un gesto para que Dorian le encendiera un pitillo—. Liz debería despedirlo y punto. Los estadounidenses tienen demasiada paciencia con los criados.

—¿De veras? —preguntó Morgan, dispuesta a defender el carácter de su amiga y de su país—. No sabía.

—No creo que hayas tenido muchos criados —replicó Iona.

Dorian intervino antes de que Morgan pudiera contestar.

—Dime, ¿qué te ha parecido la casa de Nick? —preguntó al tiempo que le pedía con la mirada que disculpara la impertinencia de Iona. Sus ojos también indicaban algo que Morgan ya había empezado a sospechar la noche anterior. Estaba enamorado de ella, pensó, y sintió lástima por él.

—Es un lugar maravilloso, como un museo sin organizar. Debe de haber tardado años en juntar todas esas joyas.

—A Nick se le dan bien los negocios —comentó Dorian—. Y utiliza sus conocimientos y su posición para quedarse con las mejores piezas.

—Tenía una caja de música suiza —recordó Morgan–. Dice que tiene más de cien años. Sonaba el *Para Elisa*... Mataría por ella –añadió tras exhalar un suspiro, de nuevo relajada.

–Nick es un hombre generoso si sabes cómo acercarte a él –dijo Iona con una sonrisa afilada como un cuchillo. Morgan se giró y le mantuvo la mirada.

–Es posible –respondió y devolvió la atención a Dorian–. Esta mañana me he encontrado con el primo de Nick.

–Ah, sí, el poeta estadounidense.

–Dice que se ha recorrido toda esta parte de la isla. Yo también estoy pensando en explorarla. Es una zona muy tranquila. Supongo que por eso me asombró tanto que Alex dijera que había problemas de contrabando.

Dorian se limitó a sonreír, pero Iona se puso tensa. Morgan se dio cuenta de que se había quedado pálida. Sorprendida por tal reacción, la observó atentamente. Era como si tuviese miedo de algo, pensó. Pero ¿de qué? ¿Y por qué?

–Es reprobable –comentó él–. Pero una práctica habitual, tradicional incluso.

–Extraña tradición –murmuró Morgan.

–Tengo entendido que hay muchos policías vigilando esa clase de operaciones. Si no me equivoco, el año pasado murieron cinco hombres en un tiroteo en la costa de Turquía –Dorian se encendió un cigarrillo–. Las autoridades confiscaron un buen alijo de opio.

–Qué horror –Morgan notó que la palidez de Iona aumentaba.

–No son más que campesinos y pescadores. Les falta inteligencia para organizar una red de contrabando grande. Se dice que el jefe es brillante e implacable y que va tapado con una máscara cuando interviene en alguna operación. Al parecer, ni siquiera sus compinches saben quién es. Hasta podría ser una mujer. Supongo que esto le da un toque romántico a toda la historia —comentó Dorian sonriente. De pronto, Iona se levantó y se marchó de la terraza—. Discúlpala —añadió tras exhalar un suspiro.

—Parecía molesta.

—Se molesta enseguida —murmuró él.

—Pero tú te preocupas mucho por ella —dijo mirándolo a los ojos. Dorian se levantó y fue hacia la barandilla—. Perdona, Dorian. No pretendía meterme en tus asuntos.

—No, perdóname tú —dijo él—. Lo que siento por Iona es… complicado. Creía que no se me notaba tanto.

—Lo siento —se disculpó Morgan de nuevo.

—Es caprichosa, mimada —Dorian sacudió la cabeza—. ¿Qué es lo que hace que una persona se enamore de otra?

Morgan desvió la mirada.

—No sé. Ojalá lo supiera.

—Te he puesto triste. No me compadezcas. Antes o después, lo que hay entre Iona y yo se acabará resolviendo. Soy un hombre paciente —Dorian volvió a sentarse junto a Morgan, le agarró las manos y sonrió—. Ahora, hablemos de otra cosa. Tengo que confesarte que me encantan las historias sobre contrabando.

—Sí, es un tema interesante. Decías que nadie sabe quién es el jefe de la organización, ¿no?

—Eso dice la leyenda. Siempre que estoy en Lesbos, sueño con encontrar alguna pista que me permita desenmascararlo —contestó él y Morgan no pudo evitar pensar en Nick.

—Pero el contrabando en sí no parece preocuparte tanto, ¿no?

—Eso es cosa de las autoridades —Dorian se encogió de hombros—. A mí lo que me atrae es el misterio. El misterio —repitió entusiasmado.

—¡Menos mal!, ¡media hora discutiendo con un cocinero griego! Anda, Dorian, dame un cigarro —irrumpió Liz, poniendo fin a la conversación sobre el contrabando. Se sentó y se dirigió a Morgan sonriente—. Bueno, ¿qué?, ¿te ha gustado la casa de Nick?


Franjas rosadas unían el mar y el cielo en el horizonte. El alba despuntaba con una brisa cálida y húmeda. Después de una noche de insomnio, era la mejor forma de empezar el día.

Morgan paseaba por la orilla oyendo los primeros cantos de los pájaros. Así era como había planeado pasar las vacaciones: caminando por la playa, viendo puestas de sol, relajándose. ¿No era eso lo que su padre y Liz le habían metido en la cabeza?

Que se relajara. Que desconectara unas semanas y se diera un respiro.

Pero ni su padre ni Liz habían contado con Nicholas Gregoras.

Era un enigma de hombre y Morgan no averiguaba la clave para descifrarlo. Su relación con el contrabando no encajaba con la imagen que tenía de él y Morgan nunca había podido dejar un puzzle a medias.

Por otra parte, estaba Iona. También ella la intrigaba. La prima de Alex era algo más que una mujer con un carácter enojoso. Transmitía tensión, una inquietud enraizada en su interior. Y Alex sabía a qué se debía, pensó Morgan. Al menos, en parte. Y, si no se equivocaba, Dorian también. Pero, ¿de qué se trataba?, ¿ocultaba algo? La reacción de Iona a la charla sobre contrabando había sido totalmente distinta a la de Alex y Dorian. Ellos se habían mostrado resignados, hasta parecía divertirlos. Pero Iona se había asustado. ¿Por qué?, ¿acaso era la primera vez que oía hablar del tráfico de opio? No, imposible.

Morgan sacudió la cabeza. Quería olvidarse de cualquier problema y disfrutar de esa mañana. Aunque sólo fuera durante unas horas quería hacer todo aquello que había ido a hacer a Grecia. Buscaría conchas, decidió de pronto. Se subió los bajos de los vaqueros y se adentró en una cala sin profundidad.

Había por todas partes. En la arena y en el agua. Morgan se agachó y se llenó los bolsillos de la chaqueta con las mejores.

De pronto, reparó en un cigarrillo negro medio enterrado. De modo que Alex paseaba por ahí, pensó sonriente. Morgan se imaginó a Liz y a su marido paseando de la mano por la cala.

Al cabo de un rato, ya no le cabían más conchas. Morgan lamentó no haberse llevado una bolsa, pero se encogió de hombros y empezó a apilarlas para recogerlas más adelante. Cuando volviera a Estados Unidos, las pondría en una fuente, sobre el alféizar. Así, si alguna vez se sentía atrapada dentro de casa un día frío y lluvioso, le bastaría mirarlas para acordarse del sol de Grecia.

Había decenas de gaviotas. Sobrevolaban dando vueltas a su alrededor y chillando, pero a Morgan le parecían las compañeras perfectas para una mañana solitaria. Poco a poco, fue recuperando la sensación de paz interior que había experimentado tan fugazmente la primera noche que había bajado a la playa, bajo la luz de la luna.

La recolección de conchas la había alejado un buen tramo de la playa. De pronto, vio la entrada de una cueva y sonrió. No era grande, estaba casi escondida, pero Morgan pensó que merecía la pena explorarla. Entonces cayó en la cuenta de que sus vaqueros eran de color blanco y decidió limitarse a asomar la cabeza y volver en otra ocasión. Avanzó, dejando que el agua le acariciara los gemelos. Se agachó a recoger otra concha. Miró hacia la cueva y, de repente, se le heló la sangre.

Una cara pálida brillaba en el agua. Morgan quiso gritar, pero no le salió la voz. Estaba muerta de miedo. Nunca había visto un muerto tan de cerca. Retrocedió unos pasos con torpeza, tropezó con una roca y estuvo a punto de caerse. Consiguió recuperar el equilibrio, pero sintió que la cabeza le daba vueltas. No, pensó espantada. No podía desmayarse allí, con aquel cadáver a menos de un metro. Se dio la vuelta y salió corriendo.

Fue corriendo, trastabillando sobre la arena y las rocas, sin más pensamiento en la cabeza que alejarse de allí. Por fin dejó atrás la cala, pero nada más salir de la playa, unas manos la sujetaron con fuerza. Morgan se revolvió, aterrada por la mera idea de que el cadáver se hubiese levantado y hubiese ido tras ella.

—¡Para!, ¡maldita sea! Acabaré haciéndote daño otra vez, Morgan. ¿Se puede saber qué pasa?

La estaban agitando por los hombros. Poco a poco, una voz familiar penetró el velo de confusión que la aturdía. Levantó la cabeza y vio el rostro de Nick.

−¿Nicholas? −dijo casi sin voz. Volvió a marearse, sintió ganas de vomitar y se dejó caer sobre él. Le temblaba el cuerpo entero, pero sabía que estaba a salvo−. Nicholas −repitió, como si el mero hecho de pronunciar su nombre pudiese protegerla.

Nick la agarró con firmeza para evitar que se cayera al suelo. Estaba pálida, horrorizada. En cualquier momento podía desmayarse o ponerse a gritar, presa de un ataque de histeria.

−¿Qué ha pasado? −preguntó en un tono que exigía una respuesta.

Morgan abrió la boca, pero descubrió que sólo podía mover la cabeza. Cerró los ojos, como tratando de bloquear lo que había visto. Todavía no había recuperado el aliento. Pero ya no corría peligro, se dijo entre sollozos. Nick la defendería.

−Tranquilízate y dime qué ha pasado −insistió él.

−No puedo −Morgan se acurrucó contra el pecho de Nick, pero éste la apartó con brusquedad.

−Te digo que me expliques qué te ha pasado −dijo con frialdad.

Sorprendida por el tono de Nick, abrió los ojos y volvió a intentar hablar; pero oyó unos pasos y se apretó contra él de un respingo.

−Hola, ¿interrumpo?

Morgan reconoció la voz alegre de Andrew a sus espaldas, pero no se giró a mirar. No podía parar de temblar.

¿Por qué estaba enfadado con ella?, ¿por qué no la ayudaba?, se preguntó Morgan mientras trataba de respirar con normalidad. Dios, necesitaba que Nick la ayudase.

−¿Pasa algo? −preguntó Andrew con una mezcla de

preocupación y curiosidad al ver la expresión sombría de Nick.

—No estoy seguro —dijo éste—. Me he encontrado con Morgan. Estaba corriendo como si la vida le fuese en ello, pero no he conseguido que me diga nada. Venga, cuéntamelo —añadió, dirigiéndose a ella.

—Allí... —arrancó Morgan—. En la cueva... Nicholas, por favor —finalizó, incapaz de articular dos frases seguidas.

—Echaré un vistazo.

—¡No te vayas, por favor! —exclamó desesperada. Hizo ademán de agarrarlo, pero Nick la esquivó y la lanzó en brazos de Andrew.

—¡Maldita sea!, ¡haz que se calme! —gruñó Nick justo antes de echar a andar.

—¡Nicholas! —Morgan trató de desembarazarse de Andrew, pero no lo consiguió. Se llevó una mano a la boca para no volver a llamarlo. Nick no se molestó en mirar hacia atrás en ningún momento.

La estaban abrazando. Pero no eran los brazos de Nick.

—Vamos, ya pasó —le dijo Andrew al tiempo que le acariciaba el pelo—. Fantaseaba con abrazarte, pero no en estas circunstancias.

—Andrew... —murmuró ella—. Ha sido horrible —añadió justo antes de romper a llorar.

—Cuéntame qué ha pasado. Dilo rápido. Así te será más fácil —dijo con suavidad sin dejar de acariciarle el pelo.

—Hay un muerto en la entrada de la cueva —explicó ella después de exhalar un suspiro tembloroso.

—¡Un muerto! —Andrew le dio la vuelta para mirarla a los ojos—. ¡Dios!, ¿estás segura?

—Sí, sí, lo he visto. Estaba... —Morgan se cubrió la cara con las manos hasta que calculó que podía seguir hablando.

—Tranquila, no te apures —la serenó Andrew—. Deja que salga.

—Estaba recogiendo conchas en la playa.Vi la cueva. Fui a echar un vistazo y... —Morgan sintió un escalofrío—. Entonces vi la cara, debajo del agua.

—Dios —Andrew la abrazó de nuevo y la apretó con fuerza contra el pecho. No dijo nada más, pero le dio todo el apoyo y cariño que necesitaba.

Nick regresaba a paso ligero. Frunció el ceño al ver a Morgan entre los brazos de su primo.

—Andrew, llévate a Morgan a la villa de los Theoharis y llama a las autoridades. Un hombre ha tenido un accidente mortal.

—Sí, ya me lo ha dicho —contestó Andrew asintiendo con la cabeza—. Ya es mala suerte que lo haya descubierto ella. ¿Vienes con nosotros?

Nick miró a Morgan al tiempo que ésta se giraba hacia él. Odió la expresión que vio en su cara: el miedo, el dolor. Morgan no lo perdonaría con facilidad después de aquello.

—No, me quedaré para asegurarme de que nadie más se lo encuentra. Morgan... —Nick le tocó los hombros y sintió que se detestaba. Ella no respondió. Había dejado de llorar y tenía los ojos perdidos, sin vida—. Estarás bien. Andrew te llevará a casa.

Sin decir palabra, Morgan se dio la vuelta.

—Cuida de ella —le ordenó Nick a Andrew.

—Seguro —murmuró éste, sorprendido por el tono imperativo de su primo—. Vamos, Morgan, apóyate en mí.

Nick los miró subir las escaleras de la playa. Cuando los perdió de vista, regresó a vigilar el cadáver.


Sentada en el salón, trataba de anestesiar el miedo con el mejor coñac de Alex. Morgan examinó al capitán Trípolos, del departamento de policía de Mitilini. Era bajo, más grueso que delgado, sin que pudiera llegar a considerárselo gordo. De cabello gris y escaso, se peinaba de modo que se disimulase su alopecia. Tenía ojos oscuros y penetrantes. A pesar del aturdimiento por el susto y el coñac, Morgan comprendió que estaba ante un hombre con la tenacidad de un bulldog.

—Señorita James —dijo el capitán, dirigiéndose a Morgan en inglés—. Espero que lo entienda: tengo que hacerle unas preguntas.

—¿No puede esperar? —Andrew estaba sentado en el sofá junto a Morgan—. Ha sido una experiencia muy desagradable para la señorita James —añadió al tiempo que le rodeaba los hombros con un brazo.

—No, Andrew, no importa —Morgan puso una mano encima de la izquierda de él—. Cuanto antes acabemos, mejor. Entiendo que es su trabajo, capitán. Le diré todo lo que pueda —añadió mirándolo con una determinación admirable para el capitán.

—*Efxaristo* —Trípolos chupó el extremo de su lápiz, se sentó en una silla y sonrió—. Quizá pueda empezar contándome qué ha hecho exactamente desde que se levantó esta mañana.

Morgan empezó a hacer recuento de la mañana con tanta concisión como pudo. Hablaba mecánicamente, con las manos muertas sobre el regazo. Aunque la voz le tembló en un par de ocasiones, Trípolos observó que no dejaba de mirarlo a los ojos. Era fuerte, decidió, aliviado por no verse en la embarazosa situación de consolar a una mujer llorando o en pleno ataque de histeria.

—Entonces lo vi en el agua —Morgan aceptó agradecida la mano de Andrew—. Salí corriendo.

—Se ha levantado muy temprano —comentó Trípolos—. ¿Suele madrugar tanto?

—No, pero me desperté y me entraron ganas de pasear por la playa.

—¿Vio a alguien?

—No —Morgan sintió un escalofrío, pero mantuvo la mirada firme, ganándose un poco más la admiración de Trípolos—. Hasta que encontré a Nicholas y Andrew.

—¿Nicholas? Ah, el señor Gregoras —el capitán miró hacia Nick, acomodado en un segundo sofá con Alex y Liz—. ¿Había visto antes al... difunto?

—No —Morgan apretó la mano al recordar la cara pálida del muerto. Sacó fuerzas de flaqueza y se obligó a continuar—. Sólo llevo unos días aquí y apenas me he alejado de la villa.

—¿Viene de visita?

—Sí.

—Lamento que un asesinato le haya estropeado las vacaciones —murmuró Trípolos con simpatía.

—¿Asesinato? —repitió Morgan. La palabra resonó dentro de su cabeza mientras observaba los ojos calmados del capitán—. Yo creía... ¿no ha sido un accidente?

—No, apuñalaron a la víctima... por la espalda —contestó Trípolos tras bajar la vista hacia el cuaderno de notas—. Espero no tener que molestarla más. ¿Encon-

tró muchas conchas, señorita James? —añadió justo antes de levantarse y hacer una reverencia sobre la mano
extendida de Morgan.

—Sí... bastantes —dijo y sintió necesidad de meter la
mano en el bolsillo de la chaqueta para sacar algunas—.
Me parecían... preciosas.

—Sí —Trípolos sonrió y se dirigió a continuación a
los demás—. Me temo que tendremos que interrogar a
todas las personas de la zona para saber qué han hecho
entre la noche de ayer y esta mañana. Detendremos al
responsable. Si alguno de ustedes recuerda algún incidente que pueda ayudar a zanjar la cuestión... —añadió
al tiempo que se guardaba el lápiz y el cuaderno.

¿Zanjar la cuestión?, pensó Morgan al borde de un
ataque de nervios. Zanjar la cuestión. ¡Pero había
muerto un hombre! Estaba soñando. Tenía que estar
soñando.

—Tranquila —le susurró Andrew al oído—. Toma otro
trago —añadió al tiempo que le acercaba el coñac a los
labios.

—Cooperaremos en todo lo que podamos, capitán
—afirmó Alex justo antes de ponerse de pie—. Para nosotros, no es agradable que una cosa así ocurra tan
cerca de nuestras casas. Lamentamos especialmente
que haya sido una invitada nuestra quien haya tenido
la mala suerte de encontrar el cadáver.

—Lo entiendo —Trípolos asintió con la cabeza y se
frotó la barbilla con una mano—. Será menos caótico
si hablo con ustedes de uno en uno. ¿Podemos utilizar
el despacho?

—Lo acompaño —Alex apuntó hacia una puerta—.
Puede empezar conmigo si quiere.

—Gracias —Trípolos inclinó la cabeza ligeramente,

como despidiéndose del resto de los presentes, y se marchó junto a Alex. Morgan observó su andar lento y comedido. Perseguiría a un hombre hasta la tumba, pensó, y se tragó el resto del coñac temblorosa.

—Necesito una copa —dijo Liz yendo hacia el mueble bar—. Doble. ¿Alguien más?

Nick deslizó la mirada fugazmente sobre Morgan.

—Ponme lo mismo que tú —dijo y señaló con un dedo hacia la copa de Morgan, para que Liz volviera a llenársela.

—No sé por qué tiene que interrogarnos —Iona se acercó al mueble bar también, demasiado impaciente para esperar a que Liz le sirviera—. No tiene sentido. Alex debería haberse negado. Tiene influencia de sobra para evitar todo esto —añadió mientras se echaba algo fuerte en una copa alta y se bebía la mitad de un trago.

—No hay razón para que Alex evite nada —Liz entregó una copa a Nick antes de echar otro chorro generoso en la de Morgan—. No tenemos nada que ocultar. ¿Qué te pongo, Dorian?

—¿Ocultar?, ¿quién ha dicho nada de ocultar? —replicó Iona, dando vueltas por la habitación—. Simplemente, no quiero contestar un montón de estúpidas preguntas porque ella haya sido tan tonta de encontrarse a un hombre muerto —añadió apuntando hacia Morgan.

—Licor de anís —contestó Dorian antes de que Liz fulminase a Iona con alguna respuesta—. No creo que se le pueda echar la culpa a Morgan de nada, Iona. Nos habrían interrogado aunque lo hubiese encontrado otra persona. La peor parada es ella, que ha descubierto el cadáver además de tener que responder al capitán. Gracias, Liz —dijo cuando ésta le dio su copa.

—No puedo quedarme en casa —murmuró Iona sin parar de dar vueltas por la habitación, nerviosa como un dedo sobre un gatillo—. Nick, dame una vuelta en lancha —le pidió mientras se paraba y se sentaba sobre el brazo del sofá en el que él estaba sentado.

—No tengo tiempo. Tengo que ocuparme de unos papeles en casa cuando termine aquí —Nick dio un sorbo a su copa y apretó ligeramente la mano de Iona. Luego miró a Morgan, la cual lo miraba con expresión de condena. ¡Maldita fuese! No tenía derecho a hacerlo sentirse culpable por hacer lo que tenía que hacer.

—Por favor, Nicky —insistió Iona, acariciándole el brazo—. Me volveré loca si hoy me quedo aquí quieta. Necesito distraerme en el mar, aunque sólo sea un par de horas.

Nick suspiró, rendido, mientras renegaba para sus adentros por tener que soportar una correa demasiado larga y fuerte, que se veía incapaz de romper. Tenía motivos para acceder y no podía dejar que la mirada atónita de Morgan cambiase el rumbo que ya había emprendido.

—De acuerdo, esta tarde.

Iona sonrió y dio otro trago a su copa.

El interrogatorio se eternizaba. Liz salió cuando Alex volvió a entrar. Y la espera continuó. Las conversaciones avanzaban entre tirones y frenazos, desarrolladas en voz baja. Cuando Andrew se marchó a llamar por teléfono, Nick se acercó a Morgan, en aquel momento junto a la ventana.

—Quiero hablar contigo —dijo con voz queda pero firme. Fue a agarrarle una mano, pero ella se escabulló.

—Yo no quiero hablar contigo.

Nick se metió las manos en los bolsillos adrede. Seguía pálida. El coñac la había serenado, pero no había conseguido devolverle el color a sus mejillas.

—Es necesario, Morgan. Ahora mismo no puedo explicártelo.

—Problema tuyo.

—Cuando el capitán termine, saldremos a dar una vuelta. Necesitas airearte un rato.

—No pienso ir a ningún lado contigo. No me digas lo que necesito ahora —contestó entre dientes—. Te necesitaba antes.

—Maldita sea, Morgan —gruñó Nick. Morgan desvió la mirada hacia el jardín de Liz. Algunas de las rosas, pensó sin entusiasmo, habían florecido. Nick apretó los puños dentro de los bolsillos—. ¿Crees que no sé que me necesitabas? Lo sabía. Claro que lo sabía. Pero no podía ayudarte... en ese momento no. No me hagas esto más difícil de lo que ya lo es.

Morgan se giró y respondió con frialdad:

—No tengo intención de hacerte nada difícil —dijo en tono solemne—. De hecho, no quiero hacer absolutamente nada contigo. No quiero nada de ti.

—Morgan... —insistió él y algo en sus ojos amenazó con romper la determinación de Morgan. Una disculpa, un lamento, una súplica de comprensión inesperada—. Por favor, necesito...

—Me da igual qué necesites —atajó Morgan antes de flaquear—. Aléjate de mí. No vuelvas a acercarte.

—Esta noche... —arrancó Nick, pero la mirada basilisca de ella lo detuvo.

—No te acerques —repitió Morgan.

Luego se dio la vuelta y cruzó la pieza para sentarse junto a Dorian.

VI

La sorprendió descubrir que se había dormido. No se había sentido cansada cuando Liz y Alex le habían insistido en que se tumbara, pero había obedecido simplemente porque sus últimas palabras con Nick la habían dejado sin fuerzas para resistirse. Miró el reloj y vio que era más de mediodía. Se había quedado dormida dos horas.

Amodorrada, con los ojos casi cerrados, Morgan fue al cuarto de baño para echarse un poco de agua fría en la cara. El susto se le había pasado, pero la cabezadita la había dejado más cansada que fresca. En el fondo, sentía una profunda vergüenza: vergüenza de haber salido corriendo, aterrada, a la vista del cadáver; vergüenza por haberse lanzado desesperada en brazos de Nick y haber sido rechazada. Todavía notaba esa sensación de dependencia absoluta... y absoluto rechazo.

Nunca más, se prometió Morgan. Debería haberse guiado por la cabeza en vez de por el corazón. Debería haber imaginado que no podía esperar nada bueno

de un hombre como él. Un hombre así no tenía nada
que ofrecer. Era lógico encontrar el infierno si miraba
al diablo. Y, sin embargo...

Y, sin embargo, había sido a Nick a quien había necesitado y en quien había confiado; había sido con él
con quien se había sentido a salvo al sentir que la
abrazaba. Grave error, se dijo Morgan, mientras se miraba en el espejo que había sobre el lavabo. Todavía
quedaba algún rastro del impacto: las mejillas seguían
pálidas y los ojos desorbitados; pero iba recobrando
las fuerzas.

—No lo necesito —dijo en voz alta para oír las palabras—. No significa nada para mí.

Pero le había hecho daño. Alguien que le diera
igual no la habría podido herir.

No permitiría que volviese a hacerlo, se prometió
Morgan. Porque no volvería a confiar en él. No volvería a acudir a él, pasara lo que pasara.

Dio la espalda al espejo, salió del baño y bajó las escaleras.

Al entrar en el vestíbulo principal, oyó el sonido de
una puerta que se cerraba y unos pasos. Giró la cabeza y vio a Dorian.

—¿Has descansado? —le preguntó éste mientras se
acercaba. Luego le agarró una mano en un gesto lleno
de cariño, apoyo e interés.

—Sí, me he quedado dormida. Me siento como una
tonta —dijo y Dorian enarcó una ceja—. Andrew ha tenido poco menos que subirme aquí en brazos.

Dorian rió, le pasó un brazo alrededor de los hombros y la acompañó al salón.

—Las mujeres estadounidenses siempre tan fuertes e
independientes...

—Siempre lo he sido —contestó Morgan. Luego se recordó en brazos de Nick, lloriqueando y suplicándole que no la abandonara. Enderezó la espalda—. Tengo que serlo.

—Y te admiro por ello. Pero no creo que estés acostumbrada a tropezarte con cadáveres —comentó Dorian. Se fijó entonces en la palidez de sus mejillas y añadió con suavidad—: Perdona, no debería habértelo recordado. ¿Te preparo otra copa?

—No, no... ya he bebido suficiente —Morgan acertó a esbozar una pequeña sonrisa y se apartó de Dorian.

¿Por qué le ofrecía un hombro para apoyarse todo el mundo menos el único que quería? Pero no, en realidad no quería nada de Nick, se recordó. No podía permitirse que Nick le importara, y no necesitaba el hombro de nadie.

—Te noto tensa. ¿Prefieres estar sola?

—No —Morgan negó con la cabeza y miró a Dorian, que la miraba con calma. Siempre transmitía calma, pensó, y lamentó no haberse encontrado con él cuando corría espantada por la mañana. Se acercó al piano y deslizó un dedo sobre las teclas—. Me alegra que el capitán se haya ido. Me ponía nerviosa.

—¿Trípolos? No creo que debas preocuparte por nada. No creo ni que el asesino tenga que preocuparse por nada —dijo Dorian soltando una risilla—. La policía de Mitilini no es famosa por su eficacia ni por su inteligencia —añadió mientras se sacaba la pitillera.

—Lo dices como si te diese igual que no atrapen a la persona que ha matado a ese hombre.

—Será un ajuste de cuentas. No me preocupa —contestó él—. Me preocupa más la gente a la que conozco. Y no me gusta pensar que estás preocupada por Trípolos.

—No me preocupa. Pero no me gusta el modo que tiene de mirar —respondió con el ceño fruncido mientras Dorian se encendía un cigarro. Morgan notó algo inquietante, como si supiese algo importante que no lograba recordar.Vio la columna de humo que salió del cigarro de Dorian y preguntó—: ¿Dónde están todos?

—Liz está con Alex en su despacho. Iona ha salido a dar esa vuelta en lancha.

—Ah, sí, con Nicholas —Morgan bajó la vista hacia las manos y la sorprendió encontrarlas cerradas en puño. Las abrió—. Debe de ser difícil para ti.

—Necesitaba escaparse. Estaba muy nerviosa con lo del cadáver.

—Eres muy comprensivo —dijo ella. Algo la hacía sentirse incómoda y, de pronto, notó que le dolía la cabeza—.Yo no creo que lo fuese... si estuviese enamorada —añadió tras acercarse a la ventana.

—Soy un hombre paciente y sé que Nick no significa nada para ella. No es más que un medio para conseguir un fin —Dorian hizo una pausa antes de continuar—. Algunas personas no tienen capacidad de sentir emociones... ni de amor ni de odio.

—Qué vacío —murmuró ella.

—¿Tú crees? —Dorian sonrió—. Para mí que todo sería más sencillo.

—Sencillo puede que sí, pero... —Morgan dejó la frase sin terminar al darse la vuelta. Dorian se estaba llevando el cigarro a los labios. De pronto, recordó, con total claridad, haber visto la colilla de un cigarro de esa marca cara en la arena, a pocos metros del cadáver. Un escalofrío le recorrió la espalda.

—¿Te pasa algo? —le preguntó Dorian y ella pestañeó, despertando de su ensimismamiento.

—No... supongo que todavía no me he recuperado del todo. Puede que sí me anime a esa copa después de todo.

No quería beber, pero necesitaba un momento para serenarse. Una colilla no tenía por qué significar nada, se dijo mientras Dorian iba al mueble bar. Cualquier isleño podía haber pasado por esa cala un millón de veces.

Pero era una colilla reciente, recordó Morgan. Sólo estaba medio enterrada y estaba entera. Los pájaros no la habían picoteado. Si alguien hubiera estado tan cerca del cadáver, lo habría visto seguro. Lo habría visto y habría ido a la policía. A no ser...

No, esa idea era absurda, se dijo mientras controlaba un ligero temblor. No tenía sentido pensar que Dorian pudiera estar involucrado en el asesinato de aquel hombre. Ni Dorian ni Alex, se dijo mientras le llegaba el olor dulce del cigarro.

Ambos eran hombres civilizados y los hombres civilizados no se dedicaban a ir apuñalando a otros por la espalda. Los dos eran amables y educados. ¿No hacía falta cierta semilla de malignidad, algo frío e implacable para matar? Se acordó de Nick y negó con la cabeza. No, no quería pensar en él en ese momento. Sería mejor concentrarse en ese punto concreto y llegar a una conclusión.

Resultaba descabellado considerar que Dorian o Alex pudieran ser los responsables del asesinato. Eran hombres de negocios, con cultura. ¿Qué tejemanejes iban a tener con un pescador de la isla? Pero, por más que le pareciera ridículo, Morgan no conseguía librarse de la inquietud que la atenazaba. Tenía que haber alguna explicación lógica, insistió. Siempre había una explicación lógica para todo. Simplemente, seguía aturdida, nada más. Estaba haciendo una montaña de un detalle sin importancia.

¿De quién eran los pasos que oyó en la playa aquella primera noche?, insistió una vocecilla dentro de su cabeza. ¿De quién se escondía Nick?, ¿o a quién estaba esperando? Aquel hombre no había muerto por un ajuste de cuentas entre isleños. No lo creía, como en realidad tampoco había creído que hubiese muerto accidentalmente. Asesinato... contrabando. Morgan cerró los ojos y tembló.

¿Quién llegaba del mar cuando Nick la había retenido oculta bajo los cipreses? Nick le había ordenado a Stephanos que lo siguiera. ¿Habría sido Alex?, ¿Dorian?, ¿el hombre que había muerto quizá? Morgan dio un respingo cuando Dorian le acercó la copa.

—Sigues muy pálida. Deberías sentarte —le dijo.

—No... es sólo... supongo que todavía estoy un poco nerviosa, —Morgan agarró la copa con ambas manos, pero no bebió. Le preguntaría, nada más. Le preguntaría sin rodeos si había estado en la cala. Pero al mirarlo a los ojos sintió miedo—. La cala... estaba preciosa. Parecía como si no la visitara nunca nadie. ¿Va... sabes si va mucha gente por ahí? —añadió y recordó que había muchas conchas hundidas por pisadas de personas.

—No puedo hablar por los demás —arrancó Dorian—. Pero supongo que la mayoría de los isleños están demasiado ocupados pescando o en los viñedos para pasar mucho tiempo recogiendo conchas.

—Sí —Morgan se humedeció los labios—. Aun así, es un sitio realmente bonito, ¿verdad? —añadió sin dejar de mirarlo a los ojos.

¿Se lo estaba imaginando o Dorian la miraba con recelo?, ¿sería un efecto del humo que se interponía entre los dos?, ¿sus propios nervios?

—Yo no he ido nunca. Supongo que es como un estadounidense que no ha subido al Empire State Building —contestó él con desenfado. Morgan siguió los dedos de Dorian mientras éste apagaba el cigarro en un cenicero—. ¿Te pasa algo?

—No, no —aseguró ella—. Supongo que es la tensión, que me está afectando, como a Iona.

—No es de extrañar —contestó Dorian esbozando una sonrisa amable—. Has pasado un trago muy duro, Morgan. Pero ya está bien de hablar de muertos. Vamos al jardín. Hablaremos de otra cosa —le sugirió.

Estuvo tentada de negarse. No sabía por qué, pero no le apetecía estar con él. No en ese momento. Y a solas. Estaba intentando encontrar una excusa razonable cuando Liz apareció.

—Morgan, tenía la esperanza de que seguías dormida.

Aliviada por la interrupción, Morgan dejó la copa de coñac sin haberla probado y se levantó.

—Ya he descansado suficiente —contestó y advirtió síntomas de tensión en la cara de su amiga—. Pero a ti sí te vendría bien echarte.

—Echarme no, pero me apetece tomar un poco de aire.

—Justo le estaba proponiendo a Morgan salir al jardín —Dorian puso una mano sobre un hombro de Liz—. Anda, salid y relajaos. Alex y yo tenemos que resolver unos asuntos.

—Sí —dijo Liz—. Gracias, Dorian. No sé qué habríamos hecho hoy sin ti Alex y yo.

—Tonterías —contestó él antes de darle un beso en la mejilla—. Vamos, tratad de olvidaros de todo esto.

—Sí. E intentad hacer lo mismo Alex y tú.

—Dorian —dijo Morgan avergonzada. Había sido todo amabilidad con ella y se lo había pagado sospechando de él—. Gracias.

Dorian enarcó una ceja, sonrió y le dio un beso en la mejilla también a ella.

—Sentaos un rato y disfrutad de las flores —añadió antes de marcharse.

—¿Quieres que pida un té? —le preguntó Liz a Morgan mientras iban hacia el jardín.

—No. Y deja de tratarme como a una invitada.

—¡Dios!, ¿lo estoy haciendo?

—Sí, desde que...

Liz miró a Morgan cuando ésta dejó la frase en el aire. Luego puso cara de fastidio.

—Vaya faena —dijo antes de dejarse caer sobre un banco de mármol. Rodeadas de la fragancia y el colorido del jardín, aisladas de la casa y del mundo por los viñedos, ambas fruncieron el ceño—. No sabes cuánto siento que hayas sido tú la que lo ha descubierto. No, no te encojas de hombros como si nada. Nos conocemos hace mucho y de sobra. Me imagino lo duro que tiene que haber sido para ti lo de esta mañana. Y sé cómo debes de estar sintiéndote en estos momentos.

—Estoy bien, Liz. Aunque reconozco que no volveré a salir a por conchas durante una temporada —trató de bromear, pero Liz seguía molesta—. Por favor, no os hagáis esto. No os podéis culpar porque yo haya descubierto el cadáver. Ha sido... una terrible coincidencia: yo me he acercado a la cala y había un hombre muerto. Alguien tenía que encontrárselo.

—Pero no tú.

—Alex y tú no sois responsables.

—Mi lado práctico lo sabe, pero... —Liz suspiró, se encogió de hombros y consiguió sonreír un poco—. Pero no me gusta que te haya pasado esto estando en mi casa —añadió al tiempo que se encendía un cigarro y se levantaba para dar un paseo.

Un cigarro negro, observó con ansiedad Morgan. Había olvidado que Liz había tomado la costumbre de fumar tabaco de su marido de vez en cuando.

Miró el rostro ovalado de Liz, de corte clásico, y cerró los ojos. Tenía que estar volviéndose loca para considerar, siquiera durante un instante, que Liz podía estar envuelta con temas de contrabando y asesinatos. Conocía a esa mujer desde hacía años, habían vivido juntas. Si había una persona a la que conocía tan bien como a sí misma, sin duda que era Liz.

Pero ¿hasta dónde estaría dispuesta a llegar por proteger al hombre al que amaba?

—Tengo que reconocer que, aunque me sitúe a la altura de Iona, ese policía me ponía nerviosa —continuó Liz—. Era demasiado... respetuoso —añadió tras detenerse en busca del adjetivo preciso.

—Sé a qué te refieres —murmuró Morgan. Tenía que dejar de darle vueltas a la cabeza, se dijo. Seguro que en cuanto dejara de pensar, se sentiría mucho mejor.

—No sé qué esperaba averiguar, interrogándonos de ese modo —Liz hizo un gesto brusco con el brazo y el anillo de casada relució en su dedo.

—Estaría siguiendo el procedimiento normal en estos casos, supongo —dijo Morgan sin apartar la vista del anillo. Un anillo que simbolizaba sus votos de amar, honrar y respetar a su marido.

—No sé, ha sido muy desagradable —insistió Liz—. Además, ni siquiera conocíamos a ese Anthony Stevos.

—El capitán ha dicho que era pescador.

—Como tantos otros en la isla.

Morgan dejó que el silencio las envolviera. Hizo un esfuerzo por reconstruir con detalle la escena del salón horas antes. ¿Cómo había reaccionado cada uno? Si no hubiese estado tan abotargada por el coñac y el susto, ¿habría reparado en algo especial? Había una persona más a la que había visto encender uno de aquellos cigarrillos caros.

—Liz, ¿no crees que Iona se ha puesto demasiado nerviosa? —preguntó con cautela—. ¿No ha protestado mucho por un par de preguntas?

—Iona es muy exagerada —contestó Liz con desprecio—. ¿Has visto cómo coquetea con Nick? No sé cómo la soporta.

—A él no parece importarle —murmuró Morgan. Pero no, todavía no era momento de ocuparse de ese tema—. Es una mujer rara. Pero esta mañana... y ayer... Ayer, cuando hablé del contrabando, me pareció que estaba asustada de verdad.

—¿Asustada de verdad? No creo que Iona tenga sentimientos auténticos —contestó Liz—. Ojalá se olvidara Alex de ella.

—Es curioso: Dorian ha dicho lo mismo más o menos —Morgan miró una rosa distraídamente. Era en Iona en quien debía centrar sus sospechas. Si alguien podía hacer algo ruin y letal, era Iona—. Yo no la veo así.

—¿A qué te refieres?

—Iona, yo sí creo que tiene sentimientos —respondió Morgan, devolviendo la atención a su amiga–. De hecho, diría que tiene demasiados sentimientos. Puede que no saludables, destructivos quizá; pero tiene mucha agitación.

–No la soporto –resumió Liz–. Es un incordio. No sé cuánto tiempo y dinero ha gastado Alex en ella.Y lo único que saca son groserías y muestras de ingratitud.

–Alex tiene un sentido del deber muy fuerte hacia la familia –dijo Morgan–. No puedes protegerlo de...

–Puedo protegerlo de lo que haga falta –atajó Liz con vehemencia al tiempo que tiraba la colilla del cigarro al suelo. Morgan la miró espantada–. Maldita sea, estoy dejando que esto me afecte demasiado –añadió más calmada.

–Todos estamos nerviosos –dijo Morgan–. No ha sido una mañana fácil.

–Lo siento, Morgan. Es que Alex está muy disgustado con todo esto.Y por más que me quiera, no es la clase de hombre que comparte todas las cosas con su mujer. Sus problemas... sus negocios... Es demasiado griego –Liz soltó una risilla y sacudió la cabeza con resignación.

–Liz, si pasara algo... quiero decir, si algo te preocupase de verdad, me lo dirías, ¿verdad?

–Venga, no empieces a preocuparte por mí ahora. Pero es que es frustrante querer tanto a una persona y que no te dejen ayudar. A veces me vuelve loca cuando se empeña en mantenerme alejada de los aspectos menos gratos de su vida.

–Él te quiere –murmuró Morgan.

–Y yo a él.

–Liz... –Morgan respiró profundamente antes de

decidirse a preguntar—: ¿Alex y tú paseáis a menudo por esa cala?

—¿Qué? —respondió distraída Liz antes de reaccionar—. Ah, no, la verdad es que preferimos pasear por el acantilado... cuando consigo sacarlo del despacho. No recuerdo la última vez que estuve en esa cala... Pero ojalá hubiese estado contigo esta mañana —añadió con suavidad.

Abochornada por la dirección que habían tomado sus pensamientos, Morgan desvió la mirada.

—Me alegro de que no estuvieras. Alex ya tiene trabajo de sobra con una mujer histérica.

—No estabas histérica —corrigió Liz—. Para mí estabas hasta demasiado calmada cuando Andrew te trajo a casa.

—No he llegado a darle las gracias —dijo Morgan, obligándose a dejar de desconfiar de todo el mundo—. ¿Qué piensas de Andrew?

—Es un hombre muy dulce. Parecía a gusto en el papel de caballero de la armadura —comentó Liz sonriente, aparcando también ella sus preocupaciones—. Yo diría que le gustas.

—Mira que eres casamentera —dijo Morgan de buen humor.

—No, Andrew está bien para entretenerte, pero es del lado pobre de la familia de Nick —respondió Liz—. Preferiría verte con alguien mejor acomodado. Claro que... podrías pasarlo bien... un rato.

Como si supiese que estaban hablando de él, Andrew apareció en el jardín.

—Hola, espero no molestar.

—¡En absoluto! —aseguró Liz, dedicándole una sonrisa radiante—. Los vecinos poetas siempre son bienvenidos en esta casa.

Andrew esbozó una sonrisa entre tímida e infantil con la que ganó varios puntos a ojos de Liz.

—Quería saber qué tal va Morgan —dijo justo antes de mirarla—. Ha sido una mañana horrible. ¿Estás mejor?

—Estoy bien —Morgan le apretó una mano cariñosamente—. Le estaba diciendo a Liz que no te he dado las gracias por todo lo que has hecho.

—Sigues blanca.

—Me da que eso es por el invierno de Nueva York —respondió sonriente.

—¿Empeñada en hacerte la valiente? —preguntó Andrew de buen humor.

—Empeñada en no ser tan cobarde como esta mañana.

—El caso es que me ha gustado cómo te abrazabas a mí —comentó y se giró hacia Liz—. Quiero robártela una tarde. ¿Me ayudas a convencerla de que necesita divertirse un poco?

—Cuenta conmigo.

—Venga, ven conmigo. Cenaremos juntos —dijo, dirigiéndose a Morgan de nuevo—. Daremos una vuelta por la isla. Un poco de licor de anís, buena compañía... ¿qué más puedes pedir?

—¡Qué buena idea! —exclamó Liz—. Es justo lo que necesitas, Morgan.

Era verdad. Necesitaba salir de la casa y olvidarse de todas sus dudas.

—¿A qué hora quedamos? —le preguntó sonriente a Andrew.

—¿A las seis te parece bien? Te enseñaré los sitios más bonitos. Nick me ha dejado su Fiat mientras esté aquí, así que podemos movernos con tranquilidad.

Morgan notó que estaba apretando los dientes y se forzó a relajarse.

—A las seis entonces.

El sol brillaba en lo alto del cielo cuando Nick arrancó la lancha motora. La puso a toda velocidad, deseoso de sentir el azote del viento contra la cara.

¡Maldita mujer!, pensó en un nuevo arrebato de frustración. Apretó los dientes y tiró una colilla a las olas. Si se hubiera quedado en la cama en vez de andar dando vueltas por la playa a horas intempestivas, nada de eso habría ocurrido. No se quitaba de la cabeza el recuerdo de su voz suplicándole que la abrazara, el espanto de su mirada. Todavía podía sentir la desesperación con que se había lanzado contra su pecho.

La maldijo una vez más y aumentó la velocidad otro poco.

Decidió aparcar el tema y concentrarse en el hombre muerto. Anthony Stevos, se dijo con el ceño fruncido. Conocía bien a aquel pescador, qué cosas pescaba de tanto en tanto, así como el número de teléfono de Atenas que había encontrado en el bolsillo de su pantalón.

Stevos había sido un hombre codicioso y estúpido, pensó Nick con frialdad. Lo que había acabado costándole la vida. ¿Cuánto tiempo tardaría Trípolos en dejar que la noticia se extendiera por toda la isla? No lo suficiente, decidió Nick. No le iba a quedar más remedio que zanjar las cosas un poco antes de lo que había previsto.

—Nicky, ¿por qué tienes tan mala cara? —le preguntó

Iona, alzando la voz por encima del ruido del motor. Automáticamente, Nick suavizó la expresión de su rostro.

—Estaba pensando en el montón de papeles que tengo en la mesa del despacho —dijo antes de apagar el motor y dejar la lancha flotando en el agua—. No debería haber dejado que me convencieras para tomarme la tarde libre.

Iona se acercó a donde él estaba sentado. Llevaba un biquini pequeño y le brillaba la piel, pegajosa de aceites. Le ofreció el escote. Tenía un cuerpo bonito, con curvas, firme y excitante. Pero Nick no sintió el menor deseo.

—Vamos a tener que hacer algo para que te olvides del trabajo —dijo ella sentándose sobre el regazo de Nick.

Éste le dio un beso fugaz en los labios. Sabía que, con el champán que había bebido, Iona no se enteraría. Pero se quedó con un regusto desagradable. Pensó en Morgan y volvió a besar a Iona, esa vez con más fuerza.

—Vaya, parece que ya no te preocupan tanto esos papeles —dijo ella, ronroneando como una gata—. Dime que me deseas. Necesito un hombre que me desee.

—Tendría que estar muerto para no desearte —contestó Nick mientras le acariciaba el pelo—. ¿Quién podría resistirse a una mujer como tú?

—Un demonio —dijo con risa floja. Echó la cabeza hacia atrás y medio cerró los ojos, mareada por el champán—. Hazme el amor, Nick. Aquí, bajo el sol.

Y quizá llegara a hacerlo, pensó con náuseas. Para conseguir lo que necesitaba. Pero antes le sonsacaría la información que pudiese, aprovechando su estado de ebriedad.

—Dime —murmuró al tiempo que le daba un beso en el cuello y ella le desabrochaba los botones de la camisa—, ¿qué es lo que sabes del contrabando entre Lesbos y Turquía?

Nick notó que se ponía tensa, pero sus resistencias estaban bajo mínimos debido al alcohol. Con suerte, no le costaría que se le fuera la lengua. Llevaba días a punto de explotar. Paseó la lengua por su cuello a conciencia y la sintió suspirar.

—Nada —contestó deprisa mientras peleaba nerviosa con los botones de Nick—. Yo no sé nada de esas cosas.

—Venga, Iona. Sabes mucho —murmuró él en tono seductor, convencido de que, entre el champán y el sexo, lograría hacerla hablar—. Como hombre de negocios, me interesa sacar beneficios. ¿No irás a negarme unos pocos dracmas?

—Unos pocos millones —Iona le agarró una mano para enseñarle lo que quería—. Sí, sé muchas cosas.

—¿Y vas a contármelas? —preguntó—. Venga, Iona. Entre tu mano y esos millones, estás consiguiendo excitarme.

—Sé que al hombre que esa estúpida encontró esta mañana lo han matado por avaricioso.

—Pero no es extraño ser avaricioso cuando hay tanto dinero en juego —dijo Nick mientras ella se tumbaba—. ¿Sabes quién lo asesinó? —preguntó. Tenía que darse prisa o se quedaría dormida bajo los efectos del alcohol. Nick la besó de nuevo para reanimarla.

—No me gustan los asesinatos, Nicky. Y no quiero volver a hablar con la policía —dijo arrastrando las palabras—. Estoy harta de que me utilicen. Puede que vaya siendo hora de cambiar de aliado. Tú eres rico, Nicky. Y a mí me gusta el dinero. Necesito dinero.

—¿Y quién no? —contestó él, siguiéndole el juego.

—En otro momento. Ya hablaremos en otro momento —dijo antes de besarlo. Nick trató de fingir un mínimo de pasión. Necesitaba a una mujer. Su cuerpo se lo estaba pidiendo a gritos. Y necesitaba a Iona. Pero no hizo nada por evitar que perdiera la consciencia.

Más tarde, mientras ella dormía bajo el sol, Nick se apoyó en el lateral opuesto de la lancha y encendió un cigarrillo con la colilla de otro. No sabía si estaba más furioso o asqueado. Iba a tener que utilizar a Iona, dejar que Iona lo utilizase... si no esa vez, en algún momento. Tenía que complacerla para averiguar lo que necesitaba. Era una cuestión de seguridad... y de salirse con la suya. Lo segundo siempre le había parecido más importante que lo primero.

Si tenía que acostarse con Iona para conseguir lo que pretendía, se acostaría con ella. No significaba nada. Nick dio una calada al cigarro. No significaba nada, se repitió.

De pronto, sintió que necesitaba una ducha, larga, algo que le quitara una sensación de suciedad que no lograba despegarse. Años de suciedad y mentiras. ¿Por qué nunca lo habían molestado hasta entonces?

Nick recordó la cara de Morgan. Ésta lo miraba con frialdad. Lanzó el cigarro al mar, se levantó y puso el motor en marcha.

# VII

Tras una vuelta maravillosa y con una maravillosa copa en la mano, Morgan decidió que la isla era perfecta. Había todo tipo de casas: blancas con columnas rectas, otras con arcos y algunas con porches de madera. Aunque la frescura y limpieza del blanco podía dar sensación de novedad, la isla parecía antigua, eterna y permanente.

Estaba sentada en un café con vistas al mar, mirando los barcos del muelle y a los pescadores, que extendían las redes para que se secaran.

Los había veteranos y muy niños. Todos bronceados, todos trabajando codo con codo. Había doce por red, veinticuatro manos, algunas arrugadas por la edad y otras jóvenes y tersas. Todas fuertes. Mientras trabajaban, gritaban y se reían con alegre camaradería.

—Deben de haber pescado mucho —comentó Andrew al advertir el interés con que Morgan seguía a los hombres del muelle.

—¿Sabes? He estado pensando —Morgan deslizó un dedo por el lado de la copa—. Todos parecen muy fuertes y recios. Algunos ya han pasado la edad de jubilación en Estados Unidos. Supongo que seguirán saliendo al mar hasta que se mueran. No sé, una vida entera en el agua... Tiene que ser muy satisfactorio —finalizó. Una vida en el mar, como los piratas... ¿Por qué no podía quitarse de la cabeza a los piratas?

—No sé si estos hombres se plantearán si es satisfactorio. Simplemente, es lo que hacen —Andrew dio un sorbo a su copa y se paró a observar a los pescadores—. Aunque sí que creo que viven contentos. La gente sabe qué esperar de ellos. Puede que sea una vida sencilla, pero de una sencillez envidiable, en cualquier caso.

—Salvo los que están metidos en asuntos de contrabando —murmuró ella.

—En el fondo, es lo mismo, ¿no? —Andrew se encogió de hombros—. Hacen lo que se espera que hagan y, de paso, le añaden un punto de aventura a su vida y unos dracmas al bolsillo.

—No esperaba esta actitud de ti —dijo Morgan en tono de censura.

Andrew la miró con ambas cejas enarcadas:

—¿Qué actitud?

—Esta... esta indiferencia ante una práctica delictiva.

—Venga, Morgan, es...

—Un delito —insistió ella sin dejar que Andrew terminara de hablar—. No se puede seguir permitiendo.

—¿Y cómo pones fin a algo que lleva haciéndose desde hace siglos de un modo u otro?

—El modo actual va contra la ley —contestó Morgan—. Supongo que las personas más influyentes, como Alex y... Nicholas, deberían presionar a quien haya que presionar.

—No conozco a Alex lo suficiente para hablar de él

—dijo Andrew mientras llenaba su copa de nuevo—. Pero no me imagino a Nick metiéndose en algo que no lo afecte a él o a su negocio.

—¿No?

—No, y no lo digo como una crítica —matizó Andrew. Se dio cuenta de que Morgan le estaba prestando toda su atención, aunque algo velaba los ojos de ésta—. Nick se ha portado muy bien conmigo, dejándome la casa y el dinero para el billete. Sabe Dios que cuando pueda se lo devolveré. No me agrada tener que pedir prestado, pero la poesía no proporciona mucha seguridad económica.

—No sé dónde, pero creo haber leído en algún lado que T.S. Eliot trabajaba en un banco —comentó Morgan sonriente.

—Podría trabajar en las oficinas que Nick tiene en California. Me lo ha ofrecido. No me ha hecho notar que me quería hacer un favor, pero tampoco parecía especialmente interesado. Es duro para el ego —murmuró Andrew y miró hacia el puerto—. Puede que mi barco llegue algún día.

—Seguro que sí, Andrew. Algunos estamos destinados a perseguir nuestros sueños.

—Y a pasar hambre —bromeó él—. Anda, vamos a pedir. Me suenan las tripas.

El cielo estaba apagado mientras terminaban de cenar. Los últimos rayos del sol caían suavemente sobre el mar. Al este, un violeta profundo y sereno esperaba la salida de las primeras estrellas. Morgan estaba contenta, con las mejillas encendidas por la comida picante y el licor de anís. De fondo, intermitentemente, música de mandolina. Grupos de amigos entraban y salían del café, algunos cantando.

El propietario y camarero era un hombre ancho, de bigote fino y ojos acuosos. Morgan pensó que los ojos debían de llorarle por las especias y el humo de la cocina que flotaba en el aire. En su opinión, los turistas estadounidenses elevaban el estatus del café. Impresionado por la fluidez con la que Morgan hablaba griego, no desaprovechó la oportunidad de hacer alguna pregunta y cotillear cuando se acercaba a su mesa.

Morgan se relajó en medio de aquel ambiente tan distendido. En la villa de Theoharis todo habían sido atenciones y lujos, pero lo que se respiraba en el café era distinto. Había un aire más terrenal que había echado de menos en la elegante casa de Liz. En el café se oían carcajadas y el vino se derramaba. Con todo lo que quería a Liz y a Alex, Morgan nunca se habría sentido contenta con la vida que éstos llevaban. Se habría oxidado con tantos buenos modales.

Por primera vez desde que se había encontrado el cadáver por la mañana, sintió que la tensión que le oprimía la base del cerebro empezaba a aliviarse.

—¡Mira!, ¡están bailando! —exclamó de repente Morgan. Apoyó la barbilla sobre las manos y miró al grupo de hombres que bailaban en línea enlazados por los brazos.

—¿Nos unimos? —preguntó Andrew cuando se terminó su última salchicha picante.

Morgan rió y negó con la cabeza.

—No sé bailar. Lo estropearía —se excusó—. Pero tú sí puedes.

—Tienes una risa maravillosa —dijo Andrew entonces mientras le llenaba la copa de nuevo—. Es melodiosa, natural y una pizca sensual.

—Qué cosas más bonitas dices —Morgan sonrió, divertida—. Eres un hombre agradable. Podíamos ser amigos.

Andrew enarcó las cejas. Morgan se sorprendió al sentir el beso fugaz que éste le dio. Sus labios sabían como la isla: picantes y desconocidos.

—Amigos de momento —dijo él sonriente ante la expresión estupefacta de Morgan—. La cara que se te ha quedado tampoco le hace mucho bien a mi ego —añadió antes de sacar un paquete de tabaco del bolsillo de la chaqueta. Luego sacó una cerilla. Morgan dejó de mirarlo para desviar la vista hacia la cajita negra.

—No sabía que fumaras —acertó a decir al cabo de unos segundos.

—No suelo —Andrew raspó la cerilla. Una llama pequeña se encendió, temblando delante de su cara durante un instante, proyectando sombras, misterios, sospechas—. Sobre todo, porque me gustan éstos y no son baratos precisamente. Nick se apiada de mí y me deja algunos en casa cuando se acerca. Si no, no fumaría nada... ¿Te pasa algo? —preguntó sonriente pero extrañado por la intensidad con que Morgan estaba mirándolo.

—No —contestó ella con naturalidad antes de dar un sorbo a su copa—. Estaba pensando... decías que has estado por toda esta zona de la isla. Supongo que ya habías estado en la cala de esta mañana.

—Es un sitio bonito, sí —Andrew estiró un brazo y le agarró la mano izquierda—. O lo era. Calculo que hace una semana que no iba. Y puede que pase un tiempo antes de que vuelva.

—Una semana —murmuró Morgan.

—No le des vueltas a la cabeza —le aconsejó él.

Morgan lo miró a los ojos, tan claros, tan amables. Estaba siendo una idiota. Ninguno de ellos, ni Alex ni Dorian ni Andrew, ninguno podía estar relacionado con la muerte de aquel hombre. ¿Por qué no pensar que a algún loco de la isla le gustaba el tabaco caro y pegar puñaladas por la espalda? Tenía más sentido, mucho más sentido que las feas sospechas que albergaba.

—Tienes razón —dijo sonriente Morgan e inclinó el torso hacia él en señal de interés—. Háblame de tu poema épico.

—Buenas noches, señorita James, señor Stevenson.

Morgan giró la cabeza y sintió como si el cielo se nublara.

—Hola, capitán —dijo mirando la cara regordeta de Trípolos.

Aunque no fue un saludo entusiasta, a Trípolos no pareció afectarlo lo más mínimo.

—Veo que está disfrutando de la vida nocturna de la isla. ¿Viene a menudo por aquí?

—Es su primera salida —terció Andrew—. La he convencido para que cenáramos fuera. Necesitaba distraerse después del susto de esta mañana.

Trípolos asintió con la cabeza comprensivamente, pero Morgan se dio cuenta de que la música y las risas habían cesado. El café se había quedado en silencio y el ambiente era de espera y contención.

—Bien hecho —decidió el capitán—. Una señorita no debe pensar mucho en cosas así. Yo, por desgracia, no tengo mucho más en qué pensar en estos momentos. Pásenlo bien —añadió tras exhalar un suspiro y mirar con anhelo el licor de anís.

—¡Maldición! —gruñó cuando Trípolos se hubo alejado—. ¿Por qué me altera tanto este hombre? Cada vez que lo veo, se me revuelve el estómago.

—Te entiendo —dijo Andrew mientras miraba a los demás clientes del bar hacerle un pasillo al capitán—. Casi te hace desear tener algo que confesar.

—¡Gracias a Dios, no sólo me pasa a mí! —Morgan agarró su copa, la levantó y se dio cuenta de que le temblaban las manos—. Andrew, a no ser que tengas alguna objeción moral, voy a agarrarme una borrachera tremenda —avisó con voz calmada.

Algo después, tras asegurarse de que Andrew era flexible con la bebida, Morgan flotaba en una nube de licor de anís. La clara luz de la luna había sustituido a los rayos de la puesta de sol. Con el paso del tiempo, el café se iba llenando y volviendo más bullicioso. La música sonaba por encima de las carcajadas. Aunque la situación tenía cierta sensación de irrealidad, le daba igual. Bastante realidad había tenido por la mañana.

El camarero se presentó con otra botella más. La colocó en la mesa como quien estuviera ofreciendo una botella del mejor champán.

—Mucho trabajo —comentó Morgan, dedicándole una sonrisa amplia pero nebulosa.

—Es sábado —respondió él, dando a entender que con eso se explicaba todo.

—Así que he elegido una buena noche para salir —Morgan miró a su alrededor y vio un revoltijo confuso de personas—. Los clientes parecen contentos.

El camarero siguió la mirada de Morgan y sonrió orgulloso mientras se frotaba una mano en el delantal.

—Pensé que se me arruinaría la noche con la llegada del capitán, pero al final va todo bien.

—La policía no contribuye a crear un ambiente de

fiesta —dijo Morgan—. Supongo que estará investi-
gando la muerte de ese pescador —añadió despacio y
el camarero se lo confirmó asintiendo con la cabeza.

—Stevos venía a menudo por aquí. Aunque no tenía
muchos amigos. No era de los que bailaban. Emplea-
ba su tiempo en otras cosas —dijo en tono misterioso—. Y a mis clientes no les gusta que les hagan preguntas —añadió. Luego murmuró algo poco loable,
pero Morgan no supo si el exabrupto estaba dirigido
a Stevos o a Trípolos.

—Era pescador —comentó ella tratando de mirar a
los ojos al camarero—, pero no parece que sus compañeros lamenten su pérdida.

El camarero se encogió de hombros, pero Morgan
encontró la respuesta que buscaba: había pescadores...
y pescadores.

—Pásalo bien. Encantado de atenderte.

—Me abruma tanto griego —comentó Andrew
cuando el camarero se hubo marchado a tomar nota
del pedido de otra mesa—. ¿Qué ha dicho?

Como no quería volver a enredarse con el asesinato, Morgan se limitó a sonreír.

—Los griegos son muy masculinos, Andrew, pero le
he dejado claro que ya tengo comprometida esta noche —Morgan entrelazó las manos detrás de su propia
nuca y miró hacia las estrellas—. Me alegro de haber
venido. Esta noche nada de asesinatos; nada de contrabando. Me siento genial, Andrew. ¿Cuándo podré
leer algún poema tuyo?

—Cuando el cerebro te funcione normalmente
—respondió él sonriente mientras le llenaba la copa de
nuevo—. Me gustaría saber tu opinión.

—Gracias. Eres un hombre agradable —Morgan levantó la copa y examinó a Andrew con toda la intensidad de la que fue capaz–. Nada que ver con Nicholas.

–¿A qué viene eso? –Andrew frunció el ceño al tiempo que dejaba la botella sobre la mesa.

–A que no os parecéis –insistió Morgan justo antes de levantar su copa–. Por los estadounidenses: cien por cien puros.

Después de brindar con ella y dar un sorbo, Andrew sacudió la cabeza:

–Tengo la sensación de que no hemos brindado por la misma cosa.

Morgan notó que el recuerdo de Nick amenazaba con invadir sus pensamientos y se obligó a bloquearlo.

–¿Qué más da? Hace una noche preciosa.

–Sí –Andrew le acarició el dorso de una mano–. ¿Te he dicho lo hermosa que eres?

–¿En serio vas a cortejarme? –preguntó Morgan justo antes de soltar una risotada–. Adelante, adelante, me encanta que me digan cosas bonitas.

–Eres demasiado directa –dijo él–. Me has estropeado la sorpresa –añadió al tiempo que le acariciaba el pelo.

–¿Qué sorpresa? –preguntó Morgan y Andrew negó con la cabeza.

–Anda, vamos a dar un paseo. Con un poco de suerte, encontraré algún rincón oscuro donde pueda besarte como es debido.

Andrew se levantó y ayudó a Morgan a ponerse de pie. Ésta se despidió del camarero, deseándole que pasara una buena noche, antes de que Andrew consiguiera abrirle paso entre el gentío.

Aquéllos que no se habían reunido en el café hacía tiempo que estaban en la cama. Las casas blancas estaban cerradas, preparadas para la noche. De vez en cuando se oía el ladrido de un perro y otro que respondía. Morgan oía sus propias pisadas mientras andaba por la calle.

–Qué tranquilo está todo. Lo único que se oye es el mar y la noche misma. Desde la primera mañana que desperté en Lesbos, he tenido la sensación de que pertenecía a esta isla. Nada de lo que ha pasado desde entonces me ha quitado esa sensación –Morgan se giró entre los brazos de Andrew y rió–. No creo que vaya a volver nunca a Estados Unidos. ¿Cómo voy a volver a soportar Nueva York, con el tráfico y la nieve, todo el día corriendo al trabajo y de vuelta a casa? Puede que me haga pescadora o que haga caso a Liz y me case con algún hombre rico.

–No creo que debas casarte con un hombre rico –dijo Andrew al tiempo que se la acercaba. La fragancia de Morgan le penetraba los sentidos. Su cara, a la luz de la luna, era un misterio de belleza clásica–. Deberías probar lo de hacerte pescadora. Viviríamos en la casita de campo de Nick.

Se lo merecería, murmuró para sus adentros Morgan. Luego levantó la boca y esperó a que llegara el beso.

Fue cálido y satisfactorio. Morgan no sabía si el sofoco que sentía se debía al beso o al licor de anís. Pero tampoco le importaba. Los labios de Andrew no eran imperiosos, apremiantes y posesivos, sino dulces y prudentes. Ella le dio lo que pudo.

No notó que una pasión fogosa ardiese en su interior, pero Morgan se dijo que tampoco la quería. La pasión nublaba el juicio más eficazmente que un océano de licor de anís. Ya se había dejado llevar por la pasión y el desenfreno más de la cuenta. Sólo causaban dolor y desengaños. Andrew era amable, sencillo. No le daría la espalda cuando lo necesitara. No sería motivo de noches de insomnio. Se sentiría segura. Era un caballero... y las mujeres se sentían a salvo con los caballeros.

—Morgan, eres deliciosa —murmuró él con la mejilla apoyada sobre su cabello—. ¿Hay algún hombre con el que tenga que considerar batirme en duelo?

Morgan trató de pensar en Jack, pero no logró recordar sus facciones con claridad. Sí la atrapó, sin embargo, una imagen repentina y nítida de Nick, atrayéndola para darle uno de sus besos devastadores.

—No —respondió con más intensidad de la necesaria—. No hay nadie. Absolutamente nadie.

Andrew la separó unos centímetros y le levantó la barbilla con un dedo. La miró a los ojos bajo el brillo tenue de la luna.

—A juzgar por el ardor de tu respuesta, mi competidor debe de ser formidable. No... —dijo poniendo un dedo sobre los labios de Morgan cuando ésta hizo ademán de protestar— no quiero confirmar mis sospechas esta noche. Soy egoísta.

—Pero...

Andrew la interrumpió con un nuevo beso y se recreó en el sabor de sus labios.

—Maldita sea, eres adictiva. Más vale que te lleve a tu casa mientras pueda recordar que soy un caballero y tú una señorita que está muy borracha.


El blanco de la villa resaltaba bajo el cielo nocturno. Una pálida luz brillaba en una ventana del primer piso para que pudiera orientarse al regresar.

—Están todos dormidos. Tengo que ser muy sigilosa

—susurró innecesariamente Morgan mientras salía del coche sin esperar a que Andrew le diera la vuelta para abrirle la puerta—. Mañana me sentiré como una tonta cuando me acuerde de esto —añadió y se tapó la boca para que no le entrara la risa floja.

—No creo que te acuerdes de mucho —comentó él mientras la agarraba de un brazo.

Morgan acertó a subir las escaleras con la atenta dignidad de quienes no sienten el suelo que pisan.

—No quisiera abochornar a Alex aterrizando con la cara en el suelo —dijo—. Alex y Dorian tienen *tanto* sentido del decoro.

—Y yo voy a tener que volver con mucho cuidado —contestó Andrew—. A Nick no le agradaría que se me cayera su Fiat por un acantilado.

—¡Anda! —exclamó Morgan sorprendida. Luego lo miró como una lechuza—. Llevas una curda tan grande como la mía.

—No tanto, pero casi. Aun así... —Andrew exhaló un suspiro y deseó poder tumbarse en algún sitio— me he comportado con el máximo respeto.

—Con el máximo —repitió ella y tuvo que llevarse otra vez la mano a la boca para sofocar otro ataque de risa. Se apoyó sobre Andrew con tanta fuerza, que éste tuvo que cambiar el peso del cuerpo sobre la otra pierna para mantener el equilibrio—. Lo he pasado muy bien, Andrew. De maravilla. Lo necesitaba más de lo que pensaba. Gracias.

—Adelante —dijo él después de abrirle la puerta de la casa y darle un empujoncito para que entrase—. Y cuidado con las escaleras. ¿Debo esperar y oír los ruidos de cómo te vas tropezando con los muebles? —añadió susurrando.

—Tú vete y ten cuidado, no vayas a darle un baño al Fiat —Morgan se puso de puntillas y le rozó la barbilla con los labios—. Quizá debería prepararte un café.

—Para eso tendrías que encontrar la cocina. No te preocupes. Siempre puedo aparcar el coche y volver caminando si veo que no estoy despierto. Vete a la cama, Morgan. Aunque sea haciendo eses —bromeó.

—Tú más —contestó ella infantilmente antes de cerrar la puerta.

Morgan encaró las escaleras con tremenda cautela. Lo último que quería era despertar a alguien y tener que mantener algún tipo de conversación coherente. Se paró en medio de un tramo de escalones y se tapó la boca para refrenar otro ataque de risa. Dios, era fantástico. Era maravilloso no ser capaz de pensar. Pero no podía seguir así, se dijo con firmeza. Tenía que conseguir llegar a su habitación y encerrarse antes de que la descubrieran.

Logró alcanzar el rellano superior. Después, tuvo que detenerse unos instantes para recordar en qué dirección estaba su dormitorio. A la izquierda, por supuesto, se dijo sacudiendo la cabeza. Pero, ¿hacia qué lado era la izquierda? Permaneció parada unos segundos más para resolver la duda antes de arrastrarse pasillo abajo. Agarró el pomo de la puerta, respiró medio mareada y entró por fin en la habitación.

—¡Lo logré! —murmuró y estuvo a punto de echar por tierra el éxito al tropezarse con la alfombra. Cerró la puerta con suavidad y apoyó la espalda contra ella. Ya sólo faltaba localizar la cama. Una luz se encendió, como por arte de magia. Morgan saludó a Nick con una sonrisa—. Para ser un espejismo, pareces muy real —dijo en voz baja.

—¿Se puede saber qué has estado haciendo? —preguntó furioso mientras ella se descalzaba a duras penas—. ¡Son casi las tres de la mañana!

—¡Qué desconsiderada! Debería haberte telefoneado para avisarte de que volvería tarde —se burló Morgan.

—No te hagas la lista, ¡maldita sea! No estoy de humor. Llevo esperándote la mitad de la noche —Nick cruzó la habitación, la agarró por los hombros y examinó su rostro. Su enfado dio paso a la sorpresa—. Estás como una cuba —añadió, como si le hiciera gracia.

—Como dos cubas —convino Morgan y tuvo que respirar hondo para no echarse a reír—. Eres muy observador, Nicholas —añadió al tiempo que plantaba una mano sobre la camisa de él.

—¿Cómo diablos voy a tener una conversación racional con una mujer que ve doble? —preguntó resignado.

—Triple. Andrew ve doble, pero yo he bebido más —contestó orgullosa mientras intentaba desabrocharle un botón con la mano libre—. ¿Sabías que tienes unos ojos increíbles? Nunca había visto unos ojos tan negros. Los de Andrew son azules. Sus besos no se parecen nada a los tuyos. ¿Por qué no me besas ahora?

Nick la sujetó con fuerza un momento, pero enseguida aflojó.

—Así que has salido con el pequeño Andrew —dijo. Empezó a dar vueltas por la habitación mientras Morgan se balanceaba y lo miraba.

—El pequeño Andrew y yo te habríamos invitado a venir con nosotros si no se nos hubiera olvidado. Además, cuando te pones dócil y encantador puedes ser muy aburrido —dijo arrastrando las erres justo antes de bostezar–. ¿Tenemos que seguir hablando mucho tiempo? Me caigo de sueño.

—Soy el primero que está harto de ser dócil –murmuró mientras agarraba un frasquito del perfume de Morgan y lo volvía a dejar–. Pero tengo mis razones.

—Lo haces muy bien –aseguró ella al tiempo que se echaba mano a la cremallera–. Pero ahora no tienes que actuar con propiedad.

—¿No? –Andrew se giró y la vio batallando con la cremallera–. Morgan, por Dios, no me hagas esto.

—Eres muy bueno, pero a veces pierdes el control. Una mirada, un gesto... Eres muy convincente, porque soy la única que parece darse cuenta. Porque a mí no me engañas... Bueno, ¿qué?, ¿vas a besarme o no? –dijo justo antes de dejar que el vestido cayese hasta el suelo.

Se le secó la garganta al verla allí de pie, cubierta tan sólo con una fina combinación, mirándolo con ojos brumosos. Un flechazo de fuego lo atravesó y tuvo que obligarse a prestar atención a lo que Morgan le había dicho.

—¿La única que parece darse cuenta de qué?

Morgan hizo dos intentos de recoger el vestido. Cada vez que se inclinaba, la combinación se ahuecaba y ofrecía una vista del nacimiento de sus pechos. Nick sintió que el flechazo de deseo bajaba más allá del estómago.

—¿Qué? –repitió confundida ella tras decidir dejar el vestido donde estaba–. Ah, sigues con eso. Es por tu forma de moverte.

—¿Qué le pasa? –Nick trató de mantener la mirada en la cara de Morgan, en vez de sobre su cuerpo. Pero su fragancia ya le estaba nublando el juicio y su sonrisa... aquella sonrisa lo estaba desafiando.

—Te mueves como una pantera –dijo ella– que sabe

que la están persiguiendo y piensa devolver el ataque cuando esté lista.

—Entiendo —dijo él con el ceño fruncido. No sabía del todo si le gustaba la comparación—. Tendré que ser más discreto.

—Haz lo que quieras —contestó Morgan alegremente—. En fin, en vista de que no quieres besarme, buenas noches, Nicholas. Me voy a la cama. Te acompañaría a tu casa, pero me temo que podría caerme por la terraza.

—Morgan, tengo que hablar contigo —dijo él, agarrándola por un brazo a toda velocidad para no dar lugar a que se desplomara sobre la cama. Verla sobre el colchón, pensó, sería una tentación excesiva. Pero Morgan perdió el escaso equilibrio que tenía y cayó contra el pecho de Nick. Se acurrucó cariñosamente y no protestó cuando él la estrechó con un poco más de fuerza entre los brazos.

—¿Has cambiado de idea? —murmuró Morgan, lanzándole una sonrisa adormilada—. Esta noche, cuando Andrew me ha besado, he pensado en ti. Ha sido muy feo por mi parte... o por la tuya, no estoy segura. Si me besas ahora, quizá piense en Andrew.

—Ni lo sueñes —Nick la apretó contra su cuerpo. Estaba a punto de perder el control. Morgan echó la cabeza hacia atrás ofreciéndole los labios.

—A ver si es verdad —lo retó.

—Morgan... ¡al infierno con todo!

Incapaz de contenerse un segundo más, Nick se apoderó de su boca. Morgan se dejó besar y saberla tan rendida no hizo sino excitarlo más todavía. El fuego del deseo se avivaba en su interior por instantes, avanzando por todo el cuerpo peligrosamente.

Por primera vez, se abandonó. No podía pensar en nada, en nada más que en ella y en la ligereza con que el cuerpo de Morgan aceptaba sus caricias. Era más suave de lo que jamás había imaginado. Tan delicada que parecía poder colarse por sus poros y convertirse en parte de él sin que pudiese hacer nada por evitarlo. La necesitaba con una urgencia abrumadora, desgarradora, mucho más fuerte que el autocontrol que lo caracterizaba y que había perfeccionado durante más años de los que podía recordar. Pero en ese momento no quería seguir conteniéndose.

Con ella todo sería distinto. Con ella, volvería a sentirse limpio. ¿Conseguiría Morgan dar marcha atrás en el tiempo?

Nick sintió un lateral del colchón contra un muslo y supo que le bastaría un movimiento para estar sobre él con Morgan. Entonces no importaría nada más que estar con ella... con una mujer. Pero no quería a cualquier mujer. La había querido a ella desde la primera noche al encontrársela en la playa desierta. La había querido a ella desde que sus ojos claros se habían posado sobre él. Tenía miedo, y no solía asustarse, de que nunca volviese a querer estar con otra mujer.

Mezclado con el deseo, sobrevino un latigazo de dolor. Nick maldijo para sus adentros y la apartó, agarrándola con fuerza por los brazos.

—Presta atención, ¿de acuerdo? —dijo con voz rugosa y quebrada por la excitación. Pero Morgan no pareció advertirlo. Se limitó a sonreír y le acarició una mejilla.

—¿No lo estaba haciendo?

Nick contuvo las ganas de sacudirla por los hombros y habló con serenidad:

—Tengo que hablar contigo.

—¿Hablar? —Morgan sonrió de nuevo—. ¿Tenemos que hablar?

—Hay cosas que necesito explicarte. Esta mañana... —Nick dudó, se enredó con las palabras; no estaba seguro de qué quería decir o qué quería hacer. ¿Cómo era posible que la fragancia de Morgan fuese todavía más intensa de lo que lo había sido un segundo antes? Estaba perdiendo la cabeza.

—Nicholas —Morgan suspiró adormilada—, he bebido más licor de anís del que me cabe en el cuerpo. Me muero de sueño. Ya he castigado mi cuerpo suficientemente por esta noche. No voy a seguir tentando a la suerte.

—Morgan —insistió él. Respiraba más deprisa de lo normal. El pulso le zumbaba en los oídos. Debía dejarla tranquila, lo sabía. Debía dejarla en paz... por el bien de los dos. Pero siguió sujetándola—. No te duermas, escúchame —le ordenó.

—Estoy cansada de escuchar —Morgan soltó una risilla—. De escuchar. Hazme el amor o lárgate.

Apenas abría los ojos una rendija, pero fue suficiente para hechizarlo. Nick se había quedado sin fuerzas para seguir reprimiéndose.

—Maldita seas —murmuró mientras caían sobre el colchón—. Eres una bruja.

Había aguantado lo máximo, pero ya no podía seguir resistiéndose. El cuerpo de Morgan era tan ligero y dulce como un buen vino. Por fin podía tocarla por donde quisiera. Ella sólo suspiraba. Cuando incrustó los labios contra su boca, Morgan se rindió. Pero al rendirse fue a él a quien hizo prisionero. Pagaría un precio, un precio en dolor y sufrimiento, por sucumbir a la tentación. Pero en ese instante le daba igual el mañana. En ese preciso momento, Morgan era de él. Y con eso bastaba.

Le arrancó la combinación. Estaba demasiado ansioso, demasiado desesperado. Pero ella no protestó por el desgarrón de la prenda. Nick emitió un gruñido primitivo y la devoró.

Sabores... Morgan tenía sabores deliciosos. Permanecían en su lengua y le aturdían la cabeza. La miel de los labios y la dulzura delicada de su piel lo enloquecían, lo impulsaban en busca de más, al encuentro de todo. No fue atento. Hacía tiempo que había rebasado el límite de las galanterías, pero los gemidos de Morgan indicaban que también ella estaba disfrutando.

De la boca de Nick salían palabras, en voz baja, llenas de deseo. No estaba seguro de si estaba maldiciéndola por hacerle perder el sentido o si le estaba haciendo cientos de promesas descabelladas. En aquel momento, le daba igual. Tenía unas necesidades que satisfacer. Necesidades que comprendía, que ya había sentido antes. Pero había algo más, algo más fuerte y posesivo. El contacto de la piel contra la piel lo hizo olvidarse de todo. Un incendio de pasión arrasó el poco autocontrol que aún conservaba. Morgan se estaba fundiendo contra él. A Nick le resultaba tan placentero como doloroso, pero no tenía fuerzas para resistirse.

Morgan lo acariciaba por todas partes, movía el cuerpo para marcarle el ritmo. Nick ya no sabía quién llevaba la iniciativa y quién seguía al otro. La boca de Morgan era dulce y receptiva, pero también firme. Su cuerpo era dócil y flexible, pero también exigente. Seguro que tendría la piel blanca, apenas bronceada por

el sol. Ardía en deseos de verla, pero Nick sólo cap-
taba el brillo de sus ojos en la oscuridad de la habitación.

Cuando Morgan le puso una mano en la nuca para
que la besara con más fuerza, dejó de ver en absoluto,
plenamente cegado por la pasión. Su esencia a jazmín
penetraba el olfato de Nick, lo excitaba, lo llenaba
todo hasta el punto de hacerle creer que nunca podría
oler otra fragancia.

Sacando fuerzas de flaqueza, trató de recuperar la
cordura. No podía entregarse a ella de ese modo. No
podía. Si no se protegía, no era nada: un hombre vulnerable, muerto...

Pero esa noche merecía la pena arriesgarse.

# VIII

El sol que entraba a través de las ventanas, a través de las puertas abiertas del balcón, martilleaba la cabeza de Morgan. Emitió un gruñido y se dio la vuelta con la esperanza de quedarse dormida y olvidarse de aquella terrible jaqueca. Los aguijonazos no hicieron sino aumentar. Morgan se incorporó con cuidado y trató de sentarse sobre la cama. Abrió los ojos despacio y gruñó de nuevo al sentir los rayos potentes del amanecer. Cerró los ojos y, al cabo de un segundo, apretó los dientes y se atrevió a levantar los párpados otra vez.

La sensación de mareo que tanto había disfrutado la noche anterior le resultaba de pronto insoportable. Tenía el estómago revuelto, los ojos hinchados. Permaneció quieta, sentada en medio de la cama, hasta que se creyó con fuerzas para moverse. Tratando de mantener la cabeza totalmente quieta, plantó los pies en el suelo y se puso de pie.

Pisó sin cuidado un vestido que había tirado y sacó un camisón del armario. Sólo podía pensar en cubos de hielo y café. Mucho café.

Entonces se acordó. De golpe, implacablemente. Morgan se giró para mirar la cama. Estaba vacía... Quizá lo había soñado. O se lo había imaginado. Se llevó las manos a la cara y se pellizcó. Desde luego, en ese momento estaba despierta. Y aunque estuviese sola, estaba segura de que no lo había soñado. Nick había estado allí y todo lo que recordaba había sucedido de verdad. Se acordó de lo furioso que lo había encontrado al entrar en la habitación, de cómo le había sonreído ella invitándolo a que le hiciera el amor. Se acordó de la fuerza con que la había besado y del fervor con que ella misma había respondido.

Pasión... Había sido tal como había fantaseado: insoportable, maravillosa, agotadora. Nick la había maldecido. Recordaba sus palabras. Luego la había llevado a lugares y cotas de placer que jamás había imaginado siquiera. Ella se había entregado y lo había desafiado a que tomase todo cuanto quisiera. Todavía podía sentir los músculos tensos de su espalda, la respiración entrecortada y desesperada de Nick, jadeando junto a su oído.

La había poseído enfurecido y no le había importado. Luego se había quedado callado. Morgan se había quedado dormida entre sus brazos. Y en algún momento Nick se había marchado y por eso estaba sola.

Morgan soltó un gemido de lamento y bajó los brazos. ¿Qué esperaba? Lo que había ocurrido entre ambos no significaría nada para él. Menos que nada. Si no hubiese bebido tanto, nunca lo habría invitado a compartir la cama.

¡Valiente excusa!, pensó Morgan disgustada consigo misma. Era demasiado sincera para intentar engañarse de ese modo. No, la culpa no había sido del licor de anís. Se acercó a la cama y agarró la combinación que Nick le había desgarrado. Ella lo había deseado. Lo había deseado desde la primera noche en la playa. Que Dios la ayudara, pero Nick le importaba mucho, demasiado. De modo que no, no podía echarle la culpa al alcohol. Hizo una bola con la combinación y la tiró dentro del armario. La única culpable era ella.

Morgan cerró el armario de un portazo. Se había acabado, se dijo con firmeza. Punto final. Lo que había ocurrido no tenía por qué significar para ella más de lo que significaba para Nick. De pronto, apoyó la frente sobre el armario y contuvo las ganas de romper a llorar. Pero se negaba a llorar por él. Jamás lloraría por él. Enderezó la espalda y se dijo que era el dolor de cabeza lo que la hacía sentirse tan débil y llorona. Era una mujer adulta, con libertad para entregarse, pasar un buen rato con un hombre cuando y donde quisiera. En cuanto bajara a la cocina y se tomara un café, conseguiría tomar cierta distancia y vería la situación en perspectiva.

Tragó las lágrimas que amenazaban con saltarle de los ojos y abrió la puerta de la habitación.

—Buenos días, *kyrios* —la saludó la asistenta con una sonrisa que podría haberse ahorrado—. ¿Quiere que le suba el desayuno ahora?

—No, sólo tomaré café —dijo Morgan. El olor de la comida le provocó náuseas—. Ya bajo yo a la cocina.

—Hace un día precioso.

—Sí, muy bonito —contestó ella apretando los dientes mientras recorría el pasillo.

El sonido de unos platos rompiéndose y un grito agudo hicieron a Morgan apoyarse en la pared para sostenerse. Se apretó la cabeza con una mano y gruñó. ¿Por qué tenía que elegir precisamente esa mañana para ser torpe?

Pero al ver que la asistenta seguía gritando, Morgan se dio la vuelta. La chica estaba de rodillas justo en el umbral. Había añicos de platos y tazas por toda la alfombra, por la que se había desperdigado la comida.

—¡Basta! —Morgan se agachó, agarró a Zena por los hombros y la sacudió para hacerla callar—. Nadie te va a despedir por romper un par de platos.

La chica negó con la cabeza. Parecía aterrada. Apuntó con un dedo tembloroso hacía la cama antes de soltarse de Morgan y salir corriendo.

Ésta asomó la cabeza en la habitación y sintió que el mundo entero le daba vueltas. Una nueva pesadilla venía a sumarse a la anterior. Se agarró al pomo de la puerta con fuerza y miró la escena.

Un rayo de sol iluminaba el cuerpo de Iona, tumbada boca arriba atravesando la cama. La cabeza le colgaba más allá del borde y el cabello le caía hasta casi rozar el suelo. Morgan se sobrepuso a la primera impresión y al mareo y corrió hacia Iona. Aunque le temblaban los dedos, trató de tomarle el pulso en el cuello. Lo encontró: era débil e irregular, pero tenía pulso. El aire que había estado conteniendo sin darse cuenta salió en una bocanada de alivio. Instintivamente, tiró del cuerpo inconsciente de Iona hasta tenerla totalmente sobre la cama.

Sólo entonces se fijó en la jeringuilla que había entre las sábanas.

—¡Dios!

Aquello explicaba muchas cosas. Los cambios de humor de Iona, los nervios que tan tensa la tenían.

No entendía cómo no se le había ocurrido antes que pudiera tener un problema de drogadicción. Se había puesto una sobredosis, pensó Morgan espantada. ¿Qué debía hacer? Seguro que habría algo que tuviera que hacer.

—Morgan... ¡Dios!

Ella giró la cabeza y se encontró a Dorian, pálido y rígido bajo el dintel.

—No está muerta —informó Morgan de inmediato—. Creo que ha sido una sobredosis. Llama a un médico, a una ambulancia.

—¿No está muerta?

Morgan oyó el tono apagado de su voz, lo oyó acercarse a Iona. Pero no había tiempo para consolarlo.

—¡Llama ya! —le ordenó—. Tiene pulso, pero es muy débil.

—¿Qué pasa con Iona? —preguntó Alex exasperado—. La asistenta está histérica y... ¡santo cielo!

—¡Una ambulancia!, ¡por Dios, deprisa! —ordenó Morgan sin dejar de tomar el pulso de Iona. Quizá consiguiera que su corazón siguiese latiendo por el mero hecho de tomárselo. Se giró y vio a Alex salir de la habitación volando mientras que Dorian permanecía helado—. Hay una jeringuilla. ¿Sabías que se drogaba? —le preguntó. No quería herirlo, pero convenía tener el máximo de información posible por si le resultaba de utilidad a los médicos cuando llegaran.

—Heroína —dijo Dorian al tiempo que un escalofrío le recorría la espalda—. Creía que lo había dejado. ¿Estás segura de que está...?

—Está viva —Morgan le agarró una mano cuando Dorian se decidió a acercarse a la cama. Sintió un azote de compasión por Iona y por el hombre cuya mano sostenía en ese momento–. Está viva, Dorian. La ayudaremos a salir adelante.

Él le apretó la mano un instante, fuerte; tanto que Morgan estuvo a punto de quejarse por el dolor.

–Iona –murmuró él–. Tan bella... tan perdida.

–No la hemos perdido, ¡todavía no! –insistió Morgan con fiereza–. Si sabes rezar, reza todo lo que sepas por que la hayamos encontrado a tiempo.

Dorian se quedó mudo unos segundos. Sus ojos se habían apagado, no tenían vida. Morgan lo miró y pensó que jamás había visto algo tan vacío.

–Rezar –susurró él–. Sí, es lo único que se puede hacer.

Se le hizo una eternidad, pero cuando Morgan vio el helicóptero desaparecer hacia el oeste, seguía siendo temprano. Dorian acompañó a Atenas a Iona, todavía inconsciente, mientras Alex y Liz apresuraban los preparativos de su propio vuelo.

Todavía descalza y en camisón, Morgan siguió con la mirada la dirección por la que se había ido el helicóptero. Mientras viviera, pensó, jamás olvidaría la mirada pétrea y vacía de Dorian... ni la belleza sin vida del rostro de Iona. Sintió un escalofrío, se giró y vio a Alex.

–Trípolos –dijo con calma– está en el salón.

–No, ahora no, Alex –protestó rendida–. ¿Cuánto más vas a poder aguantar? –le preguntó entonces, compadeciéndose de él.

–Lo que haga falta –dijo Alex entre dientes–. Te pido perdón por hacerte pasar por todo esto. Morgan...

–No, no me trates así, Alex. Creía que éramos amigos.

—¡Menudos amigos! —murmuró él—. Perdóname.

—Sólo si dejas de tratarme como si fuese una desconocida.

Alex suspiró y le pasó un brazo alrededor de los hombros.

—Anda, vamos a ver qué quiere el capitán.

Morgan se preguntó si se convertiría en una costumbre entrar en el salón para atender a las preguntas de Trípolos. Lo encontró acomodado en un asiento ancho y ella ocupó el mismo sofá que la vez anterior. Lo miró y esperó a que empezase su interrogatorio.

—Sé que es difícil para usted. Para todos ustedes —arrancó Trípolos abarcando con la mirada a todos los presentes en la pieza, desde Morgan a Alex, pasando por Liz—. Seremos tan discretos como sea posible, señor Theoharis. Haré lo que esté en mi mano por evitar a la prensa, pero un intento de suicidio en una familia tan conocida como la suya... —el capitán dejó la frase colgando.

—Suicidio —repitió Alex en voz baja, como si necesitase oír la palabra de nuevo para que cobrara sentido.

—Según el informe preliminar, parece que su prima se ha suministrado una sobredosis. Pero no puedo ser más específico hasta que se cierre la investigación. Cuestión de procedimiento, espero que lo entiendan.

—Procedimiento...

—¿Encontró usted a la señorita Theoharis, señorita James?

Morgan dio un respingo nervioso al oír su nombre. Luego se tranquilizó.

—No, en realidad fue la asistenta la que la encontró. Entré a ver qué le pasaba. A Zena se le había caído la bandeja que llevaba y... cuando entré, vi a Iona.

—¿Y llamó a una ambulancia?

—No —Morgan negó con la cabeza, irritada. El capitán sabía de sobra que había sido Alex quien había llamado, pero quería que le contase los hechos detalle por detalle. Resignada, decidió complacerlo—. Al principio pensé que estaba muerta. Luego sentí que tenía un poco de pulso. La puse sobre la cama.

—¿Dónde estaba? —preguntó el capitán en tono pesquisidor.

—Bueno, en realidad ya estaba en la cama, pero tenía medio cuerpo fuera. Le colgaba la cabeza y quería ponerla bien sobre el colchón —Morgan levantó las manos en un gesto de impotencia—. La verdad es que no sé qué quería hacer; me pareció lo más adecuado.

—Entiendo. Y entonces encontró esto —dijo Trípolos mostrándole la jeringuilla, la cual habían guardado en una bolsa de plástico.

—Sí.

—¿Sabía que su prima consumía heroína, señor Theoharis?

Alex se puso tenso. Morgan vio que Liz extendía un brazo para agarrarle una mano y darle fuerzas.

—Sabía que Iona tenía un problema... con las drogas. Hace dos años fue a una clínica en busca de ayuda. Creía que lo había superado. Si hubiese imaginado que seguía... enferma —acertó a decir— no la habría metido en casa con mi esposa y mi amiga.

—Señora Theoharis, ¿estaba usted al corriente del problema de la señorita Theoharis?

Morgan oyó el gruñido de Alex, pero Liz respondió enseguida.

—Perfectamente —dijo con calma y su marido la miró sorprendido—. Es decir, sabía que mi marido se había ocupado de que ingresara en una clínica para recibir tratamiento hace dos años, aunque intentó ocultármelo —añadió al tiempo que apretaba la mano de Alex.

—¿Tiene idea de quién le proporcionó la dosis a su prima, señor Theoharis?

—Ninguna.

—Bien. Dado que su prima vive en Atenas, lo mejor será que me ponga en contacto con la policía de allí, para preguntar a sus amigos más cercanos.

—Haga lo que tenga que hacer —dijo Alex cansado—. Lo único que le pido es que proteja a mi familia lo máximo posible.

—Por supuesto. Esto es todo. Disculpen la intrusión una vez más.

—Tengo que telefonear a la familia —dijo Alex desganado cuando Trípolos se hubo marchado de casa. Como si buscara algún punto de apoyo, colocó la mano sobre el pelo de su esposa. Le acarició el cabello y luego se levantó y se fue sin decir palabra.

—Liz —arrancó Morgan—, sé que no hace falta decirlo, pero si puedo hacer algo...

Liz negó con la cabeza. Dejó de mirar la puerta, por la que había salido su marido, y devolvió la atención a su amiga.

—Es todo tan increíble... No entiendo cómo podía estar ahí tumbada, casi muerta. Y lo que es peor, nunca me ha gustado. No lo he ocultado y ahora... —Liz se levantó y se acercó a la ventana—. Es familia de Alex y para él la familia es importantísima. En el fondo, sé que se siente responsable por lo que le pase a Iona. Y yo no dejo de pensar en lo fría que he sido siempre con ella.

—Alex va a necesitar que estés a su lado —Morgan se puso de pie y cruzó el salón para poner una mano sobre el hombro de Liz—. No puedes evitar que Iona no te caiga bien. No es una persona fácil.

—Tienes razón, sí —Liz exhaló un suspiro trémulo, se giró y acertó a esbozar una sonrisa débil—. De momento, están siendo unas vacaciones espantosas, ¿verdad? En fin, voy a ver si puedo ayudar a Alex en algo.

La villa estaba en silencio mientras Morgan subía a cambiarse. Se puso una camisa. Mientras se la abrochaba, de pie junto a las puertas de la terraza, miró la vista del jardín, el mar y la montaña. ¿Cómo era posible que aquella maravilla se hubiese vista ensuciada por tanta fealdad en tan poco tiempo?, se preguntó. Un asesinato y un intento de suicidio. No era el lugar indicado para ese tipo de actos.

—Adelante —dijo cuando oyó que llamaban a la puerta.

—Morgan, ¿te molesto?

—¡Oh, Alex! —exclamó ella conmovida, con el corazón lleno de compasión. El pesar y la tensión se marcaban en la cara de su amigo—. Sé que todo esto está siendo horrible para ti y no quiero ser una carga más a tus problemas. Quizá debería volver a Nueva York.

Alex dudó unos instantes antes de responder:

—Morgan, sé que es mucho pedir, pero no lo hago por mí. Lo hago por Liz. ¿Te puedes quedar aquí, por Liz? Tu compañía es lo único que puedo ofrecerle ahora mismo —Alex soltó las manos de Morgan y empezó a dar vueltas por la habitación, intranquilo—. Vamos a tener que ir a Atenas. No sé cuánto tiempo... hasta que Iona se recupere o... Tendré que quedarme con mi familia unos cuantos días. Mi tía me va a necesitar. Si pudiera mandar a Liz de vuelta a casa sabiendo que tú estás aquí, me sentiría muy aliviado.

—Por supuesto, Alex. Sabes que lo haré.

Él se giró y le dedicó la sombra de una sonrisa.

—Eres una buena amiga, Morgan. Te dejaremos sola al menos un día y una noche. Después mandaré a Liz de vuelta. Si tú estás aquí, estoy seguro de que accederá a volver de Atenas —Alex suspiró y le agarró una mano otra vez—. Es posible que Dorian decida quedarse en Atenas también. Creo que... siente algo por Iona y no me había dado cuenta antes. Le pediré a Nick que cuide de ti mientras estamos fuera.

—No —respondió Morgan y se mordió la lengua por haber protestado tan rápido—. No, en serio, no hace falta, Alex. Estaré bien. Además, no se puede decir que vaya a estar sola, con el servicio doméstico. ¿Cuándo salís?

—En una hora.

—Alex, estoy segura de que fue un accidente.

—Tendré que convencer a mi tía de que así ha sido. En cuanto a lo que yo creo... —Alex soltó la mano de Morgan, bajó la vista y se miró su propia palma. Cuando levantó los ojos, su expresión se había endurecido—. Iona es sinónimo de desgracia. Se regodea en ella. Te lo digo ahora porque nunca me sentiré capaz de hablar tan libremente con nadie. Ni siquiera con Liz... La detesto. Su muerte no sería más que una bendición para todos los que la quieren —finalizó, escupiendo las palabras como si fueran veneno.

Cuando Alex, Liz y Dorian se hubieron marchado, Morgan salió de la villa. Necesitaba pasear, que le diera el aire. En esa ocasión no se dirigió a la playa, como tenía por costumbre. No estaba preparada para eso. De modo que se encaminó hacia los acantilados, atraída por su belleza escarpada.

¡Qué puro era el aire! Morgan no quería inspirar fragancias florales en aquel instante. Sólo el olor salado del mar. Caminaba sin destino. Hacia arriba, nada más que hacia arriba, como si pudiese escapar de todo cuanto había ocurrido si lograba ascender un poco más. Si los dioses hubiesen paseado por ahí, pensó, habrían ido a los acantilados a oír el batir de las olas contra las rocas, a respirar aquel aire limpio y puro.

Le agradó ver una cabra de intensos ojos negros. El animal la miró un segundo mientras comía un poco de maleza que había encontrado creciendo entre las peñas. Pero cuando Morgan intentó acercarse, la cabra huyó hasta desaparecer al otro lado del acantilado.

Morgan suspiró y se sentó sobre un peñasco situado a gran altura sobre el agua. La sorprendió encontrarse unas florecillas azules inclinadas hacia el sol, tratando de sobrevivir en un hueco del tamaño de una uña entre dos rocas. Las acarició, pero no se decidió a arrancarlas. La vida estaba por todas partes, comprendió. Sólo bastaba saber dónde mirar.

—Morgan.

Ésta se agarró a las flores convulsivamente al oír la voz de Nick. Luego abrió la mano, despacio, y giró la cabeza. Nick estaba de pie, a escasos metros de ella, con el pelo levantado por una leve brisa que soplaba. En vaqueros y camiseta, con la cara sin afeitar, se parecía más al hombre al que había visto la primera noche. Sin orden. Sin principios. El corazón le dio un vuelco antes de conseguir amansarlo.

Sin pronunciar palabra, Morgan se levantó y empezó a bajar el acantilado.

—Morgan —Nick le dio alcance enseguida. Luego la giró con una delicadeza inesperada. Ella lo miró con frialdad, pero, por debajo de esa indiferencia, Nick advirtió que estaba preocupada—. Me he enterado de lo de Iona.

—Sí, una vez me dijiste que había pocas cosas que no supieras de cuanto pasa en la isla.

Nick encajó el tono neutro de su voz como una bofetada, pero siguió sujetándole los brazos con suavidad.

—La has encontrado tú.

No permitiría que ese tono cariñoso, tan poco habitual en él, derrumbara sus defensas. Se mostraría tan distante como él lo había sido.

—Estás bien informado, Nicholas.

La notaba inaccesible. Nick no sabía cómo empezar. Quizá, si se dejase abrazar, todo sería más fácil. Pero la mujer que le mantenía la mirada desafiantemente no parecía dispuesta a apoyarse en nadie.

—Debe de haber sido muy duro para ti.

Morgan enarcó una ceja, casi como si le resultase divertido.

—Me ha resultado menos duro encontrar a alguien vivo que encontrar a alguien muerto —contestó con rencor.

Nick acusó el golpe: contrajo los músculos de la cara y bajó las manos. Morgan le había pedido ayuda una vez y él no se la había ofrecido. Luego, cuando quería dársela, cuando necesitaba dársela, ya era demasiado tarde.

—¿Te sientas un momento?

—No, ya no es un sitio tan agradable como hace un rato.

—¡Deja de castigarme! —explotó él, agarrándole los brazos de nuevo.

—Suéltame.

Pero el ligero temblor de su voz le indicó algo que sus palabras no revelaban. Estaba más cerca de venirse abajo de lo que quizá ni siquiera ella sabía.

—De acuerdo, pero tienes que volver conmigo a casa.

—No.

—Sí —Nick inició el regreso, tirándola de un brazo—. Tenemos que hablar.

Morgan trató de soltarse, pero la tenía bien sujeta. Nick la obligó a avanzar sin molestarse en mirar hacia atrás.

—¿Qué es lo que quieres, Nicholas?, ¿más detalles?

Apretó los dientes antes de responder:

—Muy bien. Puedes contarme lo que quieras sobre Iona si te apetece.

—No me apetece —replicó Morgan. Ya estaban llegando a las escaleras que conducían a la casa de Nick. Al darse cuenta, frenó en seco—. No quiero ir contigo.

—¿Desde cuándo me importa lo que tú quieres? —contestó él con amargura, empujándola hacia la puerta—. Café —le ordenó a Stephanos cuando éste apareció en el recibidor.

—Tú ganas, te daré detalles —se rindió enrabietada Morgan mientras entraban en el salón—. Y luego, ¡haz el favor de dejarme en paz! Me encontré a Iona inconsciente, sin apenas pulso. Había una jeringuilla en la cama. Al parecer era adicta... Aunque tú ya lo sabías, ¿verdad, Nick? Tú lo sabes todo —añadió después de parar un momento a respirar.

Estaba agitada. Y pálida. Como al encontrar el cadáver en la cala, cuando aún confiaba en él y se había lanzado a sus brazos. Nick sintió un pinchazo en el pecho y extendió un brazo hacia Morgan.

—¡No me toques! —chilló ésta descompuesta. Nick echó la cabeza hacia atrás, como si acabasen de darle un puñetazo. Ella se tapó la boca con las manos y se dio la vuelta—. No me toques —repitió en voz baja.

—No te pondré la mano encima ni una sola vez —le aseguró Nick al tiempo que apretaba los puños—. Pero siéntate, antes de que te desmayes.

—No me digas lo que tengo que hacer —contestó con voz quebrada, muy a su pesar. Morgan se obligó a girarse para encarar a Nick—. No tienes derecho a decirme lo que tengo que hacer.

Stephanos entró, en silencio, atento. Mientras ponía la bandeja del café, echó un vistazo a Morgan. Y vio lo que Nick no había visto: su corazón reflejado en los ojos.

—¿Quiere café, señorita? —le preguntó con suavidad.

—No, yo...

—Debería sentarse —dijo Stephanos. Antes de que Morgan pudiera protestar, él la acercó a una silla—. El café está fuerte.

Nick se levantó. Se sentía impotente mientras veía a Stephanos manejar a Morgan, como una gallina cuidando a un polluelo.

—Se lo serviré solo —dijo Stephanos—. Para que recobre el color de las mejillas.

Morgan aceptó la taza y se quedó mirando el líquido que la llenaba.

—Gracias.

—Bueno, bébetelo —ordenó Nick, furioso porque el otro hombre hubiera conseguido lo que a él le había sido imposible—. Mirándolo no te hará efecto.

Como era verdad que necesitaba tomar fuerzas de algún modo, Morgan se lo bebió deprisa.

—¿Qué más quieres saber? —le preguntó a Nick.

—Maldita sea, no te he traído para interrogarte sobre Iona.

—¿Ah, no? Me sorprendes —Morgan, ya más serena, apartó la taza y se levantó de nuevo—. Aunque no sé por qué ha de sorprenderme nada de lo que haces, la verdad.

—Me crees capaz de las peores atrocidades, ¿verdad? —Nick prescindió del café y fue al mueble bar—. Quizá hasta pienses que yo maté a Stevos y dejé el cadáver en la cala para que te lo encontraras.

—No —respondió Morgan con calma, pues estaba hablando con absoluta sinceridad—. Lo apuñalaron por la espalda.

—¿Y?

—Tú mirarías de frente al hombre que fueses a matar.

Nick se alejó del mueble bar sin haberse llenado la copa, vacía en una de sus manos. Tenía los ojos negros, más negros que nunca. Tenían un brillo de pasión apenas, nada más que apenas contenida.

—Morgan, anoche...

—No pienso hablar de lo que pasó anoche —atajó con frialdad, con un tono más tajante e hiriente que cualquier cuchillo.

—De acuerdo, olvidémoslo —Nick volvió al mueble bar y esa vez sí se llenó la copa. Había sabido que tendría que pagar un precio. Aunque no había imaginado que fuera a ser tan alto—. ¿Quieres una disculpa?

—¿Por qué?

Nick soltó una pequeña risa, resoplando por la nariz, al tiempo que apretaba la base de la copa. Apuró el contenido de un trago.

—Dios, no me había dado cuenta de que eras tan fría.

—No me hables de frialdad, Nicholas —Morgan alzó la voz llevada por una pasión que se había prometido no sentir—. Tú te sientas aquí, en tu maravillosa casa, jugando tus sucias partidas de ajedrez con las vidas de los demás. Me niego a ser uno de tus peones. Ahora mismo hay una mujer casi muerta en un hospital de Atenas. Tú te enriqueces a costa de alimentar su enfermedad. ¿Crees que no eres culpable porque cruces el estrecho por la noche, como si fueras un pirata?

Con mucho cuidado, Nick dejó la copa y se giró hacia ella.

—Sé lo que soy.

Morgan lo miró hasta que los ojos amenazaron con humedecerse.

—Yo también —susurró—. Que Dios me ayude.

Luego se dio la vuelta y salió corriendo. Nick la dejó marchar.

Momentos después, Stephanos regresó al salón.

—La señorita está contrariada —comentó con tacto.

Nick se giró para llenarse la copa de nuevo.

—Sé perfectamente cómo está.

—Los últimos dos días han sido muy duros para ella —dijo Stephanos—. ¿Ha venido a verte en busca de consuelo?

Le entraron ganas de blasfemar, pero se tragó las palabras. Stephanos lo observaba con tranquilidad.

—No, no ha venido a mí en busca de consuelo. Lo

buscaría en el demonio antes de acudir a mí —contestó con furia controlada—. Pero así es mejor. No puedo permitir que interfiera en estos momentos. Tal como están las cosas, sería un estorbo.

Stephanos se acarició el bigote antes de decir:

—Quizá vuelva a Estados Unidas.

—Cuanto antes mejor —murmuró Nick y se bebió la copa de golpe. Al oír que llamaban a la puerta, soltó una palabrota—. Ve a ver quién diablos es y líbrate de él si puedes.

—El capitán Trípolos —anunció Stephanos instantes después. Los ojos le brillaban cuando desapareció un segundo más tarde.

—Capitán —Nick contuvo las ganas de soltar otro exabrupto—. ¿Quiere un café?

—Gracias —Trípolos tomó asiento después de exhalar un suspiro sentido—. ¿Era la señorita James la mujer que acabo de ver por el camino del acantilado?

—Sí —contestó Nick. Se dio cuenta de que tenía los nudillos blancos de la fuerza con que estaba apretando la cafetera y aflojó la mano un poco—. Acaba de estar aquí.

—Entonces le habrá contado lo sucedido con la señorita Theoharis —comentó el capitán con ligereza.

—Sí —Nick le ofreció la leche—. Un asunto desagradable, capitán. Esta misma mañana llamaré a Atenas a ver qué novedades hay. ¿Es la salud de Iona el motivo de su visita?

—Sí. Le agradezco que me reciba, señor Nicholas. Sé que es usted un hombre muy ocupado.

—Es mi deber cooperar con la policía, capitán —contestó Nick mientras se sentaba con su taza de café—. Pero no sé cómo puedo ayudarlo con este caso.

—Tengo entendido que pasó toda la tarde de ayer con la señorita Theoharis y esperaba que pudiera arrojar alguna luz sobre su estado anímico.

—Entiendo —Nick dio un sorbo de café mientras barajaba mentalmente las respuestas que podía ofrecer—. Capitán, no sé si puedo serle de ayuda. Evidentemente, Iona estaba afectada después de saber que habían encontrado un cadáver tan cerca de su casa. Estaba nerviosa... pero eso es normal en ella. No puedo decir que le notara algo especial.

—Quizá pueda contarme qué hicieron mientras estaban en la lancha —sugirió Trípolos—. ¿Dijo la señorita Theoharis algo que pudiera indicar que estaba pensando en suicidarse?

Nick enarcó una ceja.

—Apenas hablamos —se limitó a responder.

—Comprendo.

Nick se preguntó cuánto tiempo seguirían tanteándose y contestando con evasivas. En cualquier caso, decidió tomar las riendas de la conversación.

—La verdad es que noté a Iona nerviosa. Pero, como digo, esto no es extraño en ella. Si pregunta, descubrirá que la gente que la conoce la describiría como una mujer... intranquila. Aun así, le aseguro que en ningún momento se me pasó por la cabeza que pudiera estar pensando en suicidarse. Incluso ahora, aunque peque de inocente, me resulta imposible creerlo.

—¿Por qué? —preguntó Trípolos mientras se recostaba en el respaldo.

Bastaría con un par de generalidades, decidió Nick antes de contestar.

—Iona se gusta demasiado para querer suicidarse. Es una mujer bella, capitán, a la que le gusta disfrutar de los placeres de la vida. No es más que una opinión, entiéndame. Usted sabe mucho más de este tipo de cosas —Nick se encogió de hombros—. Pero yo diría que ha sido un accidente.

—No es probable que se trate de un accidente, señor Gregoras —contestó Trípolos. Estaba buscando algún tipo de reacción y Nick se limitó a enarcar la ceja intrigado—. Había demasiada heroína en su cuerpo. Sólo un principiante podría haber cometido un error así. Y la heroína no es algo nuevo para la señorita Theoharis. Tiene demasiadas marcas de aguja en el brazo.

—Ya veo.

—¿Estaba al corriente de que la señorita Theoharis tenía un problema de adicción?

—No conocía mucho a Iona, capitán. De actos sociales sí, por supuesto; pero, básicamente, para mí es la prima de un amigo... y una mujer bella con la que no siempre es fácil estar.

—Y, sin embargo, ayer pasó el día con ella.

—Es una mujer bella —repitió Nick y sonrió—. Lamento no poder ayudarlo.

—Tengo una teoría. Quizá le interese oírla.

Nick no se fiaba de la sonrisa inocente del capitán.

—Por supuesto.

—Verá, señor Gregoras —arrancó Trípolos—. Si su instinto no lo engaña y es verdad que Iona no pensaba suicidarse, sólo cabe una explicación. Porque un accidente no ha sido, eso seguro.

—¿Qué explicación?, ¿a qué se refiere? —preguntó Nick—. ¿Quiere decir que... cree que alguien trató de asesinar a Iona?

—No soy más que un simple policía, señor Gregoras —contestó el capitán con humildad—. El trabajo me ha enseñado a sospechar siempre lo peor. ¿Puedo serle sincero?

—Por favor —dijo Nick.

—Estoy desconcertado y, como amigo de los Theoharis, me gustaría conocer su opinión.

—Haré todo cuanto esté en mi mano por ayudarlo.

—Antes permítame que le diga... —arrancó Trípolos tras asentir con la cabeza— y estoy seguro de que entiende que esto no puede salir de esta habitación.

Nick se limitó a inclinar la cabeza y dio un sorbo de café.

—Permítame que le diga —continuó el capitán— que Stevos formaba parte de una red de contrabando que opera en Lesbos.

—Debo reconocer que no me había pasado inadvertida tal posibilidad —Nick sacó un paquete de tabaco y le ofreció un cigarro a Trípolos.

—No es ningún secreto que un grupo está aprovechándose de la proximidad de la isla a Turquía para pasar opio a través del estrecho —dijo el capitán mientras se acercaba a Nick para que le encendiese el cigarro.

—¿Cree que a Stevos lo asesinó alguno de sus compinches?

—Es mi teoría —Trípolos dio una calada al cigarro y soltó humo placenteramente—. El que me preocupa es el cabecilla de la red. Un hombre brillante, he de reconocer. Es muy inteligente y hasta la fecha ha esquivado todas las trampas que se le han tendido. Se dice que no suele estar presente en los intercambios. Cuando lo está, va enmascarado.

—Algo he oído, como es lógico —murmuró Nick tras una nube de humo—. Aunque creo que tiene más de leyenda que de realidad. Un hombre enmascarado, contrabando... material para la imaginación.

—Es real, señor Gregoras, y la muerte de Stevos no tiene nada de imaginaria.

—Cierto, eso es verdad.

—Stevos no era un hombre listo. Lo estábamos vigilando con la esperanza de que nos condujera hasta el cabecilla. Pero... —Trípolos dejó la frase en el aire.

—Si me permite la pregunta, capitán, ¿por qué me cuenta todo esto? Entiendo que esta información sólo atañe a la policía.

—Usted es un hombre importante en nuestra comunidad —respondió Trípolos con serenidad—. Siento que puedo confiar en su discreción.

«Viejo zorro», pensó Nick, y sonrió.

—Se lo agradezco. ¿Cree que este hombre enmascarado es de la isla?

—Creo que conoce la isla —matizó Trípolos—. Pero no creo que sea pescador.

—¿Alguien que trabaje en mis viñedos? —preguntó Nick y se contestó tras soltar una bocanada de humo—. No, no es probable.

—Por los informes que he recibido en relación con las actividades de la señorita Theoharis en Atenas —continuó el capitán—, creo que ella sí está al corriente de la identidad del hombre que buscamos.

—¿Iona? —preguntó Nick con sumo interés.

—Soy de la opinión de que la señorita Theoharis está muy involucrada en las operaciones de contrabando. Demasiado implicada para su propia seguridad. Si... —Trípolos hizo una pausa para corregirse—. Cuando salga del coma, la interrogaremos.

—Me cuesta creer que la prima de Alex pueda estar

envuelta en algo así —contestó, aunque sabía que el capitán se estaba acercando demasiado a la verdad. Nick maldijo para sus adentros. Se estaba quedando sin tiempo—. Iona debería sentar cabeza. Es un poco alocada. Pero... contrabando, asesinato... No me lo creo —finalizó.

—Mucho me temo que alguien ha intentado asesinar a la señorita Theoharis por saber demasiado. Usted la conoce mejor que yo. Dígame, señor Gregoras, ¿hasta dónde cree que sería capaz de llegar la señorita Theoharis por amor... o por dinero?

Nick se tomó su tiempo para considerar la respuesta con calma mientras trataba de introducir los reajustes necesarios a unos planes ya establecidos.

—No creo que hiciera gran cosa por amor, capitán. Pero por dinero... Iona justificaría cualquier cosa por dinero —sentenció mirando a Trípolos a los ojos.

—Es usted sincero. Se lo agradezco. Quizá tenga la amabilidad de permitirme volver a charlar con usted sobre este asunto más adelante —dijo Trípolos sonriente, pero sin dejar de mirarlo a los ojos—. Debo confesar que me resulta de gran ayuda discutir mis problemas con un hombre como usted. Me permite poner las ideas en orden.

—Capitán, estaré encantado de ayudarlo en todo lo que pueda, por supuesto —dijo Nick sonriente y Trípolos se despidió.

Nick permaneció sentado un buen rato después de haberse quedado solo en el salón. Frunció el ceño mientras calculaba las opciones que tenía.

—Nos vamos esta noche —dijo cuando Stephanos entró.

—Es demasiado pronto. Todavía no es seguro.

–Esta noche –repitió Nick con autoridad–. Llama a Atenas e infórmalos del cambio de planes. Mira a ver si puedes hacer algo para quitarme de encima a Trípolos durante unas horas. Ha lanzado el cebo y está esperando que muerda –añadió al tiempo que entrelazaba los dedos, sin dejar de fruncir el ceño.

–Esta noche es demasiado arriesgado –insistió Stephanos–. En un par de días saldrá otro barco.

–En un par de días, Trípolos estará mucho más cerca. No podemos permitir que las cosas se nos compliquen ahora con la policía local. Y tengo que asegurarme –afirmó tajantemente–. No he llegado hasta aquí para cometer un error a estas alturas. Tengo que acelerar las cosas antes de que Trípolos empiece a atosigar a las personas equivocadas.

IX

La cala estaba cubierta de penumbra. Las rocas brillaban, protegiéndola de los vientos... y de la vista. Había un olor a hojas mojadas y flores salvajes que ex-
plotaba a la luz del sol y permanecía al caer la noche.
Pero, por alguna razón, no era una fragancia agradable. Olía a secretos y a miedos apenas nombrados.

Los amantes no se citaban allí. La leyenda decía que
la cala estaba encantada. A veces, cuando un hombre
se acercaba lo suficiente en una noche tranquila y oscura, las voces de los espíritus murmuraban detrás de
las rocas. La mayoría de los hombres tomaban otro camino para no oír nada.

La luna proyectaba un brillo suave sobre el agua,
reforzando más que disminuyendo la sensación de
quietud y oscuridad susurrante. El agua suspiraba sobre las rocas y la arena de la orilla. Era un sonido apenas perceptible, que se desvanecía en el aire.

Los hombres reunidos en torno al bote eran como
tantas otras sombras: oscuras, sin rostro en la penumbra. Pero eran hombres de carne y hueso y músculos.
Y no les tenían miedo a los espíritus de la cala.

Hablaban poco y, entonces, en voz baja. De tanto en tanto se oía alguna risa, estridente en aquel lugar para el secreto, pero la mayoría del tiempo actuaban en silencio, con gran eficiencia. Sabían lo que tenían que hacer. Ya casi había llegado la hora.

Uno vio la sombra de alguien que se acercaba y gruñó a su compañero. Éste sacó un cuchillo y lo agarró por la empuñadura con fuerza. El filo relució amenazantemente en medio de la oscuridad. Los hombres dejaron de trabajar, expectantes.

Cuando la sombra se acercó lo suficiente, enfundó el cuchillo y tragó el sabor amargo del temor. No le daba miedo asesinar, pero aquel hombre sí lo intimidaba.

—No te esperábamos —dijo con voz trémula tras soltar el cuchillo.

—No me gusta ser siempre previsible —respondió con sequedad mientras un rayo de luna caía sobre él. Iba vestido de negro, totalmente: pantalones negros, camiseta negra y chaqueta negra. Alto y fornido, podía haber sido un dios o un demonio.

Una capucha ocultaba su rostro. Sólo asomaba el brillo de sus ojos, oscuros y letales.

—¿Vienes con nosotros?

—Estoy aquí —contestó como si la pregunta fuese obvia. No era un hombre al que le gustara responder preguntas y no le hicieron ninguna más. Subió al bote con la naturalidad de quien está acostumbrado al vaivén de las olas.

Era un bote pesquero típico, sencillo, limpio, recién pintado de negro. Sólo el precio y la potencia de su motor lo distinguía de los de su clase.

Cruzó el bote sin decir palabra ni prestar atención a los hombres que le abrían paso. Eran hombres fuertes, musculosos, de muñecas gruesas y grandes manos. Se apartaban del hombre como si éste pudiese estrujarlos con un simple movimiento. Todos rezaban porque el hombre no posara los ojos sobre ellos.

El hombre se colocó al timón y giró la cabeza hacia atrás, ordenando con la mirada soltar amarras. Remarían hasta estar mar adentro, para que el ruido del motor pasase inadvertido.

El bote avanzaba a buen ritmo, una gota solitaria confundida en el mar negro. El motor ronroneaba. Los hombres apenas hablaban. Era un grupo silencioso normalmente, pero cuando el hombre estaba entre ellos, ninguno se atrevía a hablar. Hablar significaba llamar la atención sobre uno mismo... y muchos no se atrevían.

El hombre miró hacia el agua sin prestar atención a las miradas temerosas de los demás. Era una sombra en la noche. La capucha temblaba sacudida por el viento, impregnado de sal. Pero él seguía quieto como una roca.

El tiempo pasaba, el bote se escoraba con el movimiento del mar. El hombre permanecía inmóvil. Podía ser un mascarón de proa. O un demonio.

—Nos faltan hombres —dijo con voz baja y rugosa el que lo había saludado. Sintió que el estómago le temblaba y acarició el cuchillo que se había enfundado para darse seguridad—. ¿Quieres que encuentre un sustituto para Stevos?

La cabeza encapuchada se giró despacio. El otro hombre retrocedió un paso instintivamente y tragó saliva.

—Yo le encontraré un sustituto. Deberíais recordar todos a Stevos —dijo alzando la voz al tiempo que abarcaba con la mirada a todos los hombres del bote—.

No hay nadie que no pueda ser... sustituido —añadió tras una breve pausa antes de pronunciar la última palabra, y observó con satisfacción cómo bajaban la vista los pescadores. Necesitaba que le tuvieran miedo, y lo temían. Podía oler su miedo. Sonrió oculto por la capucha y volvió a mirar hacia el mar.

El viaje prosiguió y nadie le dirigió la palabra... ni habló sobre él. De vez en cuando, uno de los pescadores se atrevía a lanzar un vistazo hacia el hombre del timón. Los más supersticiosos se santiguaban o cruzaban los dedos para protegerse del demonio. Cuando el demonio estaba entre ellos, experimentaban el auténtico sabor del miedo. El hombre no les hacía caso, actuaba como si estuviese solo en el bote. Y ellos daban gracias al cielo por ello.

Apagó el motor a medio camino entre Lesbos y Turquía. El silencio repentino resonó como un trueno. Nadie habló, como habrían hecho si el hombre no hubiese estado en el timón. Nadie contó chistes groseros ni se intercambiaron apuestas.

El bote vagaba sobre el agua. Esperaron, todos menos uno helados por la fría brisa marina de la noche. La luna se ocultó tras una nube y luego reapareció.

A lo lejos, como una tos distante, se oyó el motor de un bote que se aproximaba. El ruido se fue acercando, cada vez más alto y constante. El bote emitió una señal, lanzando una luz dos veces, y luego una tercera antes de volver a la oscuridad. Luego apagaron el motor del segundo bote. En completo silencio, los dos botes se fundieron en una sola sombra.

Era una noche gloriosa, apacible, plateada por la luna. Los hombres esperaban observando la silueta oscura y misteriosa del timón.

—Buena pesca —dijo una voz desde el segundo bote.

—Es fácil pescar cuando los peces duermen.

Se oyó una pequeña risa mientras dos hombres volcaban una red repleta de peces sobre la cubierta. El bote se balanceó por el movimiento, pero no tardó en recuperar el equilibrio.

El hombre encapuchado presenció el intercambio sin decir una palabra o hacer gesto alguno. Sus ojos se deslizaron del segundo bote a la carga de peces sueltos y muertos que había sobre la cubierta. Los dos motores arrancaron de nuevo y los botes se separaron. Uno fue hacia el este y el otro, hacia el oeste. La luna brillaba en el cielo. La brisa sopló con un poco más de fuerza. El bote volvía a ser una gota solitaria en medio del mar oscuro.

—Abridlos.

Los pescadores miraron con inquietud al hombre de la capucha.

—¿Ahora? —se atrevió a preguntar uno de ellos—. ¿No los llevamos donde siempre?

—Abridlos —repitió él con un tono de voz que les provocó un escalofrío—. Me llevo la mercancía conmigo.

Tres hombres se arrodillaron junto a los peces. Sus cuchillos trabajaron con maestría mientras el aire se cargaba del olor a sangre, sudor y miedo. Los pescadores iban apilando paquetes blancos a medida que los sacaban del interior de los peces. Luego lanzaban los cuerpos mutilados de vuelta al mar. Nadie se los llevaría a la mesa.

El encapuchado se movía rápido pero sin dar sensación de presura. Iba guardándose los paquetes en los bolsillos de la chaqueta. Los pescadores se apartaron, como si pudiera matarlos con sólo tocarlos... o algo peor. El hombre los miró con satisfacción antes de regresar al timón.

Le gustaba sentir su miedo. Y nada le impediría quedarse con la mercancía. Por primera vez, soltó una risotada que heló la sangre de los pescadores. Nadie habló, ni siquiera susurró, durante el viaje de vuelta.

Más tarde, como una sombra entre las sombras, se alejó de la cala. El intercambio había tenido lugar sin sobresaltos. Nadie le había hecho preguntas, nadie se había atrevido a seguirlo, a pesar de que ellos eran varios y él sólo uno. Aun así, mientras recorría la playa, se movía con precaución. No era tonto. Aquellos pescadores asustados no era lo único que debía preocuparlo. Y no estaría a salvo hasta que hubiese terminado.

Fue una caminata larga, pero él la cubrió a buen ritmo. El canto de un búho lo hizo detenerse un instante para observar los árboles y las rocas a través de las rendijas de la máscara que llevaba bajo la capucha. Divisó la villa de los Theoharis. Luego giró hacia los acantilados.

Subía entre las rocas con la misma facilidad de una cabra. Había recorrido ese camino miles de veces a oscuras. Y se mantenía alejado del camino marcado. En los caminos podía cruzarse con alguna persona. El hombre rodeó la roca en la que Morgan se había sentado esa mañana, pero no vio las flores. Continuó sin pararse.

Había una luz en una ventana. La había dejado encendida antes de salir. Por primera vez, pensó en ponerse cómodo... y en tomarse un trago para quitarse el sabor del miedo que le tenían los pescadores.

Entró en la casa, atravesó el pasillo y entró en una habitación. Volcó de cualquier forma el contenido de los bolsillos de su chaqueta sobre una elegante mesa de Luis XVI. Luego se quitó la capucha.

—Una pesca estupenda, Stephanos —anunció Nick sonriente.

Stephanos echó un vistazo a los paquetes y asintió con la cabeza.

—¿Ningún problema?

—Se tienen pocos problemas cuando trabajas con hombres que temen el aire que respiras. El viaje ha sido un éxito —afirmó entusiasmado. Luego se acercó al mueble bar, sirvió dos copas y entregó una a su compañero. Seguía excitado por la subida de adrenalina de haber arriesgado la vida, de haber desafiado a la muerte... y haber ganado. Se tomó la copa de un trago—. Es una tripulación sórdida, pero hacen su trabajo. Son avariciosos... y me tienen miedo —añadió mientras dejaba caer la capucha sobre el opio, negro sobre blanco.

—Una tripulación asustada colabora como ninguna —comentó Stephanos. Luego metió un dedo en un paquete de opio—. Una pesca estupenda, sí, señor. Suficiente para estar a gusto una buena temporada.

—Suficiente para querer conseguir más... ¡Huelo a pescado! —exclamó Nick con el ceño fruncido—. Manda la mercancía a Atenas y pide que me envíen un informe de su calidad. Voy a quitarme este pestazo y me acuesto.

—Hay una cosa que podría interesarte.

—Esta noche no —Nick no se molestó en darse la vuelta—. Guárdate tus cotilleos para mañana.

—La mujer, Nicholas —dijo Stephanos e hizo una pausa al notar que Nick se ponía tenso. No necesitó aclarar a qué mujer se refería—. Me he enterado de que no va a volver a Estados Unidos. Se queda aquí mientras Alex esté en Atenas.

—¡Diablos! —maldijo Nick mientras volvía al salón—. No puedo dejar que una mujer me distraiga.

—Estará sola hasta que Alex mande a su esposa de vuelta.

—Que haga lo que quiera —murmuró Nick entre dientes.

Stephanos movió el líquido de la copa y lo olió antes de saborearlo.

—En Atenas estaban interesados —dijo sin más—. Puede que aún nos sea útil.

—No —Nick dio una vuelta alrededor del salón. De pronto, había perdido la serenidad de la que había hecho gala durante el viaje en bote—. Esa mujer es un incordio. La mantendremos al margen —insistió él.

—Lo veo difícil teniendo en cuenta...

—La mantendremos al margen —repitió Nick con un tono que hizo que Stephanos se acariciara el bigote.

—Como el señor diga —contestó en tono burlón.

—Vete al infierno —dijo Nick, irritado por la guasa de su compañero. Agarró su copa y volvió a dejarla. Respiró profundamente. Luego añadió más calmado—: No nos sería útil. Lo mejor que puede pasar es que no saque las narices de la villa durante unos días.

—¿Y si las saca? —preguntó Stephanos.

—Entonces me encargaré de ella —respondió Nick.

—Creo que es posible que ella ya se haya encargado de ti, amigo —comentó sonriente Stephanos mientras Nick abandonaba el salón—. De hecho, te ha asestado un golpe mortal —añadió aunque el otro ya no lo oía.

Un rato después, Nick seguía nervioso. Se había

dado un baño, pero no había conseguido serenarse. Se dijo que era por la excitación del intercambio, por el éxito con que había cerrado la operación. Pero se sorprendió de pie junto a la ventana, mirando hacia la villa de los Theoharis.

De modo que estaba sola, pensó, dormida en aquella cama ancha y mullida. Le daba igual, se dijo. Ya había trepado una vez para entrar en su habitación. Se había dejado llevar por un impulso, para verla, con la idea descabellada de justificar ante ella sus actividades.

Era un idiota, se dijo apretando los puños. Tenía que ser idiota para intentar justificar lo que hacía. Se había acercado a Morgan y ella lo había atracado. Le había robado el corazón. ¡Maldita fuera! Se lo había arrancado del pecho.

Nick apretó los dientes al recordar cómo había sido estar con ella: saborearla y saciarse de ella. Había sido un error, quizá el más grave que jamás hubiera cometido. Una cosa era arriesgar la vida y otra distinta, arriesgar el alma.

No debería haberla tocado, pensó Nick enojado. Lo había sabido incluso mientras estiraba las manos para acariciarla. Morgan no había sabido lo que hacía, borracha por el licor de anís que Andrew le había pagado. Andrew... se sintió rabioso, pero enseguida se serenó. En algunos momentos, al saber que la había besado, había llegado a odiar a su primo. Como había odiado a Dorian porque Morgan le había sonreído. Y a Alex porque ella lo consideraba su amigo.

Mientras que, estaba seguro, a él lo odiaría por lo que había pasado entre ambos esa noche. ¿Acaso no había oído las palabras cortantes con que lo había castigado? Nick habría preferido entregarle el cuchillo a que Morgan le asestara aquellas contestaciones. Estaba convencido de que lo odiaría por haberle hecho el amor cuando ella estaba vulnerable... con aquel maldito medallón colgándole del cuello. Y lo odiaría por ser lo que era.

Una nueva oleada de rabia apartó a Nick de la ventana. ¿Por qué debía importarle lo que pensara de él? Morgan James desaparecería de su vida como un sueño en sólo un par de semanas, en cualquier caso. Él había elegido seguir un camino hacía tiempo, mucho antes de conocerla. Era su camino. Si Morgan lo odiaba por ser quien era, no había más que hablar. No permitiría que lo hiciese sentirse sucio y despreciable.

Si le había tocado el corazón, lo superaría. Nick se dejó caer sobre una silla con el ceño fruncido en medio de la oscuridad. Lo superaría, se prometió. Después de todo lo que había hecho y todo lo que había logrado, no permitiría que ninguna hechicera de ojos azules lo arruinase todo.

Morgan se sentía totalmente sola. La soledad y el silencio que tanto había valorado hacía tan escasos días de pronto le pesaban sobre la espalda. La casa estaba llena de criados, pero éstos no la hacían sentirse querida ni acompañada. Alex, Liz y Dorian se habían ido. Paseaba decaída por la mañana del mismo modo que había paseado intranquila por la noche. Era como si la casa fuese una cárcel, tan blanca, limpia y vacía. Atrapada en su interior, se sentía demasiado vulnerable para combatir sus propios pensamientos.

Y como esos pensamientos solían estar relacionados con Nick, la idea de tumbarse en la cama que habían compartido le resultaba demasiado dolorosa.

¿Cómo iba a dormir en paz en un sitio donde todavía podía sentir las manos de él sobre su cuerpo, sus labios besándole la boca implacablemente? ¿Cómo iba a poder conciliar el sueño en una habitación que parecía haberse impregnado del olor a mar que tan a menudo desprendía Nick?

Así que no podía dormir y los pensamientos... y la necesidad la acosaban. ¿Qué le podía haber pasado para acabar amando a un hombre así? ¿Y cuánto tiempo podría seguir resistiéndose? Si sucumbía, sufriría durante el resto de su vida.

Consciente de que torturarse de esa forma sólo contribuía a empeorar su ánimo, Morgan se puso un bañador y se encaminó hacia la playa.

Era absurdo tenerle miedo a la playa, tenerle miedo a la casa, se dijo. Estaba allí para disfrutar de ambas durante las siguientes tres semanas. Encerrarse en su habitación no cambiaría nada de lo que había ocurrido.

La arena relucía, blanca y brillante. Morgan descubrió que podía pasear por la orilla sin que el recuerdo del horror que había visto en la cala la persiguiera. Por fin, decidió darse un baño. El agua aliviaría su desánimo, la tensión. Y quizá, sólo quizá, esa noche lograría dormir.

¿Por qué seguía tan nerviosa por la muerte de un hombre al que ni siquiera había conocido?, ¿por qué permitía que una colilla inofensiva la torturase? Ya era hora de aceptar las explicaciones más sencillas y tomar algo de distancia. Habían matado a aquel hombre en un ajuste de cuentas entre contrabandistas, pero no tenía nada que ver con ella ni con nadie a quien conociese. Era una tragedia, pero nada personal.

Tampoco debía pensar en Iona, se dijo. No quería se-

guir martirizándose con asesinatos, contrabandos o...
Morgan dudó un segundo y se zambulló bajo una ola.
O con Nicholas. De momento, no pensaría en absoluto.

Morgan se evadió. En un mundo de agua y sol, sólo
pensó en cosas placenteras. Se abandonó, dejando que
la tensión se hundiera bajo las olas. Había llegado a
estar tan obsesionada que se había olvidado de lo limpia y viva que la hacía sentirse el agua. Durante unos
segundos, recuperaría la sensación del primer día, esa
paz que había descubierto sin intentarlo siquiera.

Liz iba a necesitarla cuando regresara al día siguiente o al otro. Y no podría ayudarla si continuaba
desquiciaba y ojerosa. Sí, esa noche dormiría bien. Ya
había tenido pesadillas más que de sobra.

Más relajada que en los días anteriores, Morgan
nadó de vuelta a la orilla. La arena se deslizaba bajo
sus pies con la ligera corriente del mar. Había conchas
desperdigadas por aquí y allá, limpias y relucientes. Se
puso de pie y se estiró mientras el agua le lamía las rodillas. El sol presidía el cielo gloriosamente.

—La diosa Helena sale del mar.

Morgan levantó una mano, la colocó en forma de
visera sobre los ojos y vio a Andrew. Estaba sentado
en la playa, junto a la toalla de ella, observándola.

—No me extraña que desencadenase una guerra entre Esparta y Troya —añadió al tiempo que se levantaba
y se acercaba a la orilla para reunirse con Morgan—.
¿Cómo estás?

—Bien —contestó ella. Aceptó la toalla que Andrew
le había ofrecido y la frotó con energía sobre el pelo.

—Tienes los ojos sombríos, como un mar azul rodeado de nubes... Nick me ha contado lo de Iona
Theoharis —dijo Andrew después de acariciarle una

mejilla. Luego le agarró una mano y la condujo de vuelta a la arena blanca. Morgan extendió la toalla y se sentó a su lado–. Ha sido demasiado seguido. Siento que fueras tú quien la encontrara.

—Un don que tengo —contestó ella. Luego negó con la cabeza, sonrió y le tocó una mejilla–. No, en serio. Hoy estoy mucho mejor. Ayer me sentía... la verdad es que ayer no creo que sintiera nada. Era como si estuviese viéndolo todo a través de un filtro deformador. Todo me parecía distorsionado e irreal. Hoy es real, pero puedo hacerle frente.

—Supongo que es una forma natural de protegerse.

—Siento tanta pena por Alex y Liz... y por Dorian —Morgan se apoyó sobre los codos y disfrutó del calor del sol mientras secaba la piel que goteaba sobre su piel–. Para ellos tiene que ser muy duro. Me siento impotente... Espero que no suene duro, pero, después de estos días, creo que acabo de darme cuenta de lo contenta que me siento de estar viva —añadió tras girarse para mirar a Andrew y retirarse un mechón de pelo que le caía sobre la cara.

—Diría que es una reacción muy normal y saludable —Andrew se apoyó también sobre los codos.

—Eso espero, porque me estaba sintiendo culpable.

—No puedes sentirte culpable por desear vivir, Morgan.

—No. Es que, de pronto, me he dado cuenta de todo lo que quiero hacer. De todas las cosas que quiero ver. ¿Sabías que tengo veintiséis años y es la primera vez que salgo de Estados Unidos? Mi madre murió cuando yo era un bebé y mi padre y yo nos mudamos a Nueva York desde Filadelfia. Nunca he estado en otro sitio —Morgan echó la cabeza hacia atrás–. Sé hablar cinco idiomas y es la primera vez que voy a un país donde no se necesita el inglés. Quiero ir a Italia y a Francia... Quiero ver Venecia y montarme en una góndola. Quiero pasear por los Campos Elíseos. ¡Quiero escalar montañas! —exclamó jubilosa y se echó a reír.

—¿Y ser pescadora? —Andrew sonrió y le agarró una mano.

—Eso dije, ¿no? —Morgan rió de nuevo—. También pescaré. Jack siempre decía que tenía un gusto muy ecléctico.

—¿Jack?

—Un hombre con el que estaba —Morgan encontró muy satisfactoria la facilidad con la que había desplazado a Jack, que ya sólo era parte del pasado—. Se dedicaba a la política. Creo que quería ser rey.

—¿Estabas enamorado de él?

—No, estaba acostumbrada a él —contestó Morgan. Se mordió un labio y sonrió—. ¿Verdad que es horrible decir una cosa así de una relación?

—No sé... dímelo tú.

—No —decidió ella tras pensárselo unos segundos—. No es horrible, porque es la verdad. Era un hombre muy convencional y, siento decirlo, muy aburrido. Nada que ver con... —Morgan dejó la frase en el aire.

Andrew siguió su mirada y divisó a Nick en lo alto del acantilado. Estaba de pie, con las piernas separadas y las manos metidas en los bolsillos, mirándolos. Su expresión resultaba indescifrable en la distancia. Se giró, sin hacer gesto alguno de saludo, y desapareció tras las rocas.

Andrew devolvió la mirada hacia Morgan, cuya expresión era totalmente descifrable.

—Estás enamorada de Nick.

Morgan reaccionó de inmediato:

—Ni hablar. No, nada de eso. Apenas lo conozco. Y es un hombre muy desagradable. Tiene un temperamento horrible y es arrogante y mandón y no tiene buenos sentimientos. Grita.

Andrew encajó tan apasionada descripción con una ceja enarcada:

—Parece que estemos hablando de dos personas distintas.

Morgan desvió la vista, agarró un puñado de arena y dejó que se deslizase entre los dedos.

—Puede. En cualquier caso, no me gusta ninguna de las dos.

Andrew dejó que el silencio se prolongara unos segundos mientras la veía juguetear con la arena.

—Pero estás enamorada de él.

—Andrew...

—Y no quieres estarlo —finalizó Andrew. Luego miró pensativo hacia el mar—. Morgan, me estaba preguntando, si te pidiera que te cases conmigo, ¿estropearía nuestra amistad?

—¿Qué? —Morgan giró la cabeza estupefacta—. ¿Estás de broma?

Andrew buscó sus ojos y contestó con calma:

—No, no estoy de broma. He decidido que pedirte que te acuestes conmigo enrarecería nuestra amistad. Me preguntaba si aceptarías el matrimonio. Pero no me había dado cuenta de que estás enamorada de Nick.

—Andrew —arrancó Morgan, aunque no sabía con certeza cómo reaccionar—, ¿es una pregunta o una proposición?

—Empecemos por una pregunta.

Morgan respiró profundamente.

—Que te pidan casarte, sobre todo si te lo pide alguien querido, siempre es agradable para el ego. Pero los egos son inestables y la amistad no necesita halagos —dijo. Luego se inclinó y besó los labios de Andrew un instante—. Me alegra mucho tenerte como amigo.

—De alguna forma, suponía que reaccionarías así. Pero tenía que intentarlo: soy un romántico empedernido —Andrew se encogió de hombros y esbozó una sonrisa melancólica—. Una isla, una mujer bonita con una risa melodiosa como el viento del anochecer. Podía vernos formando un hogar en la casita de campo. Con la chimenea en invierno y un jardín lleno de flores en primavera.

—Tú no estás enamorado de mí, Andrew.

—Podría estarlo —contestó él. Luego le agarró la mano, la puso palma arriba y la examinó—. Tu destino no dice que te enamorarás de un poeta modesto.

—Andrew...

—Y el mío no es tenerte —Andrew sonrió de nuevo y le dio un beso en la mano—. Aun así, es un pensamiento reconfortante.

—Y muy bonito. Gracias por compartirlo —dijo justo antes de que él se levantara.

—Quizá decida que Venecia puede inspirarme. Tal vez volvamos a encontrarnos allí —comentó Andrew. Miró un segundo hacia la casa de Nick y luego volvió a esbozar esa sonrisa suya casi infantil—. Encontrarse en el momento oportuno, Morgan, es un elemento fundamental para el amor.

Se quedó mirándolo mientras Andrew cruzaba el tramo de arena que había hasta las escaleras de la playa y luego volvió a meterse en el agua.

La villa susurraba y temblaba como una mujer anciana. A pesar de todas las promesas que se había hecho por la mañana, Morgan no podía dormir. Daba vueltas y más vueltas en la cama y se despertaba sobresaltada en cuanto lograba conciliar el sueño. Para Nick era muy fácil colarse en su cabeza mientras dormía. Se había obligado a no pensar en él durante el día y no se rendiría por unas pocas horas de descanso.

Sin embargo, despierta y sola, se le vino a la memoria la cala: la cara bajo el agua, la colilla de tabaco negro. Y el rostro de Iona, pálida, casi sin vida, con el pelo cayendo hasta casi tocar el suelo.

¿Por qué no conseguía librarse de la sospecha de que la sobredosis de Iona estaba relacionada con la muerte del pescador?

Había demasiado espacio, demasiado silencio en la villa para soportarlo en soledad. Hasta el aire parecía caliente y opresivo. Cuando la fatiga empezó a vencerla, Morgan se sumió en un duermevela inconstante, despertando y durmiéndose cada pocos minutos, en esa tierra vulnerable en que ya no se pueden controlar los pensamientos.

Todavía podía oír la voz de Alex, fría y llena de odio, diciéndole que lo mejor que podía ocurrir era que Iona se muriese. Recordó después los ojos de Dorian, tan calmados, mientras se llevaba un cigarro negro a los labios. Pensó también en Andrew, sonriendo melancólico mientras esperaba a que llegase su barco. Y en Liz, jurando con vehemencia que protegería a su marido de cualquier cosa y cualquier persona. Luego vio el filo del cuchillo, tan letal. Aunque no aparecía en el sueño, Morgan sabía que era la mano de Nick la que lo empuñaba.

Morgan soltó un grito estrangulado, despertó de un respingo y se sentó sobre la cama. No, no podía dormirse. No estando sola. No se atrevía.

Para no darse la oportunidad de pensar, se levantó y se puso unos vaqueros y una camisa. La playa le había proporcionado un poco de paz esa misma tarde. Quizá lograra serenarla también por la noche.

El espacio no la aprisionaba en el exterior. Afuera no había paredes ni habitaciones vacías, sino estrellas y el olor de las flores. Se oía el rumor de las hojas de los cipreses. El miedo iba desinflándose con cada paso que daba. Se dirigió hacia la playa.

La luna estaba casi llena, de un blanco intenso. La brisa procedente del mar era unos grados más fría que el aire que se había concentrado en su habitación. Siguió el camino sin vacilar, sin temor. El instinto le decía que nada malo le ocurriría esa noche.

Después de subirse los bajos de los pantalones, se quedó quieta, dejando que el agua le acariciase los tobillos, cálida y sedosa. Morgan respiró el aire húmedo del mar. Aliviada, estiró los brazos hacia el cielo.

—¿Nunca aprenderás a quedarte en la cama?

Morgan se dio la vuelta y se encontró frente a frente con Nick. ¿La habría estado observando?, se preguntó. No lo había oído acercarse. Enderezó la espalda y lo miró con frialdad. Como ella, llevaba unos vaqueros y estaba descalzo. Tenía la camisa desabotonada, dejando al descubierto su torso. ¿Qué locura la tentaba a lanzarse sobre él? Pero fuese la locura que fuese, consiguió someterla.

—No es asunto tuyo —respondió finalmente.

También Nick tuvo que contenerse para no agarrarla y hacerle el amor allí mismo. Había estado de pie, insomne junto a la ventana, cuando la había visto salir de casa. Casi por acto reflejo, sin saber lo que hacía, había ido a buscarla. Y Morgan lo había saludado con la gélida animadversión con que se había despedido de él.

—¿Se te ha olvidado lo que les pasa a las mujeres que pasean solas por la playa durante la noche? —preguntó en tono burlón al tiempo que le acariciaba el pelo. La tocaría si así lo quería, pensó furioso. Nadie se lo impediría.

—Si piensas tumbarme y arrastrarme, te advierto que esta vez morderé y arañaré —dijo Morgan después de apartar la cabeza para evitar el contacto de sus dedos.

—Suena interesante —dijo Nick—. Pensaba que ya te habrías cansado de la playa por hoy, Afrodita. ¿O estás esperando a Andrew otra vez?

Morgan dejó pasar la provocación y tampoco hizo caso del cosquilleo que sentía cada vez que la llamaba con ese nombre.

—No espero a nadie. He venido a estar sola. Si me dejas en paz, quizá consiga disfrutar un rato.

Herido, Nick la agarró con tanta fuerza que Morgan no pudo evitar soltar un quejido de dolor.

—¡Maldita sea, Morgan! —exclamó él frustrado—. No me retes o me encontrarás. Yo no soy tan cándido como mi primo Andrew.

—Quita las manos de encima —dijo Morgan con frialdad. Lo miró a los ojos con tanta serenidad y desprecio como pudo. No podía volver a acobardarse—. Te vendría bien aprender de Andrew... o de Dorian. Ellos sí que saben tratar a una mujer —añadió sonriente.

Nick maldijo en griego con enorme maestría. Incapaz de hacer otra cosa, la apretó con más fuerza, pero esa vez Morgan no gritó. Se limitó a observar la expresión furiosa de Nick. Parecía un demonio, violento, sin el menor vestigio del hombre que la mayoría creía que era. Le produjo un placer perverso saber que tenía poder para hacerle perder los nervios.

—¿Así que también te has ofrecido a Dorian? —Nick escupió las palabras mientras trataba de recuperar el control mínimamente—. ¿Cuántos hombres necesitas?

Se sintió ofendida, pero no explotó.

—¿No es curioso que sea tu parte griega la que te domina cuando estás enfadado? —comentó Morgan—. Francamente, no entiendo cómo podéis ser familiares Andrew y tú. No os parecéis en nada.

—Disfrutas dándole esperanzas, ¿verdad? —contestó iracundo Nick, disgustado por la comparación. Morgan apretó los dientes para no gritar de dolor. Se negaba a darle esa satisfacción—. Mujerzuela desalmada. ¿Cuánto tiempo vas a seguir excitándolo?

—¿Cómo te atreves? —Morgan le pegó un empujón.

Se llenó de cólera por todas las horas de insomnio y todo el dolor que le había causado—. ¿Cómo te atreves a criticarme por nada? Tú, el de los negocios sucios y las mentiras. Tú que sólo piensas en ti mismo. ¡Te detesto!, ¡odio todo lo que tiene que ver contigo! —añadió al tiempo que pegaba un tirón con el que logró desembarazarse. Luego echó a correr hacia el mar, cegada de una ira irracional.

—¡Estúpida mujer! —la insultó Nick, de nuevo en griego, justo antes de salir tras ella para darle alcance a los pocos metros. El agua llegaba hasta la cintura de Morgan, la cual, en su intento de escapar, resbaló y cayó sobre él. Nick la sujetó, le dio la vuelta. No podía pensar, no podía razonar—. No creas que voy a suplicar que me perdones. Me da igual lo que sientas: yo hago lo que tengo que hacer, es cuestión de necesidad. ¿Crees que me gusta?

—¡Me dan igual tus necesidades, tus trapicheos y tus asesinatos! ¡Me da igual todo lo tuyo!, ¡te odio! —Morgan le pegó un puñetazo en el pecho y estuvo a punto de perder el equilibrio de nuevo—. Odio todo lo que se acerca a ti. ¡Me odio a mí misma por haber dejado que me tocaras!

Las palabras lo hirieron más de lo que había imaginado. Trató de no recordar cómo se había sentido al estrecharla entre sus brazos, al besarla y sentir que se derretía contra su cuerpo.

—Muy bien. No tienes más que mantenerte alejada y todo irá perfectamente.

—No hay nada que desee más que alejarme de ti —replicó ella con los ojos vidriosos de rabia—. Ojalá no vuelva a verte ni vuelva a oír tu nombre en la vida.

Nick hizo un esfuerzo sobrehumano por controlarse, pues no había nada que deseara más en aquel instante que estrujarla contra él y suplicarle, como nunca le había suplicado a nadie, por lo que Morgan estuviese dispuesto a ofrecerle.

—Pues así será, Afrodita. Sigue con tus jueguecitos con Dorian, si quieres; pero mucho cuidado con Andrew. Mucho cuidado o te romperé ese cuello tan bonito que tienes.

—No me amenaces. Veré a Andrew tanto como quiera —Morgan se apartó el pelo y lo fulminó con la mirada—. No creo que le gustase saber que intentas protegerlo. Me ha pedido que me case con él.

Con un movimiento veloz, levantó a Morgan y la incrustó contra su pecho. Morgan pataleó, pero no consiguió nada aparte de terminar los dos calados.

—¿Qué le has dicho?

—No es asunto tuyo —replicó ella forcejando. A pesar de que en el agua era escurridiza como las anguilas, no consiguió liberarse—. ¡Suéltame! No puedes tratarme así.

La furia lo estaba devorando. No, se negaba a quedarse de brazos cruzados viendo cómo elegía a otro hombre.

—¡Qué le has dicho! —repitió en tono imperativo.

—¡Que no! —gritó ella, más rabiosa que asustada—. ¡Le he dicho que no!

Nick se relajó. Los pies de Morgan volvieron a tocar el suelo mientras él componía una sonrisa tensa. De pronto, vio que estaba pálida y se maldijo. ¿Acaso no sabía hacer otra cosa aparte de herirla? ¿Y ella?, ¿tampoco sabía hacer otra cosa aparte de herirlo a él? Si no hubiese tantos obstáculos, si pudiese tirarlos abajo... sería de él.

—De acuerdo. Pero estaré vigilándoos. Andrew es

un chico inocente todavía –dijo Nick con voz trémula, aunque Morgan no tuvo forma de saber si le temblaba de pánico o de rabia. Luego la soltó, consciente de que tal vez fuese la última vez que la tocara–. Supongo que no le has contado lo del amante que has dejado en Estados Unidos.

–¿Amante? –Morgan retrocedió un paso para poner distancia–. ¿Qué amante?

Nick levantó el medallón que colgaba de su cuello y lo soltó antes de ceder a la tentación de arrancárselo de un tirón.

–El mismo que te dio esta chatarra que tanto valoras. Es sencillo adivinar que no estás sola cuando llevas la marca de otro hombre.

Morgan agarró el pequeño medallón de plata. No había imaginado que pudiera hacerla enfadar más de lo que ya lo estaba. Pero Nick lo había conseguido.

–La marca de otro hombre –repitió ella con un susurro venenoso–. ¡Típico de ti! A mí nadie me marca, Nicholas. Nadie, aunque lo quiera.

–Disculpe usted, Afrodita –se burló él–. Era una forma de hablar.

–Me lo dio mi padre –explicó Morgan sin soltar el medallón–. Me lo dio cuando tenía ocho años y me rompí un brazo al caerme de un árbol. Es la persona más amable y cariñosa que he conocido. Y tú, Nicholas Gregoras, eres estúpido.

Lo sorteó y echó a andar hacia la orilla, pero Nick reaccionó y la detuvo de nuevo cuando el agua le llegaba a los tobillos. A pesar de sus protestas, la obligó a darse la vuelta y hundió los ojos en los de ella. Casi no podía respirar, pero no era de ira; necesitaba una respuesta y la necesitaba de inmediato, antes de explotar.

—¿No tienes un amante en Estados Unidos?

—¡Te he dicho que me sueltes! —gritó Morgan. Estaba preciosa enfadada. Los ojos le echaban chispas y la piel le brillaba bajo la luna. Levantó la barbilla retándolo a desafiarla. En aquel momento, Nick pensó que podría haber muerto por ella.

—¿Tienes un amante en Estados Unidos? —le preguntó de nuevo, pero mucho más sereno.

—No tengo un amante *en ninguna parte* —contestó ella orgullosa.

Nick soltó un gruñido que sonó como un rezo y la levantó de nuevo, pegándola contra su pecho. Tenían la ropa empapada y Morgan sintió el calor de su cuerpo como si estuviesen desnudos. Contuvo la respiración mientras observaba el brillo triunfal de los ojos de Nick.

—Ahora lo tienes.

Se apoderó de su boca y la dejó sobre la arena.

Fue un beso ardiente, desesperado. Morgan seguía enfadada, pero aceptó su pasión con avidez. Un segundo después, notó que le estaba quitando la camisa, como si Nick no pudiese soportar la más mínima separación entre ambos.

Morgan sabía que siempre sería un amante fogoso. Que siempre la amaría con intensidad, sin pensar, sin razonar. Y era una maravilla. No podía negar que lo deseaba. Morgan echó mano a los botones de la camisa de Nick, deseosa también de estar piel contra piel. Lo oyó reírse con la boca pegada a su cuello.

El bien y el mal habían desaparecido. El deseo era demasiado fuerte. Y el amor. Incluso en medio del fragor, Morgan supo que lo amaba. Había estado esperando un amor así toda la vida. Y aunque no entendía por qué podía ser Nick el elegido, no era momento para pensarlo. Lo único que sabía era que, por poco que le gustara a qué se dedicaba, era a él a quien quería. Lo demás no importaba.

Nick capturó sus pechos desnudos, gruñó y volvió a aplastar los labios contra los de ella. Era tan suave y delicada... Intentó no hacerle ningún moretón, pero la deseaba con un salvajismo que le impedía mantener las riendas. Jamás había querido a una mujer así. No de ese modo. Ni siquiera la primera vez que se había acostado con ella se había sentido con tanto poder.

Morgan lo estaba consumiendo. Y su boca... ¡Dios!, ¿alguna vez se saciaría del sabor de su boca? Buscó un pecho y le dio un pequeño mordisco.

Morgan se arqueó y le clavó los dedos en el pelo. Nick estaba murmurando algo, pero respiraba tan entrecortadamente como ella y no lo entendió. Cuando la besó de nuevo, no necesitó entender nada. Notó cómo le bajaba los vaqueros y estaba tan enloquecido que no se dio cuenta de que ella había empezado a bajarle los de él antes. Morgan sintió que la piel se le incrustaba contra los huesos de Nick.

Después se dejó acariciar por todo el cuerpo, no con la furia de la noche anterior, sino posesivamente, sin dulzura, pero sin fiereza tampoco. La recorrió con las manos y los labios como si nadie tuviese más derecho que él a tocarla. Le introdujo los dedos entre las piernas y Morgan soltó un grito de placer; luego emitió un gemido atormentado al notar que Nick paraba.

Seguía besándola por todas partes, torturándola con la lengua, haciéndola enloquecer con los dientes. Era como si Nick supiese dar placer a cada centímetro de su cuerpo.

Estaba atrapada entre arena fría, agua fría y una boca caliente. La luna brillaba, bañaba el mar de reflejos blancos, pero ella estaba presa de la oscuridad. A lo lejos, entre los cipreses, se oyó el canto de un búho. Un canto que podría haber sido el suyo propio. Morgan saboreó la sal impregnada a la piel de Nick; sabía que éste la estaba saboreando también en la de ella. De alguna manera, esa pequeña intimidad la hizo aferrarse a Nick más todavía.

Quizá fuesen los únicos destinados a ser amantes el resto de sus vidas, sin necesitar a nadie más para sobrevivir. El olor de la noche la embriagaba. El olor de Nick. Para ella, siempre serían el mismo.

Entonces dejó de oír, dejó de saber, cuando Nick la llevó más allá de la razón con su boca.

No lo soltaba, lo agarraba exigiéndole, rogándole que la condujera hasta el borde del precipicio y luego avanzara un poco más. Pero Nick esperó, le negó el último alivio, se demoró recreándose y dándole placer hasta que Morgan pensó que su cuerpo explotaría de la presión que estaba soportando.

Con un beso feroz, silenció sus gemidos y la empujó un centímetro más hacia el abismo. Aunque notaba que el corazón de Nick latía tan rápido como el de ella, parecía como si estuviese dispuesto a permanecer allí de por vida, un instante, una hora, suspendido entre el cielo y el infierno.

Cuando por fin estallaron, Morgan no supo con certeza de qué lado habían caído; sólo que se habían caído juntos.


Morgan estaba tumbada, quieta, con la cabeza apoyada sobre el hombro desnudo de Nick. Las olas le acariciaban las piernas con suavidad. Tras aquel acto de pasión desbordada, se sentía fresca, ligera y asombrada. Todavía sentía la sangre palpitando en el pecho de Nick y sabía que nadie, jamás, la había deseado de aquel modo. Y eso le proporcionaba una sensación de poder casi dolorosa. Cerró los ojos para atraparla.

Ni siquiera se había resistido, pensó. No había protestado. Se había entregado sin pensarlo, no sometiéndose al poder de Nick, sino a sus propios deseos. De pronto, atemperado el fuego que le había hecho perder la cabeza, sintió un aguijonazo de vergüenza.

Era un delincuente: un hombre egoísta que sembraba la desgracia en los demás para enriquecerse. Y ella le había entregado su cuerpo y su alma. Tal vez no tuviese control sobre su corazón, pero, siendo sincera, Morgan sabía que sí habría podido dominar su cuerpo. Sintió un escalofrío y se apartó de él.

—No, quédate —Nick le acarició el pelo con la nariz mientras la acercaba al costado con un brazo.

—Tengo que irme —murmuró ella. Morgan se apartó tanto como se lo permitió el brazo de Nick—. Por favor, suéltame.

Nick se incorporó hasta mirarla hacia abajo. Sonrió. Parecía relajado y satisfecho.

—No —contestó sin más—. No volverás a abandonarme.

—Nicholas, por favor —insistió Morgan—. Es tarde. Tengo que irme.

Nick se quedó quieto un segundo, luego le agarró la cara y le giró la cabeza para que lo mirara a los ojos. Vio que estaba a punto de llorar y maldijo.

—¿Qué pasa? Acabas de darte cuenta de que te has entregado a un delincuente y te ha gustado, ¿no?

—Calla —Morgan cerró los ojos—. Déjame. Sea lo que sea, he hecho lo que quería.

Nick la miró. El brillo de las lágrimas había desaparecido, pero sus ojos estaban apagados. Maldijo de nuevo, agarró su camisa, parcialmente seca, e incorporó a Morgan hasta tenerla sentada. Atenas se podía ir al infierno.

—Ponte esto —le ordenó al tiempo que le colocaba la camisa sobre los hombros—. Vamos a hablar.

—No quiero hablar. No hace falta que hablemos.

—He dicho que vamos a hablar. Me niego a que te sientas culpable por lo que acaba de pasar —Nick le metió un brazo por una manga—. No puedo aceptarlo. Es demasiado. No puedo explicar por qué... hay cosas que no conseguiré explicar en la vida.

—No te estoy pidiendo ninguna explicación.

—Me la pides cada vez que me miras —replicó Nick. Sacó un cigarrillo del bolsillo de la camisa y lo encendió—. Mi negocio de importación y exportación me ha proporcionado muchos contactos a lo largo de los años. Algunos de los cuales, supongo, no te parecerán bien —añadió justo antes de soltar una bocanada de humor.

—Nicholas, yo no...

—Cállate. Cuando un hombre está dispuesto a abrir su corazón, no deberías interrumpirlo —Nick dio otra calada al cigarro—. Cuando tenía poco más de veinte años, conocí a un hombre que me consideró adecuado para cierto tipo de trabajo. A mí me pareció fascinante. El peligro puede resultar adictivo, como cualquier otra droga.

Sí, pensó ella mirando hacia el mar. Aunque sólo fuese eso, hasta ahí sí podía comprender a Nick.

—Empecé a trabajar para él. En general, disfrutaba haciéndolo. Estaba contento. Es increíble que una forma de vida con la que he vivido a gusto diez años se convierta en una prisión en sólo una semana.

Morgan dobló las piernas y se abrazó las rodillas contra el pecho mientras dejaba la vista perdida en el mar. Nick le acarició el pelo, pero ella siguió sin mirarlo. Hablar le estaba resultando más difícil de lo que había imaginado. Incluso cuando terminase de hacerlo, Morgan podía rechazarlo. Entonces se quedaría sin nada… solo. Chupó el cigarrillo y vio el brillo rojo de la punta.

—Morgan, he hecho cosas… —Nick soltó un taco en voz baja—. He hecho cosas que no te contaría aunque fuese libre de hacerlo. No te gustarían.

—Has matado personas —dijo ella, por fin mirándolo a la cara.

Le costó contestarle, pero consiguió responder con serenidad:

—Cuando ha sido necesario.

Morgan bajó la cabeza de nuevo. Había tenido la esperanza de que no fuese un asesino. Si Nick lo hubiera negado, habría intentado fiarse de su palabra. No había querido creer que fuese capaz de hacer lo que ella consideraba el peor pecado posible: quitarle la vida a otra persona.

Nick frunció el ceño y lanzó el cigarro al mar. Podría haberle mentido, pensó furioso. ¿Por qué no le había mentido? Era un experto en engaños. Pero a ella no podía mentirle, se dijo al tiempo que suspiraba. Ya no.

—Hice lo que tenía que hacer —dijo sin más—. No puedo borrar cómo he vivido estos diez últimos años.

Bueno o malo, fue el camino que elegí. No puedo disculparme por ello.

—No, no te estoy pidiendo que te disculpes. Lo siento si te da esa impresión —dijo Morgan—. Por favor, Nicholas, vamos a dejarlo. Tu vida es tu vida. No tienes por qué justificarte.

—Morgan... —Nick decidió sincerarse. No podía seguir guardando silencio mientras la veía sufrir, tratando de comprender—. Los últimos seis meses he estado intentando desarticular la red de contrabando que actúa entre Turquía y Lesbos.

Morgan lo miró como si no lo hubiese visto hasta entonces.

—¿Desarticular? Pero yo creía... me dijiste...

—Nunca te he dicho gran cosa —atajó Nick—. Te dejé que sacaras tus propias conclusiones. Era mejor así. Era necesario.

Morgan permaneció quieta unos segundos mientras trataba de organizar los pensamientos.

—Nicholas, no entiendo. ¿Me estás diciendo que eres policía?

Él se echó a reír y, de pronto, se sintió de mejor humor.

—Policía no, Afrodita.

—¿Espía entonces? —preguntó ella con el ceño fruncido.

Nick le agarró la cara entre las manos. ¡Era tan dulce!

—Eres demasiado romántica, Morgan. Digamos que soy un hombre que viaja y obedece órdenes. Conténtate con eso, no puedo decirte más.

—La primera noche en la playa... —dijo ella como si empezasen a encajar las últimas piezas del puzzle—. Es-

tabas vigilando al hombre que dirige la red de contrabando. Fue a él a quien siguió Stephanos.

Nick frunció el ceño y bajó las manos. Creía en él
sin hacerle preguntas ni dudar. Ya se había olvidado de
que había matado... y cosas peores. ¿Por qué, entonces, cuando se lo estaba poniendo tan fácil, le resultaba tan complicado seguir adelante?

—Tenía que quitarte de en medio. Sabía que ese
tipo pasaría por esa parte de la playa camino de la casa
de Stevos. A Stevos lo mataron porque sabía lo que yo
aún no sé: la posición exacta del jefe dentro de la organización. Creo que pidió un aumento, intentó
chantajearlo y se encontró con un cuchillo en la espalda.

—¿Quién es él, Nicholas?

—No, aunque estuviese seguro, no te lo diría. No
me hagas preguntas que no puedo responder, Morgan. Cuanto más sepas, más peligro corres —dijo él con
firmeza—. En su momento pensé en utilizarte, y mi organización estaba muy interesada en ti por tu conocimiento de idiomas; pero soy un hombre egoísta. No
pienso dejar que te involucres. Les dije a mis socios
que no estabas interesada —finalizó enrabietado.

—Eso es un poco presuntuoso por tu parte —arrancó
Morgan—. Soy muy capaz de tomar decisiones por mí
misma.

—No tienes que tomar ninguna decisión —sentenció él—. Y una vez que confirme la identidad del jefe
de la red, mi trabajo habrá terminado. Atenas tendrá
que aprender a arreglárselas sin mí.

—No vas a seguir haciendo... —Morgan hizo un
gesto impreciso. No sabía cómo llamar a su trabajo—.
¿Vas a dejar ese trabajo?

—Sí —Nick miró hacia el mar—. Ya he estado demasiado tiempo.

—¿Cuándo decidiste dejarlo?

«La primera vez que hice el amor contigo», pensó y estuvo a punto de decirlo. Pero no era totalmente cierto. Todavía tenía que contarle una cosa más.

—El día que llevé a Iona a dar una vuelta en la lancha —Nick dejó salir el aire con rabia y se giró hacia Morgan. No estaba seguro de que ésta fuese a perdonarlo por lo que iba a decir—: Iona está metida en esto, hasta el fondo.

—¿En el contrabando? Pero...

—Sólo puedo decirte que lo está y que parte de mi trabajo era sacarle información. La llevé a dar esa vuelta en lancha con intención de hacerle el amor para ayudarla a que se le fuera la lengua —confesó e hizo una pausa antes de continuar—. Se estaba viniendo abajo por la presión y yo estaba a punto de conseguir que hablara. Por eso intentaron matarla.

—¿Matarla? —Morgan trató de controlar el tono de la voz, a pesar de lo difícil que le resultaba digerir lo que estaba oyendo—. Entonces, ¿seguro que no fue un intento de suicidio?

—Iona no se habría suicidado nunca.

—No... es verdad —aceptó ella, hablando despacio—. Tienes razón.

—Si hubiese tenido unos días más para sonsacarle información, habría conseguido lo que necesitaba.

—Pobre Alex. Se llevará un disgusto terrible si llega a saber que estaba metida en esto. Y Dorian... —Morgan dejó la frase sin terminar. Recordó la mirada vacía de Dorian y sus palabras: «tan bella... tan perdida». Quizá ya sospechaba algo—. ¿No puedes hacer nada?,

¿lo sabe la policía?, ¿el capitán Trípolos? —preguntó, mirándolo con confianza en esta ocasión.

—Trípolos sabe muchas cosas y sospecha más —Nick le agarró una mano. Necesitaba sentirla cerca—. Yo no trabajo directamente para la policía. Iría muy despacio. Ahora mismo, Trípolos me tiene como principal sospechoso de un asesinato y de un intento de asesinato, y cree que soy el jefe enmascarado de la red de contrabando —añadió con alegría.

—Se nota que te gusta tu trabajo —Morgan lo miró y reconoció un brillo aventurero en los ojos de Nick—. ¿Por qué vas a dejarlo? —preguntó entonces y la sonrisa de Nick se desvaneció.

—Como te digo, estuve con Iona. No era la primera vez que recurría a ese método. El sexo puede ser un arma o una herramienta: es así —dijo él y Morgan bajó la mirada hacia la arena—. Había bebido demasiado champán y se quedó dormida enseguida; pero habría habido más oportunidades. Desde ese día, no me he sentido limpio... Hasta esta noche —añadió mientras le ponía un dedo bajo la barbilla para levantarle la cabeza.

Morgan lo miró de cerca, con detenimiento, buscando respuestas. En sus ojos vio algo que sólo había intuido una vez: arrepentimiento, y un ruego de comprensión. Levantó los brazos, lo agarró por la nuca y empujó para llevarse la boca de Nick a la suya. Sintió algo más que sus labios: el alivio de sentirse perdonado.

—Morgan, si pudiera dar marcha atrás en el tiempo y vivir esta última semana de otro modo... —dijo al tiempo que la tumbaba sobre la arena— no creo que actuara de forma distinta —finalizó tras un segundo de duda.

—Bonita forma de disculparte, Nick.

Éste no podía apartar las manos del cuerpo de Morgan. Estaban otra vez pegados, excitándose.

—Todo esto terminará mañana por la noche. Luego estaré libre. Vámonos juntos a algún sitio unos cuantos días. Donde sea.

—¿Mañana? —Morgan trató de conservar un mínimo de lucidez mientras el cuerpo iba calentándose—. ¿Por qué mañana?

—Por un pequeño desajuste que provoqué anoche. Ven, estamos cubiertos de arena. Vamos a bañarnos.

—¿Desajuste? —repitió ella mientras Nick la ponía de pie—. ¿Qué clase de desajuste?

—No creo que nuestro hombre misterioso vaya a alegrarse de haber perdido un cargamento —murmuró él después de retirarle de los hombros la camisa que le había dejado—. Me hice pasar por él —explicó con una sonrisa triunfal.

—¡Le robaste!

La estaba metiendo en el agua. El corazón le saltaba mientras contemplaba su cuerpo iluminado por la luna.

—Con una facilidad impresionante —dijo Nick. Cuando el agua llegó hasta la cintura de Morgan, la atrajo contra el pecho. El mar los mecía mientras la exploraba de nuevo—. Stephanos y yo habíamos observado cómo actuaban varias veces. Acabábamos de vigilar una de sus transacciones la noche que te encontré en la playa —explicó después de besarla en la boca y posar los labios en su cuello a continuación.

—¿Qué va a pasar mañana por la noche? —preguntó Morgan. Se retiró lo suficiente para interrumpir el contacto—. ¿Qué va a pasar, Nicholas? —insistió asustada.

—Estoy esperando cierta información de Atenas. Cuando llegue, sabré mejor cómo debo moverme. En cualquier caso, estaré presente cuando el enmascarado vuelva a actuar mañana por la noche.

—¿No irás solo? —preguntó ella agarrándole los hombros—. Ese hombre ya ha matado.

Nick frotó su nariz con la de Morgan.

—¿Te preocupas por mí, Afrodita?

—¡No bromees!

Nick notó que estaba realmente asustada y habló con calma para serenarla.

—Mañana por la tarde, Trípolos ya estará al corriente de todo. Si todo va según el plan, puede que yo mismo lo informe —dijo y sonrió al ver el ceño de Morgan—. Se llevará el reconocimiento por las detenciones que se hagan.

—¡No es justo! —exclamó Morgan—. Después de todo lo que has trabajado, de tanto tiempo, ¿por qué...?

—Cállate, Morgan. No puedo hacerle el amor a una mujer que no para de protestar.

—Nicholas, sólo intento comprender.

—Comprende esto —replicó él impaciente al tiempo que la abrazaba de nuevo—. Te he querido desde que te vi sentada en esa maldita roca. Llevas días torturándome. Me tienes loco. Y no pienso aguantar más, Afrodita. Ni un segundo más.

Bajó la boca y el resto del mundo desapareció.

XI

Los vaqueros seguían mojados cuando Morgan se los puso sonriente.

—Estaba tan furiosa contigo que me metí en el agua totalmente vestida.

Nick se abrochó el botón de sus pantalones.

—El sentimiento era recíproco.

Morgan giró la cabeza y lo miró levantarse y, desnudo de cintura para arriba, sacudir como podía la arena de la camisa. Un brillo travieso iluminó los ojos de ella. Se acercó, le puso las manos sobre el torso, se tomó su tiempo, disfrutó acariciándolo hasta entrelazar las manos tras la nuca de Nick, y le dijo:

—¿Sí?, ¿te ponía furioso pensar que el medallón era de un amante que estaba esperándome en Estados Unidos?

—No —mintió él con una sonrisa de indiferencia. Luego agarró la camisa por sendas mangas y la utilizó para rodear la cintura de Morgan y acercársela un poco más—. ¿Por qué iba a importarme?

—Ah, bueno —Morgan le dio un mordisquito en el

labio inferior—. Si te da igual, entonces no te molestará que te hable de Jack.

—Mejor que no —murmuró él antes de devorarle la boca. A pesar de que tenían los labios pegados, Nick oyó las risas ahogadas de Morgan—. Eres una bruja. Parece que me prefieres cuando estoy enfadado —añadió justo antes de aumentar la presión del beso hasta que las risas se tornaron en un mero suspiro.

—Te prefiero —contestó ella sin más al tiempo que apoyaba la cabeza sobre el hombro de Nick.

Éste la rodeó en un abrazo fuerte y posesivo. Aun así, sabía que la fuerza no bastaría para retenerla.

—Eres una mujer peligrosa —murmuró Nick—. Lo supe la primera vez que te vi.

Morgan soltó una risotada y echó la cabeza hacia atrás:

—La primera vez que me viste me llamaste gata salvaje.

—Y lo eres —dijo él al tiempo que buscaba una vez más los labios de Morgan.

—Ojalá se detuviese el tiempo —comentó ésta. De pronto, notó que el corazón se le había acelerado—. Que se parara en este momento y no hubiese un mañana. No quiero que salga el sol.

Nick hundió la cara en el cabello de Morgan. Se sentía culpable. La había atemorizado desde el primer instante. Aun amándola, sólo había conseguido asustarla. No tenía derecho a decirle que su corazón le pertenecía si quería aceptarlo. Si lo hacía, Morgan podría empezar a rogarle que abandonara su responsabilidad y dejase aquel trabajo a medio terminar. Y él haría lo que le pidiese, estaba seguro. Y nunca más volvería a sentirse hombre.

—No desees que la vida se detenga —dijo por fin—. El sol saldrá mañana y luego volverá a ponerse. Y cuando vuelva a salir, tendremos todo el tiempo del mundo para nosotros.

Tenía que confiar en él, no le quedaba más remedio que creer que estaría a salvo... que en poco más de veinticuatro horas Nick pondría fin a esa vida de peligros que tantos años llevaban acechándolo.

—Ven conmigo ahora —Morgan levantó la cabeza y sonrió. Preocuparse no le serviría de nada—. Ven conmigo a la villa y vuelve a hacerme el amor.

—Me tientas, Afrodita —Nick se inclinó y le besó ambas mejillas en un gesto que a Morgan le resultó insoportablemente delicado y dulce—. Pero estás cansada. Te dormirías de pie si te dejara. Ya habrá más noches. Te acompaño.

Morgan dejó que la condujese hacia las escaleras de la playa.

—Puede que no te sea tan fácil como crees dejarme sola una vez que estemos en la villa —comentó sonriente.

Nick soltó una risotada y la apretó contra un costado mientras seguían andando.

—Fácil no, pero...

De pronto, levantó la cabeza como si estuviese olisqueando el aire. Aguzó la vista y barrió con la mirada los acantilados.

—Nicholas, ¿qué...?

Pero él le tapó la boca con una mano al tiempo que, de nuevo, la ocultaba bajo la sombra de los cipreses. Morgan sintió que el corazón se le subía a la garganta, una vez más, pero esa vez no forcejeó.

—Estate quieta y no hables —susurró Nick. Le quitó

la mano de la boca y le apoyó la espalda contra el tronco de un árbol–. Ni una palabra, Morgan.

Ella asintió, pero Nick no estaba mirándola. Sus ojos estaban clavados en los acantilados. De pie bajo los cipreses, observaba y esperaba. Entonces volvió a oírlo: el leve roce de una bota sobre las rocas. Se puso tenso y escudriñó los alrededores hasta que por fin vio la sombra. De modo que había salido a recoger la mercancía, se dijo Nick apretando los labios mientras veía la silueta negra deslizándose por las peñas. Pues no iba a encontrarla, le dijo a la sombra en silencio.

–Vuelve a la villa y quédate ahí –le dijo a Morgan tras regresar sigilosamente a su lado. La calidez que había encontrado en su voz minutos antes había dado paso a una expresión fría y calculadora.

–¿Qué has visto? –preguntó ella–. ¿Qué vas a hacer?

–Haz lo que te digo –Nick la agarró por un brazo y la empujó hacia las escaleras de la playa–. Vete rápido, no tengo tiempo que perder. O le perderé la pista.

Era *él*. Morgan sintió un escalofrío. Tragó saliva.

–Voy contigo.

–No digas tonterías –Nick la empujó de nuevo–. Vuelve a la villa, mañana te cuento –añadió impaciente.

–No –Morgan se soltó–. He dicho que voy contigo y voy contigo. No puedes impedírmelo.

Estaba de pie, con los brazos en jarras, y los ojos le brillaban con una mezcla de temor y determinación. Nick maldijo, consciente de que cada segundo que permanecía junto a ella estaba un segundo más lejos de alcanzar al hombre.

—No tengo tiempo para...

—Entonces no lo pierdas discutiendo —atajó Morgan con calma—. Voy contigo.

—Lo que tú quieras.

Nick se dio la vuelta y echó a andar. No aguantaría ni cinco minutos sobre las rocas sin zapatos, pensó. Volvería a la villa cojeando en menos de diez. Aceleró el paso sin esperarla. Morgan apretó los dientes y se apresuró para seguir el ritmo de Nick.

Tras subir las escaleras de la playa, comenzó el ascenso de los acantilados sin prestar atención a Morgan. Miró hacia el cielo y lamentó que la noche fuese tan clara. Una nube ocultando la luna le permitiría arriesgarse y acercarse al hombre que perseguía. Se apoyó en un peñasco y siguió escalando. Unas piedrecillas se aflojaron y cayeron. Miró hacia abajo y lo sorprendió ver que Morgan no se había rezagado.

Maldita mujer, pensó con tanta exasperación como admiración. Sin decir palabra, le tendió una mano y la ayudó a encaramarse junto a él.

—Idiota —le dijo. Tenía ganas de atarla y besarla al mismo tiempo—. Vuelve a la villa. No tienes zapatos.

—Tú tampoco —replicó ella.

—Testaruda.

—Sí.

Nick soltó un exabrupto y continuó el ascenso. No podía arriesgarse a ir por el camino abierto bajo la luz de la luna, de modo que siguió avanzando entre las rocas. Aunque no podría ver a su presa, sabía adónde se dirigía.

Morgan se golpeó el talón de un pie con una roca y se mordió un labio para no gritar. Cerró los ojos con fuerza para reprimir el dolor y siguió adelante.

No era momento para quejarse. No estaba dispuesta a dejar que Nick se fuese sin ella.

Éste se detuvo ante un peñasco difícil de abordar para considerar las opciones que tenía. Rodearlo llevaría demasiado tiempo. Si hubiera estado solo... y armado, se habría arriesgado a salir al camino. Con suerte, el hombre al que perseguía le sacaría suficiente ventaja y, si se sentía confiado, no miraría hacia atrás. Pero no estaba solo, pensó disgustado. Y sólo tenía sus manos para proteger a Morgan si los descubrían.

—Escúchame —susurró Nick con la esperanza de asustarla al tiempo que la agarraba por los hombros—. Ese tipo ha matado... y ha matado más de una vez, te lo prometo. Cuando descubra que el opio no está donde espera, sabrá que lo han seguido. Vuelve a la villa.

—¿Quieres que llame a la policía? —preguntó Morgan con calma, aunque Nick había conseguido asustarla.

—¡No! —exclamó él más alto de lo prudente—. No puedo perder esta oportunidad de ver quién es... Morgan, no estoy armado. Si él...

—No voy a irme, Nicholas. Pierdes el tiempo.

Nick maldijo de nuevo, pero consiguió no perder los nervios.

—Está bien. Pero harás exactamente lo que te diga o te prometo que te dejaré inconsciente y te esconderé detrás de una roca.

Morgan no dudó que hablaba en serio.

—Adelante —dijo, de todos modos, alzando la barbilla.

Nick subió a la loma que el camino atravesaba. Antes de darse la vuelta para poder ayudarla, Morgan ya se las había ingeniado para encaramarse también ella. La miró a los ojos y pensó que era el sueño de cualquier hombre: una mujer fuerte, bella y leal. Le agarró una mano y aceleró el paso, ansioso por recuperar el tiempo que había perdido discutiendo con ella. Cuando sintió que llevaban demasiado tiempo descubiertos, abandonó el camino para regresar de nuevo a las rocas.

—¿Adónde va? —susurró Morgan, susurrando entrecortadamente.

—A una pequeña gruta cerca de la casa de Stevos. Piensa que va a recoger la mercancía de anoche —dijo sonriente—. No encontrará el opio y le empezarán a entrar sudores. Ahora agáchate, ni una palabra más.

Morgan se fijó en la noche tan hermosa que hacía bajo la luz de la luna. El cielo, de terciopelo, estaba cuajado de estrellas. Hasta los arbustos de maleza que crecían entre las peñas le parecían tener cierto encanto etéreo. El mar los arrullaba a lo lejos. Un buho cantó satisfecho. Morgan pensó que también habría flores azules cerca. Pero no podía mirar. Permaneció quieta hasta que Nick le dio permiso para arrastrarse unos metros.

—Es ahí arriba. Quédate aquí —le ordenó él.

—No...

—No discutas —atajó Nick—. Me moveré más rápido sin ti. No te muevas y no hagas ningún ruido.

Antes de que pudiera contestar, se había alejado, reptando sobre el suelo. Morgan lo observó hasta que su cuerpo quedó tapado por una cadena de rocas. Luego, por primera vez desde que habían iniciado la persecución, se puso a rezar.

Nick sabía que no podía precipitarse. Si calculaba

mal el momento, se encontraría cara a cara con su presa. La detención tendría lugar la siguiente noche, pero necesitaba saber a quién había estado persiguiendo durante seis meses. Era una tentación irresistible.

Había más rocas y árboles tras los que ocultarse. Nick los utilizó mientras se acercaba a la casa del asesinado. Se notaba que habían quitado la maleza para montar un jardín, pero al final no habían llegado a plantar nada. Nick se preguntó qué habría sido de la mujer que a veces compartía la cama de Stevos y le lavaba las camisas. Entonces volvió a oír el roce de una pisada sobre una roca. Estaba a menos de cien metros, calculó al tiempo que avanzaba hacia la boca de la cueva.

Oyó movimiento en el interior. Nick se cubrió con una roca y esperó paciente, atento. El grito furioso que resonó en la cueva fue como una inyección de placer. Oyó entonces que el hombre hacía más ruido, como si se moviese con nerviosismo. Debía de estar buscando la mercancía, concluyó Nick sonriente. Estaría tratando de descubrir alguna señal que indicase que le habían robado. Pero no, los paquetitos blancos que tanto extrañaba no habían llegado a la cueva.

Entonces lo vio: salió de la gruta... todo de negro, todavía enmascarado. «Quítate la máscara», le ordenó Nick en silencio. Tenía que quitársela para poder verle la cara.

El hombre estaba de pie, a la sombra, en la boca de la cueva. Estaba iracundo. Giró la cabeza a un lado y otro como si estuviera buscando algo... o a alguien.

Oyeron el ruido al mismo tiempo. Unas piedrecillas desprendidas, el frufrú de un arbusto. ¡Santo cielo, Morgan!, pensó Nick mientras se levantaba y salía de su escondite. Entonces la vio: vio la pistola que el enmascarado llevaba en la mano. Luego lo vio a él fundirse entre las sombras.

Con el corazón desbocado, Nick se dispuso a atacarlo. Podía pillarlo desprevenido, pensó, ganar suficiente tiempo para gritar y avisar a Morgan de que huyera. Tuvo miedo... no por su propia integridad, sino de pensar que no fuese a correr suficientemente deprisa.

El arbusto que había en medio del camino se movió. Nick se dispuso a saltar.

De pronto, una cabra más glotona que inteligente salió del matorral y se marchó en busca de alguna rama más suculenta.

Nick se ocultó tras la roca, furioso por estar temblando. Aunque Morgan no había hecho más que lo que él le había ordenado, la maldijo con todas sus fuerzas.

De pronto, el hombre enmascarado blasfemó, enfundó la pistola y avanzó hacia el camino. Al pasar por delante de Nick, se quitó la máscara.

Y Nick le vio la cara, los ojos, y supo.


Morgan seguía acurrucada tras la roca donde Nick la había dejado, abrazándose las rodillas contra el pecho. Tenía la sensación de llevar una eternidad esperando. Estaba atenta a cualquier sonido: al susurro del viento o el suspiro de las hojas. El corazón no había dejado de azotarla desde que se había quedado sola.

Nunca más, se prometió Morgan. Nunca más volvería a quedarse sentada. Nunca más volvería a quedarse a la espera, temblando, al borde del llanto. Si pasaba algo... prefirió no completar el pensamiento. No pasaría nada. Nick volvería en cualquier momento. Pero el tiempo pasaba y Nick no regresaba...

Cuando apareció a su lado, tuvo que contener un grito. Morgan había creído que tenía el oído bien abierto y, sin embargo, la llegada de Nick la había sorprendido. Ni siquiera pronunció su nombre; sólo se lanzó a sus brazos.

—Se ha ido —dijo él.

Luego la besó como si estuviese muriéndose de hambre. Todos los miedos de Morgan se disiparon, uno a uno, hasta que en su corazón no hubo sino un pozo inagotable de amor.

—Nicholas, tenía tanto miedo por ti... ¿Qué ha pasado?

—No se ha alegrado —comentó Nick sonriente al tiempo que se levantaban—. No, no le ha hecho ninguna gracia.

—Pero has visto quién...

—Nada de preguntas —Nick la hizo callar con otro beso, como si la aventura no hubiese hecho más que empezar. Luego la llevó hacia el camino, bajo la luna—. No quiero tener que volver a mentirte. Y ahora, bruja valiente y testaruda, te acompaño a la villa. Mañana, cuando los pies te duelan tanto que no puedas tenerte en pie, me echarás la culpa.

No le sacaría más información, comprendió Morgan. Y quizá fuese mejor así por el momento.

—Quédate en mi cama esta noche —dijo ella sonriente mientras le pasaba un brazo alrededor de la cintura—. Si te quedas una hora más, no te echaré la culpa.

Nick soltó una risotada y le acarició el cabello.

—¿Qué hombre puede resistirse a un ultimátum así?


Morgan despertó al oír que llamaban suavemente a la puerta. La pequeña asistenta asomó la cabeza.

—Perdona, llaman de Atenas.

—Oh... gracias, Zena. Voy enseguida —Morgan se levantó corriendo y fue al teléfono que había en el salón—. ¿Diga?

—¿Te he despertado? Son las diez pasadas.

—¿Liz? —Morgan trató de despejarse. Al final, no se había dormido hasta entrado el amanecer.

—¿Conoces a alguien más que esté en Atenas?

—Estoy un poco dormida —reconoció Morgan. Bostezó y sonrió al recordar la noche—. Anoche estuve bañándome en la playa. Una delicia.

—Pareces contenta —comentó Liz—. Bueno, ya hablaremos. Te llamaba porque voy a tener que quedarme aquí un día más. Lo siento mucho, Morgan. Los médicos son optimistas, pero Iona sigue en coma. No puedo dejar que Alex se enfrente a esto solo.

—Por favor, no te preocupes por mí. Yo sí que lo siento, Liz. Sé que esto está siendo muy duro para los dos —Morgan recordó que Iona estaba involucrada en la red de contrabando y sintió una nueva oleada de compasión—. ¿Cómo está Alex? Parecía destrozado cuando se fue.

—Le sería más fácil si la familia entera no lo mirara pidiéndole explicaciones. Es horrible, Morgan —dijo Liz—. No sé qué va a ser de la madre de Iona si se muere.

—Pero dices que los médicos son optimistas.

—Sí, está equilibrando las constantes vitales, pero...

—¿Y Dorian?, ¿está bien?

—Dentro de lo posible —Liz suspiró—. No sé cómo he sido tan ciega para no darme cuenta de lo que sentía por ella. Casi no se ha apartado de su cama. Si Alex no lo hubiera obligado a descansar bien, creo que anoche habría dormido en una silla junto a ella, en vez de irse a casa. Aunque no creo que haya pegado ojo, a juzgar por el aspecto que tenía esta mañana.

—Por favor, dale un abrazo muy fuerte de mi parte... y otro a Alex —Morgan se sentó en una silla que había junto al teléfono—. Me siento tan impotente. Ojalá pudiera hacer algo.

—Tú espera ahí a que vuelva. Y disfruta de la playa por mí. Diviértete. Si vas a salir a darte baños por la noche, búscate un hombre que te acompañe —dijo Liz en tono más desenfadado, aunque Morgan notó que era una alegría forzada—. ¿O ya lo has encontrado? —añadió al ver que su amiga se quedaba en silencio.

—Pues... —Morgan sonrió.

—¿No me digas que te has fijado en cierto poeta?

—No.

—Entonces tiene que ser Nick —concluyó Liz—. Fíjate. Y sólo he tenido que invitarlo a cenar.

Morgan enarcó una ceja y se sorprendió sonriendo. ¡Si Liz supiera!

—No sé de qué hablas —contestó.

—Ya, bueno, ya hablaremos mañana. Pásalo bien. Tienes mi teléfono si me necesitas para lo que sea. Y hay un vino excelente en la bodega —añadió y su voz pareció alegre de verdad—. Si te apetece tomar algo especial esta noche... sírvete.

—Gracias, Liz, pero...

—Y no te preocupes por mí ni por ninguno de nosotros. Todo va a salir bien. Lo sé. Dale un beso a Nick.

—Lo haré.

—Ya lo sabía yo —dijo Liz de buen humor—. Hasta mañana —se despidió.

Morgan colgó el teléfono sonriente.


—Así que después de unos cuantos vasos de licor de anís, Mikal se soltó la lengua —dijo Stephanos al tiempo que se acariciaba el bigote—. Me dio dos fechas: la última semana de febrero y la segunda de marzo.

Nick hojeó los informes que tenía sobre la mesa.

—Y Alex estuvo en Roma desde finales de febrero a principios de abril —dijo sonriente—. Lo cual lo descarta. Después de la llamada que acabo de recibir de Atenas, diría que es seguro que no tiene nada que ver en esto. Es decir, nuestro hombre trabaja solo.

—¿Qué te han dicho en Atenas?

—Han terminado la investigación sobre él. No tiene antecedentes. Han investigado sus llamadas de teléfono, su correspondencia, todo —Nick se recostó en la silla—. Estoy seguro de que, después de perder el anterior cargamento, hará el viaje esta noche. No querrá que se le escape otro alijo. Lo detendremos esta misma noche.

—Anoche estuviste fuera hasta muy tarde —comentó Stephanos entonces mientras se llenaba una pipa.

—¿Esperas despierto hasta que vuelvo? —preguntó Nick enarcando una ceja—. Hace mucho que no tengo doce años.

—Y te has despertado de muy buen humor —continuó Stephanos, vertiendo el tabaco con cuidado—. Hace días que no estás tan alegre.

—Deberías alegrarte de que se me haya pasado el mal genio. Claro que estás acostumbrado a él, ¿verdad, amigo?

Stephanos se encogió de hombros.

—A la señorita estadounidense le gusta mucho pasear por la playa. ¿Es posible que te la encontraras anoche?

—La edad te está volviendo muy sabio, Stephanos —Nick encendió una cerilla y la acercó a la pipa de su amigo.

—No soy tan viejo como para no reconocer la mirada de un hombre satisfecho tras una noche de placer —dijo Stephanos—. Una mujer muy bonita. Y fuerte.

—Ya lo habías comentado, sí —dijo Nick sonriente—. Dime, Stephanos, ¿tampoco eres tan viejo como para tener fantasías con mujeres bonitas y fuertes?

—Hay que estar muerto para no tener fantasías con mujeres así. Y yo seré mayor, pero estoy muy vivo.

—Mantente a distancia —le advirtió Nick sonriente—. Es mía —añadió mientras sacaba un cigarrillo.

—Y está enamorada de ti.

Nick se quedó paralizado. Su sonrisa se desvaneció.

—¿Por qué lo dices?

—Porque es verdad, lo he visto —respondió Stephanos mientras aspiraba de la pipa—. Puede que tú no te hayas dado cuenta, pero no es extraño: a menudo no vemos lo que tenemos delante de las narices. ¿Cuánto tiempo más va a estar sola?

Nick frunció el ceño y miró los papeles que había sobre la mesa.

—No estoy seguro. Otro día al menos, según cómo esté Iona. Enamorada de mí —repitió poco convencido.

Sabía que se sentía atraída, que le importaba... quizá más de lo que le convenía. Pero enamorada... Nunca se había permitido considerar esa posibilidad.

—Esta noche estará sola —continuó Stephanos, divertido con la expresión atónita de Nick—. Sería bueno que no saliese de la villa. Si algo no sale como esperamos, correrá menos peligro.

—Ya he hablado con ella. Sabe lo suficiente para entender la situación —Nick sacudió la cabeza. Ese día, más que ningún otro, tenía que estar despejado—. Ya es hora de que informemos al capitán Trípolos. Llama a Mitilini.


Morgan disfrutó de un desayuno tardío en la terraza y jugueteó con la idea de salir a pasear a la playa. Quizá se encontrara con Nick, pensó. Podía llamarlo y pedirle que fuese. Pero no, decidió, y se mordió el labio inferior al recordar todo lo que Nick le había contado. Si esa noche era tan importante como él pensaba, necesitaría estar tranquilo. Morgan deseó saber más. Deseó saber qué iba a hacer Nick. ¿Y si lo herían o...? Prefirió no terminar de dar forma al pensamiento y deseó, también, que ya fuese el día siguiente.

—El capitán de Mitilini está aquí —anunció de repente la asistenta—. Quiere hablar contigo.

—¿Qué? —Morgan tragó saliva. Si Nick hubiese hablado con él, Trípolos no habría ido a verla, pensó a toda velocidad. Tal vez Nick no estaba preparado todavía. ¿Qué podía querer de ella el capitán?

—Dile que he salido —respondió por fin—. Dile que me he ido a la playa.

—De acuerdo —la asistenta aceptó la orden sin preguntas y vio a Morgan salir disparada de la terraza.

Por segunda vez, Morgan subió el empinado camino del acantilado. En esa ocasión sabía adónde se dirigía. Alcanzó a ver el coche oficial de Trípolos aparcado a la entrada de la villa mientras doblaba el primer recodo. Aumentó el ritmo y echó a correr hasta estar segura de que el capitán no podría verla.

Alguien la vio, sin embargo. Las puertas de la villa de Nick se abrieron antes de que llegara a llamar. Nick salió a recibirla.

—Tienes que estar en muy buena forma para subir la colina a esa velocidad.

—Muy gracioso —dijo ella casi sin aliento mientras se lanzaba en sus brazos.

—¿No podías estar lejos de mí o pasa algo malo? —Nick la estrechó contra el pecho unos segundos y luego la separó lo justo para poder mirarla a la cara. Estaba sofocada por la carrera, pero no parecía asustada.

—Trípolos está en la villa —Morgan se llevó la mano al corazón mientras recuperaba el resuello—. Quería hablar conmigo. He salido por la puerta trasera porque no sabía qué podía decirle. Nicholas, tengo que sentarme. Esta colina es muy empinada.

Él la miró en silencio. Morgan se dio cuenta de que estaba examinando su rostro, rió y se apartó un mechón que le caía sobre los ojos.

—¿Por qué me miras así?

—Intento ver lo que tengo delante de los ojos.

—Pues qué vas a tener: me tienes a mí, tonto —dijo

ella riéndose–. Pero me voy a desmayar de agota-
miento de un momento a otro.

Nick sonrió, la levantó con un brazo y la apretó
contra el corazón. Ella le rodeó el cuello mientras
Nick bajaba la boca para besarla.

–¿Qué haces? –preguntó ella cuando Nick la dejó
respirar.

–Tomar lo que es mío.

Volvió a apoderarse de sus labios. Despacio, casi
con pereza, empezó a deslizar la lengua por el perí-
metro de su boca hasta que notó a Morgan temblar.
Nick se prometió que cuando todo aquello terminara, volvería a besarla, justo así: con calma, bajo el sol
que les acariciaba la piel. Pero también la besaría antes
de que saliese el sol, esa misma noche, en cuanto finalizase el trabajo que tenía que hacer.

–Así que el capitán ha ido a verte –comentó tras
obligarse a separarse de ella–. Es un hombre muy tenaz.

Morgan respiró profundamente para recuperarse
de la intensidad del beso.

–Me dijiste que ibas a hablar con él hoy, pero no
sabía si ya lo habías hecho. No sabía si ya tenías la información que estabas esperando. Y, para ser sincera,
soy una cobarde y no quería volver a vérmelas con él.

–¿Cobarde tú, Afrodita? En absoluto –Nick apoyó
una mejilla sobre la cara de ella–. He llamado a Mitilini. Y le he dejado un mensaje a Trípolos. Después de
hablar con él, debería olvidarse de ti.

–No sé si lo superaré –murmuró Morgan con ironía y Nick la besó de nuevo–. ¿Te importa bajarme al
suelo? No puedo hablar contigo así.

–A mí me gusta –Nick la llevó al salón sin bajarla

al suelo—. Stephanos, creo que a Morgan le vendrá bien algo fresco. Se ha dado una buena carrera.

—No, no me apetece nada. *Efxaristo* —dijo ella, un poco avergonzada ante la sonrisa de Stephanos. Cuando éste se hubo marchado, Morgan se dirigió a Nick—. Si sabes quién es el jefe de la red, ¿por qué no avisas ya al capitán Trípolos y que lo detenga?

—No es tan sencillo. Queremos atraparlo in fraganti, con el alijo en su poder. También hay que ocuparse de limpiar el sitio de la colina donde guarda la mercancía antes de embarcarla. Esa parte se la dejaré a Trípolos.

—¿Y tú qué vas a hacer?

—Lo que tenga que hacer.

—Nicholas...

—Morgan —lo interrumpió él. La puso sobre el suelo y luego colocó las manos sobre sus hombros—. Es mejor que no te dé detalles. Déjame acabar esto sin meterte más de lo que ya te he metido.

Luego bajó la cabeza y la besó con una gentileza poco habitual en él. La atrajo contra el pecho, pero con suavidad, como si estuviese sujetando algo precioso. Morgan sintió que se le derretían los huesos.

—Se te da bien cambiar de tema —murmuró ella.

—Después de esta noche, será el único tema que me interese. Morgan...

—Mil perdones —interrumpió Stephanos desde la entrada del salón. Nick lo miró con cara de fastidio.

—Lárgate, viejo.

—¡Nicholas! —Morgan se separó de Nick y le lanzó una mirada de reproche—. ¿Siempre ha sido tan grosero, Stephanos?

—Siempre, señorita. Desde que se chupaba el pulgar.

—Stephanos —dijo Nick en tono de advertencia, pero Morgan se echó a reír y le dio un beso.

—El capitán Trípolos quiere disponer de unos minutos de su tiempo, señor Gregoras —dijo Stephanos con sumo respeto, sonriente.

—Dame un momento y luego hazlo pasar. Y trae los expedientes del despacho.

—Nicholas —Morgan se agarró al brazo derecho de él—. Deja que me quede contigo. No me entrometeré.

—No —respondió tajantemente. Vio que le había hecho daño por su rudeza y suspiró—. Morgan, no podría aunque quisiera. Esto no puede salpicarte. No puedo permitir que te salpique. Es muy importante para mí.

—No vas a expulsarme —se resistió encorajinada Morgan.

—No estoy bajo la misma presión que anoche —Nick la miró con frialdad—. Y te voy a expulsar.

—No me iré —insistió Morgan y él enarcó una ceja.

—Harás exactamente lo que te diga.

—Ni hablar.

Nick sintió un chispazo de furia; el chispazo prendió, ardió unos segundos y se apagó con una risa.

—Eres una mujer exasperante, Afrodita —Nick la acercó y le rozó los labios con la boca—. No tengo tiempo para discutir, así que te pido que me esperes arriba.

—Señor Gregoras. Ah, señorita James —Trípolos irrumpió en el salón antes de que Morgan pudiese retirarse—. Qué oportuno. Justo había ido a buscarla a la villa de los Theoharis cuando me llegó el mensaje del señor Gregoras.

—La señorita James ya se va —dijo Nick—. Estoy seguro de que convendrá en que su presencia no es necesaria. El señor Adonti, de Atenas, me ha pedido que hable con usted de cierto tema.

—¿Adonti? —repitió Trípolos. Nick advirtió una mezcla de sorpresa e interés en el capitán—. Así que conoce la organización del señor Adonti.

—Lo conozco bien —contestó Nick—. Hace años que trabajamos juntos.

—Entiendo —Trípolos estudió el rostro de Nick con atención—. ¿Y la señorita James?

—La señorita James eligió un mal momento para visitar a unos amigos —dijo al tiempo que la agarraba por un brazo—. Eso es todo. Si me disculpa, voy a acompañarla un momento. Puede servirse lo que quiera mientras espera —añadió apuntando hacia el mueble bar.

Luego sacó a Morgan al pasillo.

—Parecía impresionado con el nombre que has dejado caer —comentó ella.

—Olvídate de ese nombre —dijo Nick—. Nunca lo has oído.

—De acuerdo —aceptó Morgan sin vacilar.

—¿Qué he hecho para merecer la confianza que me das? —preguntó él de repente—. Te he hecho daño una y otra vez. No podría compensarlo en toda una vida.

—Nicholas...

—No —la interrumpió él negando con la cabeza. Luego se mesó el pelo con una mano—. No tenemos tiempo. Stephanos te acompañará arriba —añadió frustrado.

—Como quiera —accedió Stephanos, de pie por detrás de ellos. Le entregó una carpeta y giró hacia las escaleras—. Por aquí, señorita.

En vista de que Nick ya había regresado al salón, Morgan siguió a su amigo sin decir palabra. Stephanos la acompañó a una salita de estar pegada al dormitorio principal.

—Aquí estará cómoda —le dijo—. Ahora le traigo un café.

—No. Gracias, Stephanos —Morgan lo miró preocupada—. Todo va a salir bien, ¿verdad?

Stephanos sonrió haciendo temblar sus bigotes.

—¿Lo duda? —contestó antes de cerrar la puerta y marcharse.

# XII

No había nada tan frustrante como esperar, decidió Morgan después de la primera media hora. Sobre todo, para una persona incapaz de estar sentada dos minutos seguidos.

La salita era cuadrada y acogedora, estaba pintada con colores cálidos y tenía mucha madera que brillaba a la luz de la tarde. Estaba llena de pequeños tesoros. Morgan se sentó y frunció el ceño ante una pastora de Dresden. En cualquier otro momento, quizá hubiera admirado su elegancia y fragilidad; pero en aquel instante se sentía tan inútil como aquella figura de porcelana. Por decirlo de alguna manera, era como si la hubieran puesto en una estantería.

Le resultaba absurdo que Nick tratase constantemente de... protegerla. Morgan exhaló un suspiro de impaciencia. Después de todo, pensó al tiempo que se levantaba de nuevo, no era una mujercilla débil, asustadiza y sin cerebro, incapaz de encarar lo que quiera que hubiese que encarar. De pronto recordó que sí había sentido miedo y había temblado y se había desmayado en brazos de Nick. Esbozó una sonrisa débil y se acercó a la ventana. De acuerdo, se había desmayado; pero no tenía por costumbre hacerlo.

En cualquier caso, siguió pensando, Nick debería saber que ella afrontaría lo que fuese necesario toda vez que estaban juntos. Si Nick entendía lo que sentía por él... ¿Lo entendería?, se preguntó de repente. Se lo había mostrado, no le cabía duda de que le había dado todo tipo de muestras; pero no se lo había dicho con palabras.

¿Cómo iba a decírselo?, se preguntó Morgan mientras se hundía en otro asiento. Cuando un hombre vivía diez años de su vida según sus propias reglas, desafiando al peligro, buscando aventuras, ¿cómo iba a querer atarse a una mujer y aceptar las responsabilidades de una relación?

Nick sentía algo por ella, se dijo Morgan. Quizá algo más intenso de lo que él mismo quisiera. Y la deseaba. La deseaba como no la había deseado ningún hombre. Pero amarla... el amor no era algo que pudiese surgir fácilmente en un hombre como Nick. No, no lo presionaría. El mero hecho de confesarle que ella lo amaba sería ya una forma de presionarlo, pensó. Lo cual sería muy egoísta cuando Nick tenía tantas cosas en las que pensar. Lo único que podía hacer era seguir dándole muestras de que lo quería, de que confiaba en él.

Hasta eso parecía desconcertarlo un poco, se dijo sonriente. Era como si no consiguiese aceptar que alguien lo viera tal como era, que conociese la vida que había llevado y, aun así, confiase en él. Morgan se preguntó si se habría sentido más cómodo si ella se hubiera alejado después de sincerarse Nick, contándole las cosas que le había contado. Le habría costado menos entender su rechazo que el hecho de que continuara a su lado. Pues iba a tener que acostumbrarse, decidió. Iba a tener que acostumbrarse, porque no iba a dejarle que se escapara.

Intranquila, se puso de pie y se acercó a la ventana. Había una vista distinta, pensó Morgan, a la que tantas veces había contemplado desde la ventana de su habitación. Estaban más altos, más expuestos. Parecía que podían caerse al mar en cualquier momento. Estaba al límite, como el hombre que la poseía. El hombre al que Morgan le había entregado el corazón.

La salita no tenía terraza. De pronto, sintió la necesidad de disfrutar de un poco de sol y aire, así que atravesó el dormitorio principal que había al lado y abrió las puertas del balcón. Oyó el sonido del mar antes de llegar a la barandilla. Rió y se apoyó sobre ella.

Definitivamente, podría pasarse la vida entera asomándose a esa vista y no se cansaría nunca. Vería el mar cambiando de color con el cielo, vería las gaviotas entrando en el agua y regresando a los nidos que habían construido en los acantilados. Podría mirar a la villa de los Theoharis y disfrutar de su refinada elegancia... todo desde aquella casa gris e irregular situada a una altura mareante.

Morgan echó la cabeza hacia atrás y deseó que estallase una tormenta. Truenos, rayos, mucho viento. ¿Habría algún lugar mejor sobre la Tierra para disfrutar de un espectáculo así? Morgan rió y levantó la vista hacia el cielo, como desafiándolo a que desencadenara un diluvio.

—Dios, pero qué bonita eres.

Morgan se giró con los ojos todavía iluminados por la belleza del paisaje. Nick se apoyó en la puerta de la terraza y se quedó mirándola. Parecía sereno, pero ella notaba la pasión contenida bajo aquella fachada de tranquilidad. Le sentaban bien, pensó Morgan, aquellos ojos negros y esa boca que podía ser tan hermosa como cruel.

Mientras permanecía recostada sobre la barandilla, el viento le levantó las puntas del cabello. Sus ojos se volvieron del color del cielo. Sintió un intenso poder y una pizca de locura:

—Me deseas, puedo verlo. Ven a demostrármelo.

Le dolía, descubrió Nick. Hasta Morgan nunca había sabido que desear pudiese resultar doloroso. Quizá era el amor lo que hacía que las necesidades dolieran. ¿Cuántas veces le había hecho el amor la noche anterior?, se preguntó. Y cada vez se había sentido como si tuviese que escapar de una tempestad. Esa vez sería distinto, se prometió. Le enseñaría otra forma de complacerla.

Despacio, se acercó a Morgan. Le agarró ambas manos, las levantó y se llevó las palmas a los labios. La miró a la cara y vio que tenía los ojos abiertos y los labios separados. La había sorprendido. Algo tembló en su interior: un sentimiento de amor, culpa, necesidad de dar.

—¿Tan poco tierno he sido contigo?

—Nicholas... —Morgan sólo consiguió pronunciar su nombre. La sangre circulaba a toda velocidad por sus venas y el corazón se le estaba derritiendo.

—¿No te he dicho palabras bonitas?, ¿no he sido dulce? —Nick le besó las dos manos de nuevo, dedo a dedo. Ella no se movió. Se limitó a mirarlo—. Y sigues a mi lado. Estoy en deuda contigo. ¿Qué precio me pedirías?

—No, Nicholas, yo... —Morgan sacudió la cabeza, incapaz de hablar, desfallecida casi por el cariño de aquel hombre.

—Me has pedido que te demuestre que te deseo —dijo él, poniendo las manos alrededor de su cara como si de veras estuviese hecha de porcelana de Dresden. Luego le rozó los labios con su boca casi reverentemente. Ella soltó un gemido suave y trémulo—. Ven y te lo demostraré.

La levantó, no con un solo brazo como había hecho en el porche, sino sosteniéndola entre los brazos, como quien sujeta algo precioso.

—Ahora... a la luz del día, en mi cama —dijo mientras la posaba sobre el colchón.

Nick le agarró una mano y volvió a besarla, por el dorso, por la palma; luego subió a la muñeca, donde el pulso le martilleaba. Mientras tanto, Morgan lo miraba tumbada, quieta, con asombro y maravillada.

Parecía muy joven, pensó Nick mientras se metió un dedo de ella en la boca. Y muy frágil. En ese momento no era una hechicera ni una diosa; nada más una mujer. Su mujer. Y sus ojos empezaban a nublarse de deseo, su respiración empezaba a entrecortarse. Llevado por la pasión, le había enseñado el fuego y la tormenta, pensó Nick, pero nunca, ni una sola vez, le había ofrecido una primavera.

Se inclinó, le dio un mordisquito en los labios y le acarició el cabello.

Morgan se sentía como si estuviese soñando, débil e ingrávida, flotando sobre la cama. Bajó los párpados cuando Nick fue a besarle los ojos y no vio más que un suave brillo rojo. Luego notó sus labios sobre la frente, en las sienes, por los pómulos, siempre delicados, siempre cálidos. Las palabras que le susurraba fluían como un aceite perfumado sobre la piel. Habría estirado los brazos para acercar el cuerpo de Nick, pero los sentía demasiado pesados para moverlos. De modo que se abandonó a la ternura.

Nick posó la boca sobre su oreja, la torturó con un roce leve de la lengua, con una promesa murmurada. La oyó soltar un gemido de rendición y bajó a saborear la curva de su cuello. La besaba con suavidad, como si sus labios fuesen tan leves como las alas de una mariposa, tan embriagadores como el vino. La dulzura era una droga para los dos.

Sin apenas tocarla, le desabrochó los botones de la blusa y se la quitó. Aunque notó la presión de sus pechos firmes contra él, Nick optó por besarle los hombros. Hombros fuertes y gráciles sobre los que entretenerse.

Morgan tenía los ojos cerrados. Los párpados le pesaban. El aliento se le escapaba entre los labios. Nick pensó que podría pasarse el resto de la vida mirando su cara de placer. Volvió a acariciarle el pelo. Volvió a besarla. Tuvo más hambre y siguió adelante.

Despacio, paladeándola, bajó los labios hacia sus pechos y los besó formando círculos cada vez más pequeños, dándole mordisquitos hasta llegar junto al pezón. Morgan gimió, se revolvió debajo de él como si estuviese luchando por despertar de un sueño. Pero él continuó a paso lento. La serenó con palabras delicadas y besos suaves, muy suaves.

Con una dulzura insufrible, pasó la lengua sobre el pezón y tuvo que controlarse al descubrir que ya es-

taba caliente, enseguida erecto. Morgan se movía si-
nuosamente debajo de él. Su fragancia lo invadía, se
colaba en su cerebro para perseguirlo día y noche
cuando no estaba junto a ella. Por fin, chupó. Y luego
se permitió tocarla con las manos por primera vez.

Morgan sintió sus manos, esas manos de dedos firmes que de pronto parecían tan gráciles como los de
un violinista. La acariciaban con la levedad de una
brisa.

Con suavidad, despacio, muy tiernamente, Nick
fue bajando la boca por su cuerpo hasta detenerse en
la cintura, sobre el borde de sus pantalones. Morgan
se estremeció al notar que se los desabrochaba. Se arqueó para ayudarlo, pero él los bajó centímetro a centímetro, cubriéndola de besos húmedos a medida que
iba dejando al descubierto más y más piel.

Cuando terminó de desnudarla, siguió adorándola
con los labios, con aquellas manos de repente atentas.
Morgan sentía como si el cuerpo entero le vibrara. Le
temblaron los músculos de los muslos cuando Nick
pasó sobre ellos. La sensación de placer dio paso a un
deseo urgente.

—Nicholas —jadeó—. Ahora.

—Te has hecho un arañazo en el pie con las rocas.
Es un pecado lastimar una piel como la tuya, amor
—murmuró él justo antes de apretar los labios contra
el talón. Luego la miró y deslizó la lengua por el arco
del pie. Morgan abrió los ojos, encendidos de pasión—.
Deseaba verte así. Con el sol iluminándote, el pelo extendido sobre la almohada, temblando para recibirme
—añadió con voz rugosa.

Mientras hablaba, inició un lento viaje de regreso a
sus labios. La necesidad lo acuciaba, le exigía darse

prisa. Pero él no quería acelerar. Se dijo que podría disfrutar de aquella dulce tortura durante días y días.

Morgan lo abrazó. Se fundieron de tal forma que hasta el último nervio de su cuerpo parecía conectado con el de él. Una armonía imposible y, sin embargo, real. La piel de Nick estaba tan húmeda y caliente como la de ella; su respiración, igual de irregular.

—Querías que te demostrase cómo te deseo —murmuró él tras oírla gemir—. Mírame y lo verás.

Estaba a punto de perder el control. Pendía de un hilo muy fino. Cuando Morgan lo besó, terminó de romperlo.


Nick la abrazaba, le acariciaba la espalda mientras se recuperaban. Morgan se aferraba a él, maravillada, enamorada. ¿Cómo iba a haber imaginado que un hombre así fuese capaz de tanta ternura?, ¿cómo iba a imaginar que la conmovería tanto? Pestañeó para que no se le saltaran las lágrimas y le dio un beso en el cuello.

—Me has hecho sentirme preciosa —murmuró.

—Eres preciosa —Nick apartó la cabeza para poder mirarla a la cara—. Y estás cansada. Deberías dormir un poco. No quiero que te pongas mala —añadió sonriente al tiempo que le pasaba un pulgar sobre los párpados.

—No me pondré mala —Morgan se acurrucó contra él—. Y ya habrá tiempo para descansar. Nos iremos unos días de vacaciones, como dijiste.

Nick enredó un dedo en un rizo de Morgan y miró hacia el techo. Unos días de vacaciones no sería suficiente. En cualquier caso, todavía tenía que pasar aquella noche.

—¿Adónde te gustaría ir?

Morgan recordó su fantasía de ir a Venecia y montar en góndola. Suspiró, cerró los ojos e inspiró el aroma de Nick.

—Adonde sea. Aquí mismo —dijo riendo después de apoyarse sobre el pecho de él—. Sea donde sea, pienso retenerte en la cama casi todo el tiempo.

—¿De veras? —Nick sonrió mientras le acariciaba el pelo—. Empiezo a pensar que sólo te intereso por mi cuerpo.

—Es un buen cuerpo —dijo ella al tiempo que deslizaba una mano sobre los músculos de sus hombros. De pronto se paró al verle una cicatriz en el pecho. Frunció el ceño. Parecía fuera de lugar en aquel torso perfecto—. ¿Cómo te la hiciste?

Nick giró la cabeza y miró hacia abajo.

—Ah, una vieja herida de guerra —dijo sin darle importancia.

De una bala, se dio cuenta Morgan. De repente se asustó. Nick vio el miedo reflejado en sus ojos y maldijo.

—Morgan...

—No, por favor —atajó ella justo antes de hundir la cara sobre el pecho de Nick—. No digas nada. Sólo dame unos segundos.

Se había olvidado. De alguna manera, la delicadeza y la belleza de lo que acababan de compartir había borrado de su cabeza toda la fealdad. Durante un rato, había podido fingir que no había amenaza alguna en el horizonte. Pero fingir era de niños, se recordó. Y Nick no podía hacerse cargo de una niña en esos momentos. Dado que no podía ofrecerle otra cosa, al menos le entregaría las fuerzas que le quedaban. Se tragó el miedo, le besó el pecho y luego se giró para apoyarse de costado junto a Nick.

—¿Cómo te ha ido con el capitán Trípolos?

Era una mujer fuerte, pensó Nick mientras enlazaban las manos. Una mujer extraordinaria.

—Está contento con la información que le he dado. Es un hombre astuto y tenaz.

—Sí, la primera vez que lo vi me pareció un bulldog.

Nick soltó una risilla y la acercó junto a su cuerpo.

—Una descripción muy gráfica, Afrodita —dijo. Luego se estiró hacia la mesa de noche en busca de un cigarro—. Creo que es uno de los pocos policías con los que me gusta colaborar.

—¿Por qué...? —Morgan interrumpió la pregunta y se quedó mirando el cigarrillo—. Lo había olvidado. ¿Cómo es posible? —murmuró.

—¿Qué habías olvidado? —Nick soltó una bocanada de humo.

—El cigarro —Morgan se sentó sobre la cama y se pasó una mano por el pelo, totalmente despeinado—. La colilla que había junto al cadáver.

Nick enarcó una ceja, pero se distrajo con los pechos firmes de Morgan, tan a mano y apetecibles.

—¿Y?

—Era reciente, de una de esas marcas caras que fumas —dijo ella—. Debería habértelo dicho antes, aunque a estas alturas no creo que tenga importancia. Ya sabes quién mató a Stevos; quien dirige la red de contrabando.

—Nunca te he dicho que lo sepa.

—No hacía falta —contestó Morgan, enfadada consigo misma.

—¿Por qué no?

—Si no le hubieras visto la cara, me lo habrías dicho. Como te negaste a responder, comprendí que lo habías visto.

Nick sacudió la cabeza y sonrió a su pesar.

—¡Vaya! Menos mal que no te has cruzado en mi carrera antes. Me temo que se habría terminado rápidamente —comentó—. Respecto a la colilla, yo también la vi.

—Debería haberlo supuesto —murmuró ella.

—Y te aseguro que a Trípolos tampoco se le pasó por alto.

—Ese maldito cigarro me ha traído loca —Morgan exhaló un suspiro—. En algunos momentos he sospechado de todo el mundo: Dorian, Alex, Iona... hasta de Liz y Andrew. Me estaba desquiciando.

—A mí no me has nombrado —dijo Nick mientras miraba el cigarro que tenía en la mano.

—No, ya te dije por qué.

—Cierto, con un extraño halago que había olvidado —murmuró él—. Debería haberte contado antes a qué me dedico. Habrías dormido mejor —añadió mientras se inclinaba para darle un beso.

—No te preocupes tanto por lo que duermo. Conseguirás que crea que tengo unas ojeras espantosas.

—¿Dormirás un poco si te digo que sí estás espantosa? —la provocó Nick después de hacerle una caricia en el cuello.

—No, pero te ganarás un puñetazo.

—Ah, entonces miento y te digo que estás preciosa —bromeó Nick y se ganó un pequeño codazo en las

costillas—. Así que quieres jugar duro —añadió después
de apagar el cigarro. Nick la volteó hasta situarla debajo. Morgan forcejeó unos segundos y acabó mirándolo con los ojos bien abiertos.

—¿Sabes cuántas veces me han clavado contra el
suelo como ahora? —le preguntó.

—No, ¿cuántas?

—No estoy segura —Morgan sonrió—. Pero creo que
empieza a gustarme.

—Quizá consiga que te guste más todavía —dijo
Nick antes de besarla.

Esa vez no le hizo el amor con finura, sino salvajemente. Morgan, tan desesperada como él, se dejó gobernar por la pasión. El miedo a que fuese la última
vez que estaba con Nick multiplicó su deseo. Y el deseo encendió una mecha dentro de él.

Recorrió su cuerpo con las manos a toda velocidad. La besó con fiereza. Morgan se dejó consumir
por las llamas sin pensarlo dos veces. Buscó los labios
de Nick al tiempo que sus manos se estiraban, ansio-
sas por tocarlo y excitarlo.

Nunca se había sentido tan ágil. Era como si pudiese
fundirse en el cuerpo de Nick a cada instante, para separarse y volverlo loco un segundo después. Sabía que
estaba excitado. Lo notaba en cómo respiraba, en la
tensión de sus músculos, en la humedad de su piel. Ella
también sudaba, de nuevo, en armonía con Nick.

Arqueó la espalda hacia éste, exigiendo más que
ofreciéndose. Le clavó los dedos en la cabeza y lo empujó hacia abajo para que posara la boca sobre sus pechos. Al sentir el primer mordisco, gimió. Dio un pequeño grito, pero quiso más. Y él le dio más, al tiempo
que tomaba.

Pero a Morgan no le bastaba con su propio placer. Quería hacer saltar por los aires el poco autocontrol que aún conservaba Nick. Quería que perdiese la cordura. Y lo acarició con maestría, deprisa. Le clavó los dientes sobre la piel, lo oyó gruñir y soltó una risa gutural. Nick contuvo la respiración cuando lo agarró por debajo de la cintura. Supo que no tardaría en explotar. Arremetió una última vez y Morgan sintió que el sol estallaba en mil fragmentos.

Más tarde, mucho más tarde, cuando supo que su tiempo junto a Morgan había terminado, Nick la besó con ternura.

—Te vas —dijo ella, obligándose a no agarrarlo para impedírselo.

—Pronto. Dentro de poco tendré que acompañarte a la villa —Nick se sentó sobre la cama y la incorporó también a ella—. Quédate dentro. Cierra todas las puertas y echa el cerrojo. Diles a los criados que no dejen pasar a nadie. A nadie.

Morgan trató de prometérselo, pero no logró formar las palabras:

—¿Vendrás cuando termines?

Nick sonrió y le acarició un rizo que tenía junto a la oreja.

—Treparé hasta tu terraza si hace falta.

—Te esperaré despierta y te abriré la puerta.

—Afrodita, ¿qué ha sido de tu romanticismo? —dijo él tras darle un beso en la muñeca.

De pronto, Morgan se lanzó a sus brazos y lo apretó.

—No iba decirlo. Me había prometido que no lo diría —dijo y tuvo que hacer un esfuerzo para evitar que se le saltaran las lágrimas—. Ten cuidado. Por favor, por favor, ten cuidado. Tengo mucho miedo por ti.

—No, no lo tengas —Nick notó que empezaban a escapársele las lágrimas—. No llores por mí.

—Perdona —Morgan pestañeó—. No te estoy ayudando.

Nick la apartó y la miró a los ojos, brillantes de llanto no vertido.

—No me pidas que no vaya, Morgan.

—No —dijo ésta tras tragar saliva—. No te lo pido. Pero no me pidas tú que no me preocupe.

—Es la última vez —aseguró él.

Sus palabras la estremecieron, pero consiguió mantenerle la mirada:

—Sí, lo sé.

—Espérame —dijo antes de abrazarla de nuevo—. Espérame —repitió, temeroso de perderla.

—Con una botella del mejor vino de Alex —le prometió ella con voz firme.

—Pero antes brindemos con champán. Ahora —Nick le dio un beso en una sien—. Por mañana.

—Sí —Morgan esbozó una sonrisa que casi logró iluminarle los ojos—. Brindemos por mañana.

—Espera un segundo —Nick le dio otro beso y la dejó reposando sobre la almohada—. Bajo y subo con una botella.

Morgan esperó a que la puerta se cerrase para hundir la cara en la almohada.

# XIII

Era de noche cuando despertó. Confundida, desorientada, trató de ver dónde estaba. La habitación estaba en silencio, llena de sombras. Tenía una colcha encima, algo ligero y suave, sedoso. Y bajo la colcha, ella, calentita y desnuda.

Nicholas, pensó asustada de repente. Se había quedado dormida y él se había marchado. Gruñó, se sentó y apretó las rodillas contra el pecho. ¿Cómo había podido desperdiciar aquellos últimos momentos juntos?, ¿cuánto llevaba dormida? ¿Hacía cuánto se había marchado Nick? Estiró el brazo y encendió la lámpara de noche con manos temblorosas.

La luz la alivió un poco y antes de salir de la cama en busca de un reloj, vio la nota que Nick le había dejado apoyada contra la lámpara. La agarró y la leyó: *sigue durmiendo*. Era lo único que decía.

Típico de él, pensó y casi se echó a reír. Morgan sujetó la nota en la mano, como si de ese modo pudiese tener a Nick más cerca, y se levantó para vestirse. No le costó descubrir que su ropa había desaparecido.

—¡Será desgraciado! —exclamó en alto, olvidándose de inmediato de los tiernos pensamientos de sólo unos segundos antes.

De modo que no había querido arriesgarse y se había encargado de que no saliera de casa. Desnuda, con las manos sobre las caderas, miró a su alrededor con el ceño fruncido. ¿Adónde demonios pensaba que iba a ir? No tenía forma de saber dónde estaba... ni qué estaría haciendo, pensó preocupada de nuevo.

Esperar. De repente, sintió que se había quedado fría y se abrigó con la colcha de la cama. Lo único que podía hacer era esperar.

El tiempo pasaba, minuto a minuto, con desesperante lentitud. Morgan daba vueltas por la habitación, se obligaba a sentarse y volvía a levantarse. En un par de horas amanecería, se dijo. Y con el amanecer terminaría la espera. Para todos.

No lo soportaba, pensó desesperada segundos después. Tenía que soportarlo, se dijo un segundo más tarde. ¿Y si Nick no regresaba nunca?, ¿y si no amanecía? Suspiró impaciente y echó la colcha a un lado. Quizá no le quedara más remedio que esperar, pensó Morgan mientras se dirigía al armario de Nick. Pero iba listo si pensaba que lo esperaría desnuda.


Nick relajó los músculos de los hombros y contuvo las ganas de fumarse un cigarro. Incluso esa pequeña luz sería peligrosa en aquel momento. La cueva estaba en silencio, iluminada por la luz blanca de la luna. De tanto en tanto se oía un susurro más allá de la roca. No del viento, ni de los espíritus, sino de un hombre uniformado. La cueva encerraba secretos. Nick levantó los prismáticos y miró de nuevo hacia el mar.

—¿Alguna señal? —preguntó Trípolos. Parecía muy cómodo, agazapado en cuclillas tras una roca y mascando un chicle de menta. Nick se limitó a negar con la cabeza y le acercó los prismáticos a Stephanos.

—Media hora —calculó éste, chupando el extremo de su pipa—. El viento trae el sonido del motor.

—Yo no oigo nada —murmuró Trípolos, mirando a Stephanos con un ceño de duda.

Nick rió, envalentonado por la excitación que siempre le producía el peligro.

—Stephanos oye lo que los demás no podemos. Diles a tus hombres que estén preparados.

—Mis hombres están listos —Trípolos miró el perfil de Nick—. Disfruta con su trabajo, señor Gregoras.

—A veces —murmuró Nick. Luego sonrió—. Esta vez sí, desde luego.

—Y enseguida habrá terminado todo —añadió Stephanos a su lado.

Nick giró la cabeza para mirar a su amigo. Sabía que aquella afirmación no aludía sólo a aquel trabajo, sino a toda la carrera de Nick. No se lo había dicho, pero Stephanos lo había adivinado.

—Sí —contestó sin más y luego volvió a mirar al mar.

Pensó en Morgan y deseó que siguiera dormida. La había encontrado tan bella, tan agotada al regresar a la habitación... Con las mejillas húmedas. Maldita fuera, no soportaba la idea de que Morgan llorase. Pero había sentido un inmenso alivio al verla dormida. No había tenido que ver sus ojos al marcharse.

Y en su casa estaba más segura que en la villa, se dijo Nick. Con suerte, todavía seguiría durmiendo cuando regresara y le habría ahorrado horas de preocupación. Quitarle la ropa había sido un impulso para quedarse tranquilo. Ni siquiera Morgan se atrevería a salir a la playa sin nada con que taparse.

Sonrió. Si despertaba y buscaba su ropa, seguro que lo insultaría. Podía imaginársela de pie, en medio de la habitación, cubierta tan sólo por la luz de la luna hecha una furia.

Nick sintió un pinchazo de deseo y se prometió que la mantendría desnuda hasta que el sol volviese a ponerse.

—Ya vienen —dijo después de consultar el horizonte con los prismáticos.

La luna permitía distinguir la silueta del bote. Una decena de hombres aguardaban su llegada ocultos entre rocas y sombras. El bote avanzaba en silencio, impulsado por remos.

Lo amarraron con una cuerda sin apenas palabras. En el aire flotaba un olor que Nick reconoció. El olor del miedo. Aunque su cara transmitía calma, sintió un nuevo subidón de adrenalina. Ahí estaba el hombre enmascarado. Lo tenían.

La tripulación abandonó el bote para reunirse en las sombras de la playa. Una figura encapuchada se acercó. Nick hizo una señal, la cueva quedó totalmente iluminada y empezaron a salir hombres de las rocas.

—En nombre del Rey —dijo Trípolos con solemnidad—, este bote queda retenido por contrabando ilegal. Bajen las armas y ríndanse.

Un revuelo de gritos y movimiento rompió el silencio de la cueva. Unos hombres trataban de escapar y otros intentaban detener a los delincuentes. Se oyeron disparos, estallidos de dolor y furia.

Los contrabandistas estaban dispuestos a defenderse con cuchillos, con sus propios puños, con uñas y dientes si hacía falta. Sería una batalla corta pero violenta.

Nick vio que el hombre encapuchado se escabullía del caos dándose a la fuga. Maldijo para sus adentros y salió corriendo tras él después de asegurarse de que llevaba la pistola bien sujeta. Otro hombre chocó contra él y ambos cayeron al suelo. Rodaron sobre las rocas más allá del ruido y de la luz. Arrojados a la oscuridad, siguieron dando tumbos impotentemente hasta que la superficie se allanó. Un filo brilló y Nick agarró con ambas manos la muñeca que empuñaba el cuchillo de su agresor para impedir que lo degollasen.

Los disparos hicieron que Morgan se levantara de la silla de un salto. ¿Los había oído de verdad o se los había imaginado?, se preguntó mientras el corazón le taladraba las costillas. Le había dado la impresión de que habían sonado muy cerca. Miró por la ventana y oyó otro disparo, y el eco del disparo. Se quedó helada.

Está bien, se dijo. Nick no tardaría en regresar. Y todo habría terminado. Estaba segura de que Nick estaba bien.

Pero antes de terminar la frase, bajó las escaleras corriendo y salió a su encuentro.

Morgan se dirigió a la playa. Sólo quería reunirse con Nick. Éste llegaría en cualquier momento y ella podría ver con sus propios ojos que no estaba herido. Los vaqueros de Nick le estaban grandes; rozaban el suelo mientras bajaba el camino del acantilado. Respiraba con dificultad. Lo único que oía era el sonido de sus pisadas, tan ensordecedor que Morgan pensó que se sentiría aliviada si volvía a oír otro disparo. De ese modo, quizá pudiese determinar de dónde procedía. Podría encontrar a Nick.

Entonces, desde lo alto de las escaleras de la playa, lo vio caminando por la playa. Aliviada, al borde casi de las lágrimas, bajó corriendo a su encuentro.

Nick seguía demasiado absorto en sus pensamientos para reparar en Morgan. Fue a gritar su nombre, pero no consiguió emitir sonido alguno. Dejó de correr. No era Nicholas, comprendió al tiempo que miraba al hombre encapuchado. Nick no se movía así, no andaba de ese modo. Y no tenía por qué llevar máscara. Sin darle tiempo a reaccionar, el hombre se quitó la capucha y la luna iluminó su rostro.

¡Dios!, ¿cómo podía haber sido tan tonta?, ¿cómo no lo había visto? Aquellos ojos tan calmados... demasiado calmados, pensó atemorizada. ¿De veras había visto alguna emoción en ellos? Morgan retrocedió un paso y miró a su alrededor en busca de algún sitio donde ocultarse. Pero el hombre alzó la cabeza. Su expresión se endureció al verla.

—Morgan, ¿qué haces aquí?

—Me... me apetecía pasear —respondió, tratando de sonar natural. No tenía adónde huir. Se humedeció los labios y siguió hablando mientras él avanzaba—. Hace una noche preciosa. Aunque ya casi ha amanecido... No esperaba verte. Me has sorprendido. Creía...

—Creías que estaba en Atenas —finalizó Dorian sonriente—. Pero, como ves, no lo estoy. Y me temo, Morgan, que has visto demasiado —añadió al tiempo que dejaba caer la capucha sobre la arena.

—Sí —reconoció ella. No tenía sentido disimular—. Es verdad.

—Es una lástima. Aun así, podrías serme útil. Una rehén estadounidense —dijo con aire pensativo mientras examinaba su cara. La sonrisa había desaparecido de su rostro, como si nunca hubiese estado ahí—. Además, eres mujer —añadió mientras la agarraba del brazo y tiraba de ella por la arena.

Morgan intentó soltarse.

—No pienso ir contigo.

—No tienes elección —Dorian tocó la empuñadura del cuchillo—. A no ser que quieras acabar como Stevos.

Morgan tragó saliva. Algunas personas no tenían capacidad de sentir emociones... ni de amor ni de odio. Dorian no había estado hablando de Iona, sino de sí mismo. Era tan peligroso como un animal en estampida.

—Intentaste matar a Iona.

—Se había convertido en un estorbo. No sólo quería dinero, sino acapararme. Me estaba chantajeando para que me casara con ella —Dorian rió—. Sólo tuve que tentarla con la heroína. Creía que la dosis que le di sería suficiente —añadió mientras tiraba de Morgan, obligándola a andar sobre la playa.

Ella se dejó caer de rodillas sobre la arena, adrede, como si hubiera tropezado.

—La habrías rematado esa misma mañana si no la hubiese encontrado yo antes.

—Tienes la costumbre de estar en el sitio inadecuado en el momento inadecuado —Dorian la obligó a levantarse—. He tenido que hacerme pasar por el amante preocupado durante un tiempo, yendo y viniendo entre Lesbos y Atenas. Un incordio. Si hubiese podido quedarme un momento a solas con ella en el hospital... Pero va a sobrevivir. Y hablará. Había llegado el momento de irse, de todos modos —añadió encogiéndose de hombros, como si la vida de Iona no valiese nada.

—Perdiste tu último cargamento —soltó Morgan, desesperada por distraerlo para que redujese el paso. Si subían las escaleras de la playa y la llevaba hacia los acantilados... y en la oscuridad...

Dorian se quedó helado y se giró hacia ella.

—¿Cómo lo sabes?

—Ayudé a robarlo —contestó impulsivamente—. El sitio secreto de la colina. La cueva...

Dorian la agarró por el cuello.

—Así que te has quedado con lo que es mío. ¿Dónde está?

Morgan negó con la cabeza.

—¿Dónde? —insistió él apretándola con más fuerza.

Un dios, pensó ella mientras miraba su rostro bajo la luz de la luna. Tenía la cara de un dios. ¿Por qué no se había acordado de Dorian al pensar que los dioses eran sanguinarios? Morgan puso una mano sobre la muñeca de él, como indicándole que se rendía. Dorian aflojó ligeramente.

—Vete al infierno.

Dorian le dio una bofetada que la tiró al suelo. La miró con expresión vacía.

—Me lo vas a decir antes de que acabe contigo. Acabarás suplicándome que termine —dijo agachándose hacia ella—. Ya habrá tiempo cuando salgamos de la isla.

—No te diré nada —Morgan se apartó unos centímetros—. La policía sabe quién eres. No podrás esconderte.

Dorian la agarró por el pelo y le dio un doloroso tirón para que se pusiera de pie.

—Si prefieres morir...

De pronto la soltó. Morgan volvió a caer de rodillas y Dorian se dio de espaldas contra el suelo.

—Nick —Dorian se limpió la sangre de la boca mientras alzaba la mirada—. Qué sorpresa. Una sorpresa tremenda —añadió mientras se fijaba en la pistola que Nick llevaba en la mano.

—¡Nicholas! —Morgan se levantó y corrió hacia él, pero Nick no se molestó en mirarla—. Creía... tenía miedo de que estuvieses muerto.

—Levántate —le ordenó a Dorian apuntándolo con la pistola—. O te meto un tiro en la cabeza ahí mismo.

—¿Estás herido? —Morgan le agarró un brazo en busca de alguna señal—. Cuando oí los disparos...

—Considérate detenido —Nick apartó a Morgan sin quitar ojo de Dorian—. Suelta la pistola. Tírala hacia mí. Con dos dedos. Un movimiento raro y no volverás a respirar —añadió con frialdad.

Dorian sacó su pistola con un movimiento lento y la echó a un lado.

—Debo reconocer que me asombras, Nick. Eres tú el que me ha estado persiguiendo todos estos meses.

—El placer es mío.

—Y yo que pensaba que sólo te interesaban tus objetos de arte y ganar dinero. Siempre he admirado lo bien que te iban los negocios... aunque parece que no era consciente de *todos* tus negocios —dijo enarcando la ceja—. ¿Eres policía? —preguntó y Nick sonrió.

—Sólo respondo ante un hombre: Adonti —dijo con calma y disfrutó de la fugaz expresión de miedo que advirtió en la cara de Dorian—. Antes o después, tú y yo nos habríamos encontrado. Estuvimos a punto anoche.

—¿Anoche?

—¿Pensabas que era una cabra lo que te estaba vigilando?

—No —Dorian asintió con la cabeza—. Me pareció intuir algo más... Debería haber investigado.

—Te has vuelto descuidado, Dorian. Me hice pasar por ti en el último viaje e hice temblar a tus hombres.

—Tú —murmuró Dorian.

—Un buen alijo, según mis socios de Atenas —comentó Nick—. Podía haberte cazado entonces, pero esperé hasta estar seguro de que Alex no estaba involucrado. Ha merecido la pena esperar.

—¿Alex? Alex no tiene estómago para esto. Sólo piensa en su esposa, sus barcos y su honor —Dorian se echó a reír. Luego volvió a fijarse en Nick—. Pero está claro que me he equivocado contigo. Creía que eras un rico estúpido, pero nunca pensé que debiera preocuparme por ti. Mi enhorabuena por ese talento para el engaño... y por tu buen gusto —añadió desviando la mirada hacia Morgan.

—*Efxaristo.*

De pronto, Nick dejó su pistola en la arena, junto a la de Dorian. Morgan lo miró confundida, aterrada. Las dos armas yacían negras sobre la arena blanca.

—Tengo el deber de entregarte al capitán Trípolos y a las autoridades griegas —dijo Nick mientras sacaba su cuchillo—. Pero será un placer arrancarte el corazón por haber puesto las manos encima de mi mujer.

—¡Nicholas, no!

Nick detuvo a Morgan con una orden suave:

—Vuelve a la villa y quédate ahí.

—Por favor, Morgan tiene que quedarse —interrumpió Dorian sonriente mientras se ponía de pie y sacaba su cuchillo—. Un desenlace tan inesperado... Será el premio adecuado para el que salga con vida.

—Vete —le ordenó Nick de nuevo apretando el cuchillo. Era medio griego, suficientemente griego para haber deseado la muerte de Dorian al ver que le pegaba.

—Nicholas, no lo hagas. No me ha herido.

—Te ha dejado la marca de la mano en la cara —dijo con suavidad—. Aparta.

Morgan se llevó una mano a la mejilla y retrocedió.

Dorian y Nicholas se tantearon y empezaron a dar vueltas en círculo. La luna iluminaba el filo de sus cuchillos. Cuando Dorian realizó el primer ataque, Morgan se tapó la boca para no gritar. Aquello no se parecía nada a las bellas peleas de las coreografías. Era un enfrentamiento real y letal. No había sonrisas aventureras ni risas fanfarronas. Los dos hombres llevaban la muerte en la mirada. Morgan podía oler el sudor de ambos.

La luz de las estrellas se proyectaba sobre sus caras con aire fantasmal. Lo único que oía era el sonido de su propia respiración, el sonido del mar, el sonido del acero cortando el aire. Nick estaba llevando a Dorian hacia la orilla, alejándolo de ella. Estaba lleno de ira, pero sabía bien que no debía dejarse arrastrar por las emociones en aquel instante. Tenía que ser frío. Como Dorian.

—Disfrutaré de tu mujercita antes de que termine la noche —dijo éste mientras los cuchillos chocaban. Sonrió al ver la furia indisimulada de Nick.

Morgan vio aterrada una mancha que salía de la manga de Nick, donde Dorian lo había alcanzado, sorteando las defensas de su rival. Habría gritado si hubiese encontrado aire en los pulmones. Habría rezado, pero tenía paralizado hasta el cerebro.

La velocidad a la que se precipitaron el uno contra el otro la dejó atónita. Estaban separados y, un segundo después, se habían enganchado y eran un único cuerpo. Rodaron sobre la arena, un caos de piernas, brazos y cuchillos. Morgan oyó sus respiraciones agitadas, sus gruñidos. De repente, Dorian estaba encima de Nick. Morgan vio espantada cómo sacaba el cuchillo. Cayó sobre la arena, a un centímetro de la cara de Nick. Sin pensarlo, Morgan fue por las pistolas.

Estaba tan nerviosa que el revólver se le cayó de nuevo sobre la arena. Apretó los dientes y volvió a agarrarlo. De rodillas, miró hacia los cuerpos entrelazados. Con frialdad, obligándose a hacer lo que más había despreciado siempre, se dispuso a matar.

Un grito rompió el aire. Un grito animal y primitivo. Sin saber quién de los dos lo había soltado, Morgan apretó la pistola con fuerza y apuntó hacia el bulto inmóvil que yacía sobre la arena. Todavía podía oír la respiración… pero sólo de uno de los dos. Si Dorian se levantaba, apretaría el gatillo.

Una sombra se movió. Morgan apretó los dientes. Le temblaban los dedos.

—Baja esa maldita pistola antes de matarme.

—Nicholas —Morgan soltó el arma.

Nick se acercó a ella un poco renqueante. Se agachó para ponerla de pie.

—¿Qué ibas a hacer con la pistola, Afrodita? —preguntó con suavidad—. No habrías podido apretar el gatillo.

—Sí —Morgan lo miró a los ojos—. Lo habría apretado.

Nick se quedó mirándola unos segundos y vio que lo que decía era cierto. Maldijo para sus adentros y la abrazó.

—¿Por qué no te has quedado en la villa? No quería hacerte pasar por esto.

—No podía quedarme quieta. No después de oír los disparos.

—Claro: oyes disparos y sales a ver qué pasa. Muy lógico.

—¿Qué iba a hacer si no?

Nick abrió la boca para reprenderla, pero la cerró de nuevo.

—Me has robado la ropa —dijo él. Se negaba a enfadarse con Morgan en ese momento. No podía enfadarse con ella cuando todavía estaba temblando como una hoja. Pero cuando todo hubiese pasado...

—Tú me has robado la mía antes —contestó Morgan tras un sonido que podía ser una risa o un sollozo. De pronto, sintió algo pegajoso en la palma de la mano. Bajó la vista y vio sangre—. ¡Dios!, ¡estás herido!

—No es nada.

—¡Maldito seas por ser tan macho y estúpido!, ¡estás sangrando!

Nick rió y la abrazó de nuevo.

—No estoy siendo macho ni estúpido, pero si eso te hace feliz, te dejaré que me cures todos los arañazos luego. Ahora necesito otro tipo de medicina —dijo y la besó antes de que pudiera contestar.

Morgan agarró la camisa de Nick mientras volcaba

su corazón en aquel encuentro de labios. El miedo que la había atenazado se disolvió, y con él, se disolvieron también las fuerzas que la habían sostenido. Se dejó caer sobre el cuerpo de Nick para alimentarse con su energía.

—Voy a necesitar muchos cuidados durante un montón de tiempo. Puede que esté más herido de lo que pensaba —murmuró él contra la boca de Morgan. Al notar sus lágrimas sobre las mejillas, se apartó—. No, no llores. Es lo único que no podría soportar esta noche.

—No lloraré —aseguró Morgan mientras seguían saltándosele lágrimas de los ojos—. No lloraré. Pero no dejes de besarme. No pares —añadió justo antes de buscar su boca. El calor del beso consiguió acabar con las lágrimas y con el temblor que sacudía su cuerpo.

—Veo, señor Gregoras, que ha podido interceptar al señor Zoulas.

Nick maldijo la interrupción en voz baja antes de girar la cabeza hacia Trípolos.

—¿Sus hombres han detenido a la tripulación?

—Sí —el capitán miró el cuerpo tendido sobre la playa, y se acercó a examinarlo. Miró las pistolas tendidas en la arena y sacó sus propias conclusiones—. Parece que el señor Zoulas ha ofrecido resistencia. Es una lástima que no pueda ir a juicio.

—Una lástima —convino Nick.

—Parece que se le cayó el arma mientras forcejeaban —comentó Trípolos.

—Eso parece, sí.

Trípolos se agachó a recoger la pistola y se la devolvió.

—¿Ha terminado su trabajo? —preguntó.

—Sí, ha terminado —contestó Nick y el capitán se inclinó ligeramente.

—Gracias, señor Gregoras —dijo—. Y enhorabuena —añadió después de mirar a Morgan.

—Llevaré a la señorita James a casa —comentó Nick—. Puede ponerse en contacto conmigo mañana si me necesita. Buenas noches, capitán.

—Buenas noches —se despidió Trípolos.

Morgan apoyó la cabeza sobre el hombro de Nick mientras caminaban hacia las escaleras de la playa. Unos minutos antes había peleado por impedir que Dorian la arrastrase hacia ellas. De pronto, se presentaban como la llave que abría paso al resto de su vida.

—Mira, ya casi no hay estrellas —Morgan suspiró. Ya no tenía miedo ni ansiedad ni dudas—. Me siento como si llevara toda la vida esperando a que amaneciese.

—Tengo entendido que quieres ir a Venecia y montar en góndola.

Morgan lo miró sorprendida y rió.

—Te lo ha dicho Andrew.

—También habló de los Campos Elíseos.

—Y quiero aprender a pescar —murmuró mientras observaba el nacimiento de un nuevo día.

—No soy un hombre fácil, Morgan.

—No —convino ella sin dudarlo—. No lo eres.

Nick se paró a los pies de las escaleras y se giró a mirarla. De pronto, no le salían las palabras. Se preguntó por qué había creído que le resultaría más sencillo.

—Ya conoces mi lado más oscuro. No suelo ser dulce y soy muy autoritario. Tengo mal humor.

Morgan contuvo un bostezo y sonrió.

—Una descripción muy acertada.

Se sentía tonto. Y tenía miedo. ¿Aceptaría una mujer las palabras de amor de un hombre al que había visto matar?, ¿tenía él derecho a pronunciarlas? Nick la miró, vestida con la ropa de su armario, con unos vaqueros que le colgaban y una camisa que ocultaba unos pechos pequeños y firmes y una cintura estrecha que casi podía rodear con las manos.

—Morgan...

—¿Nicholas? —preguntó sorprendida ante la indecisión de éste—. ¿Qué pasa?

Nick la miró con intensidad, quizá con un poco de desesperación.

—¿Es el brazo? —se alarmó ella.

—¡No, por Dios! —Nick la agarró por los hombros—. El brazo está bien. Escúchame.

—Te estoy escuchando —contestó Morgan algo irritada—. ¿Qué te pasa?

—Esto.

Nick se apoderó de su boca. Necesitaba saborearla. Cuando puso fin al beso, sus manos la sujetaban con menos fuerza, pero los ojos le brillaban.

—Morgan, seré un marido difícil y exasperante, pero no te aburrirás conmigo —dijo por fin. Le agarró las manos y se las besó—. Te quiero, Morgan.

De pronto, se le olvidó que estaba cansada. Estupefacta, abrió la boca, pero no consiguió formar una sola palabra.

—Maldita sea, Morgan, no te quedes mirándome. ¡Di que sí, por Dios! —exclamó frustrado—. ¡No pienso dejar que digas que no!

La agarró por los hombros y Morgan supo que en cualquier momento empezaría a zarandearla. Pero los ojos de Nick no sólo reflejaban mal genio, sino también dudas, miedos, cansancio. Morgan sintió un amor arrasador.

—Así que no piensas dejar que diga «no» —murmuró.

—No —Nick la agarró con más fuerza—. Me has robado el corazón. No te marcharás con él.

Morgan alzó una mano y le hizo una caricia en la mejilla.

—¿Crees que podría seguir viviendo sin ti, Nicholas? —dijo y sintió el inmenso alivio de éste—. Anda, vamos a casa.